3.0

Titolo originale: *La niña que miraba los trener partir*

Traduzione dallo spagnolo di Amaranta Sbardella
Prima edizione: settembre 2017

Roma, Casella postale 6214

ISBN 978-88-227- 0782-6

www.newtoncompton.com

Realizzazione a cura di The Bookmakers Studio editoriale, Roma
Stampato nel settembre 2017 presso Puntoweb s.r.l., Ariccia (Roma)
su carta prodotta con pasta termomeccanica, senza utilizzo di cloro, proveniente da foreste controllate, nel rispetto delle normative europee vigenti in tema ambientale

Ruperto Long

La bambina che guardava i treni partire

Newton Compton editori

Questo romanzo è ispirato a fatti realmente accaduti.

Coloro che non ricordano il passato
sono condannati a ripeterlo.
GEORGE SANTAYANA

Che ne sarà dei sogni di Andia?
Si realizzeranno, un giorno?
ANA VINOCUR, *Senza titolo*

Ogni istante non risplenderebbe così mirabilmente,
se non risaltando, per così dire,
sullo sfondo buio della morte?
ANDRÉ GIDE, *I nutrimenti terrestri*

Mi sussurrò una frase che
mi diede molto da pensare:
«Presto viene Natale».
PRIMO LEVI, *L'ultimo Natale di guerra*

Introduzione
Alla ricerca di un nome smarrito

Grenoble, Francia, settembre 2005

«Sì, è lui», gridai a Jacques, senza riuscire a trattenere l'emozione. «Non ci sono dubbi!».

Finalmente, dopo tanti anni di faticose ricerche, le tessere del mosaico iniziavano a incastrarsi.

Sorridente e sorpreso, il mio assistente Jacques, trincerato vicino al vecchio proiettore del mio studio, annuì con il capo.

Ricordo benissimo quel momento. Era il tramonto di un fresco pomeriggio autunnale, e il vento proveniente dalle Prealpi della Chartreuse sferzava la Val d'Isère. Grenoble si preparava a un lungo inverno. Mi fermai e versai due abbondanti bicchieri di cognac. Era ancora presto per festeggiare, eppure pensai che ci fossimo comunque meritati quel premio, dopo un decennio di fatiche e veglie forzate.

Bevendo lentamente, osservammo ancora una volta il vecchio filmato.

Le riprese si svolgevano a Montevideo, un nebbioso porto dell'Atlantico meridionale situato alla foce del Río de la Plata, ed erano state filmate nella primavera australe del 1964. A voler essere più precisi, l'8 ottobre.

Il generale Charles de Gaulle percorreva con la sua imponente altezza il viale principale della città, mentre una marea umana lo festeggiava – centinaia di migliaia di persone, avrebbero poi scritto i cronisti. Agitavano bandiere, strillavano «Evviva!» e spargevano un fiume di lacrime. Una pioggia abbondante e il vento inclemente del Sud castigavano quella moltitudine. Fedele al suo stile, il generale disdegnava qualsiasi forma di protezione.

L'acquazzone gli aveva bagnato il *képi*, e le gocce di pioggia gli scivolavano lungo le guance. Una volta giunto nella Plaza de la Indipendencia, era sceso dalla sua vettura e aveva reso omaggio all'eroe dell'Uruguay, José Gervasio Artigas. Dopodiché il presidente della Francia e quello dell'Uruguay, Luis Giannattasio, avevano passato in rassegna le truppe.

Alla fine della cerimonia, de Gaulle si era girato verso destra e aveva salutato, uno per uno, gli uruguaiani che avevano combattuto per la Francia durante la seconda guerra mondiale. Settanta *orientales*, "orientali", così venivano chiamati gli abitanti di quel Paese che si erano arruolati da volontari nelle *Forces françaises libres*, le Forze francesi libere. Molti di loro avevano prestato servizio nella Legione straniera, e qualcuno era finito nella leggendaria Tredicesima Mezza brigata, copertasi di gloria in Africa settentrionale e durante la liberazione della Francia. Il filmato riprendeva trenta di quei volontari, che sfoggiavano con orgoglio le uniformi di battaglia e rimanevano in formazione militare sotto la pioggia incessante.

De Gaulle avanzava con lentezza, deciso, malgrado la tempesta che si scaricava sulla capitale australe con furia sempre maggiore. Il suo volto tradiva i segni di una forte emozione:

vent'anni prima quegli uomini abbronzati, all'epoca dei ragazzi, avevano attraversato l'oceano e messo a repentaglio le loro vite per un ideale di libertà; si erano mostrati pronti a lottare per una bandiera che non era la loro, nel frangente peggiore della guerra e quando ogni speranza sembrava ormai perduta. Avevano risposto all'*Appel* di de Gaulle, alla sua chiamata alle armi, mentre molti dei suoi compatrioti gli avevano voltato le spalle!

Il generale stringeva con forza la mano di ognuno, lo guardava negli occhi e chinava leggermente il capo mentre pareva mormorare «*Merci*».

E quindi era successo. Un *attaché* gli si era avvicinato da dietro, gli aveva sussurrato qualcosa all'orecchio e poi era scomparso.

Che gli aveva detto? Nascondeva forse qualcosa in quel breve e discreto messaggio? Rivestiva una qualche importanza?

La prima volta che vedemmo il vecchio filmato non potevamo saperlo. Cercammo comunque di decifrare le sue parole. A quanto capii più tardi dai fonologi, l'*attaché* aveva mormorato al generale: «È uno di loro».

Subito dopo, un robusto soldato di bella presenza, capelli neri e baffetti corti, con indosso l'uniforme da capo della Legione straniera e diverse decorazioni, si era fatto avanti e aveva stretto la destra di de Gaulle, che aveva trattenuto la mano dell'uomo forse un istante più di quanto avesse fatto con gli altri, lo aveva guardato fisso negli occhi, probabilmente con un cenno di emozione, e aveva sussurrato, con una leggera smorfia simile a un sorriso, quasi impercettibile: «*Bien fait, légionnaire!*».

Perché de Gaulle aveva fatto quel commento? Cos'aveva di particolare quel legionario? Di quali eventi si era reso protagonista per meritare nientemeno che dalle labbra del generale quell'enigmatico elogio "*bien fait*"?

Ora, finalmente, eravamo riusciti a svelare il mistero.

La storia era cominciata qualche anno prima.

In quel periodo, durante un convegno in America del Sud, avevo conosciuto un ingegnere di Montevideo che rispondeva al bizzarro nome di Ruperto Long-Garat. Grazie a lui ero venuto a sapere del filmato, che allora risaliva a trent'anni prima, così come di certe congetture e supposizioni.

Le indagini da lui portate a termine e messe a mia disposizione suggerivano che l'indecifrabile espressione di de Gaulle nel vecchio filmato era legata al destino di una bambina belga di otto anni, scomparsa da Liegi nel freddo autunno del 1941 e inghiottita dall'occupazione nazista in circostanze che ignoravamo. A quell'epoca, infatti, sembrava che soltanto il suo dolce nome fosse sopravvissuto. Un nome incantevole, affascinante, che profumava di mistero: Charlotte. Un nome le cui tracce parevano essersi smarrite negli insondabili abissi della memoria.

L'enigmatica storia era un fedele riflesso dei terribili tempi che avevamo avuto la sfortuna di vivere.

Tempi ancora vicini, che non potevamo e non dovevamo dimenticare.

Inoltre, una parte importante di quegli avvenimenti aveva avuto luogo nella regione dove io vivo da anni, nell'imponente e misterioso massiccio della Chartreuse. Come se non bastasse, la bambina era *liégeoise*, di Liegi, come buona parte della mia famiglia, tra i cui membri si contano l'esimio matematico Charles-Jean Étienne Gustave Nicolas de La Vallée-Poussin.

Tali ragioni, etiche e affettive, mi spinsero a impiegare le energie dell'Istituto per gli studi storici dell'Isère che ho l'onore di presiedere al fine di gettare luce sul destino di Charlotte, un semplice nome nell'immensità della devastazione causata dalla barbarie nazista.

E così, per dieci anni, abbiamo raccolto le testimonianze di protagonisti e testimoni, scritti, documenti e fotografie, e abbiamo pure scartato un'infinità di piste che non conducevano da alcuna parte. In tal modo abbiamo potuto ricomporre, tessera dopo tessera, l'affascinante e stupefacente storia che ora esporremo all'attenzione dei lettori, con la speranza che le nuove generazioni conoscano quanto successo e non lo ripetano mai più.

È una storia a cui prendono parte molti nomi che meritano di essere ricordati: alcuni, in quanto esempi della dignità dell'essere umano; altri, in quanto archetipi della sua abiezione. Racconteremo eventi che ammiriamo e altri di cui ci vergogniamo.

La storia che state per leggere nasce dal bisogno di svelare i misteri che si potevano celare in un nome smarrito. O quasi.

Georges de La Vallée-Poussin
Istituto per gli studi storici dell'Isère
Presidente

Grenoble, 2015

Parte prima
Gli addii

Tutti gli addii sono scritti nel vento.
Tutte le colombe portano gli addii sulle loro ali.
Tutti gli occhi guardano lacrime non ancora versate.
E queste sono le parole che non ti ho detto.
OSCAR HAHN, *Elevazione dell'amata*

Capitolo 1
L'addio di Alter

Liegi, Belgio, inverno boreale, dicembre 1938

Geneviève Saint-Jean (diciassette anni)[1]
Studentessa di Legge

Un bel giorno Alter scomparve.

Quando, in prossimità delle feste di fine anno, gli studenti cominciavano a far ritorno a casa, ci congedammo, come al solito. Lui viveva in una residenza universitaria non troppo lontano dal centro e studiava Ingegneria all'Università di Liegi. Aveva una sorella più grande, Blima, che viveva con il marito Léon a Seraing, nella provincia di Liegi. Blima e Léon erano polacchi, come Alter. E avevano due figli piccoli, Raymond e Charlotte, nati in Belgio. Alter mi disse che, durante le vacanze di fine corso, pensava di andare a trovare la famiglia in Polonia. E aggiunse pure che, se alla fine avesse deciso di non farlo, se ne sarebbe andato in giro con alcuni amici. Non gli diedi importanza.

Lo so perché siete venuti da me.

È vero che con Alter abbiamo avuto… insomma… una storia, chiamiamola così. Ma è stata una storia molto inge-

[1] L'età qui menzionata si riferisce sempre a quella del testimone all'epoca degli eventi narrati.

nua; eravamo giovani e sognatori. Comunque, a quel tempo, fu uno scandalo!

Vedete, la mia famiglia era molto cattolica, e io ero minorenne, avevo solo diciassette anni. Alter era più grande, all'epoca aveva ventuno anni, e in più era ebreo. Però io ero di mentalità aperta, e non me ne importava. Lui era alto, elegante, con uno sguardo profondo e molto intelligente. In realtà adoravo gli studenti di Ingegneria, anche se a volte mi sembravano un tantino presuntuosi. Noi ragazze di Legge li incrociavamo nei cortili dell'università, e lì sono nati diversi amorazzi. Anche lacrime e frustrazioni, ovviamente! Però Alter era davvero speciale. Formale, educato, rispettoso, "un cavaliere d'altri tempi", si sarebbe potuto affermare.

Un pomeriggio d'estate mi invitò a prendere un gelato in una gelateria italiana, molto raffinata, ne ricordo ancora il nome: Bacio di Cioccolato. Mi trattò come se fossi una dama: mi fece sedere, prese la mia giacca e la appese. Si vedeva che voleva conquistarmi. La cosa divertente è che io ero già cotta di lui! Poi mi accompagnò a casa prima che facesse buio, mi diede un bacio sulla guancia e si allontanò. Non dimenticherò mai quel pomeriggio. Avrei desiderato di più, ma lui non prese l'iniziativa. E sarebbe stato visto di cattivo occhio se una ragazza così giovane e cattolica si fosse fatta avanti. Mi contenni. Mi comportai come una vera damigella!

Poi mi invitò ancora in luoghi eleganti e dalla buona reputazione. Ripetevamo sempre lo stesso rituale: un cavaliere e una damigella! Le mie amiche ci prendevano in giro, ma sono sicura che in fondo ci invidiavano. Fino al giorno in cui, al ritorno a casa, accadde. Ci fermammo qualche istante prima di arrivare. Mi guardò in un modo più profondo e duraturo delle altre volte. Il suo sguardo attirò la mia attenzione; sembrava nascondere qualche cattivo presentimento... Mi bloccai, come sempre, e pensai: "Ora un bacio sulla guancia e poi addio". E invece no, mi prese per le spalle con le sue braccia forti, da adulto, mi tirò verso di sé e mi baciò sulla bocca a lungo, con quella leggerezza così tipica del suo carattere. Solo che stavolta non mi trattenni: quando mi parve che stesse per lasciarmi, vinsi qualsiasi timidezza e lo baciai con ardore, mordendogli le labbra, *si ardente*, *à la liégeoise*. Alter sussultò: non se l'aspettava, eppure non oppose resistenza. Non lo fece nemmeno più tardi, quando lo accarezzai con passione.

Ci ritrovammo qualche altra volta. Anche se non ci spingemmo mai oltre... mi potete capire. L'inverno si avvicinava e con il freddo giunsero le nere nubi... e le brutte notizie. Le umiliazioni a cui venivano sottoposti gli ebrei si moltiplicavano nei Paesi della vecchia Europa, e in questo la Polonia era uno dei peggiori. I giorni si accorciarono, e i pomeriggi erano flagellati da un tempo sempre più crudele. I nostri incontri segreti si diradarono. Come se non bastasse, la comunità vallona non eccelleva certo in quanto a discrezione: i nostri ritrovi giunsero presto alle orecchie di mio padre, gonfiati e deformati dalle malelingue. Mio padre ci aveva educato alla tolleranza e si opponeva a qualsiasi forma di discriminazione. Tuttavia il fatto che la "sua bambina" fosse finita sulla bocca di tutti, e perlopiù per colpa di un ebreo, era troppo per lui! Un giorno mi disse che doveva parlarmi.

«So che stai uscendo con un ragazzo, e che è ebreo», se ne uscì con la sua voce grave e profonda, mentre si arrotolava uno dei baffi; poi mi guardò dritto negli occhi e aggiunse: «Sono sicuro che non farai nulla di scandaloso. Mi fido di te».

Si limitò a questo. Eppure il suo sguardo pieno di amore tradiva una certa preoccupazione, che in quel momento non riuscii a cogliere. Cosa temeva mio padre? Soltanto che l'"onore" della "sua bambina" venisse macchiato? No, nei suoi occhi c'era molto di più.

Parecchie circostanze contribuirono al fatto che ci vedessimo sempre di meno. Proprio quando Alter aveva più bisogno di me! Il giorno delle vacanze invernali ci salutammo con una naturalezza forzata. In fin dei conti erano soltanto un paio di settimane…

«Non so ancora cosa farò in questi giorni. Ma non appena le vacanze saranno finite, verrò a cercarti».

Ci sorridemmo, ci baciammo, ci separammo.

Due settimane più tardi rimasi a lungo fuori in cortile, in preda all'angoscia. Faceva un freddo terribile. Ogni tanto si aprivano le porte della facoltà e ne usciva un gruppo di studenti di Ingegneria (in quel corso di studi erano quasi tutti uomini): io guardavo, agitata. Mi fermavo, con il cuore che batteva a duemila. Ma no, Alter non era tra loro. Aspettai e aspettai. Giorno dopo giorno. A ogni intervallo, a ogni pausa, uscii a cercarlo. Sempre più disperata. Poi la tristezza si impossessò del mio animo. Finché divenne troppa.

Non ci vedemmo mai più.

Charlotte (cinque anni)
Nipote di Alter

Ero molto piccola: avevo soltanto cinque anni quando zio Alter partì per la Polonia. Non ho molto da dire. Tuttavia serbo ancora bei ricordi di quel ragazzo alto e buono, che ci veniva a trovare nella nostra casa di Seraing-sur-Meuse. Era poco più grande di mio fratello Raymond, che a sua volta aveva sette anni più di me. E così ci sembrava più un cugino che uno zio. Quando veniva, rimaneva sempre a giocare per un po' con Raymond e con me. Gli volevamo molto bene.

«Zio Alter è andato in Polonia a trovare i nonni», disse una notte mia madre, Blima, durante la cena.

La sua voce suonò strana, sembrava che facesse fatica a pronunciare quelle parole. E i suoi occhi si velarono di lacrime. Mio fratello e io non ne capimmo il motivo.

Léon, mio padre, la guardò fisso e poi cambiò argomento.

Per noi non era così bizzarro. Era normale che un figlio andasse a trovare i genitori. Quello che ignoravamo era il mondo delirante che si stava imponendo proprio in quei tempi, e che non avrebbe tardato a travolgerci completamente.

Christoff Podnazky (ventitré anni)
Studente di Ingegneria

Alter era il mio migliore amico di Liegi.

Eravamo entrambi polacchi ed ebrei, nonostante il mio nome (a mia madre venne l'idea di chiamarmi Christoff, forse credendo che così avrebbe nascosto la mia origine, chi lo sa). Inoltre provenivamo da posti vicini: lui era di Końskie e io di Płock. Quando ci conoscemmo all'università e ci mettemmo a parlare di queste cose, nacque subito una bella amicizia. A volte con un gruppetto di amici trascorrevamo i fine settimana in alcune località delle Ardenne, come a Spa o nel Parco naturale delle Hautes Fagnes. Facevamo lunghe camminate e ci immergevamo nelle acque termali. Tempo dopo, Alter si fece una fidanzatina, una ragazzina bionda molto simpatica, che lo adorava. Geneviève? Sì, sì... proprio lei, la ricordo bene. Abbastanza malandrina!

Lui era venuto a studiare a Liegi, dopo aver terminato il liceo, perché era stufo del modo in cui in Polonia trattavano gli ebrei. Pure in Belgio accadevano cose spiacevoli, ma la gente era più tollerante. Inoltre a Liegi viveva la sorella maggiore, Blima, con il marito e i due figli. Anche la mia famiglia era emigrata, mentre alcuni parenti erano rimasti a Płock.

A metà del 1938 i tamburi di guerra iniziarono a risuonare. Si diceva che la Polonia sarebbe stata attaccata dalla Germania nazista, ma che, se fosse successo, l'Inghilterra e la Francia sarebbero accorse in suo aiuto. Gli studenti comunisti dell'università assicuravano che nemmeno l'Unione Sovietica avrebbe tollerato un'invasione simile. Tempo dopo, quando il cancelliere nazista Ribbentrop e il sovietico Molotov firmarono un patto di non aggressione, non sapevano più cosa rispondere.

A novembre, in Germania e in Austria ebbe luogo la famigerata *Kristallnacht*, la Notte dei Cristalli. Tutte le sinagoghe e migliaia di case e negozi ebrei furono assaliti e saccheggiati dai nazisti. Nemmeno le scuole o gli ospedali si salvarono dalla distruzione! Centinaia di ebrei vennero umiliati, internati nei campi di lavoro e assassinati. Rabbrividimmo. Fu un duro colpo allo stomaco, e senza preavviso. Ignoravamo cosa fare.

«Sono molto preoccupato per i miei genitori in Polonia», mi disse un giorno Alter, d'improvviso. «Forse per le vacanze invernali andrò a trovarli».

Non reagii subito.

«Forse è meglio se ce ne andiamo tutti a riposare a Spa!»,

gli risposi alla fine, vedendolo così dispiaciuto. «Sembra che verranno pure delle ragazze...», cercai in ogni modo di stuzzicarlo.

Tuttavia anch'io ero in allarme per la piega che gli eventi stavano prendendo, e in diverse occasioni avevo pensato di fare visita ai parenti rimasti nel mio paesello natio. Le motivazioni erano diverse e, se vogliamo, ancora più lontane da quelle di Alter: sognavo di difendere la mia patria, la sofferente nazione polacca, contro l'invasore tedesco, come in passato avevano già fatto con coraggio certi miei parenti. Ma... ero molto giovane, confuso, e a quell'epoca mi allettavano di più qualche giorno di festa, le terme, la birra e le ragazze di Spa.

Finché giunse la fine dei corsi. Nel tardo pomeriggio – ricordo bene quel giorno dal cielo plumbeo e minaccioso – mi imbattei nel mio amico.

«Ci ho pensato tanto», mi disse Alter; poi continuò, senza darmi il tempo di interromperlo: «Temo per i miei genitori, che sono molto religiosi. Dopodomani prenderò il treno per Varsavia. In cinque giorni sarò arrivato a Końskie».

Alter lesse la sorpresa sul mio volto. Rimasi senza parole.

«Ma... pensavo che saremmo andati in campeggio», riuscii solo a balbettare.

«Mi dispiace, Christoff, ho preso la mia decisione. Ieri ho comprato il biglietto del treno».

«Non ti pare pericoloso tornare in Polonia?»

«Tu e io siamo polacchi, saremo sani e salvi unicamente nella nostra patria», mi rispose, deciso.

Non so se ci credesse veramente. È quello di cui voglio convincermi.

Fu un duro colpo, una scossa che cambiò la mia vita. Non potei più pensare ad altro. Le birre e le ragazze persero ogni importanza. Quel pomeriggio controllai quanti risparmi avessi messo da parte, e poi decisi di chiedere qualche prestito ai miei amici. Il giorno seguente parlai con la mia famiglia. E una settimana dopo la conversazione con Alter, il giorno di Santo Stefano, seguii le sue orme, diretto a Płock, il mio paese.

Furono decisioni che cambiarono il corso delle nostre vite. Non avremmo mai dovuto prenderle.

Capitolo 2
L'addio di Dimitri

Parigi, Francia, 14 luglio 1939

Gocha Gelashvili[2] (trent'anni circa)
Esiliato georgiano

Ricordo molto bene la festa nazionale francese dell'anno 1939, le *Quatorze Juillet*, e la parata militare sugli Champs Élysées. Quale orgoglio provai quella mattina!

Il viale era addobbato a festa con il tricolore, e i francesi si erano riversati in strada in gran numero. Erano giorni di tensione: già si percepiva l'odore della polvere, e si indovinava il rumore dei fucili e degli stivali chiodati nei quartier generali.

I palchi ospitavano gli invitati speciali, vestiti in pompa magna. L'ospite più importante era senz'altro il re di Inghilterra, Giorgio VI di Windsor, che occupava il lussuoso palco centrale con tutto il suo seguito. Pure la figlia Elisabetta, allora una giovane adolescente, l'aveva accompagnato. La cerimonia era stata architettata fin nei minimi particolari perché il messaggio fosse chiaro: Francia e Inghilterra erano unite indissolubilmente, e lo sarebbero state in qualunque circostanza.

[2] Elaborato dall'autore sulla base della testimonianza di Shota Berezhiani, esiliato georgiano a Parigi, raccolta nell'articolo *Georgian soldiers abroad* (traduzione dall'originale georgiano), di Nona Rambashidze, pubblicato su «Istoriani», Tbilisi 2011.

Le truppe sfilavano con grande orgoglio, tra le acclamazioni e le urla di giubilo della folla. All'improvviso, lungo gli Champs Élysées in direzione di Place de la Concorde, con il grandioso Arco di Trionfo sullo sfondo, comparvero i battaglioni che sfoggiavano per la prima volta un *képi* bianco e, baionetta in mano, marciavano con precisione millimetrica. Era la mitica Legione straniera. Ed era emozionante! La moltitudine si scatenò con applausi e grida. C'erano talmente tanta allegria e talmente tanta paura in tutte quelle persone che si affacciavano di nuovo sull'abisso dopo le immense sofferenze della Grande Guerra! Forse quei magnifici battaglioni dall'impeccabile *képi* bianco trasmettevano loro sicurezza davanti a quel futuro così minaccioso.

Finalmente lo vedemmo! Allora era vera la voce che circolava come un granello di polvere tra gli esiliati georgiani, e alla quale, più diffidenti di san Tommaso, non avevamo creduto prima di verificarla con i nostri occhi! Al comando della compagnia più importante, riconoscemmo (tra le braccia della folla che si agitava delirante) l'imponente fi-

gura alta, ritta, elegante del comandante Dimitri Amilakhvari, il legionario Bazorka, diplomato con onore all'Accademia di Saint-Cyr, la più prestigiosa di Francia, fondata addirittura da Napoleone.

Bazorka, come noi, era fuggito assieme alla famiglia nella tragica notte dell'occupazione sovietica di Tbilisi. La mattina di quella parata aveva solamente trentadue anni, però il suo nome già aspirava alla leggenda. Era senz'altro un eletto.

Giorni dopo, noi georgiani rifugiati in Francia, così affranti per la nostra sorte, ridemmo non poco quando venimmo a sapere dello scambio di battute: "Perché ha scelto uno straniero come ufficiale di un battaglione così importante?", aveva domandato il precedente governatore militare di Parigi, Henri Gouraud, al generale Miquel.

La risposta era stata molto semplice.

«Perché è il migliore».

Può immaginare quale emozione provammo.

Tbilisi, Georgia, diciotto anni prima, 24 febbraio 1921

Aleksandre Barkalaia (diciassette anni)
Cadetto della Scuola militare della Repubblica della Georgia

C'era fumo dappertutto. Non vedevamo niente!

Il frastuono dei proiettili di obice e dei carri armati era assordante. Ci stavano massacrando. Le grida disperate dei nostri soldati straziavano il cuore. Nessuno si prendeva cura di loro.

I cadetti come me non avevano alcuna esperienza di battaglia, quello era il nostro battesimo del fuoco. Solo qualche ora prima avevamo giurato lealtà alla Repubblica Democratica della Georgia e morte al nemico invasore. Allora tremavamo di orgoglio e di patriottismo, ora di rabbia e di impotenza.

Ma mai di paura!

Su di noi si era scaricata tutta la furia dell'Armata Rossa – guidata da un figlio della Georgia, un traditore di nome Iosif Vissarionovič Džugašvili, più conosciuto nelle pagine nere della Storia come Stalin. Ambivamo soltanto a essere una nazione libera, a scegliere i nostri governanti, a lavorare in pace! Eppure tutto ciò non era ammissibile per quell'assassino senza patria. Dicono che Trockij si fosse opposto all'invasione, anche se poi scrisse un pamphlet per appoggiarla. Dicono che Lenin non fosse d'accordo, ma che alla fine avesse ceduto alle pressioni del suo luogotenente. Per noi non faceva differenza. Nel freddo crudele dell'inverno transcaucasico, ci martoriavano l'odio e il risentimento di quel figlio putativo della nostra amata patria, capo di un immenso esercito imperiale. Era come la daga che si conficca lentamente, sempre più vicino al cuore.

Soltanto il nostro amore per la libertà rimandò di qualche giorno l'inevitabile fine.

Il fumo ci soffocava, ci asfissiava, ci impediva di vedere persino a breve distanza. Era terribile! A ogni minuto che passava, la morte avanzava. La intuivamo vicina, ne indovinavamo la presenza.

Di tanto in tanto una raffica di vento gelido proveniente dalle montagne innevate di Gudauri sferzava Tbilisi. Allora, per qualche istante, scorgevamo le sanguinose lotte che si ingaggiavano casa per casa su entrambi i lati del fiume Mtkvari, e lungo viale Rustaveli. Le nostre truppe combattevano eroicamente. Tuttavia, ogni volta che il fumo si rarefaceva, le bandiere rosse ci sembravano sempre più vicine. Sapevamo – ce l'aveva detto il nostro comandante –

che se i sovietici avessero raggiunto piazza Gorgasali, davanti all'ansa del fiume, tutto sarebbe stato perso. Se con i loro stivali sporchi di sangue avessero calpestato quel luogo sacro dedicato a san Giorgio, patrono della Georgia, la nostra sorte sarebbe stata segnata.

L'aria diventò irrespirabile! Il fumo caldo delle esplosioni bruciava le nostre gole! Nessuno, però, aveva intenzione di ritirarsi.

Ci saremmo battuti fino allo stremo delle forze, così avevamo deciso.

D'improvviso, e per qualche istante, il vento ci permise di guardarci attorno con nitidezza, e ciò che vedemmo era la nostra previsione più funesta, il peggiore dei pronostici. Da settentrione, di là del ponte di Metekhi, una compagnia di soldati sovietici si lanciava sulla piazza Gorgasali distruggendo ogni cosa al suo passaggio. Era un battaglione di rinforzo, fino ad allora rimasto nella retroguardia. I nostri esausti difensori cadevano, schiacciati come mosche.

Sentii una fitta al cuore. I nemici avevano raggiunto il loro obiettivo! Una nuova folata di aria e polvere incandescente, proveniente da un'esplosione vicina, invase il palazzo in cui eravamo alloggiati e mi colpì in pieno. La vista mi si annebbiò e caddi su un fianco, vinto. Non so cosa successe al mio fucile, non lo ricordo.

Ero quasi incosciente quando sentii che una mano mi afferrava da dietro, per il colletto dell'uniforme, e mi trascinava a terra, in mezzo al putiferio.

Avanzammo a tentoni fino a una stanza, dove la mano che mi tirava non si accorse di un enorme detrito della muratura, staccatosi dalla parete in seguito ai bombardamenti. La mia testa andò a sbattere contro i mattoni. Non potei urlare.

Non ce la feci, non avevo più forze…

Poi non ricordo più niente.

Porto di Batumi, Mar Nero, qualche giorno dopo, marzo 1921

Teona (diciotto anni)
Studentessa di Arte e infermiera volontaria

Quando i russi invasero la Georgia, venni assegnata a un ospedale da campo nei dintorni di Gori. In realtà studiavo Arte, che era la mia passione. Tuttavia, poiché alla scuola superiore avevo seguito un corso di infermeria, i comandanti pensarono che avrei potuto essere di qualche utilità. I primi giorni furono tranquilli, ci organizzammo abbastanza bene per curare i soldati feriti che venivano dal fronte. Poi tutto divenne più difficile.

Fino alla terribile mattina del primo marzo, quando dalla curva del sentiero vedemmo profilarsi la colonna di soldati e cadetti feriti provenienti da Tbilisi e da Mtskheta. Non lo dimenticherò mai! Un'interminabile carovana di derelitti, che sembrava non avere fine. Capimmo che era accaduto qualcosa di terribile. Tbilisi era caduta? Ci eravamo arresi? Ci precipitammo da quei poveri ragazzi con il corpo esausto e l'anima a brandelli, e li tartassammo di domande, eravamo disperate!

«Continuiamo a combattere!», furono le uniche parole che riuscimmo a sentire. Per il resto, i loro racconti erano uno più triste dell'altro. Non sapevamo più niente delle nostre famiglie, e la nostra inquietudine aumentava.

Il giorno dopo, con una prospettiva sempre più sconsolante, il comandante decise di trasferire l'ospedale al porto di Batumi, sul Mar Nero. Era una bella stazione balneare, ma anche in quel posto si sarebbero abbattute le disgrazie della guerra. Ero concentrata a preparare medicine e altri strumenti per il viaggio quando, in mezzo alle urla dei feriti e alle macchie di sangue che si moltiplicavano come funghi, vedemmo apparire dalla strada un vecchio carretto tirato da cavalli e guidato da tre adolescenti, che al massimo dovevano avere quindici anni. "Che strano!", pensammo. "Che porterà quel vecchio carretto?". Quando ci avvicinammo, non potevamo credere ai nostri occhi! Una dozzina di corpi di cadetti, con le uniformi bianche sporche di sangue e polvere di mitragliatrice, ammucchiati nella parte posteriore.

«Curateli, per favore!», gridò Nikoloz, uno dei ragazzini, che riconobbi subito. «Sono vivi!».

Noi infermiere ci lanciammo sui corpi dei cadetti, che chiedevano acqua e tremavano di freddo: tutti, salvo uno, erano ancora vivi. Un medico dell'ospedale dirigeva le operazioni, impartendo gli ordini perché potessimo prestare il primo soccorso.

Il comandante si avvicinò per vedere cosa stava succedendo. Poi fissò i tre quindicenni, uno alla volta, fino a contemplare quello che pareva essere il capo. Il giovane era intento ad alimentare i cavalli e a prendersene cura, con la certa intenzione di tornare presto sul fronte di battaglia. Aveva il volto coperto di polvere e sangue, e le sue vesti, di buona qualità, erano sporche e stracciate. Proprio in quel momento alzò gli occhi per la prima volta. Aveva uno sguardo sognante, e un naso e un volto che esprimevano la sua determinazione.

Era mio cugino Dimitri! Non potevo crederci!

In un secondo momento venni a sapere che Dimitri e suoi due amici erano scappati dalle rispettive famiglie per difendere la patria. I tre vivevano nei dintorni di Gori, dove i genitori possedevano delle terre e si dedicavano agli animali da diverse generazioni. Giunti al fronte, allora ubicato a nord di Tbilisi, si erano presentati al capitano di un battaglione per essere arruolati. Come c'era da aspettarsi, gli era stata negata l'autorizzazione. I tre non si erano persi d'animo: con l'aiuto di un vecchio carretto prestato da uno zio, si erano consacrati all'obiettivo di salvare i soldati feriti. Tra di loro, il cadetto Aleksandre Barkalaia.

Il comandante parlò loro, provando a convincerli a non tornare al fronte. Dimitri non aprì bocca, si limitò a scrollare la testa. Gli sforzi del comandante furono inutili.

Mio cugino era nato nel 1906 nella piccola località di Bazorkino, in Ossezia, e si diceva che la nostra famiglia fosse di origini nobili. Il cognome originario era Zedguinidzé, ma poiché avevamo ricevuto il titolo ereditario di Amilakhor, ovvero "guardiani della fortezza reale di Gori", ben presto quello sostituì il nome di famiglia. Nella fotografia della famiglia Amilakhvari che fu scoperta moltissimi anni dopo, e nella quale figurano sedute mia zia e mia nonna, io sono la bambina in piedi dietro Dimitri.

Allora lui aveva otto anni, io undici. Avevamo lo stesso naso e le stesse labbra, però i nostri occhi erano diversi. O meglio: i suoi erano diversi da quelli di tutta la famiglia. Bazorka – così l'avevano soprannominato, in virtù del luogo di origine – possedeva due occhi da sognatore, e il suo sguardo suscitava, diciamola tutta, un certo fascino.

Anch'io ne avevo, di fascino: ero abbastanza alta, con un portamento dritto ed elegante; i capelli, che avevano riflessi rossicci (ovviamente, nella foto non si vede), li ho sempre acconciati con pettinature appariscenti, lasciandoli sciolti sulle spalle e legati con fiocchetti colorati.

Quando Bazorka crebbe, la sua figura assunse un'aria seducente e gentile, sebbene fosse ancora un ragazzo. E per quanto fossimo cugini, devo confessare – che Iddio nostro Signore e san Giorgio mi perdonino! – che mi piaceva molto. E io piacevo a lui, ne sono sicura. Facemmo certe cose. Innocenti, ovvio, ma sufficienti a farmi perdere il sonno.

Poi giunsero le voci dell'invasione. Il mostro ci si scagliò addosso, e i nostri sogni si infransero. Ed eccoci lì, entrambi circondati da morti e feriti, in mezzo all'orrore della guerra.

Dimitri finì di dare da mangiare ai cavalli e di sistemare il carro. Si avvicinò e mi rivolse delle parole affettuose, tenere. Mi accarezzò la guancia con la sua mano screpolata (com'era cambiato in così poco tempo!) e ci abbracciammo.

Il fuoco dei bombardamenti brillava nel crepuscolo invernale. E in quella direzione se ne andò Bazorka, con il suo carretto e i suoi due amici.

Una settimana più tardi tutto era perduto.

Le nostre famiglie, una dopo l'altra, partirono dal porto di Batumi alla volta di Istanbul. L'angoscia ci divorava l'anima, soprattutto quella dei nostri genitori. Noi eravamo giovani e non la smettevamo di sognare. Pensavamo che l'invasione russa non sarebbe durata troppo a lungo e che presto avremmo fatto ritorno nella nostra amata patria.

Nei giorni che rimanemmo a Batumi, noi giovani prendemmo l'abitudine di riunirci di sera. Un paio di volte parlai con Dimitri, facemmo programmi, ci promettemmo che ci saremmo incontrati di nuovo. Lo vidi chiacchierare animatamente anche con le sorelle Dadiani – Irina, Elo ed Elisso – tre bellezze georgiane dal titolo nobiliare. Mi ingelosii, perché negarlo? Però fui assennata. Un amore tra cugini avrebbe causato solo sofferenza.

Qualche giorno dopo, le notizie sulla feroce avanzata dell'esercito di Stalin non ci lasciarono altra scelta. L'esilio era la nostra speranza di salvezza.

Parigi, Francia, 14 luglio 1939

Contessa Tamar Amilakhvari[3] (quattro anni)
Figlia di Dimitri Amilakhvari

Conservo vaghi ricordi della festa nazionale francese dell'anno 1939 e della parata militare lungo gli Champs Élysées. Immagini, sentimenti, sensazioni. Soprattutto rammento che mi sentivo così orgogliosa... Più per quanto mi diceva mia madre, Irina, che per quello che ero capace di cogliere alla mia età.

«Guardate vostro padre! Che eleganza!», esclamarono più voci a mio fratello Othar e a me. «Immagina cosa penseranno i tuoi figli, Dimitri, quando ti vedranno sfilare sugli Champs...».

Mio padre abbozzò appena un lieve sorriso, soddisfat-

[3] Testo elaborato dall'autore sulla base dello scambio avuto a Parigi con la contessa Tamar Amilakhvari-Kinsky il 26 luglio 2013, così come dalla corrispondenza intrattenuta con lei.

to. Non si permetteva una maggiore espansività. Era il figlio di un esule, fuggito dalla patria per salvare il decoro e la pelle. Aveva sempre creduto che trattenere le emozioni fosse un modo per rimanere saldi davanti alle avversità. Se ora la vita gli regalava una gioia, di sicuro presto l'avrebbe messo alla prova. Era la sua maniera di pensare.

Mio nonno e la sua famiglia, mio padre compreso, erano partiti dal porto di Batumi in una nebbiosa mattina del marzo 1921, poco prima che i sovietici finissero di occupare militarmente la nostra amata e lontana patria, la Georgia.

Non so con certezza se mia madre, la principessa Irina Dadiani, avesse conosciuto mio padre in Georgia prima dell'esilio. Si dice che, nei giorni precedenti alla partenza per Istanbul, Dimitri fosse stato affascinato dalla bellezza delle tre principesse Dadiani, che aveva incontrato più volte. Tuttavia ignoro se ciò corrisponda alla verità, forse è solamente parte della leggenda.

Di sicuro entrambe le famiglie, gli Amilakhvari e i Dadiani, invece di rimanere in Turchia, giunsero ognuna in Francia per proprio conto. Poiché la comunità georgiana di Parigi era molto ristretta, i giovani non tardarono a ritrovarsi. Nel 1924 Dimitri fu ammesso all'Accademia militare di Saint-Cyr. Due anni più tardi si diplomò e poco tempo dopo ottenne il grado di capitano. Era il capitano più giovane di tutta la Francia!

La storia d'amore tra la principessa e il giovane capitano erede del titolo di Cavaliere della Corona di Georgia fu presto sulla bocca di tutti, che si congratularono con i due. Un paio di anni più tardi convolarono a nozze, e quindi venimmo noi: mio fratello Othar nel 1931 e io nel giugno del 1935. Dopo l'amarezza dell'esilio e il dolore per la perdita degli amici caduti durante l'invasione, la vita rinasceva per i due innamorati, e si riempiva di felicità. Sembrava una fiaba!

E vederlo passare quella mattina lungo gli Champs Élysées, a capo della sua compagnia...

Ma era il 1939. E tutti sapevamo che, dopo l'autunno, arriva il lungo e cupo inverno. Molto presto il cielo si coprì di nuvoloni neri, che lasciavano presagire terribili tempeste.

E tutto quello che temevamo sarebbe successo accadde.

Capitolo 3
L'addio di Domingo

Montevideo, Uruguay, primavera australe del 1941

Domingo López Delgado[4] (ventiquattro anni)
Soldato dell'esercito nazionale

«E così lei è disposto ad andare a combattere in Europa?»

«Sì, signore».

«E si è offerto volontario?»

«Certamente, signore».

Il comandante mi osservò attentamente, come se stesse contemplando un extraterrestre appena sbarcato da Marte.

«Ha capito cosa sta facendo, vero? Ci ha pensato bene?», insistette il comandante José María Rivero, sorpreso, con un'aria di sincera preoccupazione, in genere poco frequente nelle forze armate.

«Ci penso da quando è scoppiata la guerra, e l'ho deci-

[4] I testi corrispondenti a Domingo López Delgado sono stati elaborati dall'autore sulla base di lunghi colloqui tenuti nella sua casa di Rocha nel corso del 2011, e sulla base di diversi documenti. Tra questi, il libro autobiografico, *Los frentes de lucha. Diario de un voluntario rochense* ("I fronti di lotta. Diario di un volontario di Rocha"), pubblicato dal CISA nel 1948; i documenti e i materiali del Museo regionale di Rocha "Milton de los Santos"; i dossier personali dei legionari, conservati nell'Ufficio dei vecchi combattenti della Legione straniera; la documentazione relativa alle battaglie di Bir Hacheim ed El Alamein appartenenti al Centro di documentazione storica della Legione straniera; l'articolo di Alejo Umpiérrez pubblicato sulla «Revista Histórica de Rocha» e il lavoro sulla vita di López Delgado, realizzato da Alejandra López e Claudia Maffini.

so quando la Francia ha chiesto l'armistizio», gli risposi, convinto. «Mi sono presentato all'ambasciata d'Inghilterra, della Francia, del Belgio... Non sapevo come fare per partire, ma ora ho trovato il modo!».

«Non tutti prendono decisioni del genere. Ha del fegato, soldato».

«Il fatto è, comandante, che sto ancora aspettando la risposta del CLN, il Comitato di liberazione nazionale, al quale ho mandato la mia richiesta di arruolarmi come volontario, e vorrei sapere...», proprio in quel momento tentennai e non seppi bene come proseguire, «...ecco, in caso venisse accettata, e io fossi ancora prigioniero... come si comporterebbe».

Rivero si concesse del tempo.

Mi fissò a lungo, mentre a più riprese serrava le labbra da un lato, come chi stia facendo dei segnali a poker. Sapevo che nella sua testa sfilavano le continue mancanze che avevo commesso negli ultimi tempi. Tra queste, la rissa con un caporale nel bel mezzo del cortile del battaglione di Ingegneria n. 5, culminata in un suo tentativo di affettarmi a colpi di machete. Mi ero visto costretto a mollargli un cazzotto, che l'aveva appena sfiorato. La mia era stata legittima difesa, eppure c'ero finito io in cella, in isolamento e con una sentinella alla porta, neanche fossi un tipo pericoloso.

Stavo in prigione e in isolamento da diversi giorni. Tuttavia la mia unica angoscia era che la risposta da Londra arrivasse proprio mentre mi trovavo in tale deplorevole situazione. Cosa sarebbe successo? Dopo diversi tentativi andati a vuoto, ero finalmente riuscito a ottenere di conferire con il comandante, evento più unico che raro. Ed eccomi lì, in attesa della sua sentenza, come un reo.

«Soldato López, la rimetto subito in libertà, è un mio ordine. Può riprendere i suoi beni. Se non sa dove alloggiare, potrà rimanere in caserma finché non la chiamano... Nel frattempo, è esente da qualsiasi attività», rimasi di sasso, a bocca spalancata; ma il comandante Rivero non aveva ancora finito. «Può indossare i panni borghesi, e riceverà un salario per tutto il tempo necessario. Non appena la convocheranno, la congederò».

La rigida disciplina militare impediva qualsiasi dimostrazione di affetto, e ancor meno da parte di un semplice soldato nei confronti di un ufficiale di alto rango. Tuttavia per me quello sarebbe rimasto scolpito nella memoria come un momento indimenticabile: fu l'unica volta che un ufficiale dell'esercito nazionale mi trattò come una persona, con rispetto.

Si avvicinò e mi strinse la mano. Lo ringraziai al meglio che potei – ero emozionato, non mi usciva una parola dalle labbra. E quando stavo per ritirarmi, mi disse: «López... congratulazioni».

Quindi abbassò lo sguardo e si rimise al lavoro.

Ha sentito parlare di Rocha?

No, no... La Vuelta de Rocha è un'altra cosa, si trova a Buenos Aires, non a La Boca!

Quella di cui parlo io è una piccola e tranquilla città dell'Uruguay, vicino all'Atlantico e non molto lontano dalla frontiera con il Brasile. Lì sono nato io, nel 1917. Da ragazzo sono andato a Montevideo, la capitale, per cercare di farmi strada nella vita, come tanti altri. Non ho mai dimenticato il paesino in cui sono nato. Tornavo sempre a trovare mia madre e i vecchi amici.

In uno di quei ritorni, mentre bevevo qualcosa nel vecchio Café Gardeazábal, nell'angolo patriottico tra Calle 18 de Julio e 25 de Agosto – prima si era chiamato Café e Biliardo El Globo, quando le strade non erano ancora conosciute come Sierra e San Miguel – venne fuori il discorso sulla guerra europea. Già avevo stretto i pugni quando i nazisti avevano occupato Parigi… per non parlare di quando avevo saputo dell'armistizio, una vera e propria capitolazione! Per questo lo scambio al café attirò la mia attenzione: «Avete visto com'è caduta subito Parigi? I tedeschi sono già padroni di tutta la Francia», commentò Paco, un vecchio compagno di biliardo, con un certo compiacimento.

«Sì, la guerra si avvicina alla fine», concluse Ruso Pérez, che poi sentenziò: «Inizia una nuova era… l'era germanica!».

Quelle affermazioni, unite al silenzio complice o codardo degli altri parrocchiani, furono troppo per me. Era come se avessero acceso una miccia collegata a un barile di polvere da sparo.

«Chi vi ha detto che la guerra finirà con una vittoria tedesca? È il desiderio di chi ha l'anima da schiavo, di chi vorrebbe servire i nazisti…», sbottai, di colpo. «Si rallegrano per la caduta di Parigi… I barbari potranno pure occupare la città, ma non uccideranno mai la libertà!».

«Queste parole sono tanto romantiche quanto prive di fondamento», ribatté, con aria di superiorità, Ludendorff Quagliata, un veterano habitué del luogo, che già dal nome sembrava riassumere il patto italo-tedesco.

Il dibattito si surriscaldò.

I temi di conversazione andavano e venivano, sempre più accesi, finché Paco mi fece perdere la pazienza con il suo: «Visto che ammiri tanto la Francia, perché non vai a difenderla?».

Lì per lì non ebbi un argomento migliore che minacciarlo di rompergli in testa un boccale di birra!

Placatasi la lite, ognuno se ne andò per i fatti suoi. Però devo confessare che fu proprio in quel bar quasi centenario, dove avevo passato tante serate a bere birra e giocare a biliardo con i miei amici, che presi la decisione di andare in guerra.

Non me ne sarei rimasto impassibile davanti ai crimini che si stavano perpetrando, a scaldare la sedia con qualche stratega da café e a piazzare le bandierine colorate per indicare l'avanzata dei vari eserciti… No! Il mio posto era lì dove si combatteva per la libertà.

Non ho mai pensato che la guerra fosse come nei film statunitensi, dove i buoni non muoiono mai. Ho sempre saputo che avrei potuto pagare quella scelta con la vita. Sentivo che ne valeva la pena. La vita senza libertà non vale poi granché. E sapevo pure che non sarei andato a lottare contro i mulini a vento, come don Chisciotte. Avrei affrontato uomini in carne e ossa, armati fino ai denti, che al momento stavano vincendo.

A molti la mia idea fece ridere. Cosa poteva fare un uomo in più in quel caos di ferro e fuoco? Niente! Ebbene, se tutti noi amanti della libertà avessimo creduto la stessa cosa, la Francia non avrebbe potuto contare su migliaia di volontari.

Andai in guerra trascinato dal mio amore per la Francia, madre della civiltà, e dal mio amore per la democrazia. Per poter gridare ad alta voce, se mai fossi tornato: "Ho difeso la libertà con le mie braccia!". Per questo motivo andai in guerra.

Pedro Milano[5] (ventitré anni)

«Domingo! Domingo!», gli gridai con tutta la forza che avevo in corpo. «Sono arrivate le convocazioni!».

[5] Testo elaborato dall'autore sulla base della documentazione ottenuta da diverse fonti e dall'incontro con la signora Tulia Pini Amaral Milano, vedova di Pedro Milano, nel 2013.

Il mio amico esitò un attimo, come se non sapesse di cosa gli stavo parlando! Sbarrò gli occhi e corse a casa. Poco dopo ci ritrovammo a un tavolo del vecchio Café Vaccaro, nel quartiere di Goes, vicino a una finestra che dava sull'avenida General Flores. Al centro del tavolo poggiammo con timore le due buste che avevamo appena ricevuto dal Comitato francese di liberazione nazionale.

La nostra emozione era indescrivibile. Eravamo entrambi originari di Rocha, ed entrambi eravamo arrivati a Montevideo in quel periodo. Ora provavamo nel petto un sentimento difficile da spiegare; potevamo realizzare i nostri sogni e contribuire con il nostro granellino di sabbia alla causa della libertà.

Prima di aprire le buste chiamammo don Tomás, un garzone vecchio quanto il bar, e gli ordinammo con fare cerimonioso: «Due birre belle fresche, Maestro. È un momento molto importante per noi, sa?».

Don Tomás annuì lentamente, tutto compreso nella gravità di una situazione che ignorava completamente. Ci servì due birre di qualità, come l'occasione richiedeva.

In quel momento sentimmo di essere pronti. Aprimmo le buste e leggemmo:

> Abbiamo ricevuto da Londra notizie che possono essere di Suo interesse. La preghiamo di passare dal nostro ufficio il prima possibile.

Poche parole, ma per noi così significative!

Ci agghindammo come meglio potevamo e alle due del pomeriggio raggiungemmo l'ambasciata britannica. Dopo una lunga attesa ci accolse il signor Lalour, delegato della Francia Libera. Nella sala ci ritrovammo con una manciata di uruguaiani: fummo ricevuti tutti assieme. Tra di loro, ricordo con tristezza che si trovava pure Águedo Sequeira.

«Abbiamo ricevuto la risposta da Londra», ci informò Lalour con tono solenne. «Siete stati accettati come volontari nelle Forze francesi libere. Ora dobbiamo solo aspettare una nave che vi porti in Inghilterra».

Calò un denso silenzio. A stento riuscimmo a trattenere la nostra emozione.

Domingo López Delgado

Cosa provammo in quel momento?

Non saprei descriverle una sensazione così strana, una simile confusione di sentimenti opposti.

Allegria, sì, certamente. Trepidazione per un destino incerto.

Orgoglio? Pure.

Ma anche qualcos'altro. Un sentimento che non conoscevamo, ma che si sarebbe riaffacciato frequentemente: era la paura che iniziava a fare capolino, sebbene ancora nascosta dall'emozione di tutti quei cambiamenti occorsi nella nostra vita. La paura fisica, la crudele paura del dolore e della morte.

E così giungemmo all'11 novembre 1941.

Furono i nostri ultimi istanti in quella patria che ci lasciavamo alle spalle. Era un pomeriggio grigio, un po' freddo, e si accordava allo stato d'animo che ci dominava.

Alle cinque iniziarono le operazioni per salpare. Il *Northumberland* iniziò a muoversi lento, pigro. La gente correva lungo il frangiflutti, come se volesse accompagnarci ancora per qualche momento. Negli occhi di tutti spuntarono le lacrime.

Rimanemmo a lungo sul ponte. Senza parlare, intenti solamente a imprimere sulla nostra retina quello scampolo di terra che tanto amavamo. Pian piano perdemmo di vista la costa uruguaiana, avvolta dalle ombre della notte. Da lontano si intravedevano ancora le luci di Montevideo. Le avremmo mai più riviste?

Venne la notte. Non volevamo pensare.
Perché farlo?
Scendemmo a conoscere i nostri compagni di viaggio: cileni, argentini, danesi, inglesi, polacchi e alcuni uruguaiani. Mentre aspettavamo l'ora di cena, condividemmo alcu-

ni aperitivi che il barman della nave vendeva a un prezzo bassissimo. Dopo cena giocammo a carte.

Quando risalimmo sul ponte, regnava l'oscurità. Cominciò a soffiare una brezza fresca. Provammo dei leggeri brividi. Era il freddo, forse?

Capitolo 4
L'addio di Charlotte

Liegi, Belgio, autunno boreale del 1941

Raphael Ledouc (cinquant'anni circa)
Fioraio

Sì, sì... ero io il *bouquetier* di Rue Ferrer, a Seraing-sur-Meuse... Raphael Ledouc, anche se tutti mi chiamavano *Monsieur le duc du nez proéminent*, "Il duca dal naso prominente", potrà farsene un'idea da solo. Ah! Che tempi erano quelli!

La bambina veniva tutti i venerdì pomeriggio. Mi sembra ancora di averla qui davanti agli occhi! I capelli lisci e castano chiaro che fluttuavano al vento, due occhietti insieme sognatori e vivaci, malandrini, che sembravano osservare ogni cosa. A volte si legava i capelli con un nastrino colorato, e che carina! Quando si agitava per qualche ragione, per esempio perché aveva dimenticato di portare i franchi per pagare i fiori, si muoveva in un modo tale che il nastrino le cadeva a terra... Mi faceva così tenerezza! In genere comprava una dozzina di begonie gialle e un'altra di margherite. Più di tutti, però, adorava il profumo dei lillà: si metteva a odorarne alcuni, poi altri, come un colibrì, finché il polline la faceva starnutire... Quanto era divertente! A volte sua madre cambiava di poco l'ordine, scritto su un bigliettino che la piccola portava con sé ripiegato con cura. Ma non mancava mai, e io la aspettavo con delle caramelle. Ne mangiava una e, prima di uscire, chiedeva il permesso di prenderne un'altra. Certo che le dicevo di sì. Se ne usciva così felice!

Ecco, quello che... insomma, erano ebrei, lo sa? Celebravano quella cosa che si festeggia tutti i sabati, anche se più per tradizione. E la madre più del padre, che non era molto religioso. Per questo compravano i fiori... erano comunque delle brave persone. E cominciavano già a essere tempi difficili per loro. Bah! Erano tempi difficili per tutti. La Germania aveva invaso il nostro Paese nel maggio del 1940, e poco tempo dopo erano iniziati a scarseggiare il cibo e i combustibili. Ne pativamo tutti. Per loro, però, era ancora peggio: dovevano iscriversi a un registro separato, che si chiamava Registro degli Ebrei, frequentare una scuola separata, comprare soltanto nei loro negozi, che non avevano mai niente... E poi dovettero cucire una stella gialla sui vestiti, perché tutti sapessero che erano ebrei e non si avvicinassero... Come se avessero la peste!

Chi li conosceva bene era Michel, il responsabile del Café Saint-Hubert. Sì, certo... quello che sta in Rue Ernest de Bavière, nel quartiere di Outremeuse. *Monsieur* Léon, il papà della bambina, ci passava spesso. Era un grande amante del *billard*, eh, sì, sì...

Un venerdì pomeriggio, verso la fine dell'autunno del 1941, preparai per la bambina una dozzina di begonie bellissime, di un colore che tendeva all'arancione. Non era facile trovare fiori così ricercati di quei tempi, la guerra ci metteva a dura prova. Dovevo uscire a vedere alcuni amici, ma non volevo deludere la piccola. E poi volevo godermi la faccia che avrebbe fatto alla vista di quei fiori così belli e così grandi! Io vivevo da solo, sa? Ed erano tempi tristi. Per me quelle erano cose importanti. Decisi di aspettarla.

Aspettai e aspettai.

Non arrivò mai.

A fine pomeriggio chiusi il negozio con il cuore infranto. Di sicuro non era successo niente di buono.

Seraing-sur-Meuse, Liegi

Charlotte (otto anni)

Non c'era posto neppure per Katjuška!

Che brutta cosa! Non me l'aspettavo. Papà aveva detto a mio fratello Raymond e a me che potevamo portare con noi solo una piccola valigia con vestiti, scarpe e qualche oggetto di prima necessità, come lo spazzolino da denti e il pettine. Ero stata a lottare con la valigia per tutto il pomeriggio, mettendo e togliendo quella manciata di cose, una volta e un'altra ancora... ma non c'era niente da fare: metà della roba non ci entrava, e mancavano ancora le scarpe! Sapevo che non avrei potuto portare dei giocattoli... ma Katjuška!

«Papà, ho dei problemi con la valigia che mi hai dato, è troppo piccola!», gli dissi con disinvoltura, come se stessimo andando in vacanza. «Non ne hai una più grande?».

Mio padre sorrise, anche se il suo sguardo pareva stanco e triste.

«No, Charlotte», rispose dolcemente mentre si sedeva sul mio letto. «Dobbiamo passare inosservati: meno cose portiamo, meglio è».

«Ma, papà, non c'è spazio per Katjuška, la ballerina russa, quella che mi ha regalato mamma, e che nonna aveva regalato a lei. Ce l'ho sempre con me da quando non possiamo più andare a scuola. È la mia migliore amica. Non la posso lasciare qui da sola!».

Mio padre mi grattò la testa con una tenerezza infinita, come faceva quando ero più piccola e non riuscivo ad addormentarmi. Sapeva che mi piaceva e mi calmava.

«Sarà solo per un periodo. Mettila in un posto ben protetto, assieme alle altre bambole, perché stia in compagnia...», e mi sembrò che la voce gli si spezzasse; poi si ricompose, mi abbracciò con affetto, mi diede un bacio sulla testa ed esclamò con finto entusiasmo: «Ti comprerò una nuova amica a Parigi... una ballerina del Folies Bergère, ti piacerà tantissimo!».

Tutto accadde troppo rapidamente.

Solo un anno e mezzo prima vivevamo tranquilli, andavamo a scuola, non c'era nessun razionamento. Anche se... già non eravamo più tutti uguali. Bah, è vero che alcuni compagni ci prendevano sempre in giro, perché i venerdì ce ne andavamo via prima dalle lezioni e non frequentavamo le feste. E prendevano in giro soprattutto mio fratello Raymond, dopo la lezione di ginnastica, nella doccia... per quello che fanno ai ragazzini ebrei... è comprensibile, no? Però non c'era malizia nei loro scherzi, erano burle da bambini, e ci eravamo abituati. Non era certo questo a preoccuparci.

Tuttavia nell'ambiente si respirava qualcosa di strano. Sentivamo che il nostro cammino e quello degli altri belgi cominciavano a separarsi. Percepivamo anche la paura che scoppiasse la guerra, non facevano che parlarne tutti. Eppure vivevamo abbastanza bene. Qualche volta andammo perfino in villeggiatura a Spa, nelle Ardenne, vicino a Liegi, tra piscine termali e vasche. Era così spassoso!

A me piaceva molto la natura. Ben presto imparai pure ad apprezzare l'arte. Da piccola adoravo l'Opera di Liegi, dove i miei genitori mi avevano portato un paio di volte, e il mio sogno era di andare un giorno all'università, proprio come mio zio Alter.

Non vivevamo nel lusso, però: i miei genitori, Léon e Blima, erano giunti dalla Polonia quindici anni prima; lui era di Łódź, e lei di una cittadina più a meridione, chiamata Końskie. Quando Léon aveva vent'anni, i suoi genitori e i suoi fratelli avevano deciso di ampliare i propri orizzonti, e per questo erano emigrati in Uruguay, uno staterello dell'America del Sud. Sembrava finto... Uruguay! Un posto così lontano!

Eppure mio padre preferì rimanere a gironzolare per l'Europa, anche se ogni tanto tornava in Polonia. Si era perfino arruolato nell'esercito per difendere la sua patria contro i russi. In uno di quei viaggi aveva conosciuto mia madre e... zac! L'amore è capace di tutto. Perché, va riconosciuto, erano piuttosto diversi: lui era agnostico e adorava l'opera, il balletto, la vodka e il buon caffè, insomma, era quel che si dice un viveur; lei, di tre anni più giovane, era timorata di Dio, di origini popolane e umili, con una salda formazione religiosa ereditata dal padre, studioso del Talmud. Mamma ripeteva sempre che, secondo lei, era stato Yahvé a mandarle Léon… e che solo per questa ragione aveva acconsentito a sposare un uomo così pieno di "difetti"! Che carini! A ogni modo, si amavano molto ed erano piuttosto uniti.

Mio padre aveva studiato ed era intraprendente, quindi aprì una bottega dove si cucivano gli abiti. Alla fine si stancò dell'esclusione a cui erano sottoposti gli ebrei in molti posti della Polonia e decise di trasferirsi a Liegi. E lì, di nuovo tutto daccapo! I genitori di Blima, Yaakov e Raia, rimasero a Końskie, così come la sorella Rifka, il marito e i loro due figli. Pure gli altri tre fratelli di Blima lasciarono la Polonia. Una delle sorelle emigrò negli Stati Uniti e il fratello maggiore, zio Paul, scelse Anversa. Qualche tempo dopo Alter, il più piccolo, venne a studiare Ingegneria all'Università di Liegi.

«Il Belgio è il Paese più aperto, soprattutto la Vallonia», diceva sempre papà. Ed era vero; io, che ero nata a Liegi nel 1933, ero belga come tutti gli altri. Nessuno faceva distinzioni perché ero di religione ebraica. Nelle altre città accadeva la stessa cosa: Anversa, Bruxelles, Charleroi… «E poi», diceva anche, «la Francia e l'Inghilterra sono nostri alleati: se la Germania prova a invaderci, loro ci difenderanno». Lo credeva a tal punto che nel 1938 ospitammo a casa una ragazza austriaca di diciotto anni che fuggiva dall'occupazione tedesca del suo Paese. Gertha, così si chiamava, visse con noi circa due anni, finché il pericolo dell'invasione del Belgio divenne imminente. In quel momento l'OSE, l'*Œuvre des Secours aux Enfant*, l'Opera di soccorso ai bambini, la mandò in Francia. Chi avrebbe mai detto che un giorno avremmo seguito i suoi passi!

Eppure le cose andarono così... Nel maggio del 1940 Hitler invase l'Olanda e il Belgio. La Francia e l'Inghilterra accorsero in nostro aiuto, ma invano. In soli diciotto giorni re Leopoldo III capitolò, il governo partì per l'esilio e noi rimanemmo alla mercé dei tedeschi. All'inizio fingemmo che tutto fosse rimasto uguale. Tuttavia la guerra è come una notte densa e brumosa che copre ogni cosa... fino a divorarla.

In casa c'era sempre meno cibo. Gli affari di papà non andavano più come prima, e nei negozi la merce scarseggiava. Bisognava affidarsi al mercato nero, dove i prezzi salivano alle stelle. Ciò nonostante mamma si ingegnava con abilità per cucinare – "vengo da un posto dove non c'era nemmeno scelta" – e riusciva a creare delle vere meraviglie. E comunque al coprifuoco eravamo costretti a rintanarci a casa, e quindi non c'era tempo per le passeggiate o le amiche. Era stato in una di quelle serate autunnali lunghe, silenziose e fredde, con una tristezza nell'aria che pareva impossessarsi di tutto, che, per rallegrarmi, mamma aveva frugato a lungo in un vecchio baule di famiglia fino a trovare Katjuška.

«È una ballerina russa. Me la regalò tanti anni fa tua nonna», mi disse con una dolcezza incredibile, mentre mi consegnava la piccola creatura. «Adesso è tua, dovrai prenderti cura di lei».

Ricordo benissimo quel giorno. Diedi il benvenuto a Katjuška come se fosse il più bel regalo mai ricevuto. Per cena mamma cucinò patate fritte alla belga, polenta e torta di rabarbaro, i miei piatti preferiti! Una volta a letto, mi addormentai mentre coccolavo la mia nuova amica e, sebbene non fossi troppo devota, ringraziai Yahvé per avermi dato quei genitori e quei bellissimi regali. Come potevo immaginare la tragedia che, in quelle stesse ore, si stava preparando?

Il pomeriggio seguente, al ritorno dalla scuola, sentii delle strane voci bisbigliare in cucina. Mi avvicinai pian piano alla porta e sporsi la testa. Mio zio Paul e la moglie, una coppia di vicini e i miei genitori mi salutarono fingendo naturalezza, anche se si vedeva che erano seri e preoccupati.

«Charlotte, questa è una conversazione tra adulti», mi disse mio padre. «Va' nella tua stanza a fare i compiti, ti chiamiamo tra un po' per la cena».

I mormorii continuarono. Mentre andavo in camera mia, mi imbattei in Raymond, il mio fratello maggiore, che aveva ascoltato delle notizie su quanto stava succedendo.

«I tedeschi hanno ordinato ai belgi di censire gli ebrei».

«E cosa risponderanno i belgi?», chiesi, ingenua.

Raymond si strinse nelle spalle. Era impossibile farsi troppe illusioni.

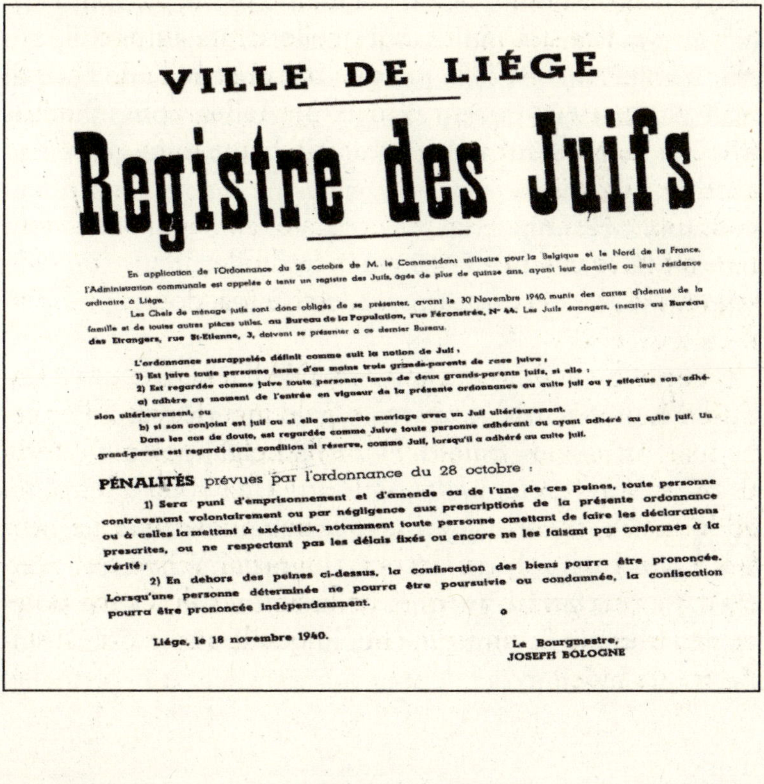

VILLE DE LIÉGE

Registre des Juifs

En application de l'Ordonnance du 28 octobre de M. le Commandant militaire pour la Belgique et le Nord de la France.
l'Administration communale est appelée à tenir un registre des Juifs, âgés de plus de quinze ans, ayant leur domicile ou leur résidence
ordinaire à Liége.
Les Chefs de ménage juifs sont donc obligés de se présenter, avant le 30 Novembre 1940, munis des cartes d'identité de la
famille et de toutes autres pièces utiles, au **Bureau de la Population, rue Féronstrée, N° 44.** Les Juifs étrangers, inscrits au **Bureau**
des Etrangers, rue St-Etienne, 3, doivent se présenter à ce dernier Bureau.

L'ordonnance susrappelée définit comme suit la notion de Juif :
1) Est juive toute personne issue d'au moins trois grands-parents de race juive ;
2) Est regardée comme juive toute personne issue de deux grands-parents juifs, si elle :
a) adhère au moment de l'entrée en vigueur de la présente ordonnance au culte juif ou y effectue son adhé-
sion ultérieurement, ou
b) si son conjoint est juif ou si elle contracte mariage avec un Juif ultérieurement.
Dans les cas de doute, est regardée comme Juive toute personne adhérant ou ayant adhéré au culte juif. Un
grand-parent est regardé sans condition ni réserve, comme Juif, lorsqu'il a adhéré au culte juif.

PÉNALITÉS prévues par l'ordonnance du 28 octobre :

1) Sera puni d'emprisonnement et d'amende ou de l'une de ces peines, toute personne contrevenant volontairement ou par négligence aux prescriptions de la présente ordonnance ou à celles la mettant à exécution, notamment toute personne omettant de faire les déclarations prescrites, ou ne respectant pas les délais fixés ou encore ne les faisant pas conformes à la vérité ;

2) En dehors des peines ci-dessus, la confiscation des biens pourra être prononcée. Lorsqu'une personne déterminée ne pourra être poursuivie ou condamnée, la confiscation pourra être prononcée indépendamment.

Liége, le 18 novembre 1940.

Le Bourgmestre,
JOSEPH BOLOGNE

Mi rinchiusi nella mia stanza e abbracciai Katjuška. In cucina i mormorii andarono avanti a lungo. Per anni non avrei più sentito i miei genitori parlare a voce alta. Le pareti avevano orecchi. La paura e la diffidenza entrarono a far parte della nostra vita. Presto l'avrebbe fatto pure il terrore. Perché noi eravamo *i diversi*.

Il giorno dopo, mentre ero diretta al negozio di fiori del mio amico Raphael, vidi i manifesti con l'Editto. Impossibile non notarli, erano dappertutto.

L'Editto "definiva" quello che era un ebreo... come noi...

E stabiliva le pene per chi non si fosse presentato al Registro: la prigione e la confisca dei beni. Era firmato da Joseph Bologne, *bourgmestre* di Liegi. Ma Bologne non era socialista? Cosa stava succedendo?

"Qualche ragione ci sarà", "Qualche cosa l'avranno fatta", affermavano in molti a voce bassa. La cosa terribile era che, a volte, anche noi lo pensavamo: che abbiamo fatto di male per meritare questo castigo? In cosa ci siamo sbagliati? Ci facevano sentire colpevoli della nostra stessa sventura. E ci inculcavano che non valevamo niente. Ci sentivamo sconfitti da noi stessi.

Era il 18 novembre 1940.

Il tempo del disprezzo era cominciato.

Michel Balthazard (trentacinque anni circa)
Responsabile del Café Saint-Hubert

Monsieur Léon aveva una routine che rispettava rigorosamente: arrivava al Saint-Hubert quando aveva concluso i suoi affari in centro, poco dopo le cinque – possedeva una bottega di confezionamento di abiti – e si accomodava a un tavolino del dehors con vista sul viale. Nathalie, la cameriera, ormai conosceva i suoi gusti: un *café au lait* forte in inverno e un *café liegéois* in estate. Questo sì: con il caffè era molto esigente! Non si accontentava troppo facilmente. Ricordo che, agli inizi delle miserie della guerra, la qualità del caffè diminuì. Lui lo degustava quasi fosse un sommelier, e poi aggrottava la fronte, socchiudeva un occhio e serrava le labbra, contrariato. Lo guardavo di sottecchi da dietro il bancone e mi sembrava perfino divertente. Eppure non diceva niente: era un vero signore.

Una volta terminato il caffè, entrava al bar dalla porta principale, quella all'angolo, e giocava a biliardo con qualche suo amico. Quel gioco lo appassionava, ma cercava comunque di non tradire troppo le emozioni. Nessun grido scomposto a cui ci avevano abituati certi avventori, che mi obbligavano a lasciare il bancone per chiedere la calma, come se fossero bambini. No, *monsieur* Léon era un vero signore, gliel'ho detto. Abbastanza alto, elegante, aveva una fronte ampia come quelle delle persone intelligenti e un taglio corto. Girava sempre con bei vestiti: abito tre pezzi e cravatta, a volte papillon. Ed era molto educato. Be', era ebreo... lei lo sa, vero? Però, guardi, non lo sembrava proprio.

Qualche minuto prima delle sette si congedava dai suoi amici, sempre con grande garbo, e si prendeva una birra al bancone, mentre chiacchierava con me. Sebbene fosse nato a Łódź, in Polonia, viveva a Liegi da molti anni. Quanto adorava le birre trappiste! Come la Rochefort, orgoglio della regione. Alle sette in punto si alzava, salutava e andava a casa.

A volte, soprattutto nei giorni più caldi, lo accompagnava una bambina. Era una piccola peste! Molto vivace! Correva da una parte all'altra, mi metteva a soqquadro il locale, però voleva sempre comprare tutto. Le piacevano tanto i dolci e i cioccolatini che servivamo con il caffè. E, sa, finiva per andarsene sempre con qualche caramella.

Poi le cose cambiarono.

Quando i tedeschi occuparono il Belgio, cominciarono a comparire le leggi razziali… così le chiamavano! All'inizio non ci importava, cercavamo soltanto di continuare a vivere come un tempo. Gli amici sono gli amici, questo era il nostro motto. Non avremmo accettato che i crucchi ci schiacciassero con i loro stivali, come volevano. Però non avevamo ancora capito cosa stava succedendo. Non si trattava più soltanto di crucchi, bensì di nazisti… ed era tutta un'altra storia.

Una volta, alla fine della giornata lavorativa, dopo che in varie occasioni mi avevano avvertito di non far entrare gli ebrei nel bar e io non ero stato a sentirli, un picchetto delle SS irruppe nel café. Non mi rivolsero nemmeno la parola, chiesero i documenti di identità agli avventori. In malo modo, ovviamente! Alla fine raggiunsero un angolino dove un vecchietto con la barba brizzolata, che indossava sempre un cappello scuro a quadretti, beveva lentamente un caffè. Capii subito cosa sarebbe accaduto.

«Oh, ma qui c'è *monsieur* Isaac Abramson», affermò l'ufficiale al comando, con un gesto magnanimo e un finto sorriso. «Vediamo… vediamo un po'… Guardate cosa c'è scritto qui». L'ufficiale si girò, sempre con un gran sorrisone, e si rivolse ai colleghi: «JUIF-JOOD, in maiuscolo e a caratteri rossi!». Poi chiese al vecchietto, che non si muoveva né apriva bocca: «Sei miope, o non sai leggere?»

«Gustav! Insegniamo al decrepito parassita che questo non è il suo posto nel mondo. Qui entrano soltanto gli esseri umani, anche se sono degli stupidi belgi».

Gustav e un compare suo sollevarono di peso il vecchietto, mentre la tazzina di caffè volava in aria e ricadeva a terra in mille pezzi. Un terzo tirò fuori delle forbici dalla tasca e si avvicinò al trio. I presenti trattennero il fiato, mentre il vecchino serrava le mandibole in un gesto di silenziosa dignità.

Il soldato con le forbici iniziò a tagliargli la barba, mentre gli altri lo incitavano e ridevano, lo schiaffeggiavano sulla testa, senza troppa violenza, solo per umiliarlo. Non dimenticherò mai quelle risate e quegli sguardi! Osservai a lungo quel giovane con le forbici in mano: sull'uniforme regolare delle SS simile a quella degli altri membri del picchetto sfoggiava con ostentazione la temuta insegna dalla Legione Wallonie, del rexista Léon Degrelle. Non pronunciò una parola mentre vessava l'anziano, tagliando la barba in forme assurde che facevano ridacchiare gli altri compari. Tutti ci guardammo in silenzio, indignati. Non credo che a lui importasse molto. Era un vallone... proprio come noi!

Il vecchietto continuò a serrare la mandibola, come se ignorasse quanto stava accadendo. Il suo atteggiamento finì per spazientire l'ufficiale, che lo prese per il vestito, dal collo, lo trascinò fino alla porta e lo scagliò in strada, come quando ci si disfa di un sacco della spazzatura... E lì rimase, scomposto e sanguinante, in mezzo a Rue Ernest de Bavière.

L'ufficiale rientrò nel locale.

«Chi è il responsabile?».

Mi feci avanti.

Mi prese per i risvolti della giacca e mi scrollò con foga. Poi mi lasciò e mi mollò un sonoro schiaffone. Sentii un insopportabile bruciore sulla guancia, mentre un filo di sangue mi colava giù dalla bocca. Una rabbia incontrollabile mi sopraffece, però non fui in grado di reagire.

«Non sai che è proibito servire gli ebrei? E sappiamo che non sei l'unico!», urlò, cinico. «Ora attaccherai a porte e finestre quello che ti dà Gustav. Se fai entrare un altro ebreo, la pagherai tu, capito?».

Monsieur Léon non era presente a quella nefasta serata. Venne, però, il giorno seguente. Probabilmente non sapeva niente di quello che era successo: erano tempi in cui la gente non parlava volentieri. Giunse alla solita ora e si sedette al suo tavolo. Ebbi l'impressione che guardasse i cartelli che avevo dovuto affiggere la notte prima, ma sembrava non capire. In realtà, non lo so.

Mi avvicinai lentamente, mi fermai davanti a lui e lo guardai negli occhi. Per un tempo che mi parve interminabile, ci fissammo senza parlare. I miei occhi si riempirono di lacrime, ero incapace di articolare parola. I suoi si offuscarono di stupore, increduli. Nel più totale imbarazzo gli indicai i cartelli. Vili, infamanti, sciagurati. "INTERDIT AUX JUIFS". "Vietato agli ebrei". Voltò la testa, li lesse e poi annuì con un leggero cenno del capo, tre volte, e una smorfia di amarezza. Si alzò in piedi, si accomodò la giacca, guardò il caffè come chi dice addio a un vecchio amico e attraversò la strada, con la sua robusta figura sempre eretta, anche se il portamento esitante tradiva la terribile angoscia.

Rimasi in piedi nella terrazza, in silenzio, a guardare la sagoma che si perdeva dietro l'angolo di una Liegi grigia, che ci stava fagocitando tutti.

Erano le cinque del pomeriggio di un mercoledì autunnale del 1941. Non lo vidi mai più. Né lui né la bambina. E ancora me lo rimprovero.

Lei per caso sa cosa accadde?

Charlotte

Fu mia madre, Blima, a ricevere l'*Intimation*.

Lo so molto bene perché ero al suo fianco. Firmò la ricevuta, quasi fosse una lettera qualsiasi. Quando chiuse la porta e la lesse, impallidì e le gambe le cedettero. Dovette reggersi allo stipite della porta per non cadere. Temetti che sarebbe svenuta. Provò a dirmi qualcosa, ma le parole non le uscivano. Si diresse nella sua stanza, mentre con una mano mi faceva segno di aspettare. Ripose la lettera nel comodino e accostò la porta. Poi sentii i suoi singhiozzi, che cercò di controllare perché io non mi allarmassi.

Era un venerdì di ghiaccio, alla fine dell'autunno del 1941.

Quando mio padre tornò a casa, si chiusero in stanza e parlarono a lungo. Erano gli stessi mormorii che si ripetevano da quasi un anno, da quando i nazisti avevano cominciato a identificarci e braccarci. Ma stavolta le loro voci si sentivano ancora più concitate.

La mattina dopo papà partì molto presto, all'alba. Non appena mi alzai e andai a fare colazione in compagnia di Raymond e di mamma, vidi con la coda dell'occhio che la lettera del giorno prima era rimasta sulla credenza della sala da pranzo. Era una lettera di colore verde, dalla forma allungata, intitolata *Intimation*.

Per un anno avevamo tollerato di tutto. Quale nuovo martirio ci annunciava il misterioso foglio verde? Saremmo stati capaci di resistere?

Prima era venuto il censimento degli ebrei, in ogni Comune, perché fossimo registrati separatamente dai cittadini belgi. Come se non lo fossimo già! In teoria il censimento era "volontario", e noi ebrei dovevamo "richiedere la registrazione". Per questo, nonostante le terribili pene con cui minacciavano chi non si presentasse "di sua spontanea volontà", mio papà aveva stabilito che non ci saremmo registrati. Ma quando Gérard Romsés, un vallone come noi, a maggiore vergogna salì al comando della Segreteria generale degli Interni a metà del 1941, e decise che a chi non si fosse iscritto fosse stampata sul documento di identità una scritta in lettere maiuscole e di grandi dimensioni: "JUIF-JOOD".

Fu solo l'inizio. Poco dopo si cominciò a pretendere la stella gialla con la scritta "Ebreo" sul lato sinistro, all'altezza del cuore. La portammo per qualche giorno, poi papà ci disse di toglierla. Più avanti ci venne proibito di frequentare le stesse scuole degli altri bambini. Persi quasi tutti i miei amici. Fu molto umiliante e doloroso!

Quindi giunse la destituzione di funzionari pubblici, avvocati, professori e giornalisti ebrei. Solo dopo, quella dei medici. Mio padre, che era una persona molto colta, aveva diversi amici professori, soprattutto di Lettere. Quando rimasero senza lavoro cominciarono a venire a casa, in continuazione, come in visita. Se mamma offriva loro da mangiare cose semplici, come un piatto di zuppa con il pane, perché altro non avevamo, divoravano il cibo con disperazione. Stavano sempre peggio, sempre più emaciati. Non si poteva fare molto di più.

Giunse pure il tempo della "arianizzazione": aziende, case, campi e risparmi di proprietà degli ebrei vennero confiscati e trasferiti nelle mani degli "ariani". Le aziende che producevano abbigliamento come quella di mio padre erano nel loro mirino. Tuttavia, poiché il laboratorio non era troppo grande, si salvò. Papà soffriva molto, non soltanto per l'ingiustizia a cui doveva assistere, ma anche perché non riusciva a capacitarsi del fatto che alcuni belgi, e pure certi suoi amici, potessero collaborare con i nazisti, dietro la promessa di ricevere i beni di qualche ebreo caduto in disgrazia, cosa che tuttavia non succedeva quasi mai.

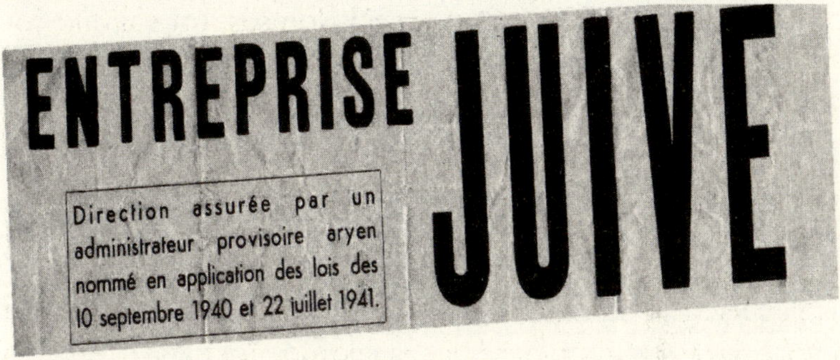

La verità è che papà era affranto, però faceva di tutto per non perdere il buonumore, la dignità, l'eleganza. Perché lui era un uomo di bella presenza. Fino a quel mercoledì di autunno inoltrato... A esser sinceri, non ho mai saputo bene cosa fosse accaduto. I mercoledì e i venerdì, giorni che dedicava ai pagamenti e alle riscossioni in centro, non ritornava dritto a casa, ma si fermava un paio di ore in un café nella Outremeuse. Anche io ci ero andata qualche volta, per quanto avessi soltanto otto anni. Gli piacevano molto il caffè e giocare a biliardo con gli amici. Quel mercoledì, invece, tornò presto. Gli era capitato qualcosa. Quando entrò, Raymond e io stavamo facendo i compiti.

«Che hai, Léon?», gli chiese mia madre.

Lui la fissò negli occhi, pensieroso; poi abbassò lo sguardo e rispose: «Oggi ho visto il volto di Satana».

Disse solo questo. E non fu più lo stesso.

Abraham Kempinski[6] (diciotto anni)
Falsificatore di Parigi

Mmmh... È molto difficile da dire! Perché avevo trovato un modo di fabbricare documenti falsi e in poco tempo avevo inondato tutta la regione settentrionale, incluso il Belgio e i Paesi Bassi. Chiunque cercasse una nuova identità sapeva che, se si fosse messo in contatto con la Resistenza, l'avrebbe ottenuta. E se tutti lo sapevano, dovevano esserne a conoscenza pure quelli della polizia. Per questo dovevamo esagerare con le precauzioni e raramente prendevamo contatto diretto con i nostri "clienti", se potevano essere chiamati così, visto che ci prestavamo a tale lavoro gratuitamente, senza interessi: era solo un modo di lottare per le nostre idee e per la libertà.

Tuttavia facevamo delle eccezioni. Per esempio, quando si trattava di stranieri che rimanevano a Parigi poche ore. Per questo ricordo quell'uomo, forse è lui che sta cercando. Era robusto, ben vestito, molto formale; era belga, anche se parlava con un accento dell'Est. Però non ricordo il suo nome, impossibile! Ricevevamo tra i trenta e i cinquanta "ordini" al giorno. Provi a immaginarlo!

Stiamo parlando dell'autunno del 1941, vero?

Ci conoscemmo in un piccolo café della Rue Jacob, a poca distanza dal nostro "laboratorio" (una mansardina in Rue de Saint-Pères). La sua richiesta era della massima urgenza, perché aveva ricevuto un'*Intimation* per lavorare nei campi di internamento. Noi eravamo in contatto con molte organizzazioni: l'OSE, il MJS, il *Mouvement de la Jeunesse Sioniste,* Movimento della gioventù sionista, *Combat*, *Li-*

[6] Testo elaborato dall'autore sulla base dell'opera *Adolfo Kaminsky. Il falsificatore*, di Sarah Kaminsky (Buenos Aires, Clave Intelectual 2011).

bération-Nord, i franchi tiratori e i partigiani... In genere nei documenti lasciavamo il nome di battesimo e sostituivamo il cognome; se dovevamo cambiare entrambi, cercavamo almeno di mantenere le iniziali. È stato anche il mio caso, avendo assunto il cognome Keller.

Chi eravamo? Forse avrà sentito parlare della sesta sezione segreta dell'UGIF, l'*Union Générale des Israélites de France*, Unione generale degli israeliti di Francia. Anche se eravamo conosciuti in giro come "i pittori", perché il nostro laboratorio si trovava in una mansarda che era servita come atelier di scultori e bohémien poveri in canna. Era la nostra facciata. Ci eravamo conosciuti proprio mentre lavoravamo per la UGIF, un organismo ebraico instaurato dal governo collaborazionista di Vichy e finanziato con il denaro e i beni depredati agli ebrei durante l'"arianizzazione", e che in teoria avrebbe dovuto aiutare i bambini i cui genitori erano stati deportati nei campi di lavoro. Come potrà immaginare, alcuni di noi giovani si stancarono di quella postura da sottomessi e decisero di entrare in azione. Quando venivamo avvertiti di una retata per arrestare gli ebrei, cercavamo di avvisare le vittime e offrivamo loro documenti con una nuova identità perché potessero mettersi in fuga. Non immagina quanti non ci credettero e preferirono rimanere! A volte perfino si irritavano: quando parlavamo loro dei campi di sterminio, dicevano che erano bugie inventate da Churchill e dai nordamericani. La maggior parte, però, ci credeva, e così migliaia di famiglie si misero in salvo.

In totale eravamo cinque. Avevo diciotto anni, ed ero stato reclutato da altri ragazzi leggermente più grandi, che facevano parte della squadra già da tempo: Samuel, René, Suzie e Herta, tutti poco più che ventenni. Eravamo piuttosto uniti. E lavoravamo senza tregua: sapevamo che la vita di molti dipendeva da noi.

Ci tenevano coesi i nostri ideali. E in più avevamo tutti sperimentato sulla nostra pelle gli orrori dell'occupazione nazista. Mia madre, una donna dolcissima, originaria di Tbilisi, in Georgia, fu trovata morta vicino ai binari, mentre tornava da casa di mio fratello, che era corsa a mettere in guardia perché la polizia lo stava cercando. I servizi della Sicurezza mi avevano informato che si era trattato di un incidente, che aveva scambiato la porta del bagno con quella dell'uscita dal treno... ma insomma, che figli di puttana! Quanta rabbia! Be', ci è toccato vivere in quei tempi.

E sa un'altra cosa? Io sono argentino. Sì, portegno, di Buenos Aires, America del Sud. E questo mi ha salvato la vita due volte.

Zio Paul (quarantun anni)
Intagliatore di diamanti di Anversa

«È troppo pericoloso, Léon!». Provai a dissuaderlo, quasi disperato. «E in più con Raymond e la piccola Charlotte... È una follia!».

Però mio cognato era un uomo dal carattere deciso e quando era convinto di qualcosa era difficile che facesse marcia indietro.

«I nazisti controllano i treni, soprattutto quelli diretti in Francia. Hanno messo i migliori agenti delle SS e della Gestapo, i più intelligenti e crudeli, a ispezionare i passeggeri dei treni... Hanno perfino i cani per scoprire chi usa i documenti falsi, in particolar modo gli ebrei!», insistetti, immaginando il terribile destino a cui sarebbero andati incontro mia sorella Blima e i figli in caso fossero stati smascherati.

«Senti, Paul, ho pensato a ogni cosa, non avere paura», mi rispose con una voce tranquilla, per quanto il suo sguardo non lo fosse. «I documenti sono perfetti, fabbricati nel laboratorio della Resistenza francese, e loro sono i migliori. Viaggeremo con valigie piccole, come se andassimo a trovare certi familiari. Poi ho raccolto tutti i miei risparmi e venduto quanto ho potuto, perfino la macchina da cucire e... ed è qui che ho bisogno del tuo aiuto: voglio trasformare tutto in diamanti, che sono più semplici da trasportare».

«Ma tu sei completamente impazzito!», lo interruppi quasi gridando, anche se da tempo affrontavamo certi argomenti solo sussurrando.

Temevo per mia sorella e per i bambini, era vero. Però era pure vero che la decisione di Léon metteva in discussione la mia stessa convinzione di rimanere ad Anversa con mia moglie e i miei figli. La nostra sorella maggiore era già emigrata con la famiglia negli Stati Uniti, e io ero l'unico a credere che il Belgio potesse ancora costituire un luogo sicuro per gli ebrei. La comunità di Anversa era molto grande (più grande di quella di Bruxelles, e molto di più di quella di Liegi), e aveva sempre vissuto in armonia con gli altri fiamminghi. Inoltre noi ebrei eravamo esperti, quasi indispensabili, senza voler esagerare, in certi settori della produzione e del commercio, come l'industria diamantifera, nella quale lavoravo sin da giovane. Come avrebbero fatto senza di noi?

I nostri cammini erano a un bivio. Se avevo ragione io, le rischiose trovate di mio cognato erano una follia. Se invece gli oscuri presagi di Léon diventavano realtà, allora ero io a commettere un gravissimo errore.

E il terribile dilemma che affrontavamo era che non potevamo avere entrambi ragione. Uno di noi era condannato a essere annientato dalla tragedia.

Charlotte

Da quel momento saremmo stati la famiglia Wins! Léon Wins, la moglie Blima e i loro figli: Raymond e la piccola Charlotte Wins. E quel martedì, di notte, solo quattro giorni dopo aver ricevuto l'*Intimation*, saremmo andati a Parigi. Con una piccola valigia ciascuno. Sulla carta, un breve viaggio di famiglia per fare visita a certi nostri parenti francesi.

Parigi, la Ville Lumière! Ne avevo sempre sentito tanto parlare: la Tour Eiffel, l'Arco di Trionfo, la cattedrale di Notre-Dame... quanto avevo sognato di visitarla! In quel momento, però, nel mio cuore di bambina di otto anni l'angoscia e la paura avevano soffocato qualsiasi anelito all'avventura. La mia mente infantile sapeva che, al di là dell'apparente sicurezza della famiglia e della forza morale dei miei genitori, il pericolo ci minacciava. Come pure mostrava l'infame documento, che alla fine ero riuscita a leggere.

Intimation
Prefettura della polizia

Liegi, 23 ottobre 1941

Il signor Léon S. è invitato a presentarsi di persona al Ginnasio sportivo, in compagnia di un membro della sua famiglia o di un amico, il giorno 29 ottobre 1941, alle 6 di mattina, per un controllo della sua situazione. È pregato di munirsi di documenti di identità.

Chi non si presenterà nel giorno e nell'orario fissati andrà incontro alle più rigide sanzioni.

Il commissario di polizia

Ora lo sapevo! Aveva ricevuto il famigerato *billet vert* dell'*Arbeitseinsatz*, quello che tutti temevano! Léon, il mio adorato padre, era stato convocato per essere condotto nei maledetti campi di lavoro... Voci dicevano che li mandavano a lavorare alla costruzione di una muraglia sull'Atlantico, l'*Atlantikwall*, in pieno inverno, senza riparo dal freddo e con scarsa alimentazione. Doveva presentarsi il mercoledì, molto presto di mattina, "per un controllo della situazione". In una palestra, mio Dio!

Era un momento decisivo.

Perciò quel sabato mattina papà andò in Francia a "trattare" i documenti di una nuova identità, con un falsario che noi non conoscemmo mai. Quella domenica mattina, sulla via del ritorno da Parigi, si incontrò ad Anversa con zio Paul. E di notte i miei genitori parlarono a me e a Raymond nel salone di casa.

«Lasceremo Liegi, ma solo per qualche tempo. Finché le cose non miglioreranno», ci assicurò nostro padre. «Siete ancora piccoli, ma dovete sapere che vostro padre è stato chiamato ad andare nei campi di lavoro forzati fuori Liegi, dai quali non si fa ritorno... Voglio che sappiate che non divideranno mai la nostra famiglia», disse con fermezza. «Viaggeremo tutti insieme dopodomani, martedì, per Parigi. Dopo proseguiremo verso il sud della Francia. Manterremo i nostri nomi, però il nostro cognome diventerà Wins. D'ora in poi saremo la famiglia Wins». Abbozzò un leggero sorriso, quasi forzato. «Non smetteremo mai di essere ebrei... ma per un certo tempo non lo diremo... E dovete imparare a farvi il segno della croce», affermò mentre con la mano destra si segnava. «Ognuno di noi porterà cucito addosso un mucchietto di diamanti. Nelle spalline delle giacche, per esempio. Dovrete farci molta attenzione, perché con quello cercheremo di sopravvivere nei prossimi mesi. Ah, e ognuno potrà portare soltanto una valigia».

Ascoltammo le sue parole in religioso silenzio. E non ci azzardammo a fare nemmeno una domanda, nonostante i dubbi che ci assalivano. La maggior parte di quelle domande non aveva nemmeno una risposta, e lo sapevamo già. Avevamo una sola certezza: «Voglio che sappiate che non divideranno mai la nostra famiglia», ripeté mio padre.

Raphael Ledouc

Aspettai un altro venerdì, sì, sì, certo... Ma niente!

Il giorno dopo, visto che era sabato, chiusi il negozio prima. Era un pomeriggio freddo e grigio, che preannunciava l'avvicinarsi dell'inverno. Sebbene fossero le quattro, era già molto scuro. Mi sentivo angosciato da diversi giorni... per la storia della bambina, sa? Allora mi decisi. Raccolsi le mie forze, che a quell'epoca non erano un granché, e andai a casa sua.

L'illuminazione delle strade era al minimo, a causa della guerra, sì, sì... e si erano moltiplicati i ladruncoli. Non facevano troppa fatica a prendersi gioco di uno come me, e non ero certo un ragazzino. Ma comunque me la cavai a girare per quelle stradine tenebrose delle tane di lupo fino ad arrivare davanti alla casa della bambina. Una villetta a due piani semplice ma carina, al numero 87 di Rue du Molinay, una strada in salita del quartiere industriale di Seraing-sur-Meuse, di stile tradizionale, liegese... Era ormai notte fonda, e la casa si trovava nel buio più totale. Dalle finestre non si vedeva nemmeno una luce e neppure il più piccolo chiarore.

L'angoscia mi invase a tal punto che provai la tentazione di bussare alle porte delle case vicine, sì, sì, per chiedere se sapevano che fine avessero fatto la bambina e la sua famiglia. A malapena riuscii a tenere a bada la disperazione. Non sarebbe stato opportuno domandare della bambina a quelle ore e in un simile stato.

Rimasi fermo nel viottolo per un tempo che mi parve eterno, anche se forse si trattò solo di qualche minuto, mentre la notte invernale si faceva sentire, indifferente al mio dolore. Decisi di tornare indietro. Girai sui tacchi, a capo chino, e allora... in strada, davanti alla casa e vicino al muretto del viottolo, vidi qualcosa che mi fece battere forte il cuore!

Era un nastrino colorato, sì, sì... come quelli che la bambina usava per legare i capelli del colore delle castagne. Quelli che cadevano quando la piccola si agitava o sussultava. Trattenni il fiato. Mio Dio! Che le era successo?

Alzai il nastrino lentamente: era rosa chiaro. Lo misi con cura nella tasca della giacca, assieme ad alcune caramelle che le avevo portato, nel caso l'avessi trovata, sa? Era tutto quello che mi rimaneva di lei. E allora mi resi conto con lucidità, in quella notte gelata e crudele, che la maledetta guerra mi aveva strappato via pure la più piccola delle gioie, e la speranza che un giorno avrei rivisto la bambina era l'unico lumicino che ancora riscaldava la mia vita.

Parte seconda
L'inverno

Ma quale nella Parigi dell'inverno 1941-1942, il più tenebroso e duro inverno dell'occupazione (...)? Quale poteva essere il suo rifugio? E come riusciva a sopravvivere in quella Parigi?
PATRICK MODIANO, *Dora Bruder*

Capitolo 1
Il viaggio verso la notte

Gare des Guillemins, Liegi, novembre 1941

Charlotte

Li vidi e un brivido mi scese lungo la schiena.

Arrivammo alla vecchia Gare des Guillemins di mattina presto. Papà ci aveva detto che era molto importante raggiungere Parigi prima del tramonto. E in quel periodo dell'anno la notte scendeva presto, non oltre le cinque del pomeriggio.

Le sue istruzioni erano state chiare: comportarsi "con naturalezza" (come se fosse stato facile!), non parlare con nessuno e portare una piccola valigia, "come chi va a visitare la famiglia per qualche giorno". Se proprio dovevamo domandare qualcosa, l'avremmo fatto Raymond e io, che eravamo nati in Belgio e parlavamo senza accento. Poiché avevo un leggero problema di strabismo, in genere coprivo l'occhio destro. Ma la notte prima della partenza, per non destare troppa attenzione, tolsi la benda. E non la usai mai più.

Avrei indossato il mio pesante cappotto invernale, con le spalline voluminose, come si portavano all'epoca; al loro interno avevamo nascosto molti diamanti. Cercavo di non pensarci troppo, la cosa mi agitava parecchio. Prima di lasciare la casa, mamma offrì a tutti una grande tazza di caffellatte e dei biscotti buonissimi. Fu l'ultimo sapore di casa, anche se velato di tristezza.

Poi sgattaiolammo in un'automobile che papà Léon aveva affittato ("deve essere un viaggio normale, non possiamo aggirarci per le strade come mendicanti") e attraversammo ancora semiaddormentati una Liegi avvolta nella penombra.

Quando la macchina si fermò, afferrai con determinazione la mia piccola valigia e scesi decisa, come chi ha accettato di iniziare una nuova vita, nonostante tutto e tutti. Fu allora che li vidi.

Controllavano sia l'entrata principale sia quelle laterali. La stazione di Liegi era un centro nevralgico e per questo veniva tenuta sotto stretta sorveglianza. La fuga dei nemici politici e degli ebrei doveva essere evitata. A tale scopo erano lì, loro.

Gli ufficiali delle Waffen-SS, il corpo di élite, indossavano uniformi impeccabili di colore scuro, con il colletto in tonalità più chiara, nel punto in cui sfoggiavano la temuta sigla: SS. Erano accompagnati da agenti della Gestapo, con i loro cappotti in pelle che arrivavano fin sotto le ginocchia. Tutti portavano lucenti stivali di pelle nera, e sul loro braccio sinistro si stagliava una fascia rossa con la svastica. Le loro uniformi (molti anni dopo venni a sapere che erano state disegnate da un certo Hugo Boss), la loro aria di sufficienza e la superiorità che emanavano facevano accapponare la pelle.

Rimasi pietrificata! Il timore cedette il passo al terrore più viscerale. Un terrore che si impossessò di ogni mia fibra e di ogni cellula del corpo. Un terrore che non mi avrebbe più abbandonato per anni. Tuttavia mio padre mi diede una scrollata e subito dopo, non so come, era già di fronte a loro.

«Documenti», disse a mio padre un ufficiale delle SS mentre conficcava su di lui i suoi occhi celesti, quasi trasparenti.

Mio padre non sembrò scomporsi. La sua altezza e il portamento militare lo aiutavano. Raymond era ancora più alto. Non poteva trattarsi di due "sporchi ebrei", insomma! L'ufficiale annuì e restituì i documenti. Tirammo un sospiro di sollievo e continuammo a camminare. Attraversammo i portici della vecchia Gare des Guillemins, con il frontone decorato dall'enorme statua di una donna – simboleggiava l'industria, mi avevano insegnato a scuola – e ci dirigemmo alla nostra banchina. Terzo vagone, seconda classe. Ci sedemmo alla fila numero trentasei. Perché ricordo questi particolari? Lo ignoro. Avevo il cuore in gola. Non riuscivo a pensare.

La nostra destinazione era Lille, Francia, dove avremmo cambiato treno in direzione di Parigi. Era un lungo viaggio, che sarebbe durato per tutto il giorno. "La cosa importante è arrivare a Parigi prima di sera", aveva detto mio padre.

Qualche minuto prima delle otto sentimmo il fischio, e la vecchia locomotrice si mise in moto. Ogni tanto il dondolio del treno allontanava per poco la mia angoscia, e mi veniva sonno... Per l'amor del cielo! Mi risvegliavo con un sussulto, terrorizzata. Mi capitò più volte, per un arco di tempo che mi parve interminabile. Alla partenza da Tournai, l'ultima città belga lungo la strada per Lille, iniziammo a sentire, come se provenisse dall'ultimo vagone, un suono che mi sembrò molto strano. Si trattava di una sorta di ticchettio che non riuscivo a identificare. Cos'era? Il ticchettio si sentiva sempre più vicino. Qualche minuto, e poi silenzio. E poi di nuovo ricominciava.

D'improvviso la porta posteriore del vagone si spalancò. A guidare il gruppo, alcuni uomini con indosso un'uniforme simile a quella dei soldati di guardia nella stazione di Liegi, eppure qualcosa mi diceva che erano di rango inferiore.

«Sono di Degrelle», sussurrò Léon a Blima.

Tra di loro i soldati parlavano in francese con un marcato accento belga. Erano forse membri dell'odiata Legione Wallonie? Dietro di loro, quattro uomini della Gestapo, con i lunghi impermeabili in pelle nera e gli stivali lucenti, battevano rumorosamente contro il soffitto del vagone, di proposito. "Siamo arrivati noi, i nuovi padroni del mondo", pareva che volessero dire.

Nella carrozza scese un silenzio sepolcrale. Di tanto in tanto la comitiva si fermava davanti a qualche disgraziato, chissà perché. Chiedevano i documenti e poi lo sottoponevano a un lungo interrogatorio, per umiliarlo. I belgi collaborazionisti erano strafottenti, prendevano in giro. I tedeschi della Gestapo non perdevano tempo in queste cose. Perforavano il malcapitato con lo sguardo e, se non riscontravano qualcosa che attirasse la loro attenzione, andavano avanti. Nel nostro vagone non successe nulla, ma nel successivo afferrarono un ragazzo per il collo, lo alzarono in aria e lo schiaffeggiarono. Perché, che aveva mai fatto? Non lo sapemmo mai. Quale fu la sua fine? Impossibile indagare.

Giungemmo a Lille. Cambiammo binario e prendemmo il treno per Parigi, più grande e moderno. Quinto vagone, seconda classe. Fila sedici. Ma, insomma, perché ricordo tutti questi dettagli inutili? Forse era una difesa davanti a un mondo ostile che non riuscivo a capire, non so.

Stavolta dovemmo aspettare a lungo. Qualcosa era andato storto. Tememmo che ci riguardasse. I miei genitori non erano più in grado di nascondere la loro impazienza. Mai e poi mai chiedere, però! Alla fine sentimmo il fischio del capotreno e partimmo. Uff, che liberazione! Era già pomeriggio, e a novembre diventa buio presto. Mamma tirò fuori dalla borsa dei panini al formaggio e una bottiglia di acqua. Era poco, ma almeno così avremmo ingannato lo stomaco. Fu un breve momento di tregua dall'agitazione del viaggio.

Non era passata nemmeno mezz'ora dalla partenza che sentimmo di nuovo il ticchettio degli stivali militari. Prima lontano, distante; poi sempre più vicino… ma, non poteva essere! Che tortura! Stavolta sapevamo di cosa si trattava. E stavolta facevano sul serio.

Non c'era spazio per i collaborazionisti mediocri e spacconi: era un folto contingente delle Waffen-SS e di membri della Gestapo. Pretendevano i documenti di ogni passeggero, uno per uno. Quando qualcosa non li convinceva, guardavano fisso lo sventurato e facevano un paio di domande. Niente di più.

Tre file prima di noi chiesero i documenti a una donna sulla quarantina. Evidentemente qualche dettaglio li aveva messi in allerta. Le posero una domanda pacata in tedesco. Poi un'altra in francese. La donna aveva un pesante accento polacco, impossibile da nascondere.

«Prenda le sue cose e si trasferisca nell'ultimo vagone. Lì un ufficiale le assegnerà un posto».

Non dissero altro. Non urlarono né la trattarono male. Intravidi il volto di lei stravolto dalla paura. Prese la borsa, poi cercò una piccola valigia come chiedendo scusa, e si vedeva che si sentiva osservata da tutti. Pareva che stesse ammettendo la sua colpa, di essere stata così goffa da non saper nascondere il suo accento natale… Aveva l'età di mamma, e perfino qualcuno dei suoi gesti. Non potemmo fare niente. Se la portarono via e non potei fare niente. Nessuno poteva fare niente, l'impotenza era sconfortante.

Fummo di nuovo fortunati, e il ticchettio si allontanò lungo il treno.

Dai finestrini vedevamo il cielo grigio coperto e gli alberi senza foglie, con i rami sottili tesi verso l'alto, quasi supplicassero misericordia – fu quello che pensai all'epoca, lo ricordo bene – mentre il sole si avvicinava alla terra e la luce svaniva.

Non saremmo arrivati a Parigi di giorno.

Che strano! L'avevo immaginata così diversa! Non potevo credere che quell'immensa città che stavamo attraversando al buio fosse la mia adorata Parigi. Qua e là delle chiazze di luce. Per il resto l'antro di un orco!

Finalmente arrivammo alla Gare du Nord. Eravamo sfiniti. Così tante emozioni in un solo giorno! Era notte fonda, e il volto di mio padre tradiva la sua preoccupazione. Scendemmo dal treno con le nostre piccole valigie e lo seguimmo. A ogni angolo c'erano soldati tedeschi e gendarmi francesi. Ebbi l'impressione che mio padre cercasse di incontrare qualcuno che non si faceva vedere. Chi? Non lo so. Faceva ogni cosa dissimulando: non potevamo fermarci in un posto, altrimenti avremmo subito dato nell'occhio. Camminava lentamente, guardando da un lato all'altro di traverso, quasi senza muovere la testa. Attraversammo l'enorme stazione. Era evidente che il suo amico, o chiunque fosse, se n'era andato a causa del ritardo del treno. Alla fine oltrepassammo l'ingresso della stazione e ci dirigemmo verso Boulevard de Magenta.

Qualche punto di luce attorniava la stazione. Per il resto il buio sembrava divorare ogni cosa. Se Liegi era una cittadina controllata e sorvegliata, Parigi era un'enorme città occupata.

Mio padre non si turbò. Con la sua famiglia passò di fianco agli ufficiali delle SS che erano di guardia alla stazione. Estrasse dalla tasca interna del cappotto un foglietto e lesse un indirizzo. Questione di secondi. Poi riprese a camminare, lentamente, verso la lugubre città.

Che ironia del destino! Quella stessa mattina non avevamo voluto attraversare la città a piedi con le valigie per non farci notare. E ora non avevamo altra scelta: dovevamo addentrarci nelle fauci di una metropoli sconosciuta e piena di minacce, con le nostre valigie al seguito e senza una meta.

Léon aprì il cammino. Noi lo seguimmo, vicini, sino a confonderci nella notte.

Capitolo 2
Un tenue calore d'inverno

Końskie, Polonia, autunno e inverno del 1941

Christoff Podnazky

Viaggiammo nel carro merci per tutto il giorno.

Due giorni prima avevano riunito tutti noi ebrei ancora residenti a Płock. Sapevamo che avremmo viaggiato, perché ci avevano detto che potevamo portare una valigia a testa. Ignoravamo la meta. All'alba ci trasferirono a bordo di un camion alla stazione dei treni, dove ci consegnarono una magra razione. Quindi ci fecero salire a spintoni sui vagoni. Era un treno fetido, costruito per trasportare il bestia-

me, senza una ventilazione adeguata, e in cui ci ammassarono neanche fossimo animali. Tuttavia l'odore pestilenziale che ci rivoltò lo stomaco non appena entrammo non proveniva dallo sterco del maiale, bensì dal vomito umano in stato di putrefazione. Evidentemente nel "viaggio" precedente non se l'erano passata troppo bene…

Non posso dire che mi ci abituai, perché è impossibile abituarsi a una simile miseria umana. Pensi che, quando spalancarono le porte del vagone, un giovane soldato tedesco prese un secchio di acqua, deciso a pulire, anche se sommariamente, lo sporco che si era accumulato: vomito, urina, escrementi. Il suo superiore lo fermò, secco: «Sono ebrei. Non è necessario».

Nessuno si rifiutò di salire sui vagoni. Sarebbe stato inutile. A ogni modo, gli ufficiali esortavano i soldati a colpirci con il calcio dei fucili. Quei colpi non erano troppo forti, non ci causavano dolore, bensì umiliazione. Per loro eravamo bestie, e come tali dovevamo essere trattati.

Ero tornato nella mia Polonia natia dal Belgio, dove studiavo Ingegneria all'Università di Liegi, agli inizi del 1939. Lo feci allarmato dal clima di guerra che si respirava tra la Germania e la Polonia. E per la crescente ostilità verso gli ebrei di certi gruppi politici del mio stesso Paese, gruppi che organizzavano pogrom e attacchi alle sinagoghe. Sognavo di difendere la mia patria, proprio come aveva fatto mio padre.

Ciò nonostante, mi era bastato entrare in Polonia e, più tardi, nella mia bella città di Płock, sulla Vistola, per capire quanto i miei sogni fossero lontani dalla realtà. La mia patria era in preda al disordine, ignara di quale strategia adottare per contrastare un possibile assalto tedesco. Ero anche consapevole della minaccia che l'Unione Sovietica si unisse all'invasione per scagliarsi contro la Polonia. Non si sapeva nemmeno a cosa sarebbe servito il nostro patto di difesa con l'Inghilterra e la Francia, viste le debolezze di entrambi i Paesi e la loro lontananza geografica. Alla fine ero riuscito ad arruolarmi nell'esercito polacco come volontario. Ma avevo ricevuto una formazione minima, e mi avevano assegnato delle armi obsolete. Intesi che il mio aiuto non sarebbe servito a niente e trascorsi gli ultimi mesi di libertà roso dall'angoscia e dall'impotenza.

Finché, all'alba del primo settembre 1939, la Germania nazista invase la Polonia da ovest. Quanto all'Unione Sovietica, lo fece diciassette giorni dopo. Non sfuggiva a nessuno che entrambe le offensive (e la successiva spartizione del territorio polacco) fossero state concordate in anticipo. Le nostre truppe si batterono eroicamente. Un eroismo inutile, potremmo dire, perché furono annientate nell'arco di pochi giorni. La mia amata città di Płock venne occupata dai nazisti nei primi giorni di settembre. Varsavia cadde tre settimane più tardi. E io fui destinato a un battaglione di riserva, quindi, in realtà, non partecipai ad alcuna azione di guerra. L'unica cosa che feci fu retrocedere, giorno dopo giorno, seguendo gli ordini dei miei superiori. Verso la fine del mese, quando ormai tutto era perduto e l'unica alternativa consisteva nel fuggire verso la Romania, decisi, con dolore, di togliermi l'uniforme, seppellirla sotto un tiglio centenario (così avrei potuto ritrovarlo facilmente) e tornare nella mia vecchia Płock, dai miei, polacchi ed ebrei.

Nell'istante stesso in cui presi quella decisione, seppi con certezza che era sbagliata.

Ma andai avanti. Era quello che dovevo fare.

Dopo l'occupazione tedesca, la situazione di Płock si deteriorò in pochissimo tempo. Soprattutto per gli ebrei. Eravamo la quarta parte della popolazione, circa novemila individui. Fummo assegnati ai lavori forzati. Alcuni riuscirono a fuggire. Più tardi, a metà del 1940, venne fondato un ghetto, ma i nazisti preferirono non mantenerlo e iniziarono a deportare in modo massiccio gli ebrei. Nella seconda metà del 1941 rimanevano a Płock pochissimi ebrei, costretti a sopportare una vita sempre più deprimente.

Non mi meravigliò la notizia che pure noi saremmo stati trasferiti. La presi come un'ulteriore tappa nella catena di sventure che la guerra ci aveva imposto. Salii lentamente, a colpi di calcio di fucile, sui vagoni malandati e puzzolenti, e sistemai le mie quattro cose, mentre alcuni dei miei compagni di viaggio davano di stomaco sul vomito ormai putrefatto di chi ci aveva preceduto.

E così viaggiammo per un giorno interminabile. Sapevamo che eravamo diretti a meridione grazie ai raggi del sole. E pure che stavamo passando per Łódź, perché lì sostammo a lungo e potemmo sbirciare qualcosa dalle fessure del vagone. Le ore passavano. L'ansia cedette alla disperazione. Al calar della notte, quando era ormai impossibile resistere ancora, il convoglio si fermò. Sentimmo dei passi frettolosi e dei ferri che stridevano. Sì, eravamo arrivati! Trattenemmo il fiato! All'improvviso un movimento brusco, e le porte del vagone si spalancarono.

La luce ci accecò. Per qualche istante non fummo in grado di distinguere niente. Poi vedemmo le sagome di alcune guardie tedesche che spingevano un gruppo di prigionieri perché fissassero delle rampe ai treni. Raccogliemmo i nostri fardelli e ci avvicinammo all'ingresso del vagone. Il sollievo che provammo uscendo da un simile luogo di reclusione si mescolò all'incertezza circa il nostro destino. Dove eravamo? E perché?

Mi sporsi e respirai profondamente nel fresco del tramonto. Era una ricompensa dopo tutta quell'aria viziata. Mi apprestai a scendere. Di colpo guardai lontano, verso l'edificio della stazione. E lo vidi.

La sua figura snella e la testa ben dritta sul collo erano inconfondibili, anche se era dimagrito parecchio. Indossava un vestito blu di scarsa qualità, sul quale si distingueva la stella di David gialla; di sicuro più elegante rispetto ai vestiti rammendati (e spesso cenciosi) che portavamo noi ebrei a quei tempi. Il dettaglio richiamò la mia attenzione.

Cominciai a camminare lungo la rampa. Il mio sguardo venne intercettato dai suoi profondi occhi neri. Entrambi ci fissammo per alcuni secondi che mi parvero eterni. Il calcio di fucile di una guardia mi riportò alla realtà. Finii di scendere, mi unii agli altri e non lo vidi più.

Non avevo dubbi. Era lui. E mi aveva riconosciuto. Sapeva forse che anch'io viaggiavo su quel treno?

Ci condussero in uno spogliatoio; lì ci sottoposero a una doccia gelata che, in pieno ottobre, avrebbe potuto provocarci una polmonite. Dopo aver viaggiato in mezzo agli escrementi per un lungo giorno, la ricevemmo come una benedizione. Poi fummo mandati ai camion. A colpi di fucile, ovviamente. Ormai il nostro era un segreto che passava di bocca in bocca: ci riportavano nel ghetto di Końskie. Solo così si spiegava tutto! O quasi tutto, perché qualche dubbio ci rimaneva.

Sulla nostra nuova "casa" non mancavano le congetture, anche se la maggioranza di noi credeva che dopo le sofferenze di Płock la nuova sistemazione sarebbe stata senz'altro migliore. In molti si erano fatti una buona "idea", se si può chiamarla così, del ghetto di Końskie. "La speranza è l'ultima a morire", ricordo che pensai. I fatti avrebbero dimostrato in modo inequivocabile che mi stavo sbagliando. I camion si fermarono. Di nuovo giù. Altri colpi. Un ufficiale delle SS lesse un lungo bando: "Antón Brodstein, numero 83 di via Warszawska, in fondo. Isaak Berlinsky, numero 14 di via Bóžnicza...".

E così proseguì a lungo. Ignoravamo come saremmo giunti nella nostra nuova abitazione. Se ne occupò la polizia ebrea locale, che dipendeva dallo *Judenrat*, il Consiglio degli ebrei di Końskie. Poco più tardi, a notte fonda, finii assieme al mio sacco in una stanzina allestita con un pagliericcio, una candela e un orinatoio. Non aveva finestre. E la sensazione di ammassamento di quel ghetto era terribile. Ma almeno la camera era pulita e sembrava non ospitare pidocchi. Poteva andarmi peggio.

Trascorsero quattro giorni dalla notte del mio arrivo a Końskie. Mi venne assegnato un lavoro in una bottega per confezionare i vestiti in via 3 Maggio, a circa duecento metri dalla mia stanzetta. In cambio dei miei servizi ricevevo una scarsa razione di cibo, candele e qualche vestito di seconda mano.

Quella notte era il primo giorno del *Sukkōt*. Non ero molto devoto, quindi per me non aveva un significato particolare. Tuttavia era pur vero che in quelle notti di festa mi cresceva dentro la nostalgia per i tempi passati. Di colpo qualcuno bussò alla mia porta. Rimasi di ghiaccio. Chi mai poteva essere? Mi avvicinai con la candela in mano e aprii lentamente. Lo stesso vestito blu di scarsa qualità, la stessa magrezza, gli stessi occhi neri, grandi e profondi, lo stesso sguardo limpido. Però stavolta sul suo volto era abbozzato un sorriso.

Ci fondemmo in un abbraccio infinito.

«Christoff, amico mio caro! Che piacere rivederti!».

«Non ci posso credere, Alter mio!».

Il mio vecchio amico dell'università! E aveva portato con sé dei gioielli per festeggiare il *Sukkōt* e il nostro ritrovarci: una bottiglietta di grappa e un minuscolo pezzo di formaggio. Tirai fuori le mie razioni e, come se fosse un pasto luculliano, demmo inizio al banchetto.

Per ore e ore, quasi fino all'alba, dimenticammo quel mondo crudele che minacciava di divorarci in qualsiasi istante. Parlammo di tutto: le nostre storie, le nostre gioie e le nostre paure.

«Temo per i miei genitori», mi confessò. «Sono sempre più deboli. E mio padre ha subìto ogni tipo di umiliazione perché è così religioso. Ogni volta che esce dal ghetto con la sua tunica nera, la barba bianca e la *kippah*, si espone a motteggi e punizioni, sempre più crudeli. Mia madre cerca di impedirglielo, ma lui non la sta a sentire. "Non ci metteranno in ginocchio", le dice, "ricordati quanto ha sofferto Abramo". Sembra un uomo forte, ma dentro patisce molto...».

«Io non sono più in contatto con i miei genitori», gli riferii. «Sono rimasti a Liegi e non ho loro notizie da mesi. Il Belgio non è come la Polonia, eppure non so cosa pensare».

Il suo ritorno in patria non era stato certo migliore del mio. La comunità ebraica di Końskie l'aveva accolto molto bene: era un ragazzo giovane, di bella presenza e prossimo a laurearsi in Ingegneria in una prestigiosa università europea. L'avevano subito soprannominato "l'Ingegnere". Ma aveva potuto fare così poco prima dell'inizio della guerra! Trovare un lavoro, e offrire un po' del suo aiuto ai genitori e alla comunità.

Il primo settembre del 1939 il mondo era crollato sotto i piedi di tutti. E il 6 settembre, a metà mattinata, la Wehrmacht era entrata a passo trionfale nella piccola cittadina storica di Końskie. Lo spiegamento tedesco di uomini e armamenti era impressionante. Le dotazioni brillavano al sole, e le uniformi lucevano impeccabili. La Germania nazista si era preparata con estrema cura per quel momento di gloria. Alter aveva capito che la notte sarebbe stata lunga.

Quello che mi raccontò in seguito era impossibile da accettare.

«Eravamo a Krakowska, la strada principale di Końskie, non molto lontano dal parco, a mezzogiorno di domenica 10 settembre», cominciò Alter, come chi evochi un sogno (o un incubo), e non riesca ad accettarlo, «quando sentimmo un forte rombo di motore. Pensammo che fosse legato alla guerra, non avremmo mai immaginato cos'era».

Intuii che la storia ispirava al mio amico sentimenti contrastanti. Il suo sguardo svelava dolore e disprezzo, perfino odio. Eppure vi leggevo anche un luccichio di curiosa fascinazione, quanto lo può provocare uno di quei temibili mostri proiettati al cinematografo.

Il rumore era sempre più forte, un gran numero di vetture avanzava. D'improvviso da una strada laterale avevano visto spuntare una colonna motorizzata, che si avvicinava sollevando grandi nuvole di polvere.

Il mio amico fece una pausa e strizzò gli occhi.

«Il fracasso era assordante. Davanti venivano le motociclette, poi i sidecar e dietro le jeep, tutti in una formazione perfetta. Gli ufficiali che partecipavano alla sfilata erano delle Waffen-SS e avevano organizzato ogni cosa sin nei minimi dettagli. Ricordo che indossavano occhiali da sole con una montatura chiara: era impossibile vedere i loro occhi, l'essere umano era scomparso dietro la macchina di morte. L'effetto complessivo era di imponenza», e Alter respirò a fondo. Sapeva che quanto mi stava per raccontare mi avrebbe sconvolto. «In mezzo alla carovana scorgemmo un'impressionante Mercedes Benz 770 nera con accessori nichelati che viaggiava a gran velocità con la cappotta abbassata. E al suo interno c'era… Adolf Hitler».

Gunther Hessen (ventiquattro anni)
Ufficiale delle Waffen-SS

Dopo la sconvolgente vittoria del generale Rudolf Gerd von Rundstedt sull'esercito della Polonia, venni mandato nella cittadina di Końskie. Tre giorni dopo, sabato 9 settembre, di notte, ricevemmo un messaggio di allarme cifrato. Il comandante fu l'unico ad avere accesso al suo contenuto.

«Domattina alle sette dovrete presentarvi nel mio ufficio», ordinò a noi ufficiali. «Lì riceverete le mie istruzioni».

Il giorno seguente eravamo lì riuniti tutti, circa una ventina.

«Vi informo che oggi alle 11.45 il cancelliere imperiale del Terzo Reich, il nostro Führer Adolf Hitler, percorrerà la città, in una marcia motorizzata». Il comandante cercava di essere serio e impassibile, eppure la sua voce tradiva un filo di emozione. «Ognuno di voi si apposterà con un plotone di soldati nei luoghi che vi indicherò più avanti. Dovrete applicare in modo rigoroso l'ordinanza di massima sicurezza. E ricordate, la protezione del nostro Führer dipende da noi: se ci saranno errori, i responsabili saranno puniti con la vita».

All'ora indicata, con una puntualità prussiana, sentimmo il rombo dei motori che avanzavano lungo la strada principale. Controllammo le nostre posizioni. Fu una questione di pochi secondi, ma devo confessare che il cuore si riempì di orgoglio. La nostra adorata patria, umiliata dopo la

sconfitta della Grande Guerra, tornava a risorgere con gloria. E lì ci trovavamo noi, a contemplarla. Che privilegio!

Il gruppo passò al nostro fianco. E, al centro, in una Mercedes Benz 770 decappottabile, riuscii a vedere, a non più di tre metri di distanza, il Führer della nazione tedesca. I soldati si mantennero sull'attenti. Soltanto noi ufficiali di ordinanza avevamo l'autorizzazione a porgere il saluto al loro passaggio. E così feci, con quanto fiato avevo in gola: «*Heil, Hitler!*».

Solo in seguito venimmo a sapere che il cancelliere imperiale era atterrato in un aeroporto vicino a Kielce, da dove si era diretto a Końskie. Lì si era riunito con il generale Wahler von Reichenau nel suo quartier generale, stabilito in una magione nei dintorni della città. Von Reichenau l'aveva informato circa lo stato di avanzamento delle operazioni e la tenace resistenza riscontrata nel popolo di Końskie. Aveva pure riferito al cancelliere imperiale che il giorno prima un gruppo armato di civili polacchi aveva assassinato e mutilato un alto ufficiale e quattro soldati tedeschi (si diceva che avessero loro cavato gli occhi e tagliato la lingua). A quanto pareva, diversi ebrei avevano preso parte al crimine. La cosa non ci sorprese. Il Führer lasciò istruzioni ben precise su come procedere.

Christoff Podnazky

«Ma non è tutto…». Stavolta Alter parve deciso a non continuare. Gli pesava troppo quello che doveva ancora raccontarmi.

Era il *Sukkōt*, un tempo dalle radici bibliche che ricorda la miseria affrontata dal popolo ebraico durante la peregrinazione nel deserto, e la precarietà delle sue condizioni materiali; simbolo ne è la capanna improvvisata, o *suka*, in cui gli ebrei si erano rifugiati per poi sfuggire alla schiavitù in Egitto. Non ci trovavamo in una capanna di palme, bensì in una triste stanzetta del ghetto, dove il nostro presente si mostrava in tutta la sua disillusione, e il futuro pareva ancor più minaccioso. In quel mondo spietato in cui ci era capitato di vivere, noi due amici del cuore ci eravamo ritrovati. Era quindi giunto il momento di parlare, di condividere le pene che ci logoravano da dentro.

«Non ci eravamo ancora ripresi dalla sorpresa che ci aveva provocato la presenza di… di chi stiamo parlando, quando, il giorno seguente, verso il tramonto, in paese cominciarono a girare delle voci: "Non può essere lei", "Sì, io l'ho vista scendere da una jeep", "E se era lei, perché è venuta?". Anch'io mi domandavo la stessa cosa: perché?», si era chiesto il mio amico, mentre scrollava la testa con amarezza. «Perché?».

Gunther Hessen

Sì, le posso confermare che Helene *Leni* Riefenstahl, la regista del Terzo Reich famosa in tutto il mondo per aver girato *Il trionfo della volontà* e *Olympia*, arrivò a Końskie il giorno successivo al Führer. Sono stato testimone di quanto è successo.

Così venne annotato sul registro del comando: "Alle ore 17.15 del giorno 11 settembre del 1939 prende avvio la sfilata motorizzata alla villa di Końskie, ex Polonia (ora facente parte del governo del Reich), di *Fräulein* Helene Bertha Amalie Riefenstahl, rimasta nella Villa sotto la protezione di tale comando".

Venni assegnato alla sua guardia sin da subito, e di certo *Fräulein* Riefenstahl non passò inosservata: oltre a essere famosa, era davvero bella. La lunga chioma nera, crespa e gonfia, contrastava con l'incarnato chiaro. La figura, di per sé attraente, veniva messa in risalto da un vestito dal taglio militare grigio-bluastro, gli stivali alti in pelle nera, una cintura larga e intagliata, e un cinturone trasversale in pelle nera dal quale pendeva alla spalla una pistola militare. Si muoveva con gesti energici e decisi. Il mio compito consisteva unicamente nel proteggere la sua persona. Tuttavia devo confessare che era impossibile sottrarsi al suo fascino. Il giorno successivo avrebbe dovuto filmare alcune scene con il suo cineoperatore Guzzi, venuto appositamente da Berlino. Da quanto dicevano, era stato lo stesso Führer a volerla quale corrispondente di guerra. Il nostro supporto doveva essere incondizionato.

A metà mattina *Fräulein* Riefenstahl ci ordinò di portarla in piazza Kościuszki, in centro. Nella chiesa di San Nicola erano deposte le bare del generale Wilhelm von Roettig e dei quattro soldati assassinati il giorno precedente dai polacchi. A un lato della piazza si era riunita una folla numerosa di soldati della Wehrmacht. Ci avvicinammo a loro. Sembravano molto nervosi e rivolgevano ai polacchi epiteti terribili. Non appena riconobbero *Fräulein* Riefenstahl, si fecero da parte e ci lasciarono passare perché osservassimo la scena. Circondato dai soldati, un gruppo di polacchi stava scavando un grande fossato nella piazza. Saranno stati una trentina. Alcuni avevano delle pale, altri lavoravano usando le mani. Dall'aspetto e dai vestiti si intuiva che metà di loro era ebrea.

«Per seppellire i nostri commilitoni caduti», commentò uno dei pochi ufficiali dello Heer lì presente.

Rimanemmo fermi a guardare. I polacchi venivano schermiti dai soldati della Wehrmacht, che li insultavano e colpivano con i calci dei fucili. Si notava che *Fräulein* Riefenstahl ne era infastidita. Di tanto in tanto qualche ufficiale provava a calmare gli animi. Alla fine, quando la fossa raggiunse un paio di metri di profondità, un ufficiale diede l'ordine di interrompere e di tirare fuori i polacchi. Mentre lo facevano, i soldati cominciarono a irriderli e colpirli, con sempre maggiore crudeltà. In quel momento *Fräulein* Riefenstahl li rimproverò: «Non avete sentito quello che ha detto l'ufficiale? Perché non vi comportate come soldati tedeschi?».

Le risposte giunsero violente e minacciose.

«Mollale un pugno in bocca! Mandate via quella puttana!».

«Che state ad aspettare? Sparate alla puttana!».

Non era il momento adatto per mettersi a discutere. Prendemmo per il braccio *Fräulein* Riefenstahl e ci apprestammo a portarla via dalla piazza. In quel momento sentimmo un colpo. Una sparatoria aveva appena avuto inizio. Tutti noi, compresa *Fräulein* Riefenstahl, corremmo verso la fonte degli spari. Quello che vedemmo ci fece inorridire. La reazione di *Fräulein* Riefenstahl rimase impressa su una fotografia. E io sono uno degli ufficiali che appaiono nella foto.

La scena non mi piacque affatto. Ma non eravamo stati noi, bensì i soldati della Wehrmacht. Comunque non li colpevolizzo. Eravamo in guerra. E in guerra tutto è concesso.

Christoff Podnazky

«Il nostro paesino ferveva di attività. Truppe tedesche, moto, jeep e camion si spostavano su e giù di continuo», proseguì Alter.

Mentre serviva due minuscoli bicchierini di acquavite, mi confessò la sua amarezza per la rapida sconfitta dell'esercito polacco. Varsavia continuava a resistere, e solo alcune regioni erano ancora libere dall'invasore. La sorte ormai era segnata.

«Quella sera del 12 settembre, scorsi per la prima volta l'orrore che incombeva su di noi».

Alter interruppe per un istante il suo racconto, con lo sguardo perso nel vuoto. Poi mi riferì che con alcuni amici si era persino recato nelle vicinanze di piazza Kościuszki per vedere cosa stesse accadendo. Correvano diverse voci. Avevano già confermato la presenza della famosa Leni Riefenstahl in città. Ma perché? Il passaggio a sorpresa di Hitler aveva alimentato la speranza di riuscire a ottenere qualche informazione in più da mandare all'esercito. Individuarono un gruppo di soldati tedeschi che "incitava" una trentina di cittadini polacchi a spostarsi verso un lato della piazza: ce n'erano di molto giovani (quasi bambini), adulti e vecchi. Per lo più erano ebrei, e tra loro c'erano anche alcuni suoi conoscenti. Li ammassarono intorno a due alberi, quindi consegnarono loro qualche pala e ordinarono di scavare un grande fosso, di circa tre metri per sei.

I nostri compatrioti (per lo più gente semplice, di paese) non capivano il tedesco: ignoravano che il fosso sarebbe servito per seppellire i tedeschi che venivano vegliati nella chiesa vicina. In molti credettero che fosse per loro. Ciò nonostante, cercarono di fare il lavoro al meglio: coloro che non avevano le pale scavavano con mani e unghie. Fu la prima volta in cui il mio amico vide degli uomini maturi, rispettati dalla comunità e dalle famiglie, mettersi in ginocchio. Non era poi troppo difficile da capire: ci tenevano ad aver salva la vita.

Il mio amico Alter deglutì. Aveva difficoltà a proseguire. Qualcosa mi diceva che, parlando di quegli uomini, in realtà parlava di tutti noi e di se stesso. Mi disse che all'improvviso si sentì un rumore crescente. Qualcuno si stava avvicinando. Il cerchio dei soldati si aprì. Una donna elegante, scortata da diversi ufficiali delle SS, si accostò alla fossa. Era Leni. Malgrado il terribile momento che stava affrontando, non poté fare a meno di provare una certa attrazione per quella donna.

Nel frattempo, i soldati sollecitavano sempre di più i nostri compatrioti, ma questi procedevano troppo lentamente. Insulti e colpi si susseguivano. La situazione peggiorava di minuto in minuto. All'improvviso Leni disse qualcosa che infastidì i soldati. Ci furono gesti stizziti, cenni adirati, e alla fine la regista optò per ritirarsi in compagnia delle sue guardie del corpo delle Waffen-SS. Pochi attimi dopo, un ufficiale comunicò ai soldati che avevano finito e che i polacchi potevano uscire dalla fossa. A quel punto, gli insulti, i colpi e i calci si moltiplicarono. Fu allora che qualcuno (pare uno della scorta del tenente della Luftwaffe, Bruno Kleimienel) sparò a un anziano che era appena riemerso dallo scavo, esausto. Il pover'uomo cadde fulminato. Gli altri guardarono terrorizzati, senza sapere come reagire. Tre ragazzi uscirono di corsa verso la strada che si immette nella piazza. Gli altri esitarono un istante, però poi il panico si impossessò dei presenti, che cominciarono a correre in tutte le direzioni pur di raggiungere via Granata.

Fu allora che iniziarono gli spari: gli abitanti di Końskie caddero uno dopo l'altro, proprio mentre attraversavano la piazza in cerca di un riparo. In diversi pensarono di mettersi in salvo nel grande magazzino di fronte, ma le porte erano sbarrate. Sei uomini si accasciarono gli uni sugli altri davanti all'ingresso. Altri rimasero sparpagliati qua e là sul marciapiede. In pochissimi riuscirono a fuggire. Gli ufficiali e i

soldati tedeschi continuarono a sparare – adesso, però, in aria – mentre esortavano la gente ad andarsene, evitando così che potesse avvicinarsi ai caduti. È probabile che più persone siano morte solo in un secondo momento, dissanguate.

Dopo un silenzio intriso di dolore, Alter, lacerato dalla sofferenza, mi raccontò che per completare il "lavoro" un gruppo di soldati tedeschi aveva cosparso di nafta la vecchia sinagoga di legno – l'orgoglio della comunità ebraica – e l'aveva data alle fiamme.

Quella notte si riunì con gli amici. Alcuni assicuravano che i morti erano ventidue. Altri parlavano di più di trenta. Tutti erano concordi nel sostenere che all'inizio della strage Leni era tornata e aveva assistito al massacro, e che erano state scattate delle fotografie degli eventi. Tempo dopo si venne a sapere che Leni aveva protestato per quanto accaduto davanti a von Reichenau e in presenza del Führer in persona, dettaglio che non le aveva impedito di comparire, pochi giorni dopo il massacro, seduta alla sinistra di Hitler, al banchetto che questi aveva offerto al Grand Hotel Sopot di Danzica per celebrare la vittoria sulla Polonia…

Alter e i suoi amici erano in preda all'agitazione e volevano fare qualcosa. Ritenevano che il primo dovere fosse nei confronti dei morti, e quindi decisero di recuperarne i corpi e dare loro legittima sepoltura. Fu un'azione rischiosa, perché si sapeva che, se i tedeschi avessero visto qualcuno muoversi nell'ombra, avrebbero sparato per uccidere. Riuscirono lo stesso a riprendere otto corpi, tra cui quelli di due ragazzi di sedici anni, e li seppellirono in un terreno incolto vicino alla chiesa.

Alter mi guardò dritto negli occhi, una delle poche volte in cui lo fece per tutto il tempo del racconto.

«Christoff, abbiamo lavorato per l'intera notte, eravamo esausti. Ma sentivamo di aver fatto qualcosa. In realtà è stato quello il mio primo atto di resistenza all'occupazione. E mi ha segnato per sempre», mi confessò pensieroso, poi aggiunse: «Quella notte ho imparato pure che questa non è una guerra. Questa è un'altra cosa, molto più nauseabonda, e raccapricciante».

Stavolta il silenzio fu lungo. Riaccendemmo la candela, che si stava spegnendo, e riempimmo i bicchierini di acquavite. Io avevo con me dei datteri, quei pochi che ero riuscito a mettere da parte da Płock. Mangiammo e bevemmo lentamente, senza parlare. Entrambi eravamo consapevoli di dover cambiare argomento.

«Hai saputo più niente di Geneviève?», gli domandai all'improvviso.

Sorrise, con un cenno di tristezza.

«Le ho scritto diverse lettere, ma non ho mai ricevuto risposta. Forse non le sono arrivate...».

«Certo che ti amava tanto, quella ragazza!», esclamai con un sorriso scherzoso.

«Sì, nutro la speranza che alla fine della guerra ci possiamo ritrovare».

«E che andiamo tutti a festeggiare a Spa, con tante birre!».

Ridemmo, leggermente più rilassati. Eppure non potemmo fare a meno di confrontare i nostri sogni – i sogni di qualsiasi coppia di amici di una ventina d'anni – con la situazione che stavamo vivendo.

«Ho un'amica», disse di colpo Alter.

Mi voltai e lo fissai, sorpreso.

«No, non è quello che pensi!», rispose subito, sulla difensiva, anche se sul volto leggevo un'allegria malandrina che smentiva le sue parole. «Davvero, siamo solo amici. E poi non sono questi i tempi per concedersi troppe gioie: dopo si soffre troppo».

Compresi i sentimenti del mio amico. Ne volli comunque

sapere di più. Mi confidò che la giovane si chiamava Swit, che in polacco significa "alba", "far del giorno". «Un bel nome», commentò sorridendo. Si erano conosciuti un anno prima, alla fine del 1940, dopo che i nazisti ebbero creato il ghetto. Mi spiegò che nel ghetto c'erano due quartieri: uno nell'area della strada Nowy Swiat e i numeri alti di Warschau, e l'altro nel centro, nella zona delle strade Pocztowa, Joselewicze e Krakowska, dove si trovava la sinagoga.

Per molto tempo, fino alla primavera di quell'anno, i quartieri non erano stati delimitati da muri, il che facilitava la convivenza con il resto della città, e perfino i polacchi che vi possedevano delle case non li avevano abbandonati. Come nelle altre zone, i tedeschi avevano costretto gli abitanti del ghetto a creare un Consiglio ebraico, o *Judenrat*, i cui membri erano proposti dagli ebrei stessi. E, come potevo ben prevedere, il mio amico, l'Ingegnere, era tra quelli.

«Sì, lo immaginavo. Questo spiega l'uniforme blu», commentai.

Alter annuì, senza troppo entusiasmo. Mi raccontò quindi che all'inizio lo aveva inteso come un onore, ma ben presto aveva capito che si trattava solo di un fardello. Nei primi tempi dell'occupazione, a Końskie vivevano seimilacinquecento ebrei, più della metà della popolazione. Poi vi avevano trasportato ebrei di altre località, cosicché erano aumentati sino a diventare più di ottomila individui.

«Stando al tuo amico di Płock...», cercai di scherzare, ma Alter non era dell'umore.

«A un certo punto, tutto ha cominciato a degenerare...».

All'inizio il ghetto era aperto, e vi potevano circolare persone e alimenti, sia in modo legale sia con il contrabbando. Lo *Judenrat* era presieduto da Josef Rozen, un vecchio impiegato municipale, e oltre ad Alter vi facevano parte, tra gli altri, Yehezkel Gottlieb, Ezryl Weintraub, Simon Vajntraub,

Wolf Fryclman, Nusyn Neufeld, Ioszek Roldzer, Chairn Albert, Leon Rozenberg, Samuel Piiyc e Hipolit Kon. I loro uffici si trovavano al numero 50 di via 3 Maggio. Avevano a disposizione una trentina di persone come servizio di sicurezza, una sorta di polizia ebraica. Per alleviare le ristrettezze degli abitanti, lo *Judenrat* aveva fondato una mensa e un orfanotrofio o asilo, che si prendeva cura di circa duecentocinquanta bambini. Agli ebrei era consentito lavorare nelle fabbriche della città o nei campi vicini, ma c'era da pagare una quota; periodicamente dei gruppi di ebrei erano mandati ai campi di lavoro di Hrubieszów.

La maggior parte degli abitanti del ghetto apprezzava gli sforzi dello *Judenrat* per migliorare la qualità della vita, che invece peggiorava a mano a mano che la guerra avanzava. Qualcuno, però, aveva cominciato a mostrarsi ostile e risentito, e li incolpava di non essere riusciti a ottenere maggiori concessioni dai nazisti. Ai membri dello *Judenrat* sembrava un'ingiustizia, ed erano molto addolorati, perché in quel posto si conoscevano tutti sin dall'infanzia.

Quanto alla reazione dei polacchi, era stata varia. All'inizio si erano sentite stupidaggini come "Almeno Hitler sta facendo qualcosa di buono per la Polonia: la sta liberando dagli ebrei". Frasi del genere venivano pronunciate per le strade e nei mercati, ma provenivano da una minoranza di estremisti che si erano già resi responsabili di assalti e pogrom contro gli ebrei, anche prima dell'occupazione. La maggioranza della popolazione sembrava indifferente, anche se, via via che gli attacchi dei nazisti aumentavano, i polacchi diventavano sempre più solidali con gli ebrei. Per volere dell'*Armia Krajowa*, o Esercito della patria, i partigiani polacchi iniziarono a esporsi di più, aiutando con alimenti e...

Fu così che una bella mattina, negli uffici dello *Judenrat*, aveva fatto la sua comparsa una giovane sui vent'anni dai capelli castani. Rispondeva al nome di Swit Czerny. Il primo dettaglio che attirò l'attenzione del mio amico fu la sua apparente ingenuità: era arrivata con due borse a rete, una in ogni mano, stracolme di cibo da regalare. A quei tempi Alter aveva già compreso quanto fosse difficile gestire l'amministrazione dell'orfanotrofio, e l'aiuto della ragazza purtroppo era un ben misero apporto, una goccia nel mare della miseria. Quella giovane gli aveva fatto un'immensa tenerezza. Ben presto aveva scoperto che dietro quella fragile apparenza di giovane popolana con le lentiggini e i tratti quasi infantili si nascondeva un carattere fermo e deciso.

«Sono venuta a mezzogiorno, in pieno giorno, perché mi vedano tutti, con la speranza che prendano coraggio e facciano la stessa cosa. Mi chiamo Swit», aveva detto mentre tendeva la mano ad Alter.

Pochi giorni più tardi, Swit e un gruppo di ragazzi svolgevano già un ruolo rilevante nell'assistenza ai bambini dell'orfanotrofio. La maggioranza dei responsabili era ebrea, ma un buon numero di ragazze e ragazzi polacchi dava il proprio contributo, alcuni per scelte religiose o politiche – sia i cattolici sia i socialisti avevano invitato i polacchi a contrastare l'antisemitismo – e altri perché erano persone di buona volontà, e non volevano sentirsi complici degli atti infami a cui erano costretti a presenziare.

«Per adesso abbiamo ricevuto l'ordine di chiusura del ghetto. Il passaggio all'ingresso verrà posto sotto sorveglianza», continuò Alter accorato. «Vediamo cosa potremo fare, ma non lo so…».

Quella sera non aggiunse altro sulla sua amica Swit. Era sempre stato riservato, e perfino timido, su certi argomenti. Eppure le sue preoccupazioni erano di ben altra natura, e molto più minacciose, in quella notte del *Sukkōt*.

L'alba si avvicinava. In compagnia di Alter la notte era trascorsa velocemente. Brindammo alle famiglie e all'amicizia, con i nostri minuscoli bicchieri di acquavite.

Ce ne sarebbero stati altri, di incontri, a scadenza settimanale, in genere di venerdì. Per noi divennero indispensabili. Riservavamo i vestiti e i cibi migliori per quel giorno, nella ristrettezza crescente di cui soffrivamo. Nessuno dei due era troppo religioso – anche se Alter lo era più di me – ma il bisogno di calore umano, in quella penuria di affetto, fece sì che gli incontri si convertissero in una sorta di "*shabbāt* laico".

Scivolavamo verso un abisso senza fondo. Ne eravamo consapevoli. Tuttavia, per quanto possa sembrare paradossale, vivemmo degli istanti di pura felicità. In fin dei conti, è questo che la vita ci offre: fugaci momenti di gioia, che volano via non appena cerchiamo di trattenerli per sempre.

Swit Mariah Czerny (vent'anni)
Impiegata dell'ospedale di Końskie e assistente sociale

Sono nata all'alba di un giorno di primavera nella fattoria dei miei genitori, nei dintorni di Końskie. Per questo mi hanno chiamata "Swit", che in polacco significa "alba". E Mariah in onore della Vergine, la madre di Gesù.

Ho sempre avuto a cuore i problemi sociali: la povertà, i bisognosi, i perseguitati. Per questo alla fine della scuola ho scelto di studiare come assistente sociale nell'istituto della regione. Quando mi sono laureata, erano tempi difficili in Polonia, i giovani non riuscivano a impiegarsi. Ho trovato lavoro soltanto all'ospedale, come impiegata.

Poco tempo dopo scoppiò la guerra, e i nazisti occuparono la nostra cittadina. Iniziarono a braccare sia i polacchi sia gli ebrei, ma di più gli ebrei. I boschi vicino a Końskie erano uno dei rifugi della resistenza polacca, l'*Armia Krajowa*. I tedeschi avevano paura di addentrarvisi, e quando lo facevano subivano frequenti imboscate. Noi sapevamo cosa succedeva grazie al «Biuletyn Informacyjny», il Bollettino, dell'*Armia*, ed esaltavamo il coraggio dei nostri compatrioti. Tuttavia, sapevamo anche che dopo ogni assalto si sarebbe scagliata sulle nostre teste la vendetta dei nazisti, che scaricavano tutta la rabbia contro la popolazione.

In un secondo momento i tedeschi allestirono il ghetto e cominciarono a opprimere gli ebrei. Molti di noi polacchi capirono che non potevano lasciarli da soli. Quello che stavano facendo era inumano e andava contro le Leggi di Dio. Non potevamo certo rimanere a braccia conserte. I miei genitori avevano tanta paura, perché si raccontavano cose terribili sulle punizioni a cui andavano incontro i polacchi che proteggevano gli ebrei. «Non vi preoccupate, Dio mi protegge, come il buon samaritano», dicevo loro. E, ben nascosto sul cuore, portavo sempre con me un piccolo santino della Vergine Maria. Anch'io, a ogni modo, avevo molta paura.

Un mezzogiorno, alla fine del 1940, quando ancora si poteva entrare e uscire dal ghetto senza troppi problemi, presi due borse a rete dalla fattoria dei miei genitori per regalarle allo *Judenrat*. In genere mi ricevevano dei signori anziani, molto gentili, che mi ringraziavano con fin troppe effusioni. Quel giorno mi ritrovai davanti un uomo giovane, alto circa un metro e novanta, dai modi eleganti, anche se perso in un abito blu che gli andava troppo grande. Si notava che era in preda all'angoscia, malgrado tutto in lui emanasse dignità. Mi colpì subito. Scambiammo qualche parola, ci dicemmo i nostri nomi, ci sorridemmo e, quasi allo stesso tempo, accennammo alla possibilità di rivederci in futuro, un giorno.

E quel giorno arrivò: dopo un interminabile e gelido inverno, durante il quale avevamo servito zuppa calda a una moltitudine di persone, ci ritirammo dalla grande sala per il pranzo. Poiché era già notte, Alter si offrì di accompagnarmi sino alla fattoria dei miei genitori. Fu una lunga camminata. Faceva un freddo terribile, ma eravamo entrambi polacchi e tolleravamo bene il clima. Inoltre sentivamo un gran bisogno di parlare con qualcuno che ci capisse. Chiacchierammo di tutto e ci fece molto bene.

Quelle passeggiate diventarono un'abitudine. Lui mi disse che gli piaceva tanto il mio nome, che l'alba era il momento più bello del giorno, quando una persona è piena di speranze. «I francesi chiamano l'alba "le petit jour"», mi riferì. E mi spiegò che il mio nome, in inglese, vuole dire "dolce". Non lo sapevo. Io gli dissi, con una certa audacia: «Se non fosse per il vestito con cui ti hanno mascherato, saresti un bel ragazzo». Ridemmo per un bel po'. Non se ne dimenticò mai.

Finché un tramonto, poco prima di arrivare alla fattoria, mi baciò. Fu un bacio veloce e leggero. Poi mi abbracciò forte, molto forte, quasi volesse fondersi in una sola persona.

«Che tempi terribili ci tocca vivere!», esclamò, come in sussurro, mentre rimanevamo abbracciati. «Prima o poi riusciremo pure noi a goderci la vita, per ora possiamo solo pensare a sopravvivere».

Compresi la sua visione tragica e non me ne stupii, con tutto quello che stava passando! Ci furono altre passeggiate di ritorno, al crepuscolo o di notte. Ci abbracciammo di nuovo, e ci baciammo. Ci piacevamo e ci amavamo sempre di più. Lui soffriva molto per la grande responsabilità di cui era stato investito, e io mi sentivo in dovere di accompagnarlo e sostenerlo.

A metà del 1941 divenne sempre più difficile entrare al ghetto. Eressero delle protezioni inframmezzate da porte di accesso, gli unici punti in cui si poteva entrare o uscire.

Il contatto con il ghetto venne limitato a un orario specifico, sotto la supervisione della polizia ebraica. A volte si aggiungevano anche picchetti di soldati tedeschi e delle SS. I controlli diventarono talmente frequenti e rigorosi che, a volte, non mi consentivano di passare nemmeno con il documento che mi aveva fornito lo *Judenrat*, e che accreditava la mia appartenenza a un'organizzazione di aiuti umanitari.

Gli incontri con Alter si fecero sempre più sporadici.

Capitolo 3
Un inverno desolante

Città di Parigi, Zona Occupata, novembre-dicembre 1941

Charlotte

Quarantanove giorni.

Rimanemmo a Parigi soltanto quarantanove giorni. Lo so bene perché li contai come una galeotta. E che giorni! Fu un inverno desolante e inclemente, uno dei più terribili che si ricordassero. Le nevicate cominciarono a novembre. A dicembre e a gennaio si registrarono temperature di addirittura quindici gradi sotto lo zero. L'acqua si congelava nei tubi. E il ghiaccio sui marciapiedi rendeva difficile perfino camminare.

Quanto era diverso da come lo avevo immaginato! Quando ero una bambina piccola, a Liegi, adoravo andare a Bruxelles e sognavo di visitare Parigi. Chi non lo avrebbe fatto? Non appena, però, mio papà ci aveva detto "domani andiamo a Parigi", la paura aveva avuto il sopravvento sull'allegria, anche se mi era rimasta nel cuore l'immagine fantastica di una meravigliosa Ville Lumière.

Quando quella sera lasciammo la Gare du Nord e ci addentrammo nell'immensa città avvolta nella penombra, che sembrava morta a causa del coprifuoco, dell'inverno rigido e della scarsità di combustibile, capii subito quanto fosse lontana dai miei sogni. Vagammo per Belleville e il Marais, seguendo le indicazioni di mio padre, che non aveva una cartina della città. Raramente incrociammo altri esseri umani; e quando capitò, tutti si allontanarono subito, quasi scappassero davanti a un fantasma. Ogni tanto incrociavamo una vettura. Alcune avanzavano con lentezza, probabilmente erano pattuglie di guardia. Si trattava della polizia segreta, della Gestapo o forse della polizia "addetta alle questioni ebraiche"? Di certo non sfuggiva loro che eravamo stranieri, eppure nessuno ci fermò. Quella notte un Dio ci stava assistendo, uno solo per noi!

Sarà stata mezzanotte quando mio padre bussò a una specie di pensione che cadeva a pezzi. Entrò nel disimpegno, mentre noi tre rimanemmo fuori. Sentimmo i mormorii del dipendente e di mio padre, che presto eruppero in una discussione accesa. Tememmo per il peggio. Ma alla fine Léon si impose, e poco dopo ci stabilimmo in una stanzetta minuscola, senza finestre, con tre materassi adagiati per terra, una bacinella di acqua e un orinatoio in ottone. Eravamo sfiniti, però non abbastanza da non soffrire per com'eravamo caduti in basso nell'arco di sole ventiquattro ore.

Quella notte scoprii una sensazione nuova, a me sconosciuta. Mamma aveva portato con sé solo i panini che avevamo mangiato sul treno: non aveva avuto tempo per preparare altro e le valigie erano troppo piccole. "Poi compreremo qualcosa per la notte", ci aveva rassicurato. In un mondo "quasi normale", quello in cui avevamo vissuto sino al giorno precedente, pareva una proposta ragionevole. Dopo il viaggio terrificante e l'imprevisto approdo nella notte parigina, eravamo giunti finalmente in quella stamberga miserabile, ma a mani vuote e, nonostante la paura e la stanchezza, quella notte scoprii la fame. Mi addormentai sapendo che la nuova sensazione non mi avrebbe abbandonato. Sarebbe stata una pessima amica, e mi avrebbe tenuto compagnia per molto tempo.

Jean-Marcellin Lavoisier (trent'anni circa)
Commerciante

Sì, è vero che sono stato attivo nel mercato nero durante la guerra, a Parigi.

E sì, è vero pure che ho conosciuto *monsieur* Léon Wins. Era un mio cliente. E io non dimentico mai i miei clienti.

Le dirò di più: non sopporto l'ipocrisia di chi smette gli abiti di un tempo e non vuole guardarsi allo specchio. È solo grazie a gente come me che molti francesi sono riusciti a mettere qualcosa sotto i denti. Per non parlare dei perseguitati e degli ebrei... In quanti sarebbero morti di fame o di malattia se non ci fossimo stati noi?

E poi, di che altro potevo vivere? Sono sempre stato un commerciante, come mio padre e mio nonno. La guerra ha la colpa di tutto, ed è una cosa dei politici. Le persone come me e i miei familiari non c'entrano niente. I prodotti cominciavano a scarseggiare, soprattutto il cibo e gli articoli di prima necessità, e poi c'era stato il razionamento. L'ufficio centrale preposto allo smistamento dei prodotti industriali dava alla gente un *billet d'apprivisionnement* di colore verde, numerato e firmato, per comprare... un sapone! Altri scambiavano i vestiti con olio, pane o carbone. E il benedetto caffè a base di ceci o le sigarette di foglie di girasole! Volevano che la gente mangiasse solo rape... Gente come *monsieur* Wins, un belga che era in viaggio a Parigi per affari, e che non poteva certo starsene a bocca asciutta. Ricordo che, durante il crudele inverno del 1941, quando mancava di tutto e le persone morivano di fame e di freddo, mi comprò delle cose.

Era un signore: negoziava un po', comunque sempre meno dei parigini, e mi pagava subito.

Poi le cose in Belgio si erano complicate e ho dovuto fargli un favore. Ma non perché fosse invischiato nella politica, e men che meno perché fosse un ebreo, perché non lo era. Non solo ho visto i suoi documenti: era un uomo robusto, sembrava un militare. Come poteva essere un ebreo?

Charlotte

Rimanemmo tre giorni senza uscire da quello sgabuzzino infetto. Mamma, Raymond e io.

Papà ci lasciava per breve tempo due o tre volte al giorno, e tornava a dormire prima del coprifuoco. Ci portava qualcosa da mangiare, però non bastava mai. Riuscivamo a distrarre lo stomaco soltanto per un po', poi la fame tornava subito. Quel posto era mefitico, e la puzza di urina insopportabile, ma almeno teneva a bada l'appetito…

E papà rientrava sempre più preoccupato. Si vedeva che le cose non stavano andando come immaginava. I miei genitori non potevano parlare tra di loro nella stanzetta, perché c'eravamo Raymond e io, e ancor meno nei corridoi, per timore di essere ascoltati. Sembravano molto afflitti.

Finché il quarto giorno, di ritorno dalla sua uscita mattutina, si presentò con un'espressione diversa.

«Preparate le vostre cose», ci disse, più confortato. «Oggi, al tramonto, subito prima del coprifuoco, ci spostiamo in un altro posto, migliore».

Preparammo di nuovo le nostre valigette. Poco dopo le cinque del pomeriggio lasciammo "la nostra prima casa parigina". Erano più di tre giorni che non vedevamo la luce del giorno e che non respiravamo altra aria se non quella dell'antro impregnato di pipì! Anche se il sole tramontava, il chiarore della luce ci ferì gli occhi. E l'aria, gelida e umida, così adatta a una polmonite, ci parve incantevole! Camminammo per qualche isolato nel quartiere a nord del Marais, con sentimenti contrapposti. Ci colse una felicità irrazionale, se teniamo in conto che stavamo esponendo la nostra vita a un grande rischio.

Non potevamo soggiornare in alberghi o pensioni: erano i primi posti che ispezionavano nelle retate, quando uscivano a caccia di ebrei. L'unica alternativa consisteva nel subaffittare una stanza a chi, a sua volta, aveva affittato una casa troppo grande e aveva bisogno di coprire parte delle spese in tempi di crisi. Quel qualcuno non era ebreo, ovviamente. E così toccò pure a noi. Una stanza in un villino di una coppia di vecchi ungheresi, emigrati in Francia decenni prima. Loro abitavano al pianoterra, il *rez-de-chaussée.* Al piano superiore c'erano due stanze, che occupavamo noi insieme a un'altra famiglia ebrea. La stanza aveva una piccola finestra che affacciava su un pozzo di luce, ma per ragioni di sicurezza rimaneva chiusa per la maggior parte del tempo. Almeno c'era una finestra! E il bagno lo condividevamo con i proprietari e l'altra famiglia, ma finalmente c'era pure un bagno!

Avevamo sempre i materassi stesi per terra, e in quella vecchia casa piena di umidità il freddo sarebbe stato insopportabile. Eppure dopo l'abisso in cui eravamo caduti i primi giorni di Parigi, quel trasferimento ci fece tirare un sospiro di sollievo. Eravamo più felici e lo dicemmo a Léon.

Non dimenticherò mai il suo sguardo di orgoglio. Si permise soltanto di abbozzare un sorriso. Non aveva deluso la sua famiglia. Per lui era tutto.

Sarah Wilkinson, *née* Soibelt (ventotto anni)
Maestra in una scuola d'infanzia

Mio marito, Thomas Wilkinson, era un industriale inglese, erede di una famiglia aristocratica. Era un uomo molto importante al suo tempo, *my dear*. Possedeva azioni in diverse società francesi – metallurgiche, fabbriche di motori, botteghe – ragion per cui godevamo di una certa immunità, *you know*, almeno all'inizio dell'occupazione.

Avevo conosciuto Thomas qualche anno prima, durante un gala di beneficenza all'Hôtel de Crillon a Parigi, città nella quale vivevo. Fu amore a prima vista, sebbene lui avesse quasi il doppio della mia età. Poco dopo, quando compii venticinque anni, ci sposammo a Brighton. Fu una cerimonia in pompa magna, alla quale presero parte membri della nobiltà e potenti industriali. All'inizio della guerra vivevamo tra la residenza nella contea del Sussex e l'*appartement* a Parigi. E così andammo avanti a lungo, finché le crescenti difficoltà a viaggiare ci costrinsero a scegliere una residenza temporanea a Parigi. Thomas cercava in tutti i modi di mantenere in piedi le sue aziende, e io mi dedicavo ad alleviare le sofferenze di quelle povere persone.

Tutti i martedì e i giovedì prendevo i gruppi di bambini – non più di quindici alla volta – alle mense popolari di Parigi e li portavo a fare ginnastica nei parchi della città. Passavo alla mensa alle due del pomeriggio, quando faceva un pochino meno freddo. Quei bambini e quelle bambine erano affamati come lupi! E sembrava una follia portarli a bruciare energie in un parco all'aria aperta, in quel terribile inverno del 1941, a volte con il prato coperto di neve. Eppure faceva loro così bene!

Quando andavo a prelevarli, parlavo con i genitori.

Per questo ricordo bene quei ragazzi: il maschio era alto e biondo, e la bambina aveva i capelli chiari, del colore delle castagne, che legava con dei nastrini colorati. Si vedeva che non navigavano in buone acque, e i loro vestiti lasciavano a desiderare. Il padre era forte, un bel tipo, sembrava un uomo di affari che avesse perso il lavoro; per certi versi mi ricordava il mio Thomas, con le dovute differenze, ovviamente. Ed erano tutti ariani, lo dicevano i documenti, *of course*!

Come se poi a me importasse qualcosa! *As a matter of fact*, il mio nome da nubile era Sarah Soibelt. Hai capito, no? Prendevo i bambini che mi segnalava la direttrice della mensa. Se erano ebrei, mi sentivo pure meglio, perché sapevo che erano i più disgraziati. Non ero la sola a farlo. Ci eravamo riunite in un gruppo di amiche. Alcune di noi erano già docenti – ci conoscevamo dai colloqui tra professori – altre erano impiegate e segretarie. Ci accomunava la ribellione alla discriminazione e al razzismo. Camille Galliot era poco più giovane di me, Marie Lang della mia età, Denis Recouvrot, Françoise Siefrid e Jenny Viou erano le più piccole, poco più che ventenni, mentre Marie Lemeunier e Simone Decise erano le "anziane": si aggiravano sui cinquant'anni. La maggioranza di loro era cattolica, anche se non mancavano quelle come me, *you know*. Con il tempo cominciarono a chiamarci… "le amiche degli ebrei". Per umiliarci, ovviamente.

Finché uno di quei pomeriggi, mentre con i bambini raggiungevamo un'area del Jardin des Tuileries che ci piaceva particolarmente perché era più protetta e scaldata dal tiepido sole invernale, e in più perché aveva delle scale ampie sulle quali improvvisavamo qualche attività, vedemmo una cosa che ci turbò. A uno degli angoli avevano collocato dei giochi per bambini, molto piacevoli, circondati da un recinto bianco in legno. Per un istante ci rallegrammo:

un nuovo divertimento per i bambini, in un momento così triste. Ma solo per un istante. Scorgemmo subito all'ingresso un cartello con l'iscrizione a lettere rosse:

Parc à jeux
Reservé aux enfants
Interdit aux juifs

Il parco giochi era riservato ai bambini, ma proibito agli ebrei…

Non credevo ai miei occhi! E succedeva nella mia adorata Francia, la stessa Francia della libertà, dell'uguaglianza e della fratellanza! Quei bambini erano per loro talmente indegni da non meritare nemmeno di salire su uno scivolo e girare su una giostra.

All'interno del parco, alcuni bambini, ben coperti e nutriti, si divertivano come matti. Con la mia striminzita comitiva passammo davanti all'ingresso, davanti a quell'ignominioso cartello. Non avevo alternative. I bambini lessero con sguardo smarrito, come se non riuscissero a capirne il significato. Alcuni di loro, i francesi, mi urlarono: «Maestra, perché non entriamo un attimo, per vedere i nuovi giochi?». Gli ebrei capirono al volo, ne sono sicura. I loro occhi si velarono di tristezza. E abbassarono lo sguardo. Senza dire niente.

Mi si strinse il cuore. Avevo già visto molte cose, e mi consideravo una ragazza forte. Però la tristezza di quegli sguardi... *My God!* Non lo dimenticherò mai.

Fu un segno ulteriore della tragedia che stavamo vivendo. Del resto l'ordinanza tedesca del settembre 1940 tre mesi dopo l'occupazione aveva già obbligato al censimento di tutte le famiglie ebree in Francia, bambini compresi, e la vergognosa legge francese del 3 ottobre 1940 aveva proibito agli ebrei di esercitare numerosi mestieri, autorizzando la reclusione degli "stranieri di razza ebraica" nei "campi speciali".

Tuttavia devo confessare che fu in quel pomeriggio, quando vidi come si proibiva ai bambini ebrei di divertirsi con i giochi, che presi pienamente coscienza del mondo tenebroso nel quale ci dibattevamo. Forse per la tristezza infinita di quegli sguardi innocenti. Forse per la dignità dei loro sguardi. Non sempre urlare è la ribellione più grande.

Poi soffiarono nuovi venti, che portarono notizie sempre più allarmanti. Agli inizi dell'inverno del 1941 si cominciò a richiedere la stella gialla per identificare gli ebrei, ma solo quattro mesi dopo, il 28 maggio del 1942, diventò obbligatoria. Quella notte, noi "amiche degli ebrei" sentimmo che era troppo. *Really, it was too much!* Decidemmo che pure noi avremmo portato la stella di David, però a modo nostro.

Simone ne fece una gialla, ma a forma di rosa. Marie

Lang rispettò l'ordinanza e fabbricò la stella gialla, collocandola nello stesso punto indicato "dalla legge"; ma in vita indossò pure una catena con otto piccole stelline, ognuna con una lettera al suo interno. E le lettere andavano a formare la parola "Victoire", vittoria. Le più giovani scelsero di sfoggiare all'interno delle stelle il proprio nome, a mo' di provocazione. Infatti Denise si appuntò una stella bianca, sulla quale scrisse "Danny", e Jenny fece lo stesso con il proprio nome. Françoise, di soli vent'anni, si spinse ancora più lontano: cucì una fantasiosa stella colorata nella quale campeggiava la parola "Papou". Quanto a me, cucii un cuore rosa e su quello dipinsi la stella di David, il che non lasciava molti dubbi sui miei sentimenti.

La maggior parte di noi fu arrestata e portata al campo di Tourelles, e l'evento creò non pochi grattacapi ai burocrati carcerieri, non abituati a gestire "prigioniere ariane". Con altre riuscimmo a scappare in tempo. Grazie ai contatti di Thomas, due settimane dopo l'inizio delle detenzioni – *Thanks God!* – attraversai la frontiera con la Spagna, diretta nei Paesi Baschi, e un mese dopo ritornavo nella nostra casa del Sussex. Chi non ebbe questa fortuna diede prova di una fermezza incredibile. Camille dichiarò nel suo interrogatorio: "Io stessa ho fabbricato la stella di David e l'ho cucita sulla mia giacca; l'ho fatto in segno di protesta contro le misure antiebraiche".

Le "autorità" francesi e tedesche si scambiarono dei messaggi, dai quali trapelavano la loro confusione e la loro perplessità di fronte al comportamento delle "ariane rinchiuse nel campo di Tourelles". Alla fine non solo le tennero in prigione, ma le mandarono pure nel sinistro campo di Drancy. E le obbligarono a portare, in un punto ben visibile, la scritta "amiche degli ebrei".

Charlotte

Il giovedì era il giorno più bello della settimana.

Il martedì e il giovedì mamma mi portava a una delle mense popolari che il Comune e altre organizzazioni avevano istituito per lenire le sofferenze della guerra. Camminavamo insieme per un bel po', più di mezz'ora, molte volte in un freddo insopportabile. Ci tenevamo mano nella mano per tutto il tempo. Mi piaceva molto. Il cibo non era dei migliori, ma almeno era caldo e abbondante. In confronto alle scarse razioni che papà riusciva a procurarsi gli altri giorni al mercato nero e che mangiavamo chiusi nella casa degli ungheresi, quella era una festa.

Ma in più, tutti i giovedì una maestra di ginnastica veniva a prenderci alla mensa e ci portava a fare gli esercizi in un parco. La mia preferita era Mrs. Wilkinson, un'inglese elegante, piuttosto esigente. In genere era sempre di buonumore, però se qualcosa la infastidiva diventava rigida e secca, e non si spendeva in troppi complimenti. Ci portava direttamente al parco, quasi senza parlare, e alla minima distrazione ci rimproverava. In fondo, ci piaceva. Ci trattava come bambini normali, non ci faceva sentire diversi. Una volta ai giardini, non importavano il freddo o la neve, tutti a fare ginnastica! Come premio ci proponeva dei giochi, e ci divertivamo da morire.

Tuttavia, in quelle camminate per Parigi, a volte vedevamo cose spiacevoli. Un pomeriggio ci imbattemmo in un parco giochi per bambini, appena costruito. Saltammo per la gioia! Mrs. Wilkinson ci accompagnò all'ingresso; noi la seguimmo in ordine, in fila per due, come piaceva a lei: mai contraddirla! Tuttavia, giunti lì vicino, notammo all'entrata un cartello che ci lasciò senza parole: era proibito l'ingresso ai bambini ebrei. Un'infinità di immagini si affollò nella mia mente. Immagini che mi ricordarono le prime volte in cui mi avevano fatto sentire una diversa, nel lontano Belgio. In realtà, le volte in cui mi avevano fatto sentire inferiore. Cose che altri bambini potevano godersi e io non avevo diritto di meritare.

Noi bambini ebrei, che eravamo in maggioranza, reagimmo tutti nello stesso modo. Non parlammo. Tenemmo quella profonda umiliazione per noi stessi e la seppellimmo nel nostro animo. Guardammo il cartello per qualche istante, poi continuammo a camminare verso l'interno dei giardini. Rammentai le parole che mio padre aveva pronunciato qualche mese prima: "Oggi ho visto il volto di Satana...".

Giorni dopo, la città era tappezzata di manifesti che parlavano di una grande esposizione al Palais Berlitz, organizzata da un Centro di studi per le questioni ebraiche, o qualcosa del genere. Veniva promossa come un evento sensazionale, un grande successo. Il nome della mostra, *Le Juif et la France*, "L'Ebreo e la Francia", risaltava in lettere rosse, mentre i manifesti mostravano un globo terracqueo sul quale incombeva una torva figura dagli occhi diabolici, una lunga barba e mani rapaci simili ad artigli. Voleva appropriarsi del mondo per distruggerlo. Quello... era un ebreo? Ma mio padre e mio nonno e i miei zii Paul e Alter non erano così! Per la miseria! Che era? Che stava succedendo?

Nei quarantanove giorni in cui rimanemmo a Parigi uscii soltanto in quelle occasioni. Un paio di ore i martedì e tre o quattro i giovedì, e non sempre: dipendeva dal tempo e dalla pericolosità della situazione, secondo mio padre. Per il resto restammo rinchiusi nella stanza degli ungheresi, con la finestrella quasi tappata, di giorno e di notte. Quei primi giorni di isolamento mi parvero insopportabili.

Quando papà ci aveva detto che avremmo lasciato Liegi per rifugiarci in Francia con una nuova identità, non mi ero resa conto di quello che si sarebbe abbattuto sulla nostra testa. Da un giorno all'altro scomparve il mondo così come lo conoscevo. Una rottura brutale. Le abitudini – alzarsi, vestirsi, andare a scuola – persero ogni senso. Restammo senza cognome, senza famiglia e senza amici. Ci addentrammo in un altro mondo, fatto di prigionia e solitudine, che per il momento era confinato alla stanza murata degli ungheresi.

Facemmo una sola uscita di famiglia. Una notte, poco prima del coprifuoco, andammo in un café abbastanza oscuro vicino a Place de la République. Mamma ci vestì con i nostri abiti migliori. I miei genitori volevano fingere che si trattasse di una passeggiata serale di "persone normali" che andavano a prendere un caffè con un amico.

Fecero sedere Raymond e me a un tavolino più piccolo, vicino alla finestra, mentre loro incontravano un signore corpulento, dai modi bruschi, a un altro tavolo, accanto al bancone. Mi parve di sentire che lo chiamavano Marcellin. Raymond bevve un succo di frutta e io una limonata. I miei genitori e il loro amico presero un paio di caffè a testa. Noi osservavamo di sottecchi, cercando di capire di cosa parlassero. Non ci riuscimmo. Meno di un'ora dopo vedemmo che il signore pagava il conto, tendeva la mano ai miei genitori con gesti energici e usciva. Un secondo dopo, papà ci chiamò e pure noi ce ne andammo.

Jean-Marcellin Lavoisier

Sapete quale fu il favore che feci a *monsieur* Wins?

Me lo avete già chiesto in mille modi e, visto che non avete avuto la risposta che vi aspettavate, me lo chiedete un'altra volta!

Non ho niente da nascondere, capito? Vi dirò soltanto che l'ho aiutato. Senza aggiungere altro. Alla fine dell'anno 1941, nell'inverno più terribile dell'occupazione, *monsieur* Wins mi raccontò che l'impresa di stoffe in Vallonia non procedeva molto bene a causa della miseria e della guerra. Che aveva deciso di tentare un nuovo affare nella Francia Libera di Vichy, dove vivevano certi suoi amici. Per questo aveva bisogno di attraversare la frontiera con la famiglia, e non voleva avere problemi. Visto che eravamo entrambi commercianti, ci capimmo al volo. Vidi i suoi documenti e quelli della sua famiglia: erano belgi e non ebrei. Poiché appoggiavo il maresciallo Pétain e avevo i miei contatti a Vichy, non mi fu difficile. Però non sono un *passeur*, un traghettatore delle frontiere. Per carità! Partì per il sud nei primi giorni di gennaio del 1942. A quanto ne so io, gli andò a meraviglia e fece molta fortuna. Non tornò più in Belgio.

Charlotte

Il terzo giorno dell'anno nuovo del 1942, all'ora di cena – un momento triste, perché cadeva la notte e perché non avevamo da mangiare – papà respirò profondamente, mantenne il silenzio per un istante (come era solito fare prima dei grandi annunci) e ci disse con voce compassata: «Domattina, all'alba, partiamo in treno verso Lione, una città che si trova più a sud, nella Zona Libera, sotto il governo francese di Vichy. È così che avevo pianificato ogni cosa. Penso che a Lione staremo meglio, finché durerà tutto questo...».

Mamma, che sicuramente era già a conoscenza della notizia, cercò di accennare un gesto di approvazione, una specie di sorriso: era un suo dovere appoggiare il marito e trasmettere fiducia ai figli. Eppure non ci riuscì. Erano trascorsi due mesi dalla nostra partenza e ci eravamo dimenticati come si fa a sorridere.

Parte terza
Le voci del vento

Il vento mi foggiava a immagine dell'ardente nudità che mi era intorno. E, pietra fra le pietre, la sua stretta fugace mi dava la solitudine d'una colonna o d'un olivo nel cielo d'estate.

ALBERT CAMUS, *Il vento a Djemila*

Capitolo 1
Il vento del Rodano

Città di Parigi, Zona Occupata, gennaio del 1942

Charlotte

Quella mattina partimmo presto. Nella notte aveva nevicato, e le strade di Parigi erano immacolate e silenziose. Il freddo implacabile e il vento che spazzava la città non consentivano di respirare. La Gare de Lyon mi ricordò la Gare des Guillemins, a Liegi. Gli ufficiali delle Waffen-SS e della Gestapo erano appostati dappertutto: da lì gli ebrei e gli altri perseguitati dal regime nazista dovevano passare per continuare il cammino verso sud, con l'illusione di raggiungere la libertà. Non era quello il nostro caso: noi eravamo "ariani" e accompagnavamo mio padre nei suoi viaggi di affari.

«Documenti», pretese la guardia della Gestapo all'ingresso della stazione.

Ci esaminarono da capo a piedi, infischiandosene della lunga coda che aspettava. Se qualcuno perdeva il treno, non era certo un loro problema. Per fortuna ci aiutava l'aspetto fisico di Léon e di mio fratello Raymond, alti ed eleganti, e così diversi dall'immagine di "ripugnanti ebrei" che circolava in giro. In quelle circostanze si pensa solo a se stessi e alla propria famiglia, ecco tutta la verità, eppure non potevo fare a meno di dirmi: "Che brutta cosa che arrestino qualcuno solo per il suo aspetto fisico!". Era quello che succedeva. Alcuni non avevano i documenti in regola, è vero. Ma altri venivano arrestati solo perché, secondo gli agenti, "sembravano ebrei".

Ci sistemammo come meglio potemmo.

Il treno era pieno, e i posti non erano numerati. Sentimmo il fischio tre volte, e la locomotrice – una vecchia pentola a vapore – si mise in marcia. Uff, che sollievo! Ignoravamo dove stessimo andando e cosa ci aspettasse laggiù; sapevamo solo che la nostra meta era Lione. Papà parlava della Zona Libera, del governo francese di Vichy... Di sicuro saremmo stati meglio che in quel carcere parigino dove avevamo trascorso quarantanove giorni!

Via via che il treno accelerava, anche se sempre a passo di lumaca, e vedevamo scorrere davanti ai nostri occhi la campagna francese, i prati verdi e i paesini, dove sembrava che la guerra non fosse ancora arrivata, fui presa da un moto di allegria. Finalmente avremmo avuto un po' di felicità?

Durò ben poco. Il treno si fermò in un piccolo villaggio, non so quale. Sentimmo salire delle persone: voci potenti, discussioni lontane. E poi mi terrorizzò un suono inconfondibile: il ticchettare degli stivali militari! Un'altra volta! Per pietà, nooo!

A stento riuscii a trattenermi. I miei genitori non si resero conto della tragedia che mi torturava. La porta del vagone si spalancò bruscamente, e quelli entrarono. Almeno non controllavano i documenti: era solo un'ispezione visiva. Ci trapassarono con lo sguardo, uno dopo l'altro! Io tremavo (non so perché reagii così male), ero in preda al panico, temevo che mi chiedessero qualcosa a cui non avrei saputo rispondere. L'ispezione durò un'eternità... Ma alla fine andarono oltre. Qualche minuto dopo, il treno si rimise in moto. Più avanti successe la stessa cosa in altri posti.

Trascorsero così cinque interminabili ore di viaggio, poi

alcuni passeggeri cominciarono a nominare la *ligne de démarcation*. Ne parlavano con nervosismo. Guardai mio padre in cerca di una risposta.

«Stiamo per oltrepassare la linea che separa la Zona Occupata da quella Libera», mi sussurrò Léon, con grande tranquillità, e quasi un sorriso.

Il treno si fermò. Un cospicuo numero di ufficiali tedeschi delle SS e della Gestapo, che erano appostati sulla banchina, salì tutto insieme. Non si sentiva più soltanto il ticchettio degli stivali, ma pure i latrati dei cani e le grida aspre degli ufficiali tedeschi! Ero terrorizzata, non sapevo cosa fare. Mi strinsi forte al braccio di mio padre, ma lui allontanò le mie mani con premura: dovevamo fingere la calma. Qui e là, passeggeri accusati di essere ebrei venivano fatti scendere dal treno con modi bruschi, e poi arrestati. Gli ufficiali delle SS gridavano con violenza: «*Schnell! Schnell!*», sollecitando i presunti ebrei a uscire. Non c'era giustificazione né spiegazione possibile. Nessuno l'avrebbe ascoltata.

Quando arrivò il nostro turno, mentre gli ufficiali controllavano i documenti, i cani ci annusarono a lungo. Alla fine ci gridarono qualcosa in tedesco che non capii. Mio padre annuì con un cenno del capo… e passarono oltre.

Il viaggio durò altre quattro ore. Quando il treno entrò nella stazione, a Lione era già notte. Si vedevano truppe francesi, ma non tedesche, tranne qualche ufficiale della Gestapo con l'inconfondibile impermeabile in pelle nera. Mi rallegrai. Anche gli altri passeggeri parevano rinfrancati, sorridevano e scherzavano perfino, in un'atmosfera impossibile da concepire soltanto un paio di ore prima. Forse la Zona Libera era molto diversa dal posto da cui venivamo.

Scesi dal treno, Léon si diresse all'inizio della banchina numero otto, dove rimase per qualche minuto fingendo di comprare delle sigarette in un chiosco vicino. Sembrava sapere quello che stava facendo. Di colpo qualcuno gli si avvicinò.

«Sono Louis, l'amico di Marcellin», gli disse, poi rimase in silenzio.

«E io sono *monsieur* Wins», rispose papà, mentre porgeva la mano per salutarlo.

Louis era come impaziente di allontanarsi il prima possibile. E subito si incamminò, mentre scambiava qualche parola con mio padre. Noi tre li seguimmo.

Uscimmo dalla stazione. Il sole era già tramontato, ma la sua luce ancora illuminava le montagne innevate che circondavano parte della città. Il vento che sferzava la valle del Rodano accentuava il freddo, intenso e secco. Per un breve tragitto procedemmo dietro *monsieur* Louis, finché arrivammo alla nostra nuova casa. Sognavamo che lì avremmo iniziato una nuova vita.

Quanto ci sbagliavamo!

Capitolo 2
Il vento della solitudine

Lione, Stato francese libero di Vichy, dalla fine dell'inverno all'estate 1942

Jean-Claude Rapalian (quindici anni)
Studente del liceo

Mi sta chiedendo della famiglia belga?

Sì? I Wins? Ricordo bene il loro nome, perché al liceo a Lione avevo un compagno di scuola con lo stesso cognome. Però non erano parenti, da quel che ho potuto capire.

Ricordo ancora l'espressione delusa di quell'uomo, *monsieur* Wins, quando mio padre, Krikor, gli mostrò il posto che avevamo preparato per loro!

«Ma non è quanto avevamo concordato con *monsieur* Marcellin Lavoisier!», protestò Wins, indignato.

Mio padre si strinse nelle spalle. Non era la prima volta che quel bugiardo di Marcellin lo infilava in una situazione del genere, però era tutto quello che poteva offrire. *Monsieur* Wins si lamentò ancora un pochino, ma con rispetto, senza offendere mio padre. Era un uomo ferito, ma non piegato, e manteneva la sua dignità.

«Ora non abbiamo altra scelta», si rassegnò. «E così rimarremo qui per qualche tempo, fino a quando non avremo trovato una soluzione».

Mio padre, Krikor Rapalian, aveva affittato una casa nella zona della Gare de Lyon-Brotteaux, dove vivevamo con mia madre e i miei quattro fratelli. L'appartamento era grande, ma in pessimo stato. Krikor era meccanico in un'autofficina, però durante la guerra il lavoro era diminuito parecchio, e per questo avevamo deciso di affittare le stanze, prima a una famiglia e poi a una coppia, tutti rifugiati della Guerra civile di Spagna. Quando Marcellin aveva chiamato mio padre per parlargli dei belgi, non rimaneva quasi più spazio in casa. Però avevamo bisogno di soldi, e facemmo quanto potevamo.

Sarebbero arrivati in quattro. Per *monsieur* Wins e la moglie sistemammo un angolo dello sgabuzzino, dove una pila di legna e dei vecchi oggetti permettevano di ripararli dalla vista altrui. Per i figli, un ragazzo alto della mia età e una bimba biondina più piccola, predisponemmo un locale più pulito e sicuro. Anche se, a dire la verità, era piuttosto risicato…

Facemmo del nostro meglio, non volevamo problemi con gli inquilini.

Tuttavia capisco la delusione di *monsieur* Wins.

Charlotte

Raymond e io aspettavamo all'ingresso mentre i miei genitori perlustravano la nostra "nuova casa". Era tardi, avevamo fame e sonno, ma eravamo felici. Quella brezza fresca delle montagne del Rodano ci faceva bene, per quanto fossimo in pieno inverno. Ci meravigliò il fatto che ci impiegassero tanto tempo.

«Ci sarà qualche problema, Raymond?»

«No, non credo», rispose mio fratello. «Sai com'è fatto papà, deve essere sempre tutto perfetto!».

Aspettammo ancora un po'. D'improvviso vedemmo Blima scendere le scale con il volto pallido, scomposto. Dietro di lei veniva mio padre. Sembrava talmente triste! Léon sapeva parlare così bene, trovava sempre le parole più adeguate. E molte volte, inoltre, le accompagnava con uno scherzo o un sorriso malandrino o tenero, a seconda dell'occasione. Adesso, invece, ci guardava muto, quasi che non sapesse cosa dire!

Calò un silenzio di disagio, sconcertante. Tememmo il peggio: dover riprendere le nostre piccole valigie e addentrarci nella notte invernale, senza sapere dove andare, come a Parigi.

«Venite», disse mio padre, e abbassò la testa, sconfitto. «Vi mostrerò dove vivremo».

Salimmo al primo piano. Percorremmo un lungo corridoio, alla fine del quale, quasi nascosta, c'era una porticina. Léon la aprì mentre riferiva: «Qui staranno mamma e papà».

Affacciammo la testa e vedemmo un ammasso di ferri ossidati, pezzi di motore e macchine malridotte, sedie con le gambe rotte e cose del genere. Il ciarpame era sparpagliato alla rinfusa su una pila di legna. Dalla stanzetta proveniva un terribile odore di umidità. Poiché guardavamo senza capire, papà disse: «Noi dormiremo lì in fondo, sulla destra».

Sporgemmo di più le nostre teste e vedemmo un'estremità del materasso.

«Ah!», esclamammo insieme, stupiti.

Quindi passammo in un bagno. La carta da parati era venuta via, e lo stato lasciava molto a desiderare, ma almeno era spazioso. Papà si sentì comunque in dovere di avvertirci: «Dovremo condividere il bagno con altre persone...».

Forse perché eravamo dei ragazzini e non volevamo scoraggiarci subito, accompagnammo papà in silenzio, con la segreta speranza di trovare davanti a noi una gradita sorpresa.

Percorremmo il corridoio ed entrammo in una stanza più

ampia, di uso comune, una specie di soggiorno. La attraversammo. In fondo c'era un armadio di legno, con due imponenti ante. Papà le aprì. Vedemmo una gran quantità di stampelle con dei vestiti appesi: cappotti e abiti per coprirsi, che arrivavano fino a terra. Con un braccio Léon scostò gli abiti, e apparvero due minuscole brandine, una sull'altra, che a stento entravano in quel loculo.

«Qui starete voi», ci disse con voce calma, vibrante di vergogna e dolore.

Era un guardaroba!

Adagiammo le nostre piccole valigie sotto il letto a castello. Era tardi, e sentivo una tristezza infinita. La stanchezza e la fame per la lunga giornata costellata di momenti di panico scomparvero completamente. Avrei voluto soltanto buttarmi sul letto e piangere. E così feci. Raymond provò a consolarmi, ma pure lui era molto afflitto. Più tardi venne mamma, mi portò una fetta di torta e una bottiglietta di acqua. Non poté rimanere a lungo. Per restare con noi doveva lasciare la porta dell'armadio aperta, ed era pericoloso. Qualsiasi altro abitante della casa, o perfino qualcuno di passaggio, avrebbe potuto vederci e scoprire così il nostro nascondiglio. Era molto azzardato. Non appena si sincerò che stessi un pochino meglio tornò nella sua camera.

Io continuai a piangere, senza emettere suono, fino a bagnare il cuscino e la giacca. Mi sentivo disperatamente sola, come mai prima. Alla fine il sonno mi vinse.

Nei giorni seguenti venimmo a sapere molte altre cose: che dovevamo spartire il bagno con quattordici persone (la famiglia armena che ci affittava i posti letto e i loro cinque figli, marito e moglie andalusi con tre figli e un'altra coppia spagnola). Che uno dei bambini spagnoli purtroppo si era preso la scabbia e non ci dovevamo avvicinare a lui. Che il deposito dove vivevano i miei era infestato dai topi. Che il guardaroba dove dormivamo Raymond e io non aveva luce, e quindi dovevamo trascorrere la maggior parte del giorno rinchiusi al buio. Che lì non c'erano pidocchi, ma in compenso abbondavano le *punaises*, le puzzolenti cimici, nascoste dietro l'intonaco scrostato.

Non dimenticherò mai la solitudine infinita di quella prima notte.

Ricordo pure che, in quel mondo spietato che ci devastava, per la prima volta mi tormentò un pensiero doloroso, che non riuscii più a togliermi completamente dalla testa: "Forse i nostri genitori non riusciranno a proteggerci per sempre".

Consuelo Hernández Randall (nove anni)

Cazzo! Non c'entrava nemmeno uno spillo in quel buco putrido, e dovevano pure portarci i belgi!

Ecco cosa pensai quando venni a sapere che un'altra famiglia sarebbe venuta a stare con noi. E, come se non bastasse, non parlavano nemmeno lo spagnolo! Noi eravamo stati i primi ad arrivare in quella casa di armeni, un anno prima. Mio padre, Tito Hernández, era un poeta andaluso che poi si era trasferito a Madrid e che simpatizzava per i repubblicani. E quindi, ovviamente, era caduto in disgrazia dopo la Guerra civile. Non si era arruolato, nemmeno per sogno! Ma quando i ribelli stavano vincendo, aveva capito che sarebbe morto di fame. E, come se non bastasse, mia madre, Sidney Randall, era una pittrice americana, una che aveva conosciuto Hemingway! Passarono la frontiera senza documenti e si stabilirono nel sud della Francia. Si ingegnarono per sopravvivere: mia mamma vendeva i quadri nelle feste di paese e mio padre si affannava come tuttofare, perché si sa che la poesia è bella per innamorarsi, ma non ci si mangia.

Quando la Germania sconfisse la Francia, restammo dal lato di Vichy. Non avevamo un centesimo, e così finimmo nella casa degli armeni, se casa si poteva chiamare. E, colmo dei colmi, mio fratello Ramón si becca la scabbia! Stava sempre a grattarsi, il poveraccio, soprattutto il collo, le mani, i polsi e sotto le ascelle. Sembrava un pazzo! I miei genitori, con mille sforzi, gli comprarono una lozione, ma non servì a niente. Poco dopo stava di nuovo come prima. Dovevamo tutti stargli lontano, per paura di contagiarci, e così se ne rimaneva sempre da solo come un cane. Poveraccio, davvero!

Ecco, e poi tra capo e collo arrivano i belgi! La fila per andare in bagno diventava infinita. Un paio di volte me la sono perfino fatta sotto, e io sono una che regge bene! Incrociavo le gambe... e lì ad aspettare! Un pomeriggio me ne stavo in corridoio quando mi accorsi che la ragazzina belga era seduta vicino alla porta del bagno, mezzo nascosta, come sempre. Era arrivata al bagno prima di me! Quelli si comportavano come se nessuno li potesse vedere. Ma stavamo insieme tutto il santo giorno, figurati, lo sapevamo che erano là. La guardai e notai che teneva le gambe incrociate, come me. Capito? Pure la rompiscatole se la faceva sotto! Resistetti come potei, e quando vidi che me la stavo di nuovo facendo sotto, iniziai a camminare lentamente nel corridoio (andavo più veloce solo se tenevo le gambe più incrociate e strette delle monache del convento!). Lei se ne accorse. In quel momento il bagno si liberò.

«*Bonjour, je suis Charlotte. Voulez-vous aller en premier?*», mi disse e sorrise, facendo tutta l'educatina.

E pensare che io stavo per ucciderla, quella ragazzina belga!

Non esitai: «*Merci!*», le dissi e mi infilai in bagno.

Quando uscii mi accorsi che si era nascosta di nuovo nel corridoio. Stava peggio di me, però resisteva. La guardai.
«*Je suis Consuelo*», le dissi, e le rivolsi quasi un sorriso.
Non mi veniva di sorridere, a quel tempo.
Ci vedemmo poche altre volte. Ma almeno ormai ci salutavamo.

Charlotte

La mia vita nel guardaroba.
Arrivai a immaginare che, se un giorno ne fossi uscita viva, ci avrei scritto un libro, con quel titolo. Di sicuro quando lo pensai non sapevo ancora quanto mi rimaneva da vivere!
La nostra esistenza trascorreva interamente all'interno di un guardaroba. Non avevamo finestre né spiragli, nemmeno una misera lampadina elettrica. Le porte di legno che chiudevano la nostra "stanza" avevano solo delle sottili fessure, dalle quali entravano i raggi di luce della lampada appesa nel soggiorno. Poiché era tempo di penurie, e bisognava risparmiare, la lampada rimaneva spenta per la maggior parte del tempo. Si accendeva la sera. A volte uno dei nostri genitori la accendeva di nascosto per qualche istante, solo per noi. Però in genere passavamo il giorno al buio. Tanto non avevamo nemmeno i libri... E dire che io adoravo leggere!
Io e Raymond scendevamo dai letti e ci sedevamo a terra, sotto i vestiti. Non potevamo fare molto per paura che qualche sconosciuto aprisse le ante e noi dovessimo nasconderci in fretta sotto i letti. I vestiti lunghi e grandi erano una prima barriera di protezione.
Non potevamo parlare, perché temevamo di essere ascoltati da chiunque si trovasse nella sala vicina. Ogni tanto, do-

po aver guardato a lungo dalle fessure della porta per assicurarci che non ci fosse nessuno, ci arrischiavamo ad aprire di qualche centimetro l'anta dell'armadio, come se fosse stata chiusa male. Lo facevamo tardi, di notte, quando gli altri inquilini erano già andati a dormire. Come ci godevamo quel fascio di luce che lambiva il nostro minuscolo loculo! Il giorno si illuminava in piena notte! Ci inventavamo dei giochi con quel poco che avevamo. E cercavamo di parlare un pochino, a sussurri, in modo tale da farci venire sonno e dimenticarci della fame. Ricordavamo anche i primi tempi, quando papà ci portava i dolci per farci scordare i brutti momenti. Mentre ora pativamo una fame! Non avevamo molti altri argomenti di conversazione. Alla fine mi rinchiudevo in me stessa, parlavo da sola. I nostri giorni trascorrevano uguali in quel maledetto guardaroba.
Le prime settimane mi parvero interminabili. Solo la speranza che presto ci saremmo trasferiti da qualche altra parte mi faceva battere il cuore, anche se al tramonto venivo colta di nuovo dalla tristezza, e le lacrime scorrevano da sole.

Adoravo mio padre e capivo che stava facendo tutto il possibile. Sapevo pure che i nostri genitori avevano preferito lo squallido deposito infestato dai topi per dare a Raymond e me il "posto migliore". Eppure, quando mi mettevo a pensare a come eravamo caduti in basso in così poco tempo, non potevo evitare che un certo risentimento mi invadesse. Che fine avevamo fatto! Avevamo commesso un errore abbandonando la nostra adorata casetta di Liegi per nasconderci in Francia? Non erano stati più saggi zio Paul, che era rimasto ad Anversa, o zio Alter, che era tornato in Polonia dai nonni?

Per questo una notte, non appena sentii nel corridoio i passi di mio padre, che come al solito veniva a portarci qualcosina da mangiare, mi decisi a farlo. Lui aprì la porta, e io mi appesi al suo collo e gli diedi un abbraccio enorme, interminabile. Papà non comprendeva bene cosa stesse accadendo, e così rise in modo goffo, da uomo buono. Senza che io gli avessi detto niente, Raymond capì al volo e gli diede una pacca sulla spalla con affetto. Tutto in silenzio. Papà ci guardò a lungo, con un sorriso profondo e triste, poi lasciò a terra i due piattini con il cibo, così miseri, e una bottiglia di acqua.

«Sono orgoglioso di voi», affermò, con la voce spezzata per l'emozione.

Giusto Pacella (trent'anni circa)
Cameriere del Grand Café des Commerçants

Come mio padre e mio nonno, facevo il cameriere in una caffetteria.

La mia famiglia proviene da Caltanissetta, in Sicilia.

Poco prima dell'inizio della guerra ero venuto in Francia a cercare fortuna. E la sorte mi aveva sorriso: dopo aver lavorato in bar e brasserie della peggior specie, ero riuscito a ottenere un posto al Grand Café des Commerçants, nel cuore di Lione, che non è roba da tutti. Ma io ero un cameriere di prima qualità. Mi piaceva, per me era una vera e propria professione, come l'ingegnere o il carpentiere. I clienti più assidui, quelli che qui chiamano *habitués*, mi conoscevano bene e preferivano che fossi io a servirli. Non mi impicciavo dei loro affari, sa? Però loro mi raccontavano le proprie storie e mi chiedevano perfino un'opinione. E io ero sempre a orecchie tese, pronto a qualsiasi cosa.

Poi scoppiò la guerra. Molte cose cambiarono. E quando la Francia venne sconfitta, firmò l'armistizio e rimase schiacciata sotto lo stivale tedesco, non ne parliamo nemmeno! Anche se ci trovavamo nella cosiddetta Zona Libera, sotto il governo del maresciallo Pétain, il nome del vero presidente era… Adolf, mi capisce, vero? Molti dei clienti più aristocratici e di più vecchia data smisero di venire. Alcuni perché avevano dichiarato fallimento, altri perché erano ebrei. Parecchia gente venne nel sud della Francia per scappare dalle zone occupate, ma erano poveracci. Il café passò dei brutti momenti. E la clientela cambiò molto.

Cominciarono a venire frotte di persone che si scambiavano informazioni e facevano, ecco… attività contro il governo. Ragazzi della Resistenza, insomma. Anche famiglie perseguitate ma non per questo sul lastrico, che si volevano concedere qualche piccolo piacere, e ritrovarsi con amici nella stessa situazione. Cercavo di mantenermi al margine di tutto, ma uno ha orecchie e ascolta, no? Che ci posso fare! E così don Giusto si è adattato ai nuovi tempi, cos'altro potevo fare?

Per questo le posso confermare che c'erano un paio di tavolini, quelli in là, al lato del bancone, vede?, dove si riunivano i belgi e i francesi venuti dal nord. Venivano tutti i venerdì, i giorni più affollati, per confondersi nella folla. Ma non erano sempre gli stessi, no, cambiavano molto. La famiglia che lei mi descrive me la ricordo bene, anche se il loro nome mi sfugge… I Wins? Sì, può essere, anche se non ne sono sicuro. Certo che mi ricordo, però, che quella bambina chiedeva sempre la stessa cosa: un gelato alla fragola. E mi sembra di rivedere la sua faccia quando, con un gesto plateale, lo servivo al suo tavolo. Che carina, non potrò mai dimenticarlo!

Charlotte

Oscurità e silenzio. Solitudine.

Sono state quelle le parole d'ordine dei miei primi mesi a Lione.

Potevo parlare solo con me stessa. Un giorno compii nove anni. Non so quando. Avevo perso il conto, e nessuno me lo disse, tanto non avremmo saputo dove e come festeggiare. Mio padre si faceva in quattro per trovare qualcosa da mangiare, con scarso successo, purtroppo.

I commercianti del mercato nero si approfittavano senza pietà della miseria. La gente investiva i risparmi di una vita per riuscire a ottenere un poco di cibo. Era una vergogna. Mio padre, che doveva cambiare i soldi stranieri o le riserve segrete di diamanti sempre più scarse, era una preda facile, nonostante il suo carattere deciso e il fatto che fosse un bravo commerciante. Mia madre era pronta a compiere veri e propri miracoli con quel poco che lui portava a casa, e cercava in tutti i modi di tenere i vestiti in condizioni accettabili. Raymond e io, poi, non la smettevamo di crescere! Per fortuna Blima era molto brava con ago e filo. Allungava e ingrandiva i nostri vestiti con grande abilità. A essere sinceri, non so come facesse!

Non parliamo, poi, di andare dal medico o dal dentista. Bisognava sopportare il mal di denti, non c'era altra scelta! Figuriamoci, quindi, i compleanni. Ciò nonostante, a mano a mano che il clima migliorava e arrivava la primavera, ci arrischiammo in qualche passeggiata. La prima fu una notte, tardi, verso le nove.

«Oggi uscirai per la prima volta, Charlotte», mi disse papà Léon, con un tono molto dolce. «Dovrai andare da sola, come avevamo concordato», mi mise in guardia, mentre aggrottava la fronte, preoccupato. «Ma ti fa bene uscire un poco da qui».

Scese con me le scale della grande casa e mi accompagnò alla porta.

«Non dimenticarti delle raccomandazioni che ti ho fatto, per favore!», mi supplicò.

Aprii la porta e uscii. Come scordare quel momento?

Erano tre mesi che non uscivo dal guardaroba. L'aria fresca, i suoni, qualche scintillio, i profumi, tutto mi piombò addosso nello stesso istante, fino a farmi vacillare. Avvertii una fitta all'occhio strabico. Pensai che sarei svenuta! Chiusi le palpebre e respirai a fondo l'aria fresca delle montagne e del fiume. Diverse volte. Finché sentii che l'anima mi tornava nel corpo. Riaprii gli occhi lentamente.

La casa degli armeni si trovava in una strada senza uscita, un cul-de-sac dove la spazzatura si ammucchiava dentro e fuori i recipienti preposti a contenerla. "Proprio un bel posto per i roditori!", pensai. Poi iniziai a camminare. Mio padre mi aveva fornito istruzioni precise: girare alla prima a destra, attraversare tre isolati, girare a sinistra per una strada che saliva in diagonale, e poi di nuovo a sinistra, sino a tornare al vicolo degli armeni. Ottocento metri in totale. Non parlare con nessuno, rispondere al volo se qualcuno faceva una domanda, non fermarsi davanti alle vetrine. Avanzai, metro dopo metro: ero terrorizzata! Ogni tanto mi sembrava di iniziare a tremare. Ma l'aria fresca e il movimento mi vennero in aiuto. Mi rasserenai a tal punto che quando cominciai l'ultimo tratto mi dispiaceva tornare nel mio guardaroba. Lo percorsi lentamente, godendomi ogni istante, malgrado la paura. Qualcuno mi aveva visto uscire di casa? Quando mi vedeva passare, la gente capiva, con una semplice occhiata, chi ero?

Uscivamo a tarda notte. Accadde pochissime volte. E sempre separati, mai insieme. Di tanto in tanto Raymond e io ci mettevamo d'accordo per incrociarci nei nostri percorsi, per controllarci l'un l'altra e sentirci più protetti. Qualche volta l'ho fatto pure con mamma; era molto tenero imbattersi nella mamma per la strada in quei giorni così difficili.

Appena iniziata l'estate, quando ormai vivevamo in città da sei mesi, un giorno papà decise di portarci in un café.

Ci vestimmo di tutto punto, anche se non avevamo più niente! Saremmo stati una famiglia belga, di passaggio per la Francia, che in un venerdì pomeriggio faceva un giro per rinfrescarsi. Il posto si chiamava Grand Café des Commerçants ed era molto bello. Doveva trattarsi di un locale caro. Più tardi capii che, per destare meno sospetti, era meglio frequentare gli esercizi commerciali più ricercati. Ci sedemmo tutti e quattro a un tavolo, poi ci raggiunsero altre due coppie, senza figli, e il cameriere preparò un altro tavolo vicino al nostro. Mi sorprese: non sapevo che papà avesse amici a Lione. Il ragazzo, un italiano molto simpatico e chiacchierino, prese la comanda. Papà si era raccomandato di non ordinare niente di troppo caro, perché non ce lo potevamo permettere. E così, quando arrivò il mio turno, rimasi interdetta: non sapevo che dire.

«Non ti piacerebbe un gelato, Charlotte?», mi suggerì, in tono salvifico.

Avevo una tale fame! Mi sarei mangiata tutto quello che c'era nel café!

«Sì, certamente», risposi, euforica. «C'è alla fragola?»

«Benissimo, fragole, signorina!», rispose il cameriere.

Alcuni minuti dopo tornò con il gelato. Mi stupì che papà e gli amici conoscessero il cameriere e lo salutassero per nome.

Servì tutti e lasciò me alla fine. Si avvicinò e con una riverenza depositò davanti a me il gelato di fragole, che era adagiato su un'enorme coppa di vetro, decorato con della granella di cioccolato e una cialda. Aprii gli occhi e la bocca, sbalordita. Gli altri esclamarono insieme: «Bravo, don Giusto!».

Fu uno dei rari momenti di felicità di quel periodo.

In seguito Raymond e io parlammo di tutto quello che avevamo visto in quel café. Niente aveva attirato la nostra attenzione, tale era l'isolamento in cui ormai vivevamo. Ero così rinchiusa in me stessa che non prestavo attenzione a ciò che dicevano i "grandi", né sentivo il chiasso della gente. Cominciai a rendermi conto che avevo una capacità speciale di concentrarmi e isolarmi dall'esterno.

Tuttavia alcune parole oltrepassarono la cappa protettiva e turbarono il mio mondo. Si parlò del fatto che "esistevano campi di concentramento", e si fece allusione al timore che "fossero un'anticipazione di qualche pericolo maggiore". Si disse pure con entusiasmo che "gli Alleati sarebbero sbarcati in Africa del Nord" e che già stavano affrontando i nazisti.

«Sembra che insieme agli inglesi combattano pure le truppe francesi del generale de Gaulle», commentò uno degli amici di mio padre.

«Sì, è così. Ed è presente pure la famosa Legione straniera, comandata dal colonnello Dimitri Amilakhvari, l'eroe di Narvik», rispose Léon con ammirazione.

«Se i nazisti cominciano a sentirsi maltrattati dai francesi, intensificheranno la repressione e le razzie sul suolo francese...», bofonchiò l'altro amico, preoccupato.

Io ero già a conoscenza delle retate e sapevo come dovevo procedere in caso si fossero avvicinati alla casa dei Rapalian. Malgrado ciò, la immaginavo come un'eventualità molto lontana dal mio mondo.

Quella notte fu indimenticabile. Per molti motivi. Uno di questi è perché ascoltai, per la prima volta, verso la fine dell'incontro, che gli amici pensavano di scappare in Svizzera.

Compreso mio padre.

Per diversi giorni non chiusi occhio. Non riuscivo a pensare ad altro.

Quella notte imparai che i bar e i café sono come una rete di contatti, l'unica fonte di informazione libera in un'epoca in cui i giornali e le radio erano al servizio del governo di Vichy. L'unica organizzazione autonoma che rimanesse in piedi in un periodo di desolazione.

In generale le riunioni si tenevano in café famosi, dalla buona reputazione, per ragioni di sicurezza, anche se i partecipanti poi si svenavano per pagare il conto. Café du Rhône, Grand Café des Commerçants, Café de la Cloche, Grand Café de la Préfecture. Avevano luogo pure in oscure botteghe di cattiva fama, gli unici locali ai quali potessero accedere anche i personaggi più celebri delle Forze francesi dell'Interno, più conosciute come Resistenza francese.

Papà e mamma ci riportarono ancora in quei posti, per dare la parvenza di "una famiglia normale", ma potevamo farlo solo una volta ogni tanto, per ragioni di sicurezza e per mancanza di denaro, visto che ogni giorno sopportavamo ristrettezze sempre maggiori.

In quelle serate io preferivo parlare con Raymond o ascoltare la musica, se c'era. O ancora, trincerarmi dietro i miei pensieri. Registravo anche qualcosa delle conversazioni degli adulti: le azioni dei *résistants*, sempre più frequenti, e l'apertura di un nuovo fronte nell'Africa settentrionale restituivano un barlume di speranza in una guerra che sino a quel momento aveva registrato vittorie solo da una parte. Un lieve refolo di speranza soffiava di nuovo.

Inoltre sentii parlare molto, con odio misto a paura, di un certo Pierre Laval, capo del Gabinetto di Vichy, accusato di essere un servo dei nazisti. E di un certo *Klaus* Barbie, capo della Gestapo, che avevano appena trasferito a Lione e che godeva di una pessima fama per i crimini commessi in Olanda contro gli ebrei.

A ogni modo, frequentare i bar aveva un insolito vantaggio, che io mi godevo alla grande: poter andare al bagno!

Non c'era mai fila, e quindi mi ci recavo diverse volte. E ci rimanevo per un bel po'! Anche se poi d'improvviso, senza nessuna ragione in particolare, scoppiavo a piangere. Non potevo farne a meno!

Una volta al mese arrivava il momento più atteso: l'uscita per farmi la doccia nei bagni turchi vicini alla stazione. Che emozione! Pagavo qualcosa, mi infilavo sotto la doccia e la facevo durare quanto potevo. A Liegi vivevamo in una casa dove l'igiene era un'ossessione. Mia madre, poi, era maniaca della pulizia! In questo ero proprio uguale a lei. Anch'io ero piuttosto schizzinosa. Ed eravamo finiti in quella casona piena di ratti, cimici e pulci, dove quasi non si poteva andare al bagno...

Forse non mi crederete, però sulla via del ritorno, pur sapendo che mi sarei di nuovo rinchiusa nell'oscurità del guardaroba, mi sentivo fortunata. E sapete? La cosa più terribile è che avevo ragione.

Jean-Claude Rapalian

La situazione precipitò con l'arrivo di *Klaus* Barbie a Lione, nel maggio del 1942.

Barbie era un alto ufficiale della Gestapo che si era "messo in mostra" per le sue atrocità ad Amsterdam. Con il ritorno di Pierre Laval a capo del Gabinetto di Vichy, i nazisti si sentirono di agire indisturbati pure nel sud della Francia. Già prima venivano effettuate le *rafles*, le retate, ma solo nel caso di ebrei clandestini, o di covi della Resistenza. Con Barbie cambiò tutto: non a caso, poco tempo dopo era già stato nominato "il macellaio di Lione"...

Vivevamo nella paura.

Avevamo bisogno di soldi. Ma quante volte, all'ora di cena, mio padre Krikor, stanco, ripeteva a mia madre: «Perché ci siamo infilati in questo casino?».

E non avevamo ancora sopportato troppe sofferenze.

Fino a quella maledetta notte d'estate. Non ricordo bene la data, ma faceva molto caldo. Stavo studiando al tavolo del soggiorno, finivo i compiti per il liceo. All'improvviso mio padre aprì la porta di casa e gridò: «Jean-Claude, vengono per una retata».

Avevamo parlato diverse volte dell'argomento, di cosa fare e cosa non fare. Eppure quando sentii la parola "retata" rimasi pietrificato. Tardai a reagire e ad andare di sopra ad avvisare gli altri. Prima i Wins, che correvano maggiori rischi. *Monsieur* Wins era uscito, però la moglie Blima si precipitò subito dai figli, e i tre corsero da basso. Poi avvertii gli spagnoli, che preferirono rimanere.

Non erano trascorsi nemmeno cinque minuti che dei colpi violenti fecero tremare il portone.

Erano arrivati.

Charlotte

Tutti i giorni, dopo esserci alzati, Raymond e io rifacevamo i letti a puntino, per dare l'impressione che nessuno vi avesse dormito. Quindi ognuno raccoglieva i propri vestiti e li infilava nella valigia, assieme a tutti gli altri oggetti. Erano le istruzioni precise di nostro padre. Papà Léon era molto pignolo.

Quel pomeriggio stavamo ingannando la noia nell'oscurità, perché nessuno aveva acceso la lampada del salone, quando di colpo la luce si accese e Blima spalancò le porte dell'armadio: «Una retata!», sussurrò con la voce rotta dall'angoscia. «Prendete le vostre cose e venite con me».

Sentii un panico tale che non riuscii a respirare. Dovevo reagire! Afferrammo le valigie, attraversammo di corsa il corridoio e poi scendemmo le scale, fino a raggiungere il portone. Mamma lo aprì piano: per strada non si vedeva ancora nessuno.

«Su, Charlotte, Raymond: fate quello che vi abbiamo insegnato!». E si incamminò per il vicolo degli armeni con finta naturalezza.

D'un balzo raggiungemmo i contenitori della spazzatura e cercammo, ognuno da un lato, di trovare un nascondiglio. Io mi acquattai tra due secchi addossati alla parete, sotto una pila di cartoni vecchi e ammuffiti. Raymond fece lo stesso. Non avevamo ancora finito di sistemarci che, terrorizzata, vidi un gruppo formato da una ventina di poliziotti francesi che giravano l'angolo con i cani e avanzavano a passo deciso lungo la nostra stradina. Li guidavano tre inconfondibili agenti della Gestapo. Si divisero in gruppetti e cominciarono a bussare forte, con violenza, a diverse case, per spaventare gli inquilini.

Un ufficiale della Gestapo e quattro gendarmi con un cane fecero irruzione nella grande casa degli armeni. Dal mio nascondiglio ascoltai le grida dei poliziotti, la risposta di Krikor e poi gli stivali dell'ufficiale che salivano ticchettando le scale di legno. Di nuovo quel maledetto suono che tanto mi atterriva! Mi tappai le orecchie con le mani, con tutta la forza che avevo, e cercai di non ascoltare nient'altro.

Jean-Claude Rapalian

Aprimmo la porta proprio quando sembrava che stessero per buttarla giù.

Un ufficiale della Gestapo si precipitò dentro in compagnia di diversi gendarmi e un cane poliziotto, mentre urlava il nome di mio padre: «Krikor Rapalian!». Era evidente che non venivano a caso. Venivano con le peggiori intenzioni.

«Sono io», rispose mio padre in tono pacato.

«Sappiamo che nascondete delle persone!», strillò l'ufficiale nazista in un pessimo francese.

«Sono solo inquilini...», si difese Krikor, pallido e scomposto.

L'ufficiale non aveva voglia di mettersi a discutere. Gridò un ordine in tedesco e avanzò verso le scale, seguito dai suoi sottoposti. Noi andammo dietro. Sapevano cosa o chi stavano cercando.

Prima venne il turno degli spagnoli. Senza smettere di urlare controllarono i loro documenti e posero delle domande. Ma non era loro che cercavano. Li scostarono con disprezzo, e iniziarono ad aggirarsi per la casa: spalancarono guardaroba e armadi, perlustrarono ogni angolo, finché giunsero in soggiorno. Era sempre più evidente che avevano ricevuto una soffiata. Il cane si avvicinò al guardaroba e cominciò ad annusare. Trattenemmo il fiato. Poi abbaiò, come se avesse riconosciuto qualche odore. L'ufficiale tedesco si lanciò sull'armadio e lo aprì. C'erano soltanto vestiti appesi. Tirò via i vestiti... e apparve il lettuccio a castello. Cominciò a urlare come un pazzo, i gendarmi tirarono fuori le armi e il cane abbaiò sempre più nervoso. Temetti il peggio.

«Di chi sono questi letti? Chi dorme qui?», chiese tra i ruggiti di odio, mentre minacciava con la pistola.

Nessuno gli rispose. La tensione raggiunse livelli insopportabili.

D'improvviso al mio fianco comparve Consuelo, la bambina degli spagnoli. Non me n'ero neppure accorto, però era stata lì tutto il tempo.

«*C'est à moi. Je dors là parce que mon frère Ramón a la gale*», rispose all'ufficiale della Gestapo con voce decisa, senza farsi intimidire. «*C'était l'idée de mes parents pour me protéger*».

Il cane si scagliò contro Consuelo, abbaiandole a pochi centimetri dal corpo. La bambina resistette con un coraggio ammirevole.

«E tu chi sei?»

«Sono Consuelo, sono spagnola e sono nata a Madrid».

Per un istante l'ufficiale non seppe che fare. Il suo odio aumentò perché si sentiva preso in giro, o da quello che aveva fatto la soffiata o dagli abitanti della casa. Avrà preso in considerazione la possibilità di arrestarci e interrogarci tutti al commissariato, con i suoi "metodi", che non avrebbero di certo fallito. Poi ricordò che la Spagna era un Paese alleato della Germania e del governo di Vichy e che in genere difendeva i propri cittadini all'estero, anche se non erano simpatizzanti della dittatura di Franco. "Un paio di porci ebrei non valgono tante complicazioni", avrà concluso.

Fece un passo in avanti, si avvicinò alla bambina e si abbassò per rimanere con la bocca a livello del volto di Consuelo.

«La prossima volta tocca a te, sporca gitana!». Le sputò in faccia, facendo scivolare lentamente la pistola sul suo collo, con il dito sul grilletto.

Si fermò, ci guardò con ripugnanza, urlò altri ordini e se ne andò, seguito dai suoi soldati.

Charlotte

Dal mio nascondiglio nella spazzatura riuscii a vedere che il portone si apriva. Uscì subito il cane, che sembrava trascinare con sé uno dei gendarmi. Si udirono delle grida, e poi apparve l'ufficiale della Gestapo, in compagnia degli altri gendarmi. Qualche minuto più tardi tutti i partecipanti alla retata si riunirono all'imboccatura del vicolo. Nonostante l'oscurità, mi parve di intravedere che avevano arrestato due sventurati, una ragazza e un ragazzo, entrambi molto giovani, prelevati in una casa vicina.

Il peggio era passato; tuttavia il terrore non mi abbandonava. Rimasi ferma a lungo.

Non avevo il coraggio di rialzare la testa, né di uscire da lì. E se tornavano?

Proprio allora mi resi conto di una sensazione fastidiosa che provavo da quando mi ero infilata nell'immondizia, una sorta di solletico alle dita dei piedi e sulle caviglie. Spostai alcuni cartoni e guardai i miei piedi, a stento protetti dalle pantofole, l'unica cosa che avevo a portata di mano nella fuga: almeno quattro grandi topi, con il loro schifoso pelame grigiastro e le lunghissime code, si aggiravano sulle mie gambe.

Il mio stomaco si rivoltò per il disgusto, mi venne voglia di vomitare, ma riuscii a trattenere i conati. Non ebbi il coraggio di muovere i piedi. Temevo più i soldati dei topi. E poi non mi avevano morso per tutto il tempo che eravamo rimasti insieme nella spazzatura. Mi consideravano una di loro!

Eravamo vivi, e chissà ancora per quanto lo saremmo rimasti. Ma a quale prezzo! Mio Dio, cosa stavamo diventando?

Giusto Pacella

Come le avevo detto, dopo la sconfitta della Francia la clientela era cambiata molto. Era scesa di qualità. Più scarsa, e con meno contanti. Le mance? Non glielo dico nemmeno!

Ma a partire dall'estate del 1942 fu ancora peggio.

Si diceva che sul fronte russo ai tedeschi non andasse molto bene. E pure l'ingresso degli Stati Uniti nella guerra, dopo il bombardamento giapponese di Pearl Harbor alla fine del 1941, aveva cambiato non poco la situazione. Lo sbarco alleato nel Nordafrica, le vicende degli inglesi di Montgomery e dei francesi di de Gaulle, non troppo lontano dal sud della Francia, finirono per innervosire i nazisti e i *collabos*. Le retate divennero sempre più frequenti e sempre più violente. I prigionieri venivano portati nel quartier generale della Gestapo, che si trovava all'Hotel Terminus di Lione, vicino alla stazione. Presto sarebbe stata la tana del personaggio che tutti temevano: un certo *Klaus* Barbie.

Gli avventori del locale erano sempre più rari. Nemmeno di venerdì o di sabato si riusciva a riempire tutti i tavoli! E quelli dei belgi e dei francesi del Nord iniziavano a rimanere liberi. Venivano sempre di meno. Mi mancavano quei tipi simpatici, amabili conversatori, che mi trattavano come un amico: «Come sta, don Giusto? Da quanto tempo non ci si vedeva!», mi dicevano, prima di fare la comanda. Mi chiedevano un'opinione e poi commentavano: «Vedete, ve lo dicevo io: don Giusto è un filosofo della vita». E mi ricordavo sempre di quella bambina, la signorina del gelato alla fragola.

Per attirare i clienti, al proprietario venne in mente di proporre della musica.

Ingaggiò un vecchio pianista afroamericano e una cantante francese di più di trent'anni, che avevano entrambi bisogno di lavorare. Il pianista, un certo Charlie, si divertiva a suonare blues e ad accompagnare la cantante; non gli importava quanto pubblico avesse. Finché il piano fosse rimasto vicino a lui, avrebbe sempre sorriso. Tuttavia Michelle, la cantante, era l'opposto. Sembrava molto triste, era difficile strapparle un sorriso. Ciò nonostante diventammo buoni amici e confidenti. Da lei venni a sapere alcune notizie sulla signorina.

Michelle si esibiva al Grand Café des Commerçants il venerdì, il sabato e, a volte, la domenica. Era il suo unico ingaggio, con il quale riusciva a coprire soltanto l'affitto di un tugurio vicino alla stazione e qualche spesa. Viveva alla giornata. La guerra l'aveva colpita duramente. Il suo unico fratello era morto non appena erano cominciate le ostilità, alla fine della *drôle de guerre*. Veniva da Eure-et-Loir, ed era emigrata a Lione in cerca di libertà dai territori occupati. Che delusione! Aveva conosciuto un veterano, ormai ritiratosi, con cui aveva condiviso bicchierini, lenzuola e una manciata di sogni. Finché il capitano, alla fine del 1941, aveva capito che il suo dovere era quello di unirsi alla Resistenza. Da quel momento l'aveva visto soltanto un paio di volte, affrontando enormi pericoli, e aveva ricevuto al massimo una mezza dozzina di messaggi. Era sola, povera e con una carriera che già volgeva al termine. Come poteva non soffrire quella ragazza!

Le piaceva fare lunghe camminate. Camminare è ottimo per le persone sole, sa? Le distrae dalle loro preoccupazioni. Anche se a quei tempi… si poteva assistere a scene più orribili di quelle che si cercava di dimenticare. A ogni modo, nelle sue lunghe passeggiate incrociò diverse volte la signorina. Sempre nella stessa parte della città: nei dintorni della stazione, in un prato dal quale si vedevano i treni arrivare e partire da Lione. Avrà avuto un fidanzatino da quelle parti? O le piaceva soltanto osservare il passaggio incessante dei treni?

Charlotte

Dopo quella prima retata, niente fu più come prima.

Era evidente che qualcuno sapeva del nostro nascondiglio e aveva avvisato la Gestapo. Qualcuno che ci aveva visto entrare e uscire diverse volte dalla casa degli armeni. O forse, uno degli inquilini aveva parlato troppo in un negozio o in un bar, come un ingenuo.

Ma che interesse potevano nutrire l'esercito tedesco e la polizia francese per due giovani quasi bambini come Raymond e me? Quale pericolo potevamo mai costituire?

Poi ci furono altre razzie nel nostro quartiere, con sempre maggiore frequenza. Non appena ricevevamo l'avviso dell'allarme, correvamo nei nostri nascondigli in mezzo all'immondizia, in compagnia dei nostri amici topi… Erano altri a essere traditi: a volte non passavano nemmeno nella casa degli armeni, e quando lo facevano l'ispezione era di routine.

Tornammo al silenzio, all'oscurità e alla solitudine dei nostri primi mesi nel guardaroba.

In quei giorni, i nostri genitori ci insegnarono come cavarcela se loro fossero stati fatti prigionieri e noi avessimo dovuto rimanere da soli. Mamma nutriva ancora dei buoni sentimenti per consigliarci: «Qualsiasi cosa vi succeda, non provate mai odio per gli altri: avvelena soltanto voi stessi».

Non avevamo giocattoli. «Le mani di un bambino hanno bisogno di rimanere in attività», ripeteva spesso Blima.

Per questo prendeva dalla strada i *tracts* o volantini che i nazisti e i *collabos* di Vichy spargevano – la città di Lione era sempre inondata di quei miserabili slogan – e con santa pazienza di madre ci fabbricava dei giocattoli o ci preparava dei fogli di carta per i lavoretti fai-da-te. Era grottesco: vivevamo rinchiusi in un guardaroba e ingannavamo la noia svagandoci con i volantini... in cui si esortava a denunciare gli ebrei nascosti!

Le uscite nei café divennero eventi eccezionali. Quanto mi mancavano i miei gelati alla fragola! E le uscite solitarie si fecero più sporadiche, sempre più caute e piene di precauzioni. Era ormai la paura a farmi compagnia nelle passeggiate! E nella solitudine estrema avevo trovato un metodo per sopravvivere. Non volevo nemmeno controllare che non mi stessero osservando, volevo solo scomparire! Non mi piaceva più andare in centro città, dove c'era molta gente: qualcuno mi avrebbe potuto riconoscere. Preferivo aggirarmi per i sobborghi più deserti. E finivo spesso nello stesso posto: una collinetta, nei dintorni della stazione, dove si vedevano i treni che lasciavano Lione. Mi affa-

scinava vederli partire, contemplarli mentre si perdevano nella campagna, così veloci e così liberi...

Finché un pomeriggio, al tramonto, un vecchio treno per il bestiame, che si spostava con lentezza, richiamò la mia attenzione. Lo osservavo distratta – i treni merci e i carri bestiame mi interessavano meno degli altri – quando d'improvviso mi parve che tra le assi del vagone... spuntassero delle braccia e delle mani!

Non era possibile! Di sicuro vedevo male, a causa della luce fioca di quell'ora. Mi fermai con un sobbalzo e cercai di avvicinarmi. Il treno ormai si allontanava, io ero molto nervosa, strizzai gli occhi e... che orrore! Come dimenticare! Braccia, mani e piedi umani si sforzavano, in un tentativo vano e disperato, di scappare attraverso le fessure delle assi di legno.

Chi erano i disgraziati che viaggiavano in quei vagoni? Perché li trasportavano in modo così terribile? Dove li stavano conducendo?

Tornai a casa degli armeni con il cuore in subbuglio. Ero sotto shock. Non so perché, però non riuscii a raccontare ai miei genitori quello che avevo visto. Mi nascosi nel buio del guardaroba, e per alcuni giorni il silenzio mi inghiottì.

Capitolo 3
Il vento acre del deserto

Nordafrica, aprile e maggio 1942

Domingo López Delgado

Il 15 aprile circondammo il Corno d'Africa e ci addentrammo nel golfo, diretti al canale di Suez. Il giorno seguente entrammo nel Mar Rosso attraverso lo stretto di Bāb-el-Mandeb.

La costa, che sembrava molto vicina sia a babordo che a tribordo, dava un'impressione di aridità e desolazione. Non un arbusto, non una macchia verde di vegetazione. Il calore era soffocante. Nel mare banchi di squali nuotavano attorno alla nostra barca, l'*Île-de-France*. Tre giorni più tardi ricevemmo l'ordine di sbarcare. La prima cosa che vedemmo fu il monumento a Ferdinand de Lesseps, il costruttore del canale.

Attraversammo la cittadina di Suez. Il giorno dopo ancora, a bordo di un camion, ci portarono al Troops Transit Camp dove, per la prima volta dopo cinque mesi da che avevamo lasciato l'Uruguay, sentimmo l'odore della guerra. Avevamo visitato l'isola di Trinidad nei Caraibi, Halifax, in Canada (in quel porto si formavano i convogli che avrebbero attraversato l'Atlantico), Belfast, in Irlanda del Nord, Londra (lì ricevemmo una formazione militare nell'Old Dean Camp di Camberley), Aldershot, nel cui ospedale ci sottoposero ai controlli medici e ci vaccinarono contro le malattie e la "peste" a cui saremmo stati esposti. Quindi era stata la volta di Liverpool, Città del Capo e Durban, nell'Africa meridionale. Insomma, mezzo mondo! Ma alla fine eravamo vicini.

In quei mesi avevamo vissuto diverse esperienze. La più impressionante era stata a Durban. Un giorno, alle dodici, sotto il sole cocente eravamo andati a prendere un autobus. Alla fermata vedemmo una panchina rovinata, su cui si ammassavano in gran numero individui di razza nera. Al suo fianco c'era una panchina coperta, in buone condizioni, sulla quale non sedeva nessuno, e con un cartellino: "Soltanto europei". Quando salimmo sull'autobus, trovammo un'identica situazione: dischi rossi segnalavano gli scarsi posti dove "loro" potevano sedersi. Il sangue mi ribollì. Ero amante della libertà, quel razzismo mi dava la nausea.

Ci abituammo a tutto questo. Al punto tale che molti volontari gettarono la spugna e tornarono nelle loro terre. Forse avevano un'idea romantica della guerra, e pensavano di essere come gli eroi dei film. Ma non gliene faccio una colpa. La nostra era una vita molto dura. E la festa non era ancora cominciata...

Attraversammo il canale di Suez a bordo di zattere, poi ci portarono in treno fino al porto di Haifa. Approfittando della vicinanza alla città, vendemmo i nostri vestiti da civili e li scambiammo con del denaro, così da rifarci di quel viaggio interminabile: girammo tutti i bar di Haifa, e la notte eravamo così brilli che aizzammo una rissa da non crederci.

Qualche giorno dopo ci trasferirono in camion a Beirut, dove ci sistemarono nel quartier generale Dépôt de Troupes du Levant. Fummo portati al cospetto di un tenente: «Lei da dove viene?»

«Sono co-cordovese», rispose con orgoglio Luis Pardo, un omone che aveva viaggiato con me.

«Cooome?»

«Dall'Argentina», spiegò.

«Aha. E che faceva?»

«Lavoravo in una ferramenta».

«E lei?», chiese ad Antón Salaverri.

«Studente di Diritto, Uruguay».

Quindi si rivolse a me: «Io ero un soldato dell'esercito uruguaiano».

«Aha», commentò il tenente mentre un sottufficiale prendeva nota.

E così proseguì il breve interrogatorio dei volontari che si univano alle forze della Francia Libera, compresi ventitré sudamericani. Alla fine il tenente si diresse al sottufficiale e ordinò ad alta voce, perché lo sentissimo tutti: «Va bene. Sono tutti mandati nella Legione straniera».

Sentimmo un brivido scendere lungo la colonna vertebrale.

La Legione straniera!

Ci guardammo l'un l'altro, sbalorditi. Avremmo fatto parte della leggendaria ed esclusiva unità d'élite fondata nel 1831 da re Luigi Filippo di Orléans, la stessa che non registrava una sola perdita nel corso della sua lunga storia. Non potevamo crederci!

Facundo Peláez (ventun anni)
Artigiano, volontario uruguaiano
della Legione straniera

Capimmo ben presto che nella Legione si nascondeva una sorda rivalità tra ufficiali e soldati più esperti, da una parte, e quelli che, come noi, erano i novellini, da loro ritenuti troppo teneri per far parte di quella gloriosa unità militare, di cui si sentivano così orgogliosi.

Il capo belga Delese, soprannominato "Nené le Terrible", con molti anni di servizio e battaglie all'attivo, venne incaricato di "addomesticarci". Non perse certo occasione per dimostrarci la sua antipatia e cercare di soggiogarci con la prepotenza. Finché un giorno oltrepassò il limite. Nel pomeriggio, durante il riposo, sotto il calore infernale di quei luoghi, si piazzò sulla soglia degli stanzoni e cominciò a urlare: «In formazione! In formazione!».

Ci guardammo: non eravamo disposti a tollerare quelle angherie con il sole allo zenit, durante il nostro riposo e senza alcuna ragione. Domingo, uno dei nostri leader, subito disse: «Non appena verranno gli altri ad aiutarlo, statemi dietro, che a questo ci penso io».

«Va bene, d'accordo», dicemmo noi.

Nené le Terrible continuava a urlare.

«In formazione, per ordine di chi?», domandò uno dei ragazzi per assicurarsi che non lo volesse un superiore.

«Per ordine mio. Sono io che faccio le leggi qui!».

Era troppo! Domingo saltò addosso al capo, colpendolo in faccia e sbattendolo alla parete. E dietro ci mostrammo tutti noi, schierati. Le Terrible non poteva credere ai suoi occhi, e se ne andò urlando a squarciagola: «I nuovi mi attaccano!».

Proprio come immaginavamo, una ventina di "vecchi" legionari, con una faccia da far paura, ci venne incontro. Ricorremmo soltanto ai pugni, e la lotta fu pari, ma loro ne presero delle belle.

Il giorno dopo ci misero tutti nello stesso dormitorio. Tememmo il peggio. Trascorsero diversi giorni di tensioni e minacce. Eravamo di nuovo sul punto di scontrarci, ma stavolta con le armi!

Ciò nonostante, nei giorni seguenti ci stupirono. Si era

trattato soltanto di una manovra per metterci alla prova. E non avevamo fallito.

Fu un altro sinistro personaggio, soprannominato "Bébé le Parisien", a dare per conclusa la storia: «Vi concediamo di rimanere nella Legione», ci comunicò, con nostra grande meraviglia.

Maledetto!

Con il passare del tempo, quegli uomini rudi diventarono i nostri migliori compagni.

Chi lo avrebbe mai pensato!

A ogni modo, cominciammo a fare nostro il leggendario motto *Legio Patria Nostra*. La Legione è la nostra patria.

Domingo López Delgado

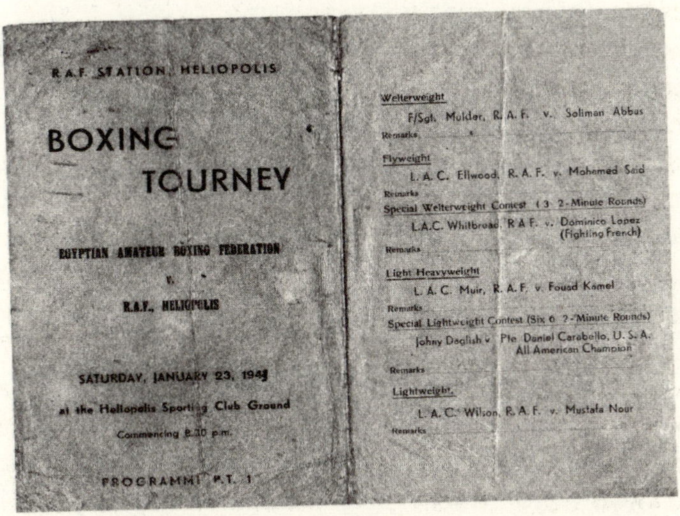

R.A.F. STATION, HELIOPOLIS

BOXING
TOURNEY

EGYPTIAN AMATEUR BOXING FEDERATION
v.
R.A.F., HELIOPOLIS

SATURDAY, JANUARY 23, 1943
at the Heliopolis Sporting Club Ground
Commencing 8.30 p.m.

PROGRAMME P.T. 1

Welterweight
F/Sgt. Mulder, R. A. F. v. Soliman Abbas
Remarks

Flyweight
L. A. C. Ellwood, R. A. F. v. Mohamed Said
Remarks

Special Welterweight Contest (3 2-Minute Rounds)
L.A.C. Whitbread, R A F. v. Dominico Lopez (Fighting French)
Remarks

Light Heavyweight
L. A. C. Muir, R. A. F. v. Fouad Kamel
Remarks

Special Lightweight Contest (Six 6 2-Minute Rounds)
Johny Daglish v Pte Daniel Carabello, U. S. A. All American Champion
Remarks

Lightweight.
L. A. C. Wilson, R. A. F. v. Mustafa Nour
Remarks

Partimmo da Beirut in direzione del Cairo. Negli ultimi giorni di esercitazione, il capitano Jean Simon, con cui avrei condiviso quattro anni di guerra, mi propose di entrare a far parte della squadra di pugilato della Francia Libera in un campionato dell'Ottava Armata britannica. Nei lunghi viaggi oceanici, dove c'era ben poco da fare, mi ero già fatto notare per "la mia espressione di acciaio e il mio gancio da tigre". Però quel campionato fu la mia consacrazione! Il cronista del «Giorno del Cairo» scrisse: "Durante la serata, il combattente francese originario dell'Uruguay Domingo López ha inferto un *foudroyant* knock-out all'avversario che si è accasciato sul ring". E vinsi la corona della mia categoria!

Un paio di giorni più tardi ricevemmo l'ordine di prepararci per la partenza. Non ci dissero nulla circa il nostro destino. Però di lì a poco le notizie già cominciavano a circolare tra i legionari.

«Andiamo al fronte di battaglia!».

«Sì, ma dove?»

«Dicono a Bir Hacheim!».

Venimmo presto a sapere che si trattava di un posto desolato nell'immensità del deserto della Libia. L'offensiva dei tedeschi era al suo culmine, e le truppe inglesi retrocedevano davanti all'avanzata travolgente dell'Afrika Korps, l'unità comandata dal maresciallo di campo Erwin Rommel, la mitica Volpe del deserto. Le sue forze avevano attraversato l'intera Libia e ora si avvicinavano al confine con l'Egitto. Se fosse riuscito a invaderlo, avrebbe avuto accesso al Medio Oriente e ai suoi pozzi petroliferi meridionali. E sarebbe stata la fine! La situazione si rivelava critica per gli Alleati, perché Bir Hacheim costituiva un punto chiave nella strategia di Hitler.

Partimmo. Poco prima di giungere ad Alessandria ci sorprese una tempesta di sabbia che non ci permise di procedere. Il convoglio era composto da trenta camion, sui quali viaggiavano obici, cannoni e qualche centinaia di uomini, destinati a rafforzare la postazione. Quella notte dormimmo ad Alessandria, e alle prime luci del giorno riprendemmo il cammino.

Dopo mezzogiorno scorgemmo delle strane fortificazioni che, a una prima occhiata, sembravano sorgere in mezzo al nulla. Tuttavia, a mano a mano che ci avvicinavamo, iniziammo a scoprire, semisepolti in quel paesaggio inospitale, pezzi di artiglieria, difese contraeree, carri armati, mezzi di trasporto, tende del comando e mense. Solo l'ospedale da campo spuntava dal terreno, e si poteva distinguere dalla Croce rossa, che in teoria avrebbe dovuto proteggerlo dai bombardamenti tedeschi. Trincee e fossati erano il rifugio per migliaia di uomini, e presto lo sarebbero stati pure per noi.

Era la sera del 25 maggio del 1942. Eravamo giunti a Bir Hacheim.

Qualcuno disse che il suo nome significava "pozzo del diavolo". Era un posto insieme misterioso e minaccioso. Nell'aria si respirava l'odore di una imminente battaglia.

Tuttavia, nulla lasciava presagire che nelle successive due settimane avremmo fatto il nostro ingresso nella storia.

Bir Hacheim, deserto del Sahara, Libia, 25 e 26 maggio del 1942

Domingo López Delgado

Il Sahara!

Quante volte, nella scuola di Rocha, avevo fantasticato su quel deserto incommensurabile, sulle sue dune infinite, sulle sue carovane di cammelli, sui suoi beduini… A soli otto o dieci anni li avevo sognati con la mia fantasia di bambino. E perché no? Quante volte avevo immaginato di vivere avventure eroiche in quel deserto!

Però ora avevo ventiquattro anni. E la realtà era che mi trovavo nel bel mezzo del deserto del Sahara. Non solo: mi trovavo nel bel mezzo di una guerra, forse la più crudele della storia dell'umanità. Ed era un posto talmente diverso da quello che mi ero figurato!

Il Sahara era un mare di sabbia con una temperatura media di più di quaranta gradi centigradi, che potevano raggiungere i sessanta. Il sole sorge rapidamente e altrettanto rapidamente tramonta. Quando si nasconde, le temperature scivolano sotto lo zero in meno di due ore, e sembra che la terra si stia congelando. La sabbia è sempre nell'aria. Fine come la polvere, si infila tra i vestiti, nella bocca e negli occhi, obbligando così a usare occhiali speciali. Per non parlare delle tempeste di sabbia, che quando ti sorprendono nel deserto è come se fossero una mareggiata: non hai scampo.

Mangiare non era semplice. Non appena i cibi venivano scoperchiati, dal nulla spuntavano nubi nere di mosche che non lasciavano scelta: o si mangiava ingoiando le mosche o non si mangiava! Impossibile scansarle. E non era nemmeno semplice portare a termine i bisogni primari. Richiedeva una complessa operazione per evitare che stuoli di mosche si accanissero sulle nostre parti intime.

Un altro dei grandi problemi era la scarsità cronica di acqua. A Bir Hacheim ce n'era pochissima, portata per lo più in camion-cisterna da posti lontani, come Tobruk. Veniva distribuita in bidoni e razionata in modo rigido. Un bagno era quanto di più lontano ci si potesse sognare! E per questo spesso finivamo vittime dei pidocchi, che provavamo a debellare con spruzzate di DDT e rasandoci peli e capelli.

Com'erano state diverse le mie fantasticherie infantili!

Tuttavia c'era qualcosa che ricompensava ogni disagio. Si percepiva nell'aria che presto si sarebbero verificati eventi importanti. E io mi trovavo lì! In un luogo decisivo nella lotta per la libertà. Lo avevo sempre sognato! Ed ero pronto a pagarne il prezzo.

A Bir Hacheim fremeva un'intensa attività. Ufficiali e soldati scavavano fossati profondi nella terra rossiccia e arenosa. I rifugi per ripararsi dai bombardamenti venivano protetti con sacchi di sabbia e compattati con tutto il materiale a disposizione: legno, pietre, pezzi di ferro, detriti di guerra. Presto compresi il consiglio del nostro capitano istruttore di Londra: «Dovunque siate, fate un buco e seppellitevici dentro!».

Da un momento all'altro, mentre cercavamo di adattarci ai rigori della nuova vita, fummo convocati a sorpresa al cospetto del nostro comandante in capo. Così ci venne detto, senza ulteriori spiegazioni.

Dopo aver percorso una breve distanza, arrivammo a una tenda da campo, non migliore delle altre, anch'essa semisepolta nella sabbia. Eravamo, tra gli altri, Zerpa, Bolani, Salaverri, Sequeira, l'argentino Pardo e io. Ci accolse un aiutante del comandante molto simpatico, che risaltava per la statura minuta e perché zoppicava da una gamba. Avremmo saputo più tardi che si chiamava Jean-Baptiste Renard.

«Benvenuti alla stazione balneare di Bir Hacheim», ci disse, allegro. «Chiamo subito il comandante perché vi presentiate e possa assegnarvi i compiti».

Fino ad allora non sapevamo chi avremmo conosciuto. Nessuno ci aveva fornito un nome. In quel momento la porta della tenda si aprì e, assieme a Jean-Baptiste, apparve un uomo di notevole prestanza: alto, elegante, con un volto squadrato e deciso, vestito in modo impeccabile, che sfoggiava con orgoglio il *képi* bianco della Legione straniera.

«Il tenente colonnello Dimitri Amilakhvari vi dà il benvenuto e vi assegnerà le diverse mansioni», ci disse Jean-Baptiste, come se fosse la cosa più naturale del mondo.

Rimanemmo di stucco. Era il leggendario principe Amilakhvari in persona, ed era venuto ad accoglierci! La meraviglia e l'ammirazione si dipinsero sul nostro volto.

Ci rivolse qualche parola di benvenuto, e con una straordinaria facilità mandò ciascuno alla sua unità di combattimento. Quell'uomo pareva conoscere a memoria tutti i suoi soldati e avere ben impresso nella mente ogni centimetro quadrato di quella landa desolata. Era sconcertante!

Amilakhvari sapeva come conquistare la fiducia e la lealtà dei suoi soldati. Erano bastati pochi minuti a stretto contatto con la sua emblematica personalità per rinsaldare le ragioni che ci avevano condotto – da così lontano! – agli orrori della guerra. E la nostra ferma decisione di rischiare la vita per la libertà e per la Francia.

Jean-Baptiste Renard (venticinque anni)
Aiutante del comandante della Tredicesima Mezza brigata della Legione straniera, tenente colonnello Dimitri Amilakhvari

Come potrei non ricordarmi di quel gruppo di sudamericani e spagnoli!

Passionali, chiacchieroni, lamentosi, a volte indisciplinati e troppo rumorosi, ma bravi soldati. Possedevano le due qualità che non insegnano in nessuna accademia militare: lealtà e vocazione al sacrificio. Alcuni erano veterani della Guerra civile spagnola, in seguito alla quale erano dovuti andare in esilio. I sudamericani, però, si erano lasciati alle spalle una vita tranquilla in Paesi lontani come l'Argentina, l'Uruguay o il Cile per attraversare l'oceano e immergersi in una guerra feroce, solo per onorare le proprie radici o servire i propri ideali. Per un dovere della coscienza. In pieno Novecento! *Chapeau*...!

Sono nato vicino a Reims, a Châlons-en-Champagne. Sin da bambino mi ero sentito portato per la vita militare, però il fisico non mi aiutava...

Dopo diversi tentativi e l'intervento di alcuni amici di mio padre riuscii a essere ammesso nell'Accademia militare di Saint-Cyr. Dicevano che la mia altezza era inferiore ai requisiti minimi. Pensi lei! Io volevo soltanto servire la mia patria, e non potevo farlo perché ero troppo basso!

Quando mi sono laureato, qualche anno più tardi, la guerra era alle porte, e avevano bisogno di tutti gli uomini disponibili. Venni assegnato alla Tredicesima Mezza brigata della Legione straniera. Allo scoppio del conflitto partii presto per il fronte, nella campagna di Norvegia. Durante le gloriose operazioni di Narvik, dove ci guadagnammo una mirabile vittoria, venni colpito alla gamba sinistra da una raffica di mitragliatrice. Sarebbe potuta andare peggio, ma comunque la ferita fu talmente seria da lasciarmi zoppo per sempre. E quella fu la fine della mia carriera militare! Nonostante le medaglie ricevute per il coraggio che avevo dimostrato in battaglia, la mia amarezza era immensa. Pensi che sono arrivato a immaginare il peggio...

E in quel frangente il comandante Amilakhvari fece la sua comparsa. Ai piedi del letto, in ospedale.

«Renard, ho bisogno di lei come aiutante di campo», mi sorprese con un tono che non ammetteva repliche. «Non appena si sarà ripreso, si presenti al comando».

Non credo che avesse davvero bisogno di me. Ma io avevo bisogno delle sue parole. Mi ripresi più velocemente di quanto avessi sperato e di lì a poco ero ai suoi ordini. Erano brutti tempi per la Francia. Dovemmo scontare la vergognosa capitolazione ai nazisti nel giugno del 1940, il cosiddetto armistizio di Rethondes. Tuttavia molto presto sentimmo vibrare di nuovo i nostri cuori, stavolta di felicità. Il 18 giugno il generale Charles de Gaulle rivolse il suo *Appel* a tutti i francesi perché continuassero a lottare. Furono in pochi a rispondere subito. Dimitri Amilakhvari era tra questi. E io al suo fianco, con immenso orgoglio. Lui era solito affermare: «Noi che siamo stranieri abbiamo un solo modo per dimostrare alla Francia la nostra gratitudine: offrendo la nostra vita per lei». Io non ero uno straniero, però la pensavo allo stesso modo.

Ci scontrammo con non poche difficoltà nel tentativo di formare un esercito della Francia Libera. Un anno dopo, nell'inverno del 1941, eravamo riusciti a riunire una forza capace di affrontare i tedeschi e gli italiani che imperavano sul Nordafrica. A quell'epoca, la Tredicesima Mezza brigata poteva contare su tre battaglioni e millesettecento uomini. Sotto la guida di Amilakhvari, prestigiosi ufficiali come i capitani Babonneau, Pierre Messmer, Pâris de Bollardière, Brunet de Sairigné, Puchois e Jean Simon avevano rinnovato la leggenda e sollevato il morale delle truppe che servivano sotto quelle vecchie e gloriose insegne. Mancava solo l'armamento opportuno. E lo ottenemmo nei primi mesi del 1942, mentre l'addestramento militare degli uomini si faceva più duro. Degli uomini e… di una donna! Nella Mezza brigata era arruolata una sola donna, l'unica in tutta la storia della Legione straniera: la britannica Susan Travers, soprannominata, dietro proposta dello stesso Amilakhvari, "la Miss".

Porto un grande rispetto nei confronti del comandante Amilakhvari, il quale in Francia aveva una bella sposa e due figli, che adorava e di cui sentiva la mancanza. È noto che tra il comandante e la Miss ci fu… insomma… una relazione. Anche se poi se ne sono perse le tracce. Travers era l'autista del generale Marie-Pierre Koenig, il comandante delle truppe a Bir Hacheim. E... ecco, si dicevano certe cose.

In realtà devo essere sincero: per formare un esercito di un certo numero, dovemmo accettare giovani reclute francesi e volontari delle più diverse origini. Entrambe le situazioni causarono due problemi.

Fu ben presto evidente la divisione tra i "vecchi" e i "giovani". Oltre all'entusiasmo, i giovani portarono con sé una cieca fiducia nella vittoria definitiva degli Alleati. E agli inizi del 1942 tale sentimento mancava sul fronte. I risultati non lasciavano sperare nella vittoria. Di lì a poco si sarebbe dimostrato che era possibile.

In molti dicevano che la nostra brigata assomigliava alla Società delle Nazioni, e che sarebbe finita nello stesso modo... della Torre di Babele! Malgrado ciò, l'ammirazione per la Francia e la libertà, l'uso di una stessa lingua, che alcuni parlavano alla bell'e meglio, e soprattutto, la fratellanza nelle trincee trasformarono quella variegata colonna di uomini in una potente forza di combattimento. Al suo interno si potevano trovare, oltre ai francesi, soldati belgi, tahitiani, senegalesi, spagnoli, ebrei della Palestina, libanesi, e di infinite altre nazionalità. Perfino i rumorosi sudamericani, che presto mi soprannominarono "la Volpina zoppa del deserto", in allusione al mio cognome e ad altri tratti fisici...

Facundo Peláez

Fortunatamente noi amici più stretti finimmo per la maggior parte nel Secondo battaglione della Mezza brigata, anche se in unità diverse: Domingo, Bolani,

Zerpa e io fummo destinati agli ordini del capitano Jean Simon; Salaverri e Pardo furono assegnati al comando del capitano De Sairigné, mentre Sequeira prese servizio nella Quinta compagnia di fanteria, guidata dal capitano Morel.

Ognuno di noi prese il proprio equipaggiamento e si diresse all'unità, mentre pensavamo a come diamine metterci al riparo in quel postaccio del cavolo, dove stava per scoppiare la guerra.

All'improvviso una Ford Utility frenò bruscamente davanti alla tenda da campo del comandante Amilakhvari. In mezzo alla nube di polvere che la frenata improvvisa aveva sollevato vedemmo scendere un militare di alto rango, seguito da una donna.

«È del generale Koenig!», esclamò qualcuno con ammirazione.

Gli altri soldati annuirono, mentre alcuni si fermarono per assistere alla scena.

«Ed è accompagnato dalla Miss!».

Devo confessare che tutti ci distraemmo dalle nostre faccende e ci mettemmo a curiosare. La Miss si muoveva con agilità e grazia, anche se era difficile distinguerne le forme, giacché indossava l'uniforme. Eravamo alla vigilia di uno scontro feroce e decisivo, in un posto desertico nel mezzo del nulla. Eppure il nostro spirito latino emerse ugualmente.

«Vedranno Amilakhvari… I tre soli soletti… Può finire molto male!», commentò un mio compatriota, con ironia.

«O molto bene!», scherzò un altro, obbligandoci a dissimulare un sorriso. «Non faranno un *ménage à trois*?».

Susan Travers[7] (trentadue anni)
La Miss, *adjudant* della Legione straniera, assegnata come pilota del generale Marie-Pierre Koenig

Sin dalla prima volta che posai lo sguardo sul comandante Dimitri Amilakhvari, che camminava con la divisa sul ponte della nave *Neuralia*, capii che avrei avuto non pochi problemi. Era un principe atletico e bellissimo, dalla mandibola squadrata e i tratti potenti, adorato dai suoi uomini, irresistibile per qualsiasi donna. Membro riverito della Legione straniera, in esilio permanente dalla sua terra, che aveva lasciato a quattordici anni in seguito all'invasione bolscevica, era sposato a una delle tre principesse Dadiani, note per essere tra le più belle d'Europa.

Dopo essersi messo in rilievo per il suo talento nell'Accademia militare di Saint-Cyr, si era distinto in Marocco e in Norvegia, e si era quindi unito a de Gaulle nel 1940, portando con sé molti uomini a lui devoti. L'eroe della Norvegia, che non si separava mai dalla caratteristica mantella verde, era sopravvissuto a diverse raffiche di mitragliatrice, che più di una volta avevano rischiato di staccargli la testa di netto. Ispirava coraggio, amore e fedeltà. Amilakhvari, Amilak per gli amici, aveva allora trentacinque anni, e preparava i suoi uomini a combattere in quella che si prevedeva sarebbe stata una lunga e sanguinosa battaglia contro le forze dell'Asse in terra nordafricana.

Non avevo mai conosciuto nessuno dalla personalità così magnetica. I suoi occhi azzurro chiaro brillavano, e non appena si fissarono sui miei, ebbi l'impressione che mi stessero spogliando. Era un esperto nell'arte della seduzione,

[7] I testi di Susan Travers sono estratti alla lettera dalla sua autobiografia *Tomorrow be brave. A Memoir of the Only Woman Ever to Serve in the French Foreign Legion* (Bantam Press 2000).

e il suo accento georgiano ne aumentava il fascino. La prima volta che si avvicinò a me, guardavo il mare dal ponte della nave, con il vento che mi scostava i capelli dal volto. Si avvicinò e mi accarezzò il braccio con le dita, in un gesto talmente sensuale che mi lasciò senza fiato.

«Dicono che, se rimani a guardare il mare per troppo tempo, il suo spirito rubi parte della tua anima», mi disse.

Domingo López Delgado

Il 26 maggio, di mattina presto, fummo convocati in presenza del nostro comandante, il capitano Jean Simon, che si era guadagnato una giusta fama grazie a un'azione straordinaria. Dopo la capitolazione di Pétain nel giugno del 1940, Simon e il capitano Pierre Messmer erano scappati su una nave italiana salpata da Marsiglia che faceva parte di un convoglio. Una volta a bordo, i militari, in combutta con il capitano, avevano simulato un guasto e deviato la rotta sino a Gibilterra, quindi avevano obbligato l'equipaggio a continuare fino a Liverpool, dove si erano uniti al gruppo di de Gaulle.

Simon era biondo, alto, snello, e parlava con una voce in falsetto che, quando lo conoscemmo, non ci fece un'ottima impressione. Non doveva essere molto più anziano di noi ed era orbo. In Siria un proiettile gli aveva strappato via l'occhio destro, ma presto avremmo saputo che ne aveva "due".

«*Bonjour*. Nome e Paese di origine».

«López Delgado, Domingo. Uruguay».

«Pardo, José Luis. Argentina».

«Zerpa, Fulvio. Uruguaiano».

E così andammo avanti, uno dopo l'altro. Alla fine ci rivolse un breve discorso, con quella voce che tanto ci dava fastidio: «Siete dei volontari. Siete venuti da lontano a lottare per la mia patria, e ve ne sono grato. Di sicuro siete mossi da buona volontà. Dovete sapere che la guerra non è una festa, qui si viene a morire e a uccidere», respirò a fondo e fece una pausa, per darci il tempo di riflettere sulle sue parole. «Ve ne accorgerete presto. Nient'altro».

Pochi istanti dopo, un sottufficiale ci accompagnò alle nostre postazioni. Io venni assegnato a un cannone da settantacinque millimetri, al cui comando si trovava il sergente capo Luis Artola, un basco veterano della guerra di Spagna. Il tiratore era un altro spagnolo, Invernón, il puntatore un ebreo francese, Grinbaum, e il caricatore un polacco. Noi tre, il porgitore e il primo e il secondo aiutante, eravamo un belga, Rimbaud, un altro spagnolo, l'andaluso Flores, e io.

«Dimmi, ti sai orientare?», mi chiese il basco Artola.

«No, sergente».

«Bene, allora inizierai come primo aiutante del porgitore», sentenziò con autorità. «Vai in quella trincea, dietro il soldato che vedi laggiù».

«E ora che faccio?»

«Adesso niente. Non appena si apriranno le danze, la persona dietro di te ti passerà un obice, che dovrai passare a tua volta a quello davanti a te. E non sporgere mai la testa!».

«Sei arrivato in un brutto momento», mi sussurrò il belga.

«Perché?».

L'andaluso, che si aggirava da quelle parti, non aspettò la risposta del belga e si intromise nella conversazione.

«Vedo che parli spagnolo, di dove sei?»

«Sono sudamericano, dell'Uruguay».

«Alla faccia del cazzo!», esclamò Flores. «E ora pure gli americani sono venuti a infilarsi in questo inferno! Poveraccio!».

Rimasi a guardarlo mentre si sfogava con un torrente di parole nel più stretto andaluso che si possa immaginare –

senza dimenticare "la maledetta madre che ci ha messo a questo mondo di merda" – e che, ovviamente, non capii. Poi, calmatosi, mi riferì che quella stessa mattina avevano individuato numerose forze tedesche dirette verso di noi. Lo scontro sembrava inevitabile.

Invernón mi invitò a condividere la sua sistemazione, e accettai volentieri. Era un altro simpatico andaluso, criticone, di compagnia. Mi informò su diverse cose. Ma, soprattutto, mi introdusse all'arte di salvarsi la pelle. Ovviamente era relativo, prima o poi l'avrei comunque imparato a mie spese.

Jeremiah Lerner[8] (ventitré anni)
Volontario della Brigata ebraica di Palestina

Se c'era qualcosa che proprio non ci mancava, ebbene, questa era la tenacia!

Gli inglesi ci avevano messo i bastoni tra le ruote, in continuazione. Prima non avevano voluto che ci arruolassimo nel loro esercito. Poi, a partire dal maggio del 1939, quando Neville Chamberlain aveva firmato il *White Paper*, il "Libro bianco", l'emigrazione ebrea in Palestina era stata interrotta. Ma ugualmente non ci perdemmo d'animo. Volevamo esporci per la libertà. Ancor prima che scoppiasse la guerra, quando dai Paesi occupati cominciavano a giungere allarmanti notizie circa le atrocità commesse dai nazisti nei confronti degli ebrei.

Non abbiamo fatto altro che seguire le direttive di David Ben Gurion: "Combatteremo il Libro bianco come se non ci fosse la guerra, e combatteremo in guerra come se non ci fosse il Libro bianco".

[8] I testi corrispondenti a Jeremiah Lerner sono stati elaborati dall'autore in base all'articolo *The First Salute* di Jerry Kinger, così come sulla base di informazioni documentate.

Per questo, molto prima che i britannici ammettessero la creazione sotto il loro comando di brigate di ebrei provenienti dalla Palestina, c'erano già dei gruppetti e perfino interi battaglioni che lottavano insieme agli Alleati in Nordafrica. Uno di quelli era il nostro. Eravamo quattrocento giovani agli ordini del maggiore Félix Liebmann, di Tel Aviv, molti dei quali armati dagli inizi del 1941. Altri ebrei erano arruolati nell'esercito francese e nella Legione straniera, come l'*adjudant* Willy Lippman o il caporale Grinbaum. Avevamo i nostri eroi: lo scienziato parigino di origine ebraica Théodore Gérard, uno dei primi a rispondere all'*Appel* di de Gaulle, che ora combatteva a pochi metri da noi come ufficiale di artiglieria della Francia Libera. E pure le nostre vittime, come il soldato semplice Naftalí Fenichel, che nel febbraio del 1941 aveva scritto dalla prigione:

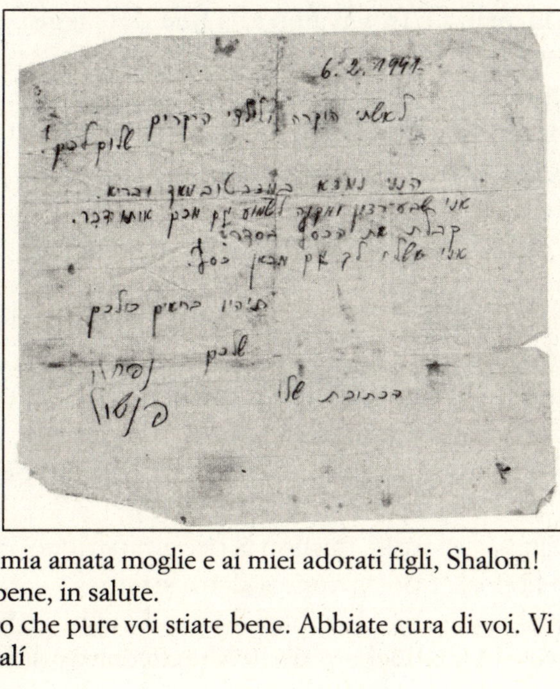

Alla mia amata moglie e ai miei adorati figli, Shalom!
Sto bene, in salute.
Spero che pure voi stiate bene. Abbiate cura di voi. Vi amo,
Naftalí

Non sapemmo più niente di lui.

Venivamo dai posti più disparati.

Pensi al mio caso: ero nato a New York, però i miei genitori avevano scelto l'Aliyah ed erano tornati nella terra dei nostri antenati, e quindi ero cresciuto in un ambiente ostile, così diverso dalla mia città natale.

Altri arrivavano dall'Europa o dal Medio Oriente.

Nei primi mesi del 1942, gli inglesi ci ordinarono di trasferirci in una zona lontana del deserto libico chiamata Bir Hacheim, dove non c'era niente, a eccezione dei resti di un vecchio forte turco.

Lì eravamo al comando del generale Koenig. Qualche giorno più tardi, questi dispose che il nostro battaglione si occupasse di difendere una delle estremità più lontane della linea di difesa di Bir Hacheim, che rispondeva al nome di Bir el Harmat. Ci trovavamo alla fine di maggio, e tutte le notizie e i resoconti che giungevano facevano presagire un potente attacco delle forze dell'Asse. I francesi avevano l'ordine di difendere la posizione sino alla morte, perché era considerata di importanza strategica nella guerra del deserto.

Avvenne tutto in fretta.

Eravamo un battaglione di zappatori di mine, armato alla buona e ancor peggio rifornito. Non possedevamo armi pesanti né equipaggiamento contraereo. Facemmo quello che sapevamo meglio fare: scavare. Prima costruimmo diversi campi minati, a difesa della nostra postazione, poi scavammo trincee e rifugi individuali per proteggerci.

Ci mancava quasi tutto, ma non la determinazione. Avremmo difeso la nostra postazione a denti stretti.

Qualcosa lo avevamo, in effetti: la bandiera blu e bianca, con la stella di David, che poi sarebbe diventata di Israele.

La tenevamo piegata, al sicuro, perché gli inglesi non gradivano che la issassimo. Ma era sempre con noi! Ed eravamo pronti a spiegarla, se necessario.

Jean-Baptiste Renard

Era giunto il momento che avevamo tanto atteso!

Per la prima volta dalla firma del maledetto armistizio del 1940 – due lunghi anni prima! – le Forze francesi libere occupavano il posto che spettava loro sul fronte di battaglia. Eravamo stati relegati a mansioni secondarie, molto lontane da quelle che meritavano le truppe della *Grande Nation*.

Avevamo pagato il prezzo per esserci arresi troppo presto e, ancora peggio, per aver collaborato con il regime di Vichy. L'Inghilterra e gli Stati Uniti avevano aiutato il generale de Gaulle a mantenere alto l'onore della Francia, senza però concederci il comando, che era riservato a loro e all'Unione Sovietica.

Ora avevamo finalmente l'occasione di guadagnarci quel posto sul campo di battaglia.

Dovevamo superare l'incerta reputazione che ammantava le nostre truppe, soprattutto la Legione straniera, che da decenni si trascinava la brutta fama di essere un ammasso di mercenari arruolatisi soltanto per sfuggire a un passato che li condannava. Una volta la Miss sentì descrivere i legionari come "un mucchio di capricciosi cavalieri cosacchi, ufficiali tedeschi, turchi maleducati, conti russi e seduttori ungheresi".

«Però mi sono resa conto che erano meravigliosi e romanticamente antiquati nel loro approccio all'onore e al valore. *Honneur et fidelité*, era questo il loro grido di guerra.

Mi trovavo con i legionari da poco, ma quando suonava la marcia della Legione, *Le Boudin*, non potevo evitare che i miei piedi seguissero il ritmo della melodia».

La missione non poteva risultare più difficile. Bir Hacheim si trovava all'estremo sud di un'immensa barriera di difesa alzata dagli Alleati, che cominciava nel villaggio costiero sul Mediterraneo di Ain el Gazala e si addentrava nel deserto sino a territori impervi e inaccessibili. Proteggeva lo strategico porto di Tobruk, il più importante della regione, che permetteva di accedere ad Alessandria e al Cairo.

Dovevamo assolutamente guadagnare tempo affinché l'Ottava Armata britannica, che si ritirava a causa dell'avanzata di Rommel, potesse riorganizzarsi per la battaglia finale.

Noi francesi avevamo ricevuto ordini ben precisi: difendere Bir Hacheim con la vita o con la morte. Gli auguri del comando britannico non lasciavano troppe speranze: credevano che avremmo resistito al massimo per una settimana.

Il vaticinio di Rommel era ancora più cupo: «Li schiaccerò in quindici minuti», aveva detto nella sua arringa prima della battaglia.

Eravamo tremilasettecento soldati francesi liberi, la cui colonna era costituita dai due battaglioni della Tredicesima Mezza brigata.

Per molto tempo il generale de Gaulle aveva preteso per la Francia una posizione di protagonista nella guerra, invano. Facevano tutti orecchie da mercante! Nel frattempo, sopportavamo un clima estremo, con la paura di impazzire nel deserto…

Avremmo dovuto affrontare una delle personalità più emblematiche della Wehrmacht: il maresciallo di campo Erwin

Rommel, la Volpe del deserto. Ignoravamo, però, che in vista dell'imminente attacco aveva riunito le forze migliori dell'Afrika Korps e dell'esercito italiano, per un totale di trentasettemila unità.

Eravamo dieci a uno.

Domingo López Delgado

Calò la notte del 26 maggio. Nell'aria il nervosismo era palpabile.

Il comandante dispose il doppio dei turni di guardia e ci avvertì: «Siate pronti per l'azione».

Preparammo le munizioni del cannone e delle armi personali. Le pulimmo dalla sabbia e controllammo che tutto fosse in ordine.

Fumavamo e ci immergevamo nei nostri pensieri. I miei andavano lontano, molto lontano... Che staranno facendo a casa? Di sicuro mia madre non poteva immaginare che mi trovavo in quel posto, nel bel mezzo del Sahara! E se qualcuno della famiglia era venuto a saperlo, di sicuro non le aveva detto niente...

«*Halte là!*». L'urlo della sentinella spezzò la quiete.

L'altro diede la parola d'ordine.

Si scambiarono qualche battuta e poi di nuovo il silenzio ci avvolse.

Faceva molto freddo. Mi chiedevo: "Proveremo paura nel vedere il nemico per la prima volta?". "No", mi rispondevo, "non credo, l'abbiamo tanto voluto! Arriveranno questa notte o aspetteranno l'alba? Nel frattempo, possiamo solo rimanere in attesa".

Vedemmo passare un ufficiale nel suo giro di guardia.

«*Rien à signaler?*», domandò la sentinella.

«*Rien, mon lieutenant*».

Il tenente proseguì il suo cammino, non senza averci prima ammonito: «Fate molta attenzione! Può iniziare da un momento all'altro!».

Ci addormentammo con quelle parole scolpite nella mente: "da un momento all'altro".

Da un momento all'altro.

Capitolo 4
Il vento gelido di quell'estate

Końskie, Polonia, dalla fine dell'inverno all'estate del 1942

Kazimierz Wroblevsky (quarant'anni circa)
Calzolaio

Io assumevo soltanto i migliori.
Se mi importava che fossero ebrei? Assolutamente no! Non mi infilo in queste questioni di religione, di razza o

politica. Chi è buono a lavorare, lavora. Chi non è buono, chi è un fannullone, be', per quello non c'è niente da fare! Me l'ha insegnato mio nonno. Ed è la verità.

Quando Alter, l'ingegnere dello *Judenrat*, mi parlò di un certo suo amico che conosceva dai tempi del Belgio e mi disse che era molto buono, subito ribattei: «Aspetta, aspetta: se è un tuo amico, non mi sembra malaccio. Ma sai una cosa? Non è sufficiente. Lo metto alla prova: se è bravo, è bravo, e sennò… lo rimando indietro, con il fiocco e tutto il resto!».

L'ingegnere si fece serio. Non gli era piaciuta la mia battuta.

«Non cambia mai, don Kazimierz! Il lupo perde il pelo, ma non il vizio», mi disse, e poi sorrise e mi diede una pacca sulla spalla.

Io, però, parlavo sul serio. Il giorno dopo il giovane Christoff si presentò alla mia bottega, molto servizievole. Gli diedi alcuni compiti, non troppo semplici, per testarlo, insomma. Qualche giorno dopo mi ero già reso conto che Christoff era intelligente, forte e volenteroso; però era davvero imbranato con le mani. E le mani sono la parte più importante di un calzolaio! Ci pensai abbastanza. Riflettei parecchio prima di prendere una decisione: «Dalla prossima settimana, lavorerai in questa bottega», lo informai.

Il giovane si commosse. Voleva perfino abbracciarmi per

quanto mi era grato! Non lo accettai: non mi piaceva avere troppa intimità con i miei sottoposti. E poi, questa storia degli abbracci tra uomini… non mi piace molto, che vuole che le dica. Di sicuro lo aveva imparato dai belgi o dai francesi, perché quelli adorano questi palpeggiamenti. Noi polacchi, no, non le facciamo certe cose!

Christoff Podnazky

Ho lavorato nella bottega di via 3 Maggio dal mio arrivo a Końskie fino all'estate del 1942.

Nel ghetto la situazione peggiorava ogni giorno di più. L'accesso all'area era sempre più limitato, e ciò inficiava la nostra possibilità di procurarci cibo, medicine e vestiti. A metà del 1941 venne decretata la "chiusura" del ghetto. Anche se, a dir la verità, non venne molto rispettata. In primis, dagli stessi polacchi. Ad alcuni gli ebrei non piacevano, ma di più odiavano gli invasori tedeschi, e cercavano di opporre resistenza ai loro ordini. A ogni modo, giorno dopo giorno, i controlli divennero ancor più rigorosi, finché nel dicembre del 1941 il governo di Końskie stabilì la pena di morte per chiunque fosse uscito "illegalmente" dal ghetto (come se, invece, fosse legale confinarci in quella minuscola porzione della città, senza cibo né medicine!). E sarebbe stato condannato a morte pure qualsiasi polacco che avesse aiutato un ebreo a fuggire. Quotidianamente delle guardie armate venivano a prelevare noi che lavoravamo fuori dal ghetto e ci portavano fino alle fabbriche e alle botteghe. Le richieste di produzione pretese dai tedeschi erano assurde e irrealizzabili, per quanto ci mettessimo l'anima in fabbrica. Solo alcuni, ancora in possesso di denaro o oggetti di valore, riuscivano a comprarsi qualche ora d'aria in quella soffocante prigione. Perché questo va detto: se intravedevano la possibilità di ottenere dei benefici, i nazisti se ne fregavano del loro disprezzo per gli ebrei!

Dall'estate del 1942 le condizioni si fecero intollerabili. Quei pochi che ancora possedevano oggetti di valore si erano visti costretti a nasconderli nei posti più impensati, perché di notte picchetti di soldati nazisti, ormai fuori controllo, entravano nelle case e le mettevano a ferro e fuoco, rubando qualsiasi cosa si trovassero davanti.

Come se non bastasse, continuavano a portare ebrei a Końskie – Radoszyce, Gowarczów – dai paesi vicini e li rinchiudevano nel ghetto, come un anno prima avevano fatto con me. E questo non piaceva a chi già viveva lì, e soprattutto ai nativi. Le risse tra ebrei erano all'ordine del giorno! Nel giugno del 1942 vivevano nel ghetto più di settemila persone, e non c'entrava più nemmeno uno spillo! E quattro mesi più tardi eravamo diventati novemila! Impressionante! La promiscuità determinò l'insorgere di epidemie, soprattutto di tifo. Il "male degli ebrei", come dicevano i nazisti, che figli di puttana.

Io e Alter continuavamo a incontrarci il venerdì sera. Erano i nostri "momenti speciali". Per questo mi stupii vedendomelo comparire davanti un mercoledì, di ritorno dal lavoro.

Non mi colpì l'incredibile magrezza, né il pallore del volto, e nemmeno quell'assurdo vestito blu che gli andava sempre più grande. Il suo sguardo sì che mi colpì.

In genere lo sguardo di Alter era limpido, chiaro, trasparente. Il riflesso della sua anima. Tuttavia quella sera era velato. Ci trovavamo in estate, e il caldo appiccicoso si faceva sentire in quel deposito di esseri umani del ghetto. Ciò nonostante, un brivido freddo mi scese lungo la schiena. Non sapevo cosa aspettarmi, di sicuro niente di buono. Alter non portava brutte notizie. Be'... almeno non per me.

«I ritmi di produzione nelle fabbriche che sono supervisionate dai tedeschi aumenteranno, e di molto, nei prossimi giorni. E le condizioni di lavoro peggioreranno», andò dritto al dunque, senza troppi preamboli. «Ho ottenuto che ti prenda in prova don Kazimierz Wroblevsky, il proprietario della calzoleria».

«Sì, sì, ho sentito parlare di lui», risposi subito, felice di quella proposta. «Parlano tutti bene del signor Wroblevsky».

«È un uomo duro ed esigente, ma corretto», commentò Alter. «E non fa discriminazioni con gli ebrei. Gli ho parlato molto bene di te, ma non farti troppe illusioni: dovrai superare un periodo di prova, don Kazimierz non regala niente!».

Kazimierz Wroblevsky

Assumere il ragazzo era stata una decisione azzeccata. Ho buon occhio, io, mi sbaglio poche volte, anche se ho avuto comunque le mie delusioni. Quello non è stato il caso. Non posso dire che non gli piacesse lavorare, come succede ai nostri giorni; prima era tutto diverso! Ecco, quel ragazzo si mostrava sempre ben disposto, non si nascondeva se c'era da sbrigare qualcosa.

La mia bottega si trovava fuori dal ghetto, a circa cinque isolati dall'ingresso del settore nel centro di Końskie. Christoff arrivava puntuale, e non si lamentava se doveva rimanere di più. Poi non si ammalava mai. Era un buon lavoratore.

Ci siamo conosciuti abbastanza bene. Amicizia no, perché non mi piace familiarizzare con il personale, ve l'ho detto. E così mi disse che si era separato dalla famiglia per difendere la Polonia, la sua patria, come la chiamava lui. A Końskie non aveva altri amici, tranne Alter, il suo compagno di studi in Belgio. Era preoccupato per la sua famiglia e si sentiva molto solo. Tanto che, una volta, lo invitai persino a prendersi un bicchierino di acquavite a casa mia! Fuori dall'orario di lavoro, certo.

Per questo mi meravigliai quando una sera, verso la fine dell'estate, entrò una ragazzetta con le lentiggini e i capelli castani e chiese di lui. Dopo aver detto a Ewa, la segretaria, che apparteneva a un organismo di volontariato, chiese di parlare con Christoff. Ewa rimase di stucco: sapeva che non autorizzavo le visite private nell'orario di lavoro, eh no! Venne da me, e io andai a parlare con la ragazzetta. Le spiegai le regole della casa, ma lei niente, non si rassegnava. Mi supplicò con dolcezza di farla parlare con Christoff per cinque minuti, non di più, perché si trattava di una cosa molto importante.

Mi commossi, perché negarlo! E accettai.

«Ma solo cinque minuti!», la avvertii, ancora confuso perché mi ero mostrato così debole.

Christoff Podnazky

L'estate del 1942 sembrava destinata a sorprendermi!

Non mi ero ancora abituato al privilegio di lavorare nella calzoleria di don Kazimierz – una bottega dura, con un capo rigido e severo, ma "normale"! – che Ewa fece capolino nella stanza.

«C'è una ragazza che vuole vederti», mi informò, e dopo aver notato che lo stupore si tramutava in angoscia, chiarì: «Don Kazimierz ti ha autorizzato a incontrarla».

Mi lavai le mani e mi sistemai i capelli – era un giorno afoso e pesante, ero tutto sudato – mentre il cuore mi balzava fuori dal petto. Chi era? Percorsi a grandi falcate la distanza che mi separava dalla porta della bottega. E allora la vidi. Il suo volto dolce e tenero era sconvolto, scombussolato.

«Scusami se sono venuta sul tuo posto di lavoro, so che può comportarti dei problemi», mi disse Swit Czerny non appena ci fummo presentati, «però devo parlarti. Riguarda il tuo amico Alter».

La presi per il braccio e ci allontanammo di qualche metro, sino a un angolo appartato della bottega, al riparo dagli sguardi dei miei colleghi.

«Sono molto in pensiero...», cominciò a dirmi Swit.

Swit Mariah Czerny

Ebbe inizio una domenica di settembre. Una sera che ancora maledico con tutta me stessa, che Iddio mi perdoni!

Quel giorno non dovevo lavorare all'ospedale e, come quasi ogni domenica, davo una mano nella mensa popolare dello *Judenrat*, insieme ad altre ragazze polacche. Portavo verdura e frutta dalla fattoria di mio padre, aiutavo in cucina e servivo la zuppa a bambini e anziani. Mi sembrava giusto adoperarmi per gli altri, però ero ben consapevole che la situazione era di gran lunga peggiorata. La zuppa era stata sostituita da un brodo, e a volte riuscivamo a servire soltanto l'acqua di cottura. Eppure io ci andavo contenta, e poi... avevo il mio premio: vederlo, avrete capito. E fare il viaggio di ritorno a casa camminando in sua compagnia. Era il momento più bello della settimana!

Pure Alter, però, stava sempre peggio. E non soltanto per la magrezza, ormai estrema, ma anche per il pallore del volto, impressionante!, e per i movimenti, che da eleganti erano diventati goffi e scoordinati. Manteneva comunque la dignità e l'innata bontà, che molti apprezzavano. Aveva sempre una parola di conforto per tutti: «Nessun male può durare troppo a lungo», «Verranno tempi migliori», «Pensi a tutto quello che hanno sofferto i nostri avi, e invece eccoci qui». Certo, non traboccava di allegria, questo no, ma chi poteva essere felice in simili circostanze? Almeno trasmetteva una certa speranza, e ne avevamo tanto bisogno.

Fino a quella sera. Fino a quella maledetta sera!

Non appena lo vidi capii subito che era successo qualcosa di terribile.

Di colpo era invecchiato di dieci anni! Sembrava ingobbito, vinto, e quando incrociava la gente non sapeva cosa dire. Mi avvicinai. Alzò lo sguardo, perso in qualche luogo remoto. Spalancò gli occhi socchiusi, e mi conficcò addosso i suoi profondi occhi neri, così tristi e disperati…

«Che è successo?», domandai, senza nemmeno salutare.

Lui sospirò, sbatté le palpebre, e mi guardò di nuovo dritto negli occhi.

«Ho saputo una cosa terribile».

Si limitò a dirmi quello. Come se fosse stato colto da un momento di debolezza. Subito dopo reagì, tornò in sé e si sentì in dovere di mostrarsi forte davanti ai suoi compagni di sventure. I miei sforzi per estorcergli qualche altra informazione furono inutili: gli ricordai che lo amavo, che su di me poteva contare, che forse avrei potuto aiutarlo…

Più tardi, al tramonto, mi diressi verso la fattoria. Cavaliere come sempre, Alter si offrì di accompagnarmi. Accettai con piacere, speranzosa di riuscire a carpire delle notizie durante il cammino. Aveva la testa da un'altra parte. E quel triste crepuscolo di domenica di certo non aiutava.

Pian piano scese la notte. Dopo aver sofferto il caldo umido del giorno, la brezza della montagna era molto piacevole. Ormai rassegnata all'idea che quella sera non avrei saputo nient'altro, feci in modo di condurre Alter su strade che non avevamo ancora battuto, per consentirgli almeno di svagarsi. Negli ultimi mesi, nonostante i drammatici momenti, le passeggiate della domenica pomeriggio erano la nostra piccola oasi di pace nell'orrore. Eravamo giovani (avevo appena compiuto vent'anni) e, insomma... Potete arrivarci da soli. Parlavamo molto, ci raccontavamo i nostri segreti, ci confessavamo le nostre paure. A un certo punto del cammino, fuori Końskie, non troppo lontano dalla fattoria, si trovava un piccolo querceto, il nostro posto preferito. Lo chiamavamo "il nostro querceto". Ci piaceva fermarci lì e divertirci... Godere l'uno dell'altra. Durante la settimana mi riusciva difficile pensare ad altro. Soprattutto quando andavo a dormire. Mi piaceva ricordare quei momenti, fantasticare... Quando mi svegliavo, la mattina dopo, mi chiedevo se non stessi peccando, se stessi facendo bene, perché non eravamo né sposati né fidanzati. Lo confessai tre volte al prete della mia parrocchia. Mi disse che erano cose normali, non sembrò preoccuparsi molto, e così io mi tranquillizzai. Mi diede solo da recitare dei Padrenostro.

Quella maledetta notte provai a fingere che fosse tutto uguale. Non volevo privarmi di quell'allegria che avrebbe illuminato l'intera settimana, già costellata di miseria, di offese, di umiliazioni. Cercai di mostrare ad Alter quanto lo amavo, che avevo bisogno di lui, che mi fidavo di lui. Ma ormai era troppo tardi.

Qualcosa dentro di lui era andato in frantumi.

Per questo pensai a Christoff. Era il suo migliore amico, il suo compagno di studi a Liegi. Di sicuro lui sapeva.

Per due notti non riuscii quasi a chiudere occhio. L'angoscia mi divorava. Alter era a conoscenza di qualche informazione da cui sarebbe dipeso il futuro di tutti noi, qualcosa di talmente devastante che non riusciva nemmeno a nominare.

Disperata, alla fine del turno all'ospedale passai nella calzoleria dove lavorava Christoff. Sapevo che gli avrei fatto correre dei pericoli. A quei tempi era meglio passare inosservati, e non era ben visto che una polacca andasse a trovare un ebreo durante l'orario di lavoro... Però non potei farne a meno. Il proprietario si impietosì di me e riuscii a parlare con Christoff.

«Sì, va bene, anch'io ho notato che era strano ieri, quando ci siamo incontrati», mi disse, pensieroso. «Ma non abbiamo quasi parlato. Alter è dovuto andare dal padre, che ha dei problemi di salute».

Christoff mi sembrò sincero.

«Colmo dei colmi», commentò, «mi ha riferito che presto arriveranno altri ebrei dai paesi vicini. E che dovrò condividere la mia minuscola stanzetta. Non ho protestato, aveva dei grattacapi ben più grandi».

Lasciai la bottega ancora più agitata.

Qualcosa stava per succedere. Qualcosa di spaventoso che solamente Alter conosceva e che aveva deciso di affrontare da solo. Almeno per il momento.

Ci trovavamo in estate. Un vento gelido mi fece tremare come una foglia in autunno.

Capitolo 5
Brezza a Bir Hacheim

Bir Hacheim, deserto del Sahara, alba del 27 maggio

Domingo López Delgado

Vedemmo un bagliore all'orizzonte. Il sole sorgeva. Il silenzio era totale.

Il nostro cannone si trovava all'interno di un pozzo circolare, dal quale spuntava soltanto il tubo. Le nostre postazioni rimanevano a circa dieci, quindici metri dall'arma, e lì ce ne stavamo immobili, con gli occhi sbarrati, nella calma della notte che volgeva al termine.

D'improvviso, verso sud si sentì un forte colpo di cannone. Sembrava lontano. Restammo in attesa.

Alle nove di mattina numerosi carri armati della divisione italiana Ariete si profilarono all'orizzonte. All'inizio si spostarono parallelamente alle nostre difese e a una distanza di prudenza. Tuttavia, non appena furono passati davanti a noi, ovvero al Secondo battaglione della Mezza brigata, i carri armati svoltarono e ci vennero incontro.

Era cominciata la battaglia di Bir Hacheim.

«Ai vostri posti!», ordinò il basco Artola.

Subito ognuno si mise in posizione. Artola indicò l'obiettivo, la direzione e la distanza, e mosse il collimatore del cannone per puntarlo. Il caricatore, il polacco, introdusse il proiettile nella culatta e toccò la spalla di Grinbaum, il puntatore, si mise ad armeggiare con i meccanismi di alzata e di puntamento, girò le manovelle e impartì l'ordine di fare fuoco. Invernón, il tiratore, sparò e il proiettile schizzò verso la sua meta.

Entrambe le forze aprirono il fuoco nello stesso momento. La nostra principale difesa era rappresentata dalle migliaia di mine disseminate nei mesi precedenti in percorsi che solo noi conoscevamo. Nel giro di pochi minuti il frastuono della battaglia divenne assordante. Artola e i suoi uomini addetti al cannone dovevano rimanere in piedi, esposti ai colpi, perché il caricatore era ovviamente più in vista.

Quanto a me, come primo porgitore, mi ero infilato in trincea e passavo i proiettili al caricatore, il polacco, il più velocemente possibile, cercando di non tirare fuori nemmeno un capello. Provavo una tale paura che non avevo il coraggio di guardarmi attorno: in circostanze simili la curiosità può rivelarsi piuttosto pericolosa. Facevo uno sforzo immane per rimanere sereno e nascondere il terrore. Intuivo che da un momento all'altro sarei potuto cadere in preda al panico.

All'improvviso si sentì un urlo lacerante, e con la coda dell'occhio vidi un corpo accasciarsi.

«Domingo, prendi il posto del caricatore, è appena morto», mi ordinò Artola dandomi delle pacche sulla spalla.

«Ma io non ho nessuna esperienza!», urlai con una scusa codarda al basco, pur di sottrarmi alla responsabilità. E pensare che solo poche ore prima ci sentivamo dei veri leoni! La terribile realtà di quell'inferno ci aveva convinto del contrario.

«Ma io non so... Nessuno me l'ha insegnato...», continuavo a lamentarmi dal mio fossato nella trincea.

«Imparerai, se ti danno tempo!», insistette Artola, impaziente. «Su, esci da lì e vieni a caricare il cannone, non c'è tempo da perdere!».

Tremante, mi alzai dal rifugio e mi piazzai al posto del caricatore, il più rischioso di tutti. Quando mi convinsi a introdurre il proiettile nella culatta, le mani mi tremavano. Sebbene non fosse un compito facile, ci riuscii. Il basco, infastidito, si avvicinò per mostrarmi come fare: «Si fa così!».

Lo sparo – il mio primo sparo – risuonò nell'aria mentre mi gettavo a terra. Si udì un forte scoppio e qualcosa mi colpì violentemente alle costole.

«Sono ferito!», gridai subito. «Mi hanno preso!».

Mentre con le mani tenevo il lato dolorante, i compagni mi fecero alzare e mi palparono.

«Non hai niente, ti ha colpito la ruota del cannone nel rinculo!», esclamarono tra le risate. E sì, avevano ragione, perché nel buttarmi a terra, impaurito, ero caduto addosso alla ruota.

«Alzati, e a caricare!», gridò Artola. «Su, muoviti!».

Mi resi conto di essermi coperto di ridicolo. Gli occhi mi si velarono di lacrime di rabbia e di vergogna. Era quello di cui avevo bisogno! Serrai la mandibola con ferocia e presi una decisione: di me non avrebbe più riso nessuno!

Per quanto ancora provassi paura, riuscii pian piano a tenerla a bada. E non ascoltai più i rumori della battaglia. Caricavo il cannone e, mentre aspettavo il momento di introdurre un altro proiettile, mi guardavo attorno con una specie di ebbrezza. In quei brevi istanti ebbi modo di scorgere, tra gli scoppi delle esplosioni, una figura eretta che correva in mezzo alle linee di difesa con un *képi* bianco e una mantella verdastra. Dava l'impressione di essere dappertutto, e che il fuoco non riuscisse a scalfirlo: si trattava del principe Amilakhvari. I legionari lo idolatravano con urla e grida.

Nubi di fumo e di sabbia impedivano di vedere troppo

lontano, e i carri armati dell'Asse ne approfittavano per avvicinarsi.

Avanzavano con andamento serpeggiante, sputavano fuoco e ripiegavano, cercando il fianco più debole per rompere le nostre linee. Ogni tanto, una terribile esplosione interrompeva l'avanzata di un carro: era saltato su una mina. Se l'equipaggio riusciva a scendere, le armi dei nostri fanti provvedevano al resto.

Durante una breve tregua, nella quale le forze maggiori dell'attacco si spostarono da un altro lato, portammo via il cadavere del compagno caduto. Il belga lo afferrò per i piedi, io per le braccia, e lo poggiammo in un luogo riparato, così da poterlo seppellire nella notte. Una scheggia di granata aveva aperto l'addome al polacco. E pensare che ora mi trovavo io al suo posto…

Nel frattempo, i carri armati nemici si sforzavano di piegare la nostra resistenza; evitando tutti gli ostacoli, sei di loro riuscirono a irrompere nella postazione. Finalmente potemmo fare mostra di eroismo. I legionari uscirono dai loro nascondigli e si gettarono sui carri armati per lanciare le bombe a mano, con cui ne distrussero una buona parte.

A poco a poco il nemico allentò la pressione. A metà del pomeriggio cominciò a ritirarsi, e lasciò sul campo molti carri distrutti e non pochi morti.

Tornò la calma. Sapevamo, però, che era solo l'inizio.

Facundo Peláez

L'Altissimo ha voluto che ce la vedessimo brutta sin dall'inizio.

Subito la morte ci venne incontro.

La maggioranza di noi sudamericani faceva parte del Secondo battaglione della Legione. E per qualche ragione che non sapremo mai, la Volpe del deserto iniziò proprio da lì il suo attacco. Maledetto! Fu terribile, ma resistemmo con tenacia. Chi di noi serviva ai pezzi di artiglieria, come Bolani, Salaverri, Zerpa, Domingo e me, riuscì a farsi valere. Fu il nostro battesimo del fuoco, e non ne uscimmo affatto bene. Ce la facevamo sotto, non lo nego, però tenemmo duro e andammo avanti.

Più di tutti si fece notare un compagno della Quinta compagnia di fanteria. Durante quell'assalto così feroce, all'interno del Secondo battaglione fu la Quinta compagnia a ritrovarsi nella posizione più terribilmente fottuta. Dovettero lottare con il nemico a pochi metri di distanza. E a volte corpo a corpo.

Tra loro c'era Águedo Sequeira, ci tengo a ricordarlo.

Jean-Baptiste Renard

Che inizio! Al calar della notte tutti i componenti delle nostre forze, a partire dai comandanti Koenig e Amilakhvari sino al più umile soldato, non potevano credere a quanto era successo. Avevamo riportato una prodigiosa vittoria. Certo, non era ancora il momento di festeggiare, perché eravamo soltanto all'inizio. Tuttavia era giunta l'ora di lasciarsi alle spalle quel triste complesso di inferiorità che ci perseguitava a causa delle turpi azioni di cui si erano macchiati alcuni infami compatrioti. Ora le Forze francesi libere, con la Legione straniera in prima fila, erano schierate sul teatro della battaglia. E con quale coraggio!

Il bilancio era travolgente: i legionari avevano distrutto trentadue carri armati e catturato novantuno prigionieri, tra cui numerosi ufficiali e il comandante del reggimento in persona, il tenente colonnello Prestisimone.

Malgrado ciò, purtroppo il nostro successo costituiva solo una porzione dello scontro sulla linea decisiva di Ain el Gazala. A sudest di Bir Hacheim, l'Afrika Korps aveva schiacciato diverse forze britanniche e le aveva costrette a ritirarsi. Particolare ancor più grave di tutti, a metà cammino tra Ain el Gazala e Bir Hacheim varie unità italiane avrebbero presto spezzato la linea, aprendosi un corridoio attraverso i campi minati e il contingente che li difendeva.

Nel frattempo, approfittando dell'apparente debolezza degli eserciti dell'Asse dopo il feroce assalto del 27 maggio, le Forze francesi libere sferrarono diversi attacchi a sorpresa.

Tuttavia, in modo inatteso, il 30 maggio il maresciallo Rommel diede prova del suo talento militare, purtroppo per noi. Effettuò una bizzarra manovra, in seguito conosciuta come *Le Chaudron*, con cui fece credere all'Alto Comando britannico che si stava ritirando. Invece, nel pomeriggio del 31 maggio, le forze dell'Asse assunsero il controllo di Got el Ualeb, a metà strada tra Bir Hacheim e la costa. La linea di Ain el Gazala era stata interrotta.

Le cattive notizie si abbatterono sulle nostre unità con la furia di un lampo nella notte più oscura. Proprio quando il nostro morale era alle stelle! Capimmo subito cosa avrebbe significato: di lì a poche ore ci avrebbero stretti d'assedio.

Domingo López Delgado

Che sete!

E che disperazione!

Il giorno dopo la prima battaglia ebbe inizio il razionamento: un litro a uomo, al giorno! Non c'era bisogno di essere dei maghi per capire che presto la razione sarebbe stata ulteriormente ridotta. Con più di quaranta gradi, e il caldo e la sabbia che ci torturavano, la sete era un vero supplizio. Quando la sofferenza diventava insopportabile, rinfrescavamo le gole con un unico sorso che assaporavamo molto lentamente, quasi fosse oro liquido.

I giorni seguenti i carri armati non attaccarono, però l'artiglieria non ci lasciò tranquilli. E vi si sommarono gli attacchi aerei degli Junkers e degli Stuka, sempre più violenti. La Royal Air Force cercò di aiutarci, ma non poté molto. Soltanto di notte ci concedevano un po' di tregua, e così potevamo mangiare e bere del tè caldo, preparato nelle profondità dei nostri nascondigli.

Negli scarsi momenti di calma mi venivano in mente sempre le stesse cose: le birrerie di Montevideo! Musica, allegria, e delle deliziose costolette di maiale… Volevo scacciare quei pensieri, ma tornavano di continuo: birra ghiacciata, spuntini… che sete! Prendevo la borraccia e bevevo un piccolo sorso. «Basta! Basta! O finirai la tua razione. E dopo?», gridavo a me stesso. Maledetta guerra!

Trascorse un altro giorno, e tornò la notte. Entrai nel rifugio e cominciai a chiacchierare con l'andaluso Flores. Mentre fumavamo, parlavamo dell'Uruguay, della famiglia, degli amici.

«Ma che ci fai tu qui?», mi disse a un certo punto, perché non riusciva proprio a capacitarsi della mia scelta. «E perché? Se almeno ci salvassimo questa pellaccia...».

«Se ne usciamo vivi, comincerò a credere nei miracoli», risposi. «Mi sa che è difficile...».

Alla fine mi addormentai, ma fu per poco.

Qualcuno mi svegliò dicendo: «Su, dài, ti tocca il turno di guardia!». Avevo dormito appena qualche minuto... Mi alzai di malumore, presi la mitragliatrice e mi sdraiai davanti al cannone. Tenevo gli occhi sbarrati, e i nervi tesi; a volte i tedeschi tiravano un bengala, altre si sentiva lo scoppio di un cannone o il rullio dei carri armati.

I minuti sembravano ore. Faceva freddo. Ogni tanto mi tornava insistente il ricordo delle birrerie di Montevideo: bibite, luci, donne, divertimento... E io ero lì! Chi non sarebbe stato da schifo? Guardai di nuovo l'orologio: era giunta l'ora del cambio della guardia.

«Invernón!». Svegliai il mio compagno di trincea. «Alzati, tocca a te. E mettiti il cappotto, che fa un freddo bestiale».

«Arrivo», mi rispose una voce insonnolita dal fondo della trincea.

Mi mossi e accesi una sigaretta. Distende i nervi. Poi mi addormentai. Non durò molto: l'alba era l'ora più temuta per gli attacchi. Saremmo stati in grado di resistere a un altro scontro della stessa violenza del primo? Mi raggomitolai nella trincea e aspettai con i muscoli in tensione gli attacchi dei proiettili tedeschi che attraversavano lo spazio fischiando rabbiosamente, scoppiando alle nostre spalle, a destra, a sinistra, dappertutto. Si sentivano grida di dolore, gemiti, richieste di aiuto...

Tuttavia, subito dopo venne il peggio: gli Stuka.

Descrivevano dei cerchi sulle nostre teste, come uccelli predatori, e poi scaricavano centinaia di bombe, che esplodevano l'una dopo l'altra, con un ruggito infernale. Il campo si oscurò a causa del fumo e della sabbia che le esplosioni alzavano. Dopo la prima ondata ne venne un'altra, e un'altra ancora... I nostri occhi seguivano terrorizzati le veloci evoluzioni delle macchine.

«Lì ne è caduto un altro!», gridò qualcuno, e mi gettai nella parte più infossata del buco, calcando per bene il casco sulla testa e tappandomi le orecchie per non ascoltare il ruggito dei motori.

"Non ce la faccio più, non ce la faccio più!", pensavo... finché tornò la calma. Mi sedetti, sudato, inumidii la gola secca con un sorsetto di acqua e mi accesi una sigaretta. Per fortuna avrei avuto mezz'ora di riposo.

«Gli aerei! Tornano!», urlò una voce, e di nuovo iniziai a soffrire nel mio buco.

E così per tutto il giorno. Tutti i giorni.

Selvaggi! Se avessimo potuto... Ma cosa? Contro di loro, nessuno poteva niente.

Susan Travers, la Miss

Gli Stuka erano i peggiori. Potevo sentirli a miglia di distanza, come un grande sciame di api che ronzavano da lontano, dirigendosi verso di noi attraverso l'immenso cielo del deserto. Sembrava un'invasione di cavallette argentate che saltavano sulle nostre teste, e noi non avevamo di che proteggerci dal loro assalto e dalle loro punture alle nostre ossa debilitate. Via via che il ronzio si avvicinava, il cuore cominciava a battermi con forza. Le gambe mi tremavano sempre di più, la paura mi attanagliava la bocca dello stomaco, mi teneva per la gola e mi stringeva con forza sempre maggiore...

E allora giungevano il terribile strepito e il lampo accecante di luce chiarissima. La terra tremava e l'aria si riempiva di detriti nel momento in cui le corazze pungenti esplodevano nell'urto, mutilando, bruciando e sfigurando ogni cosa attorno a me.

Ciò che più mi terrorizzava di quel posto abbandonato da Dio erano le urla; le urla che potevo sentire molto prima che la terra tremasse e la polvere grigia di Libia si alzasse come un'enorme colonna che si confondeva con la materia letale, le urla che continuavo a sentire nella mia testa molto tempo dopo che se n'erano andati. «Per favore, fa' che finisca tutto; per favore, fa' che finisca tutto», mormoravo a voce bassa. Il ronzio ricominciava, e intuivo che sarebbero tornati...

Seduta da sola, a terra, nella trincea, con le mani sulla nuca, le gambe piegate sotto il corpo e il mento nascosto tra le ginocchia, trattenevo il fiato. Nella mia immaginazione mi trovavo in un enorme bunker sotterraneo, molto più solido di quel piccolo nascondiglio scavato nella sabbia...

...Il casco mi avrebbe protetto come una barriera impenetrabile contro ciò che – l'avevo potuto vedere con i miei occhi – gli Stuka facevano agli uomini attorno a me. Uomini senza faccia, senza arti, agonizzanti, chiamavano le madri nella lingua natale: *Maman*! *Mutter*! *Mamma*! E io, china su di loro, l'unica donna in mezzo a circa quattromila uomini, mi offrivo di sostituirle. Mi occupavo di loro dopo gli attacchi aerei, aiutavo a trasportare chi era ancora in vita nella tenda abborracciata che fungeva da ospedale, chiudevo gli occhi di chi non aveva più bisogno di me.

Poi, dopo ogni bombardamento, mi trascinavo da sola fino al mio rifugio, svuotando la mente, serrando le palpebre per combattere immagini spaventose, suoni e odori che avevo appena sperimentato, e tornavo ad aspettare l'attacco successivo. Nel frattempo quarantamila soldati delle truppe tedesche e italiane assediavano la nostra posizione.

Bir Hacheim, deserto del Sahara, 3 giugno: giorno dell'ultimatum del maresciallo Rommel

Domingo López Delgado

I giorni passavano, e le nostre possibilità di salvezza si riducevano sempre di più.

L'assedio di Bir Hacheim era ormai un dato di fatto. Non conoscevamo i dettagli precisi, però non ignoravamo neppure la realtà di essere circondati sui quattro lati. C'erano solo due alternative, entrambe terribili: cadere nella lotta o finire dietro il filo spinato di un campo di concentramento. Sebbene l'angoscia di sentirsi quasi persi ci opprimesse, il nostro morale non si era ancora piegato.

I bombardamenti dell'artiglieria e dell'aviazione erano sempre più feroci. Di notte sentivamo i carri armati tedeschi muoversi; e anche se non potevamo vederli nell'oscurità, sapevamo che si adoperavano per togliere le mine e aprirsi così un passaggio verso di noi.

Sulla linea dell'orizzonte spuntarono le prime luci del 3 giugno.

Nel campo nemico si notava un gran fermento. I carri e le macchine alzavano un discreto polverone.

"Che pensano di fare?", mi chiesi, preoccupato.

I veterani, inquieti, sembravano annusare il pericolo nell'aria.

«Questa calma mi snerva», commentò Artola, mentre scrutava il deserto con il binocolo.

«Non ci lamentiamo», ribattei. «Ancora non ci hanno lanciato nemmeno una cannonata, e quelle merde degli Stuka non si fanno vedere».

«Maledetti tedeschi! Non c'è da aspettarsi niente di buono», commentò Flores.

D'improvviso qualcuno urlò: «Guardate cosa sta arrivando!».

Una piccola automobile italiana che issava una bandiera bianca si avvicinò alle nostre linee. A un certo punto si fermò, e ne scese il conducente. Un ufficiale andò incontro ai due ambasciatori. I tre fecero il saluto militare, poi l'ufficiale bendò gli occhi ai due italiani e li condusse al posto di comando. La scena si svolse ad appena cento metri dalla mia postazione, e quindi non mi persi neppure un dettaglio.

«Sono degli ufficiali italiani», confermò Artola, che controllava con il suo binocolo.

«E che diavolo vorranno?», indagò un altro.

«Non è difficile da indovinare», commentò un veterano. «Di sicuro sono venuti a chiederci di arrenderci».

Pochi minuti dopo la macchina ripartì nella direzione da cui era venuta.

Jean-Baptiste Renard

Erano momenti cruciali.

Il 2 giugno l'assedio di Bir Hacheim era ormai quasi definitivo. Mentre l'Afrika Korps spezzava la linea di Ain el Gazala e infliggeva nuove sconfitte ai britannici, si preparava pure per l'attacco finale all'unica postazione strategica che non aveva ancora conquistato.

Per questo al Comando generale non ci sorprese l'arrivo di due ambasciatori italiani. Il capitano De Sairigné li portò da noi, e gli ufficiali riferirono a Koenig, alla presenza di Amilakhvari, che il generale Rommel richiedeva la nostra resa incondizionata, altrimenti avrebbero ucciso ogni forma di vita: "sterminare" fu la parola che utilizzarono. Ci consigliarono di arrenderci a loro – agli italiani – dal momento che i tedeschi sarebbero stati molto più crudeli.

«Arrendersi non è contemplato nella tradizione militare della Legione», ribatté il generale Koenig. «Abbiamo armi e munizioni, e siamo pronti a combattere».

Gli ufficiali si ritirarono, stizziti. Ciò nonostante, il giorno seguente, il 3 giugno, ci meravigliò che ci giungesse un nuovo ultimatum, stavolta scritto a mano, in tedesco, su un foglio a quadretti giallo, e firmato da Rommel in persona.

Alle truppe di Bir Hacheim

La vostra ulteriore resistenza condurrà unicamente a un'assurda perdita di vite. Andrete incontro alla stessa sorte delle due Brigate inglesi di Got el Ualeb, che l'altroieri sono state massacrate. Smetteremo di combattere non appena isserete la bandiera bianca e verrete verso di noi disarmati.

Malgrado la drammatica situazione in cui ci trovavamo, devo confessarle che la lettera del maresciallo Rommel ci rincuorò. Se la Volpe del deserto che in qualche modo ammiravamo si era esposta a tal punto nella battaglia di Bir Hacheim, evidentemente non era così sicura di come sarebbe andata a finire. Soprattutto in termini di vite umane, strumenti e giorni persi.

Molti occhi si posavano su di noi. Che avremmo fatto? Ci saremmo arresi? Quanto oltre avremmo potuto resistere? Quale sarebbe stato il finale? E le sue conseguenze?

Il mondo tratteneva il fiato in attesa della conclusione di Bir Hacheim.

Domingo López Delgado

«Voglio informarvi che il generale Koenig ha ricevuto un messaggio dal generale Rommel», ci comunicò il capitano Simon con aria pomposa.

Quindi lesse la nota.

«Come ben potrete immaginare», aggiunse con la sua voce in falsetto, «l'ultimatum è stato rifiutato. Il generale ci ha incaricato di riferirvi le seguenti informazioni: "Primo, d'ora in poi ci dobbiamo aspettare un attacco violento, di tutti i mezzi contemporaneamente (aviazione, carri armati, artiglieria e fanteria). Secondo, ho la certezza che ognuno di voi porterà a termine il proprio dovere, senza venir meno alla propria mansione, separato o no dagli altri. Terzo, la nostra missione è resistere, costi quel che costi, sino alla vittoria definitiva. Quarto, buona fortuna a tutti"».

Quando Simon ebbe finito di leggere l'ordine del giorno, nel quale in sostanza si annunciava che il nostro dovere sarebbe stato di morire ai posti di combattimento, credetti che il mio cuore stesse per smettere di battere. Nonostante la barba e la sporcizia sul volto, il capitano mi vide impallidire. Mi fissò e aggiunse: «Non credete che tutto sia perduto».

I primi attacchi furono un gioco da ragazzi, rispetto a quello che ci aspettava. Rommel era stato chiaro al riguardo: la resa o lo sterminio.

Mi rifugiai nel mio nascondiglio per stare da solo. Non volevo che gli altri si accorgessero della mia fragilità. Il morale mi andò a pezzi, crollò come un edificio a cui all'improvviso vengano a mancare le fondamenta. L'idea della morte non mi si era mai presentata con la violenza di quegli istanti. Eppure eravamo arrivati in quel posto proprio per sacrificare la nostra vita in nome di una giusta causa! Capii allora che è molto facile essere pronti a morire per un ideale quando si hanno venticinque anni e una vaga idea della morte. Quando, però, vi entriamo in contatto diretto, quando vediamo i corpi martoriati, le membra strappate, gli addomi lacerati di altri uomini che, come noi, avevano sostenuto con ardore i propri ideali, e che sono morti con una smorfia di terrore e di atroce sofferenza, quando nel nostro naso penetra l'odore putrefatto della morte, non vogliamo morire. Un grido esplode nel nostro petto! *Non vogliamo morire!*

Un soldato della retroguardia è un uomo con ideali, che pensa e ragiona. È, insomma, un uomo normale. Sul fronte, dove la sua vita corre seri pericoli, è una bestia, condensa in sé l'istinto di sopravvivenza. Pensa unicamente a se stesso. E si chiede se valga la pena dare la propria vita per i suoi simili, perché traggano giovamento dal suo supremo sacrificio, perché possano avere accesso alla libertà.

Rimasi a lungo in fondo a quel buco, nella più terribile disperazione. Alla fine mi tranquillizzai e uscii a raggiungere i miei compagni.

Tutti evitavano di parlare del prossimo attacco. Ci raccontavamo delle storie e degli aneddoti divertenti. Dicono che gli uomini in agonia vedano passare davanti a sé i momenti più belli della propria vita. Non eravamo tutti destinati alla morte, e quindi già in agonia, anche se ancora nel pieno delle nostre forze?

Jeremiah Lerner

La colonna di carri armati tedeschi si avvicinò alla nostra posizione. La sproporzione tra la loro capacità di fuoco e la nostra era evidente. Un ufficiale tedesco venne verso di noi mentre sventolava una bandiera bianca. Quando ci ebbe raggiunti, ci intimò gridando di arrenderci, altrimenti ci avrebbero annientati.

Di colpo si accorse della strana bandiera che ondeggiava sopra la nostra postazione. Confuso, forse chiedendosi se non avesse commesso un errore, ci chiese: «Ma voi chi siete?»

«Siamo volontari ebrei della Palestina, e combattiamo al servizio del governo britannico», rispose, deciso, il maggiore Liebmann. «E questa è la bandiera del popolo ebraico», sottolineò con orgoglio.

Lo stupore si dipinse sul volto dell'ufficiale nazista. Non si sarebbe mai immaginato una risposta del genere. Aveva appena visto il demonio!

«E non siamo disposti ad arrenderci», concluse Liebmann, anche se dubito che l'ufficiale l'abbia sentito.

Ormai era già di ritorno verso la colonna blindata.

Alcuni minuti dopo gli impressionanti cannoni tedeschi da ottantotto millimetri aprirono il fuoco, con un effetto devastante. Subito appresso gli Stuka ci bombardarono e mitragliarono, più e più volte. I carri armati avanzarono e attaccarono con ferocia. Diversi saltarono in aria sui campi di mine, alcuni riuscirono a penetrare al centro della nostra postazione. Un gruppo di soldati ebrei si gettò verso di loro e scagliò le Molotov all'interno, dandovi fuoco.

Senza nemmeno una radio che ci permettesse di comunicare con i francesi, lontani di poche miglia, resistemmo. Un fumo nero e denso si alzava dai carri distrutti, mentre i tedeschi si ritiravano abbandonando i loro morti nel deserto.

Bir Hacheim, deserto del Sahara, dal 6 al 10 giugno: l'attacco finale

Domingo López Delgado

Per diversi giorni sopportammo il fuoco continuo dell'artiglieria e dell'aviazione. Il vero attacco finale, però, ancora non cominciava. Arrivammo a desiderare che all'improvviso l'aggressione avesse inizio, tanto eravamo disperati all'idea di dover sopportare quel massacro senza neppure la possibilità di difenderci. Almeno nel combattimento il sangue si sarebbe arroventato, e l'odore acre della polvere avrebbe inebriato il nostro cervello in una sorta di sbronza.

E così, in quella tortura quotidiana che ci faceva impazzire, giunse finalmente il 6 giugno.

Non appena fece giorno, l'artiglieria tedesca, con tutti i suoi cannoni, cominciò a tormentare rabbiosamente le nostre posizioni. Non aveva mai scaricato sulle nostre teste una simile quantità di proiettili!

Rimanemmo immobili sul fondo dei nostri rifugi, sotto il diluvio di mitraglie che fendeva l'aria con il suo sibilo da serpente. Non appena quel primo bombardamento cessò, corremmo ai nostri posti. Era evidente che qualcosa stava per succedere. E, infatti, ecco i carri armati davanti a noi. Non attaccavano dalla stessa posizione della prima volta, bensì dal vecchio forte turco. La battaglia ebbe inizio.

Con un ginocchio a terra e le mani tese sulle manovelle di punteria, l'occhio fisso al mirino, il puntatore seguiva il carro armato che entrava nel suo campo visivo. Noi aspettavamo. Le esplosioni si susseguivano rapide e veloci, mentre il fumo e la polvere diventavano sempre più densi.

«Obiettivo a distanza di mille metri, a destra!», gridò Artola.

«A distanza di mille metri!», ripeté il puntatore.

«Visto?»

«Visto!».

«Pronto?»

«Pronto!», rispose stavolta Invernón, secco.

«Fuoco!».

Il braccio di Invernón si piegò: un sobbalzo, uno scoppio... e una nube di sabbia si alzò davanti al carro armato.

«Corto!», urlò Artola. «Tira un po' più in alto!».

Il nostro puntatore, tranquillo, mosse le manovelle e tornò a prendere la mira. Il carro armato si avvicinava a zig-zag, velocemente, e sparava dritto su di noi. Dei secondi eterni.

«Attenzione! Fuoco!», ululò il basco.

Un lampo, un'esplosione... e il carro armato andò a fuoco.

«Che tua madre sia benedetta!», esclamò Flores.

«Bravo! Evvai!», urlammo noi in coro.

Non c'era tempo da perdere.

Noi "accoglievamo" i carri armati a colpi di proiettili e, quando avevamo tempo, lanciavamo delle granate dirompenti contro la fanteria. Di tanto in tanto l'attacco si fermava. Era il turno dell'artiglieria e degli aerei, che portavano con sé una pioggia di bombe di ogni tipo. Alla fine del bombardamento ricominciava l'assalto, e così andammo avanti per tutto il giorno. Cercavano di rompere la nostra linea, ma non ci riuscivano. E al tramonto tornò la calma. Ci rendemmo conto che avevano guadagnato terreno. Calò la notte, fredda e buia. Aumentammo le precauzioni per evitare spiacevoli sorprese: il nostro nemico si trovava sempre più vicino.

Mi toccò la prima ora di guardia, assieme a Invernón. Era un buon compagno di turno, piuttosto simpatico. Aveva venticinque anni, e da sette era in guerra. Mi raccontò storie della Spagna che si era lasciato alle spalle, mi mise a parte della sua speranza che un giorno sarebbe caduta la dittatura di Paco il Sordo, come lui chiamava Francisco Franco. All'improvviso Invernón mise mano al fucile mitragliatore e si distese a terra. Io presi una granata e feci lo stesso.

«Che succede?», gli domandai, quasi all'orecchio.

Mi fece segno di stare zitto. Prestammo la massima attenzione... Qualcuno stava lavorando con degli attrezzi, scavando nella sabbia: di sicuro i Fritz stavano togliendo le nostre mine. Dalla postazione adiacente alla nostra spararono una raffica di mitragliatrice, alla quale rispose una tedesca, riconoscibile per il rumore simile alla sega che taglia la legna. Alle undici chiamammo il cambio di guardia.

Ci svegliammo prima che facesse giorno. Poi ci "igienizzammo": umettammo la punta di un fazzoletto e la passammo sugli occhi, e ci sciacquammo la bocca con un sorso d'acqua, che deglutimmo per alleviare il raschietto alla gola. Arrivò una cisterna a portarci l'acqua (sporca e calda) e ci comunicò che di lì a poco la razione sarebbe diventata di... mezzo litro!

Quei pochi chilometri di deserto erano talmente importanti da imporci di resistere sino a morire di sete, sempre che i nazisti non ci uccidessero prima.

L'orizzonte si tinse di riflessi infuocati. Due ore dopo il sole ci avrebbe abbrustolito.

Nasceva un nuovo giorno a Bir Hacheim.

Jean-Baptiste Renard

La situazione diventò insostenibile.

Dopo il rifiuto dell'ultimatum di Rommel, le forze dell'Asse scatenarono una violenta offensiva. Le nostre truppe sopportarono ogni attacco con un coraggio e una determinazione ammirevoli. I giornali di tutto il mondo già parlavano della "eroica difesa dei francesi" e della crescente frustrazione del generale più autorevole di Hitler. Dal suo quartier generale a Londra, de Gaulle ci mandò un telegramma:

> Generale Koenig: sappia e comunichi alle sue truppe che tutta la Francia vi osserva ed è orgogliosa di voi.

La verità è che l'assedio nemico si stringeva sempre di più. La battaglia si arrestava soltanto quando i venti del Sahara scatenavano una qualche tempesta di sabbia. E nemmeno la notte era più tranquilla.

I nemici guadagnavano terreno metro dopo metro, e la superiorità numerica consentiva loro di far riposare le truppe dopo la battaglia. Noi non potevamo permetterci quel lusso. E anche se le perdite di uomini non erano rilevanti, ci ritrovavamo sempre in minoranza.

L'8 giugno, gli Stuka attaccarono di notte per la prima volta, rilasciando ceste di granate che esplodevano nell'impatto. La strategia della Volpe del deserto era fin troppo chiara: tenerci svegli tutta la notte per sfinirci. Il giorno dopo accadde un fatto vergognoso: gli Stuka bombardarono di proposito l'ospedale da campo e la vettura in cui venivano operate le persone, sebbene vi fossero state issate enormi croci rosse. L'Afrika Korps si era macchiato di un atto indegno del suo motto: *Ritterlich im Kriege* ("cortesi in guerra")! I ventiquattro feriti morirono sul colpo, così come diversi infermieri.

L'aspetto più duro di tutta quell'esperienza era la mancanza di acqua. La razione venne ridotta a mezzo litro al giorno, e poi a un quarto di litro. Meno di una tazza a persona, nel bel mezzo di una battaglia spietata, in uno dei peggiori deserti del pianeta! Era semplicemente inumano.

Scarsità di acqua, provviste e munizioni: questione di ore perché il morale delle truppe sprofondasse. La sorte sembrava segnata. Nel pomeriggio del 9 giugno il generale Koenig mandò un drammatico messaggio al quartier generale alleato:

Acqua e munizioni praticamente finite. Non potremo resistere a lungo.

Al tramonto, gli ultimi raggi di sole ci permisero di intravedere i profili minacciosi dei carri armati dell'Asse che ci circondavano su tutto il perimetro. In alcune zone la distanza tra le loro forze e le nostre era inferiore ai cento metri.

Rommel si stabilì sulla linea per dirigere di persona la fase finale delle operazioni, e inviò al suo quartier generale il seguente messaggio: "Domani sarò a Bir Hacheim".

Pure Koenig spedì un telegramma all'Ottava Armata britannica:

Siamo circondati. I nostri pensieri sono sempre con voi. Abbiamo fede. Viva la Francia Libera!

Jeremiah Lerner

Gli attacchi di tedeschi e italiani erano continui. I carri blindati, l'artiglieria, gli Stuka… Il 6 giugno, durante un bombardamento, la nostra piccola fonte di rifornimento di acqua venne distrutta. Rimasero solo alcuni bidoni semivuoti, che distribuimmo tra i volontari.

Nel pomeriggio dello stesso giorno, i tedeschi mandarono una nuova delegazione a chiedere la resa. Le nostre forze erano decimate, e ci rimanevano pochissime munizioni e vettovaglie. Ma non avevamo scelta. Nel nostro caso la resa sarebbe equivalsa alla morte, su questo non c'erano dubbi.

Decidemmo di resistere. Non avevamo più nulla da perdere.

Domingo López Delgado

A poco a poco, quasi senza che ce ne accorgessimo, ci piegammo. Non all'avanzata del nemico, tenuto a bada per tanti giorni, ma alle forze della natura: la sabbia, che ci entrava nel naso, nella bocca e negli occhi, aumentando la sete che ci torturava, infiammando le gole secche e spaccandoci le labbra, ormai coperte di croste. Il tormento della sete era il nostro più temibile avversario. E se le cose non cambiavano, avremmo finito per buttare a terra le armi per un solo sorso d'acqua. Acqua, sì, acqua!

Trascorse un altro giorno. Di nuovo respingemmo gli attacchi. Per quanto altro tempo? Quanti compagni riposavano ormai sotto la sabbia calcinata di quel deserto? E in quanti altri saremmo rimasti lì?Il 9 giugno il nemico strinse ancora di più l'anello di fuoco che ci soffocava. Una sezione della nostra fanteria cadde prigioniera, e altre compagnie persero terreno. Ora il combattimento si svolgeva all'interno del nostro territorio, con mitragliatrici alla mano e granate. Ma la bandiera francese con la Croce di Lorena continuava a sventolare fiammante.

E lì sarebbe rimasta al tramonto del 10 giugno, giorno di feroci combattimenti, a proiettare la sua ombra gloriosa sulla testa dei soldati.

Bir Hacheim, deserto del Sahara, crepuscolo del 10 giugno: l'uscita de vive force

Susan Travers, la Miss

Quella sera, alle sei in punto, il generale Koenig ricevette dagli Alleati nuove istruzioni via radio e convocò gli ufficiali per una riunione urgente. Vedemmo gli uomini, stanchi e logori, dirigersi nel nascondiglio del generale, e capimmo che stava succedendo qualcosa. L'odore della sconfitta aleggiava sopra di noi, facendoci sentire molto a disagio.

Dimitri Amilakhvari fu il primo a lasciare la riunione, con la mantella verde al vento e il *képi* nero con il bordino dorato stretto sulla testa. Per un istante mi parve di scorgere sul suo volto l'ombra di un sorriso. Il mio amato Amilak, che si rifiutava di portare l'elmetto in onore del grande generale francese della prima guerra mondiale, nonché "padre della Legione", Paul Rollet, che mai lo indossava. «La morte sa bene quando è giunto il tuo turno, con o senza elmetto», aveva detto una volta Amilakhvari a Marie-Pierre Koenig. Gli altri ufficiali lo seguirono, abbandonando l'assemblea del generale con la stessa energia, e si diressero ai posti di comando, decisi e silenziosi.

Proprio quando ero sul punto di cadere in un sonno teso e profondo, sentii il rumore di alcuni stivali che camminavano sulla sabbia e capii che qualcuno stava venendo nel mio nascondiglio. Alzai il tettino di tela per vedere chi fosse, e nell'oscurità riconobbi l'inconfondibile sagoma del generale. Scattai in piedi e sistemai l'uniforme cenciosa come meglio potei.

Aveva i tratti spossati, corrugati, ed era pieno di polvere; gli occhi tradivano una stanchezza infinita. Il povero Pierre portava sulle spalle un peso troppo grande. Era stato responsabile di una delle battaglie più cruente dell'Africa, il cui obiettivo era restituire l'onore ai francesi liberi. Il passo successivo sarebbe stato ugualmente cruciale, giacché da lui dipendevano le vite di circa tremila uomini...

...Con un sorriso cercai di confortarlo, ma il suo sguardo era freddo e distante. Era distante anni luce, molto lontano.

«Tieni tutto pronto», mi disse, in un sussurro. «Domani notte attraversiamo le file nemiche. Non farne parola con nessuno. È un segreto».

«Dove andiamo?», chiesi mentre il sudore mi irritava gli occhi.

Si prese una pausa e poi rispose, serrando la mandibola: «A un appuntamento».

La paura mi oppresse il cuore. Sapevo che la sua poesia preferita era proprio *Rendez-vous*, "Appuntamento", del poeta legionario statunitense Alan Seeger, scritta durante la prima guerra mondiale...

> Ho un appuntamento con la Morte,
> in qualche trincea in lotta,
> quando tornerà la primavera con la sua tremula ombra
> e i fiori di mela riempiranno l'aria.
>
> E io, fedele alla mia parola,
> non mancherò a quell'appuntamento.

Jean-Baptiste Renard

Il piano del nostro generale era semplice, semplice quanto rischioso. Dopo aver scartato l'alternativa di arrendersi («Un legionario non la contempla nemmeno, una possibilità del genere», aveva detto ai suoi ufficiali), aveva optato per una fuga massiccia *de vive force*, ovvero per la rottura dell'assedio nemico.

Considerata la mostruosa disparità di forze tra le due fazioni, la decisione poteva benissimo sembrare una follia.

«So che i vostri uomini non mangiano e non dormono da due giorni, ma è l'ultima cosa che chiederemo loro a Bir Hacheim», aveva comunicato agli ufficiali. «All'ora X daremo al generale Rommel un sonoro schiaffo in faccia e metteremo fine con onore a questa grande battaglia».

Via via che il piano cominciava a circolare tra le truppe, l'entusiasmo generale crebbe: nessuno voleva arrendersi e finire in un campo di concentramento. E l'audacia del piano aveva sollevato il morale di tutti.

Poco più tardi, il generale Koenig emise l'Ordine generale n. 12, qualificato come atto segretissimo, *TRÈS SECRET*, alla cui redazione avevamo lavorato noi aiutanti. E credo che – viste le terribili circostanze in cui ci trovavamo, e il rischio reale di perdere la vita – il risultato fu un documento conciso e chiaro, il quale non trascurava temi essenziali come il destino dei feriti (*blessés couchés* e *blessés légers*), il modo più opportuno per seppellire i morti e la distruzione di atti importanti.

Saremmo usciti dalla "porta" sudoccidentale. Il Secondo battaglione della Legione straniera avrebbe marciato in testa, e altri due battaglioni avrebbero coperto i fianchi. Li avrebbero seguiti i Bren Carriers, poi i veicoli da combattimento e, infine, i camion.

Il punto di ritrovo per chi avesse superato l'assedio era il B837, una postazione appartenente ai britannici, venti chilometri più a sud, messa in evidenza da tre luci rosse nell'immensità del deserto.

Stabilimmo pure la cruciale ora X: le 24 del 10 giugno 1942.

Tutto era stato definito. Era giunto il momento di passare all'azione.

Domingo López Delgado

La sera del 10 giugno, dopo sedici giorni di inferno, ricevemmo con un'allegria indescrivibile l'ordine di prepararci a rompere l'assedio. Nessuna arma pesante: solamente granate, mitragliatrici da mano o pistole. Nessuno rifletté sul pericolo di un'impresa così rischiosa. Pensavamo soltanto che quella notte saremmo tornati finalmente liberi: vivi o morti, ma liberi! I nostri volti emaciati si illuminarono all'unica speranza: scappare... a qualsiasi costo.

Le cisterne passarono di postazione in postazione a distribuire le ultime riserve di quel prezioso liquido. Tutto d'un colpo sembrava che la sete si fosse attenuata, tale era l'emozione. Gli autisti misero in marcia i veicoli e formarono in fondo una colonna da tre.

I blindati davanti, i camion con i feriti in mezzo e i prigionieri incatenati e sotto custodia in due dei camion. Dappertutto si sentivano dure voci di comando. Ognuno cercava di occupare il luogo che gli era stato assegnato.

Mancavano pochi minuti all'ora X.

Jeremiah Lerner

Erano le sei del pomeriggio del 10 giugno. Il sole si avvicinava all'orizzonte a Bir el Harmat. In un paio di ore sarebbe scesa la notte. Ci rimanevano soltanto qualche goccia d'acqua e qualche riserva di cibo. Nel nostro piccolo battaglione avevamo patito la morte e il ferimento della metà dei soldati. Le munizioni scarseggiavano. Il maggiore Liebmann manteneva la calma, però tra le nostre fila regnava la disperazione.

Di colpo, all'orizzonte rossiccio del tramonto, vedemmo profilarsi una figura.

«Si tratta di un francese, non sparate!», gridò qualcuno.

Era un messaggero delle Forze francesi libere, proveniente da Bir Hacheim. Ed era latore di un ordine per la nostra postazione.

La notizia si sparse come un granello di polvere: l'Ottava Armata britannica era in salvo. Era riuscita a ritirarsi in ordine, salvando l'equipaggiamento e le provvigioni. Potevamo quindi procedere con la ritirata.

Nell'oscurità della notte, compiendo uno sforzo immane per portare con noi i feriti – che sapevamo sarebbero stati trattati senza pietà se fossero caduti in mano nazista – quel che rimaneva del nostro esausto battaglione riuscì a defilarsi dai tedeschi, diretto verso la postazione britannica di Gasr el Abid.

Domingo López Delgado

Era giunta l'ora X. Il generale Koenig impartì l'ordine di partire. Fu il colonnello Dimitri Amilakhvari, con la sua automobile, a porsi alla testa del corteo. Dopo pochi metri, il veicolo passò sopra una mina e saltò in aria. Gli sguardi angosciati di tutti si rivolsero alla macchina in fiamme. Dal fumo denso ricomparve il principe con il suo mantello verde, una pistola in mano e una granata nell'altra. Come se quella tremenda esplosione non ci fosse mai stata, continuò a gridare ordini ai suoi uomini!

I blindati e i camion si scontrarono con il nemico grazie alla forza trainante della disperazione. L'assedio parve rompersi, e i primi veicoli, come un torrente, trascinarono tutti gli altri per poi perdersi nell'immensità della notte del deserto. Il nemico, tuttavia, reagì: si ricompose in gran fretta e le mitragliatrici fecero sentire il loro suono: *tara-tatà*. Urla di rabbia e di dolore perforarono il buio. L'uscita a viva forza cominciava a reclamare il suo prezzo.

Il capitan Brunet de Sairigné provò a guidare i soldati in un attacco corpo a corpo sul fianco sinistro, ma gli uomini, paralizzati da quelle manovre a cui non erano abituati, non reagirono subito. Allora Amilakhvari corse verso di loro al grido di: «*Baïonettes aux canons*! *A moi la Légion*! *On avance*!».

E lui stesso, con le braccia alzate e il mantello in aria, illuminato dalle vetture, si mise alla testa dei suoi legionari. I dubbi sfumarono immediatamente: gli uomini avrebbero seguito Amilakhvari perfino all'inferno!

Mentre la lotta si svolgeva nell'oscurità della notte illuminata a tratti dai camion in fiamme, dai quali proveniva una luce rossastra che rendeva l'atmosfera ancora più sinistra, noi, una dozzina di uomini, aspettavamo la decisione del basco Artola, alla cui esperienza stavamo affidando le nostre vite.

«Non muovetevi da qui», ci ordinò. «Vado a vedere cosa succede».

Attendemmo immobili. Un'angoscia ci attanagliava la gola, e una mano di ferro ci stringeva il cuore! Quanto tempo era passato? Non saprei dirlo: un minuto, venti, un'ora… non lo so! I proiettili sfrecciavano radenti in ogni direzione, e le armi automatiche battevano assieme allo schiocco secco dei fucili.

Se fossimo riusciti a partire… Ahhhh! Se avessimo avuto la fortuna di uscirne!

Imbracciammo nervosi le mitragliatrici e controllammo che le granate fossero appese alla cintura. Dove si era cacciato Artola? Cominciammo a immaginare il peggio: e se fosse fuggito? No, non poteva essere. Eccolo! Ma no, l'ombra va avanti, non è lui! Quando torna? Ormai è tardi, e se fa giorno e noi siamo ancora qui… Però… Eccolo! Sarà lui? Sì! Sì! Che fortuna! È in quei momenti che si prende coscienza della fratellanza nata nelle trincee.

«Ragazzi, da quelle parti la situazione si mette male, ne stanno morendo in tanti. Se volete seguirmi…», ci disse. «Io me ne vado di qua, che è più tranquillo».

Senza dire niente, decidemmo di seguirlo. Il basco si inginocchiò e appoggiò la sua bussola luminosa a terra, mormorando: «Verso sud».

Poi ci diede istruzioni: «Non parlate, camminate senza

fare rumore e non usate le armi, a meno che non ci sparino addosso perché ci hanno scoperto. In quel caso», prese una pausa e fece un respiro profondo, «ognuno faccia quello che vuole, e si salvi chi può. Andiamo!».

Avanzammo come fantasmi. In silenzio, piegati, attaccati alla terra. All'improvviso il nostro capo alzò la mano per indicarci di stare fermi.

«Ora strisciate, stiamo entrando in un campo di mine», sussurrò.

Iniziammo la marcia su gomiti e ginocchia, con estrema cautela, mentre a tentoni cercavamo di capire dove appoggiare il corpo: stiravamo un braccio fino a trovare la parte della mina che sporgeva dal terreno. Senza simili precauzioni, un solo movimento avrebbe avuto un esito fatale. Rimanemmo così a lungo, avanzando con estrema lentezza.

«Fermi!», ordinò Artola.

Un bengala illuminò il campo. Schiacciammo la faccia contro la sabbia, le mani contratte. Aspettammo. Spegniti, maledetto! A pochi metri da noi vedemmo correre dei soldati: li riconoscemmo dagli elmetti, erano crucchi. Ci appiattimmo ancora di più a terra. Si avvicinarono... mentre il bengala rischiarava il cielo. Poggiammo il dito sul grilletto. Per poco non ci calpestarono... che fortuna! Non ci videro e si allontanarono.

Che minuti terribili! I nostri visi e i nostri corpi erano madidi di sudore. Portammo la borraccia alle labbra e bevemmo un piccolo sorso di acqua. Che sollievo!

«Un altro bengala!», ci avvertì qualcuno.

«Se mi ritrovo tra le mani il tizio che spara quei bengala...», mormorò Flores al mio orecchio.

Patimmo momenti di angoscia pura, ancora. La nostra unica speranza era di attraversare il campo minato senza essere visti. Di tanto in tanto ci imbattevamo in soldati nazisti.

Quando l'obiettivo era ormai a portata di mano, ci illuminarono di nuovo. Sarebbe stata una sfortuna immensa essere scoperti proprio in quel momento. I miei nervi non reggevano più, e nella disperazione proposi ad Artola: «Perché non sganciamo una granata e poi li facciamo fuori con le mitragliatrici?».

«Sei matto?», fu la sua risposta. «Ne uccidiamo pochi, e rimaniamo qui. Non ti azzardare!».

Tornammo al buio. Non potevamo avanzare senza correre il rischio di finire addosso ai tedeschi. Un altro bengala. Non la smettevano più! Strisciavamo verso sinistra per evitarli e avanzavamo. Ora eravamo noi ad aver bisogno di un bengala per sapere se ce li eravamo lasciati alle spalle. Il nostro desiderio venne soddisfatto, e il cielo si rischiarò.

«Avanti!», ordinò Artola, facendo dei cenni con la mano.

Dovevamo essere quasi fuori... Eppure continuavamo a strisciare. I gomiti e le ginocchia erano contusi, laceri, e l'attrito con la sabbia era dolorosissimo. Che ci importava, dovevamo uscire da lì!

«Stop!», un altro ordine da Artola.

Ci fermammo e lo vedemmo procedere a zig-zag. Che stava facendo? All'improvviso scomparve nel buio. Attendemmo. Ne era valsa la pena. Tornò camminando poco dopo e disse, in preda all'agitazione: «Correte! Siamo liberi!».

Saltammo in piedi e cominciammo a correre come matti verso la libertà. Sentivamo un desiderio irrefrenabile di ridere e piangere, insieme.

Corremmo. Corremmo inebriati... Ignari del tempo che scorreva, della distanza che coprivamo. Ci fermavamo a riprendere fiato quando Artola controllava la bussola. Dietro di noi il fragore dello scontro pian piano si smorzò, ma sarebbe andato avanti sino all'alba. Il chiarore del giorno avrebbe visto morire gli sforzi di chi non era riuscito a scappare.

La luce di quell'alba indimenticabile dell'11 giugno 1942

– la più emozionante della mia vita – mi sembrò più luminosa che mai, più bella che mai. Ero libero! Non ci potevo credere!

Ci stavamo riposando un istante, sfiniti per lo sforzo sovrumano, quando vedemmo avvicinarci un camion nel deserto.

«È inglese!», gridò uno dei nostri.

L'equipaggio ci guardò, meravigliato: «Bir Hacheim?»

«*Yes*, *yes*!», rispondemmo. «*Water*! *Water*! Acqua, per favore!».

E tutti assieme ci lanciammo sull'acqua che riuscimmo a trovare sul camion, mentre quelli provavano a convincerci che prima avremmo dovuto bere un po' di latte. Ci spiegarono che molti camion inglesi circolavano nei dintorni per raccogliere i sopravvissuti sparsi nel deserto, quindi partimmo verso il luogo dove le nostre truppe erano riunite.

La nostra felicità fu immensa nel ritrovare gli adorati compagni del sacrificio, soprattutto quelli dell'America del Sud. Ci abbracciammo, piangendo e ridendo, un'infinità di volte. Ci tartassammo di domande («Com'è andata?», «Come siete riusciti a fuggire?», «Ti hanno ferito?», «Chi è mor-

to?»), alle quali rispondemmo tutti assieme. Come sentenziò scherzoso Renard, l'aiutante di Amilakhvari: «Nonostante la paura, non avete perso l'abitudine...».

Eravamo gli orgogliosi superstiti dell'esercito che aveva resistito nell'inferno di Bir Hacheim per diciassette giorni, e che presto sarebbe entrato nella storia.

Facundo Peláez

Il ritrovo a Gasr el Abid fu una delle esperienze più emozionanti che abbia mai vissuto.

Dicono che fu la Miss, giunta alla guida dell'auto di Koenig, sulla quale salì anche Amilakhvari, ad avvistare la prima colonna di sopravvissuti. E che credette di aver visto un miraggio: «Una sottile fila di uomini che si stagliavano contro l'orizzonte immacolato del deserto».

Non appena li riconobbero, il principe Dimitri cominciò a correre sulle dune per andare loro incontro, abbracciarli e baciarli sulle guance, uno a uno, mentre le lacrime gli scivolavano sul volto.

E così, ora dopo ora, nuovi gruppi di coraggiosi giungevano al distaccamento.

Ogni arrivo era celebrato con la stessa gioia. Presto capimmo che la maggior parte delle truppe era sfuggita all'assedio implacabile.

Noi arrivammo a bordo di un convoglio britannico. Le urla di gioia che ci accolsero, in mille lingue diverse, mi fecero commuovere fino alle lacrime. E pensi che io non piango tanto facilmente! Ma quello era troppo, porca miseria!

Quando la tensione si fu calmata, e l'emozione fu rientrata nei ranghi, Domingo, un gran bel tipo, un vero compagno, si avvicinò a Renard, che era bassino e sciancato, pure lui uno tosto, e, prendendogli una guancia con affetto, disse tutto d'un getto: «Quanto mi sei mancato, mio piccolo Volpino del deserto!». Entrambi si strinsero forte in un abbraccio.

Jean-Baptiste Renard

Subimmo importanti perdite, sia a livello numerico sia a livello di prestigio degli ufficiali: i comandanti Babonneau e Puchois furono catturati, mentre Bablon venne ferito in modo grave. Il capitano De Lamaze e il tenente Dewey furono abbattuti. Tra l'assedio e la fuga, la Legione straniera aveva perso un terzo dei suoi combattenti. Più tutta l'attrezzatura, che dovemmo abbandonare sul campo.

Tuttavia, non appena l'emozione dell'incontro lasciò il passo a un'analisi militare oggettiva, non vi furono dubbi: l'operazione di uscita *de vive force* era stata un grande successo. E questo sancì definitivamente la battaglia di Bir Hacheim come una sfolgorante vittoria.

Ogni volta che un nuovo contingente di truppe, reduce dal deserto, senza acqua, esposto agli attacchi del nemico, arrivava a Gasr el Abid, rivivevamo la stessa emozione.

All'improvviso scorgemmo una nuova colonna di sopravvissuti. Rimanemmo a bocca aperta. Il generale Marie-Pierre Koenig guardò me e Amilakhvari. Scrollammo la testa: le forze che si avvicinavano non appartenevano alla Legione e non sapevamo chi fossero. Parevano piuttosto malridotti: diversi di loro zoppicavano, e altri trascinavano i feriti a fatica. Davanti alla colonna sventolava una bandiera sporca e lacera, che l'Alto Comando francese non riuscì a riconoscere.

Il comandante di quella malmessa fila di soldati porse il suo saluto al generale.

«Maggiore Liebmann, ai suoi ordini, mio generale!», disse in perfetto francese, e con una notevole energia, date le circostanze.

«Riposi, maggiore». Il generale restituì il saluto, e non ebbe il coraggio di porgli la domanda che tutti stavamo pensando.

Alla fine si decise: «Posizione e unità, maggiore?»

«Bir el Harmat, generale. Siamo volontari ebrei della Palestina, al servizio dell'esercito britannico, signore», e quindi riferì, con aria seria: «Il nostro battaglione era costituito da quattrocento unità, ma abbiamo sofferto molte perdite. Siamo sopravvissuti in meno di cento, signore».

In quel momento il generale Koenig notò che uno dei soldati, spossato, si avvicinava alla strana bandiera, l'abbassava e cominciava a piegarla.

«Che sta facendo il suo soldato, maggiore?», gli chiese.

«Le regole britanniche non consentono di issare la nostra bandiera», rispose. «È bianca e azzurra, con la stella di David al centro», provò a spiegare, con una certa ingenuità, al generale.

Era talmente scolorita e lacera che non se ne distinguevano colori e forme.

«Si fermi, soldato!», urlò Koenig, con sorpresa di tutti. «E metta la bandiera davanti alla mia macchina, vicino a quella francese».

Ci fu qualche momento di tensione, che lasciò il posto allo stupore generale quando il soldato – con il mio aiuto, come il colonnello mi aveva ordinato – collocò la bandiera sul veicolo del generale.

«Attenzione!», intimò Koenig. «Saluto alla bandiera!».

E così, nell'inverosimile scenario del deserto del Sahara, al crepuscolo di una delle battaglie più importanti e dure della guerra, i capi delle Forze francesi libere resero omaggio alla futura bandiera di Israele. Fu il primo saluto ufficiale. Poco dopo si abbandonarono a urla di gioia e abbracci interminabili, mentre i soldati festeggiavano il fatto di aver ritrovato, sani e salvi, i compagni di lotta.

La battaglia di Bir Hacheim fu un momento di particolare gloria per la Francia Libera del generale de Gaulle.

I commenti a riguardo si susseguivano, uno più autorevole dell'altro. Sir Winston Churchill affermò: «Arrestando l'avanzata di Rommel per quindici giorni, i francesi liberi di Bir Hacheim hanno salvato il destino dell'Egitto e il canale di Suez». Lo stesso Rommel riconobbe che «in nessun luogo dell'Africa ho dovuto affrontare una lotta più feroce ed eroica».

Perfino il Führer in persona, Adolf Hitler, rispose al giornalista Lutz Koch, che era stato corrispondente della battaglia: «Lo sentite, signori? Questa è un'altra prova che ho sempre avuto ragione: i francesi sono, dopo di noi, i migliori soldati d'Europa. Perfino con l'attuale tasso di nascite, la Francia sarà sempre capace di mobilitare cento divisioni. Dobbiamo al più presto armare una coalizione che tenga a bada questo Paese, capace di prodezze militari, come quella di Bir Hacheim, che sconvolgono il mondo».

Pure la Miss, il cui coraggio e la cui destrezza al volante avevano salvato la vita dei nostri supremi comandanti Koenig e Amilakhvari, lo espresse a modo suo: «Avevo temuto che sarebbe stato un appuntamento con la morte. Alla fine lo fu con l'onore».

Parte quarta
Novembre feroce

Migliaia di avvoltoi in silenzio
dispiegano le loro ali.
Non ti sconvolge, amore mio,
questa danza silenziosa?
Maledetto ballo di morti…!
Polvere della mattina.
Sento che, dopo la notte,
verrà la notte più lunga.
Non voglio che all'alba
mi abbandoni, amore mio.

LUIS EDUARDO AUTE, *All'alba*

Capitolo 1
I cammini della disperazione

Lione, Stato francese libero di Vichy, metà ottobre del 1942

Anne Michelle Lafourcade, *Michelle* (trent'anni circa)
Cantante

Fu per puro caso che venni a conoscenza del suo piccolo segreto, come le racconterò.

Mi sentivo molto sola. Il mio mondo era Parigi: a Lione non avevo amici, e a malapena ero riuscita a ottenere un contratto per cantare in un café tre volte a settimana. Avevo lasciato Parigi alla ricerca di libertà e perché sentivo che la mia identità francese veniva calpestata dalla brutalità dei nazisti. Per idealismo, insomma. Libertà, Uguaglianza, Fratellanza. Ma di cosa? In seguito mi resi conto che la maggior parte delle mie colleghe era rimasta nella Ville Lumière, e molte si esibivano per i tedeschi, tutte felici e senza pesi sulla coscienza, *les grandes putains*. Come Arletty, che aveva detto: «Il mio cuore è francese, ma il mio culo è internazionale».

Può immaginare la mia indignazione! Ebbene, io ero nata a Eure-et-Loir, dove avevo avuto l'onore di conoscere il prefetto Jean Moulin, e avevo addirittura cantato per lui diverse volte alla prefettura, e così avevo un po' più dignità di quelle prostitute da quattro soldi. Non mi era andata bene…

Qualche mese dopo il mio arrivo a Lione ebbi un amante, un colonnello ritiratosi dall'esercito, un po' più anziano di me. Lo chiamavo "il Mio Capitano". Non eravamo innamorati – almeno io non lo ero, all'inizio – ma condividevamo dei bei momenti: i pochi istanti di felicità che provai in quella città. Un bel giorno, però, decise di entrare a far parte della Resistenza, e Michelle tornò povera e sola.

Per questo facevo delle lunghe camminate in periferia. Non mi piaceva andare al centro: non mi piaceva vedere la gente che rideva e si divertiva come se non stesse succedendo niente. Stava succedendo di tutto, per la miseria! Francesi come noi combattevano e morivano nell'Africa del Nord, battendosi contro i nazisti. Facevano delle retate e la gente scompariva da un giorno all'altro, per sempre. Persone coraggiose, incoscienti o stupide, come il Mio Capitano, lottavano nei boschi e sulle montagne per la libertà della loro patria.

Non riuscivo proprio a sopportare quella gente che continuava a vivere come se niente fosse, come se non fosse importante.

E per questo, a vederla da lontano, mi sentivo così simile a quella bambina. Sola, in disparte dalle luci della città, triste.

Diverse volte la incontrai per caso nelle serate d'estate, finché cominciammo a salutarci con un leggero cenno del capo. Non di più. Rispettavo il suo silenzio, e lei il mio. Mi colpì il fatto che le piacesse sedersi su una collinetta, nella periferia della città, e osservare il passaggio dei treni. All'epoca mi ero già accorta – con terrore! – che nei treni merci e bestiame trasportavano esseri umani, ammassati come bestie. Lei ancora no, spero.

Una sera la intravidi seduta sulla collinetta con le gambe piegate e la testa china. Capii che stava piangendo. Decisi di avvicinarmi. Non appena mi vide a pochi passi di distanza, sussultò. Non reagì male. Si limitò a voltare la faccia, rigata di lacrime, per non farsi vedere.

«Ciao. È per i treni, vero?», le chiesi nel modo più dolce che potevo. «Per la gente che stanno portando via...».

Annuì, senza aprire bocca.

«Hai paura?».

Annuì ancora.

Scese un denso silenzio. Forse quella bambina non comprendeva bene cosa stava accadendo in quel mondo stupido e crudele. O forse lo comprendeva fin troppo bene.

«I miei genitori non sanno niente... di questo».

Un brivido mi percorse la schiena. Per qualche istante rimasi paralizzata.

«Dovresti dirglielo», affermai d'istinto. «Meglio che lo sappiano».

Annuì una terza volta, mentre si asciugava le lacrime con la manica della giacca e cercava di ricomporsi. Rimanemmo ancora in silenzio, poi lei si alzò, si scrollò la polvere di dosso e andò via.

«Ciao... e grazie».

Per qualche settimana non la vidi più.

Charlotte

Erano trascorse un paio di settimane da quando avevo raccontato a papà la storia dei treni.

Una sera mia madre si presentò al guardaroba dove Raymond e io "vivevamo".

«Stanotte tutti e quattro andiamo in un café. Indossate i vestiti migliori, come sempre», sussurrò dolcemente.

Non aggiunse altro. Ormai ci eravamo abituati a non parlare, nemmeno tra di noi. Io e Raymond trascorrevamo ore intere chiusi dentro il guardaroba senza scambiarci parola. E con i nostri genitori, le rare volte in cui stavamo assieme, non avevamo bisogno di parlare.

Era tutto un sussurrare. Non sapevamo nulla di quello che succedeva nel nostro mondo, figuriamoci all'esterno. Quando raccontai a mio padre dei treni, rimase molto turbato.

«Sei sicura di stare bene?», mi aveva chiesto diverse volte, con il volto sempre più pallido.

Ebbi come l'impressione che quella per lui fosse una novità, una novità che, però, avvalorava i suoi peggiori timori. Nei quindici giorni che seguirono, non uscimmo più dal guardaroba, finché nostra madre venne ad avvisarci del café.

Più che un café, era un covo. Era vero che nei dintorni della stazione, non troppo lontano dalla casa dei Rapalian, c'erano molti café semplici, di gente umile, e mancavano i locali di un certo livello, ma quel café tetro, sporco e puzzolente vinceva su tutti. Perché eravamo finiti in quel postaccio?

Ci sedemmo a un tavolo lontano dalla finestra. Qualche minuto dopo entrarono due uomini corpulenti di media statura, uno con la barba e la testa rasata, l'altro con i capelli corti e crespi. Entrambi indossavano giacche di pelle nera e degli orologi piuttosto vistosi. I nostri genitori ci dissero di spostarci a un altro tavolo e ordinarono per entrambi una brocca di limonata. Per se stessi chiesero un caffè. L'aspetto degli altri avventori lasciava a desiderare, di sicuro come l'ambiente che ci circondava. Che differenza con don Giusto, e il suo gelato alla fragola! Raymond, sempre molto protettivo nei miei confronti, mi cedette la maggior parte della bibita. Era abbastanza insipida, ma il suo gesto fu davvero tenero.

Gli uomini corpulenti gesticolavano teatralmente con movimenti rudi ed energici. Mio padre ribatteva ad alcune cose e annuiva ad altre. Mia madre taceva. Erano tutti molto seri. Verso la fine si strinsero la mano, senza sorridere. Sembrava che fossero giunti a un accordo.

Quando tornammo a casa, era ormai notte fonda. Nulla chiedemmo, e nulla ci dissero i miei. Però sapevamo che presto sarebbe successo qualcosa.

Jean-Claude Rapalian

Non so a che ora se ne andarono i belgi. Deve essere stato molto presto. Forse l'alba. Quando mi alzai, mi colpì il fatto di non vederli, di non sentirli, di non udire del rumore nelle loro... stanze. Chiesi a mio padre.

«Sì, se ne sono andati. Ma forse ritornano...», mi rispose con aria misteriosa.

Posi qualche altra domanda a vicini di cui mi fidavo, cercando di non destare sospetti. Mi riferirono che all'alba avevano sentito il rumore di un camion: si era fermato per qualche minuto nella strada principale, dove si affacciava il vicolo della nostra casa. E che alcune persone vi erano salite.

Nient'altro.

Mi bastò.

Di sicuro i nostri inquilini erano partiti per la frontiera svizzera. Non era, quella, un'epoca in cui cedevamo ai sentimentalismi. Eravamo stati costretti a non provare emozioni, pur di sopravvivere, eppure non potei fare a meno di temere per la sorte di quei due fratelli. "Sarebbe potuto toccare a me", ricordo che pensai.

Charlotte

Tre giorni dopo l'appuntamento nel café, di mattina presto, papà Léon aprì in silenzio le ante del guardaroba e ci svegliò scuotendoci piano.

«Ascoltatemi bene: vestitevi come quando andiamo ai café e mettete tutte le vostre cose nella valigia», ci disse, scandendo bene ogni parola. «Non dimenticatevi niente, perché ce ne andiamo da questo posto».

Rimanemmo di stucco! E sconcertati! Ce ne andavamo, ma dove?

Uscimmo in strada. Si vedevano i primi chiarori dell'alba. Percorremmo il vicolo fino al viale, girammo l'angolo e scorgemmo un camion con il motore acceso.

«Veloci! Salite sul camion!», ci sollecitò un uomo con la giacca di pelle nera, che riconobbi subito come l'omaccione rasato di quel lurido café.

Salimmo come potemmo sul cassone, coperto da una tenda di olona. Mio padre e Raymond aiutarono me e mamma. Lì, avvolte dalle tenebre, trovammo altre dodici persone, di tutte le età. A quanto ci dissero, saremmo stati gli ultimi a salire. Il camion partì subito.

Mezz'ora più tardi si fermò all'interno di un capannone, nella periferia della città. Assieme a un ragazzone robusto, i due tizi muscolosi con la giacca di pelle nera caricarono in poco tempo un'infinità di mobili, di ogni tipo. Il mobilio, che occupava più della metà della cabina posteriore, ci riparava dallo sguardo dei curiosi e degli eventuali controlli ufficiali.

E poi c'eravamo noi: sedici persone in totale. A ciascuno un po' di acqua e di cibo. Non c'entrava nemmeno uno spillo.

Poco prima della partenza, papà si avvicinò a noi e bisbigliò qualcosa. Raymond sorrise, parve contento. Io non capii nulla, solo "Svizzera". E sorrisi.

Qualche momento più tardi, il camion si rimise in moto. La tenda e i mobili impedivano di vedere all'esterno; ciò nonostante, dall'aria che penetrava tra gli spiragli, intuimmo che ci trovavamo in un campo e, più tardi, che stavamo cominciando a salire.

«Il Giura», affermò uno dei nostri compagni di viaggio.

Nessuno lo contraddisse.

Ero scomoda e pigiata come nel guardaroba degli armeni, però ora una speranza germogliava nel mio animo. "Siamo diretti verso la libertà", pensai. E una felicità grande quanto un oceano mi pervase, senza che potessi farci nulla.

In poco tempo perdemmo la cognizione del tempo e della distanza.

Faceva sempre più freddo. Era logico: era autunno avanzato – la seconda metà di ottobre – e ci stavamo addentrando nel massiccio del Giura, con il suo clima rigido e ventoso. Ci fermavamo soltanto per i bisogni, e al massimo due volte al giorno! Con temperature simili non era certo sufficiente. Presto fecero la loro comparsa degli orinatoi artigianali: qualche bottiglia, una piccola bacinella, un pentolino (di sicuro fabbricato per scopi più nobili). Non c'era spazio per il pudore, e ci arrangiavamo come meglio potevamo, nella più totale promiscuità.

Noi donne pativamo i disagi maggiori, sebbene i nostri padri e mariti cercassero di venirci incontro. Due o tre giorni dopo cominciarono a scarseggiare l'acqua e il cibo. Sapevamo tutti che non sarebbe stato un viaggio di lusso, però alcuni lamentavano – a ragione, secondo il mio parere – di aver "dato tutto quello che avevano" ai *passeurs* e che questi non avevano ricambiato in nulla, nemmeno nei bisogni più elementari.

Si parlava poco, al buio, in quella parte del camion, che iniziava già a puzzare. Ogni tanto scoppiava qualche piccola e inutile discussione. Le paure erano molte, e così pure le speranze. Del presente non ci importava niente; contava solo il futuro, quello che sarebbe successo nei giorni a venire. Nell'aria si respirava l'incertezza. Nessuno aveva voglia di stare lì a chiacchierare.

Da quel poco che riuscii a sapere, si trattava per lo più di ebrei, ma c'erano anche una coppia ungherese, che sembrava gitana, e una madre con un bambino down. «Lo faccio per lui», spiegò la madre un giorno, in un francese dall'accento bretone, e poi baciò la testa del bambino. Ce n'erano diversi, di piccoli, e anche qualche anziano, mentre Raymond e io eravamo gli unici adolescenti.

Per i primi giorni non avemmo alcun contatto con gli autisti. Quando il camion sostava per consentirci di sbrigare i nostri bisogni, loro due rimanevano in cabina. E quando si fermavano per mangiare o fare il pieno, non avevamo il permesso di scendere.

All'improvviso, un mezzogiorno, il camion si fermò. Ne ignoravamo la ragione, perché da poco avevamo fatto una sosta per "andare al bagno". Gli autisti spostarono dei mobili, aprirono un piccolo varco e ci invitarono a scendere.

Ci trovavamo nel bel mezzo di una fitta boscaglia, su in alto, in montagna. Il cielo sembrava grigio, minacciava di piovere. Non sapevamo cosa stesse succedendo. I *passeurs* chiamarono in disparte i capofamiglia, che erano cinque. Quattro uomini e la donna con il figlio down. Noi rimanemmo di fianco al camion, con il cuore in gola. Vedevamo che la conversazione tra i *passeurs* e i nostri familiari si alzava di tono, sino a trasformarsi in una vivace discussione, con gesti di rabbia e parole sempre più dure. Mio padre scrollava la testa, indignato.

«Che starà succedendo?», ci chiedevamo impauriti.

Di colpo udimmo chiara e nitida la voce dell'uomo corpulento con i capelli crespi: «Siamo a metà cammino. D'ora in poi entreremo nella parte più pericolosa. Se non ci pagate, non andiamo avanti. Chiaro?».

Chiarissimo: eravamo vittime di un bieco ricatto.

Gli autisti si ritirarono nella cabina del camion, mostrandosi sprezzanti e prepotenti. Non avevamo scelta, e i nostri genitori ne erano coscienti. I capofamiglia cominciarono a parlarne tra di loro. Erano disperati, non sapevano cosa fare.

«Non sono *passeurs*, questi, sono criminali!», disse uno.

«Li avevo già pagati... e non mi rimane altro!», disse la madre del bambino.

«Figli di puttana!».

«Be'... ho una pistola», affermò un altro.

Fu terribile vedere come la viltà e la disperazione risvegliassero i più bassi istinti in uomini altrimenti buoni. Alla fine vinse la rassegnazione: si trovavano in mezzo al nulla, e le vite dei loro cari erano a rischio. Non avevano alternative.

La madre non poté contribuire, non possedeva più niente. L'uomo che per tutto il viaggio si era lamentato di essere stato spremuto come un limone, di non avere più niente, aveva ancora qualcosa. Gli altri tre, tra cui mio padre, pagarono la loro quota, e poi portarono agli autisti il risultato della colletta.

«Riprendiamo il viaggio, tutti sopra il camion!», urlò l'omaccione rasato, con l'espressione di chi ha ottenuto più di quanto si aspettasse.

Risalimmo, ci sistemammo ognuno al proprio posto, e il camion si rimise in moto. Eppure niente era più come prima. Ci eravamo lasciati alle spalle la preoccupazione per il cibo e l'igiene. In luogo di quella, si era insinuata in noi una terribile sfiducia nei confronti degli uomini a cui avevamo affidato le nostre vite.

Trascorse un altro giorno e mezzo. Era la notte seguente il giorno del ricatto. Il camion avanzava per le strade di montagna, sinuose e piene di pozzanghere. Noi dormivamo: avevamo imparato a controllare l'ansia in attesa dell'esito finale, qualunque esso fosse, tanto non potevamo fare niente. In quelle interminabili ore nel cassone del camion chinavo la testa sulla gonna di mia madre, che me la accarezzava con amore e pazienza. Sapeva che mi faceva stare bene.

Di colpo uno scossone mi svegliò. Mia madre cercò di reggersi a un appiglio, senza pensare che ero appoggiata sul suo grembo.

Socchiusi gli occhi, ancora insonnolita. Tutti si mossero, alcuni erano già in piedi. Un odore acre che seccava la gola invadeva il camion, mentre una colonna di fumo saliva da uno degli angoli.

«Fuoco!», urlò uno degli uomini.

«C'è un incendio! Fermatevi!», gridò mio padre.

Altri cominciarono a colpire la cabina per attirare l'attenzione degli autisti.

Nessuno ci ascoltava! Il camion proseguì nell'oscurità della notte, mentre il fumo diventava sempre più spesso e l'aria difficile da respirare.

«Gettate dell'acqua sul fuoco, non possiamo fare altro!», supplicò il gitano.

«E la pipì!», urlò un altro.

Un paio di uomini cercarono di aprirsi un varco attraverso i mobili, perché entrasse dell'aria fresca, ma non ci riuscirono. E nessuno ci sentiva! Il fuoco si estese, l'aria diventò irrespirabile. Cercavamo di fare qualcosa in quello spazio minuscolo, ci spingevamo, gridavamo come forsennati, in preda alla disperazione.

«Stiamo morendo asfissiati! Fermatevi, vi prego!», gridai sino a rimanere senza voce.

In quel momento mi sentii svenire. Le gambe cedettero, e la vista si offuscò. Tutto intorno a me si fece indistinto…

Capitolo 2
Sento che, dopo la notte, verrà la notte più lunga

Końskie, Polonia, negli stessi giorni (metà ottobre 1942)

Christoff Podnazky

E pensare che quando avevo preso quel treno a Liegi, diretto a Płock, mi ero fatto così tante illusioni! Avrei difeso la patria polacca, proprio come i miei antenati. Quanto era durato poco quel sogno! Ero scivolato sul bordo dell'abisso, e non facevo altro che cadere e cadere…

Fino a quando ero finito in quella topaia nel ghetto di Końskie. E, non dimentichiamo, solo grazie al mio amico Alter ero riuscito a ottenere un lavoro migliore, perché a quei tempi soltanto un lavoro non ti portava dritto alla morte, e a vivere da solo nella mia stanzetta. Un bel giorno, però, portarono nel ghetto gli ebrei di Gowarczów. A metà ottobre, sul far della notte, giunse Hirsch, il mio nuovo compagno di stanza. Eccolo lì, pallido e sconfortato, con uno zainetto sulle spalle, proprio come me l'anno prima. Dissimulai la mia contrarietà e cercai di metterlo a suo agio.

Qualche notte prima ci eravamo "goduti" il nostro ultimo *shabbāt*, almeno per il momento. Alter, però, non era più lo stesso. Ci eravamo sforzati di brindare con i bicchierini, sempre più miseri, di acquavite. Avevamo brindato alle nostre famiglie, alle persone di buon cuore che ci aiutavano (come Swit e don Kazimierz) e a noi stessi.

«*L'chaim*!», esclamammo, e incrociammo i nostri sguardi tristi, colmi di affetto, sapendo che per un bel po' non l'avremmo più fatto.

Impensierito dalla visita di Swit alla bottega, tornai alla carica: «Mio caro amico, ti vedo strano da un paio di settimane, molto inquieto», gli dissi, preparando il terreno. «C'è per caso qualcosa che mi vuoi raccontare?».

Alter si mosse sullo sgabello, a disagio. Poi mi sembrò che la sua mente si allontanasse da lì. Rimase a pensare a lungo, e io rispettai il suo silenzio. Quando alla fine "tornò" da me, cominciò a bofonchiare lentamente: «Sì, è vero... Stanno succedendo delle cose. E temo che ne accadranno anche di peggiori», mi disse, e poi continuò, guardandomi dritto negli occhi: «Sappi che, se arriverà quel momento, tu e Swit sarete i primi a saperlo».

Mi aveva detto tutto. E niente. Ma come potevo continuare ad assillarlo dopo una simile confessione?

Kazimierz Wroblevsky

Nell'ottobre del 1942 si parlava di molte cose.

Cose brutte.

Si diceva che c'erano dei convogli bestiame che venivano da tutta Europa – Francia, Belgio, Olanda, Austria, Germania – e andavano "verso est", pieni zeppi di donne, uomini, bambini e vecchi. Quasi tutti ebrei. Come la maggior parte dei polacchi, non ci credevo. Pensavo che fossero solo delle voci. «Come possono tenere segreta una cosa del genere?», domandavo a chi lo raccontava. Altri si spingevano oltre: «Sono esagerazioni degli ebrei, a quelli piace fare le vittime». E ci dicevamo anche: «Mettiamo pure che sia la verità, ma dove li portano? Dove li tengono? Non possono scomparire così nel nulla!».

Tutti i giorni vedevo come i nazisti torturavano gli ebrei. Alcuni dei loro "divertimenti" più popolari erano tagliare la barba ai giudei, soprattutto agli anziani, o andarsene in giro su un carro spinto da ebrei o, ancora, costringere gli adolescenti a lavar loro i piedi in mezzo alla strada. Molti soldati scattavano le foto delle loro "imprese" e le mandavano alle fidanzate. Però non riuscivo a immaginare che potessero fare più di questo, che già non era poco. A volte i partiti politici polacchi davano man forte a quelle dicerie, ma io non credo nei politici. E così avevo i miei dubbi.

Finché un giorno, di mattina presto, nella bottega venne l'Ingegnere. Era da un po' che lo vedevo smunto. Sembrava un fantasma, che ne so, uno spettro! Mi salutò gentile, come sempre.

«Voglio chiederle un grande favore, don Kazimierz».

«Dimmi pure», risposi con affetto, mantenendo le distanze.

Lui andava dritto al dunque, per questo mi piaceva. Quella mattina, però, cominciò a perdersi in certi giri, a dire le cose a metà...

«È possibile che nelle prossime settimane succedano certe cose... nel ghetto, sa? Fatti poco gradevoli, mi capisce?», disse, e continuò a girarci attorno.

In altre circostanze mi sarei arrabbiato: "Alter, dimmi cosa vai cercando, una volta per tutte", perché capisse che non avevo tempo da perdere. Però sembrava così triste! Gli domandai in cosa potessi aiutarlo. La sua risposta mi lasciò di stucco. E di ghiaccio. L'Ingegnere voleva che io proteggessi i miei lavoranti ebrei, se i nazisti fossero venuti a chiedere di loro. La mia prima reazione fu di orgoglio: «Nessuno entra nella calzoleria di don Kazimierz Wroblevsky senza la mia autorizzazione! Qui ancora comando io!».

Sapevo che non era vero. Per questo, quando Alter iniziò a insistere, gli dissi che ci avrei pensato. Avrei visto cosa fare. Era stupido fingere di non conoscere la realtà.

Ci stringemmo la mano. Come sempre. Tutto era cambiato! Che stava succedendo nella mia Santa Patria?

Swit Mariah Czerny

Gli ultimi giorni di ottobre trascorsero con una lentezza esasperante. Nel frattempo l'autunno era ormai arrivato a Końskie, con la sua aria triste, i venti freddi, le nebbie.

La nostra agitazione aumentava giorno dopo giorno. E

dico la "nostra" perché dopo la mia visita a Christoff nella bottega, facemmo in modo di rimanere in contatto e scambiarci anche le più piccole informazioni che riuscivamo a ottenere.

Sapevamo che presto sarebbe accaduto qualcosa di spaventoso, e che saremmo stati i primi a esserne informati. Di cosa si trattava? Quando sarebbe successo?

Non potevo essere più disperata.

Fino all'ultimo giovedì di ottobre, quando andai a dare una mano alla mensa popolare del ghetto, e mi accorsi che Alter non era arrivato. Preparai le scarse verdure che ci eravamo procurati per la zuppa continuando a guardare verso la porta di ingresso. Niente, non arrivava!

Venne la sera. Sistemammo la cucina e la "lavammo" come meglio potevamo (erano ormai settimane che mancava il sapone). Finimmo a notte inoltrata, e la nebbia autunnale offuscò ogni cosa. Decisi comunque di rimanere un pochino di più… Aspettavo il miracolo!

Fu provvidenziale. All'improvviso, proprio nel momento in cui me ne stavo andando, dal buio comparve Shlomo, un amico di Alter dello *Judenrat*.

«Che fortuna che tu sia ancora qui!», mi disse a bassa voce. «Alter mi ha chiesto di darti questo messaggio».

E di nascosto mi mise nella mano un rotolino di carta. "Si è ricordato di me!", fu la prima cosa che pensai. Nella miseria di affetti di quei tempi, per me era molto importante.

Shlomo scomparve nelle tenebre, veloce com'era venuto.

Strinsi il messaggio nel pugno, con tutta la mia forza, come se fosse il tesoro più prezioso del mondo. Pensai che fosse meglio nasconderlo e lo misi sotto il corpetto, vicino al cuore. Accelerai il passo, e in breve raggiunsi la fattoria dei miei genitori. Li salutai e mi chiusi nella mia stanza. Presi subito il rotolino e lessi il messaggio del mio amore.

Amata Swit: gli eventi precipitano. Dobbiamo parlare al più presto. Potresti venire domani, verso le cinque di pomeriggio, al nostro querceto?

Ti amo,

Alter

Capitolo 3
Tempo di rivalsa?

El Alamein, Egitto, negli stessi giorni (metà ottobre del 1942)

Domingo López Delgado

È incredibile quanto il tempo passi velocemente quando torniamo alla normalità! E come invece trascorra lentamente sul campo di battaglia...

All'alba dell'11 giugno ritrovammo la nostra libertà, sfuggendo per un soffio alla morte nell'assedio di Bir Hacheim. Quattro mesi più tardi eravamo di nuovo al fronte nella grande offensiva alleata di El Alamein. Nutrivamo la speranza che il nostro attacco avrebbe impresso una svolta inattesa alla guerra.

Quei quattro mesi volarono. Dopo la battaglia ci autorizzarono ad accamparci, per otto giorni, sulle spiagge di Alessandria. Fu un riposo breve, ma rigenerante. Il nostro primo pensiero fu di dormire, dormire molto, per riprenderci. Non ci riuscimmo: gli incubi ci assillavano e ci svegliavamo di soprassalto.

Quindi ci spostammo in un accampamento militare vicino al Cairo. Attraversammo una città in preda al panico, perché i nazisti si trovavano a soli ottanta chilometri, e lì vivevano numerosi ebrei. Ripartimmo al tramonto tra le acclamazioni del popolo che, una volta identificatici come i difensori di Bir Hacheim, scese in strada e si affacciò alle finestre, neanche fossimo degli eroi. Devo confessare che quelle manifestazioni non mi lasciarono indifferente: provai un'immensa soddisfazione, perché avevo portato a termine il mio dovere.

In quell'accampamento militare iniziò la riorganizzazione della Tredicesima Mezza brigata della Legione straniera, che si era coperta di gloria, ma decimata nella battaglia.

A luglio ricevemmo la notizia che le forze alleate, aiutate dalla resistenza opposta a Bir Hacheim, avevano frenato l'avanzata di Rommel a El Alamein, e che per il momento l'Egitto non correva rischi.

Il 20 agosto fu il giorno più commovente: il generale de Gaulle in persona giunse da Londra e passò in rassegna le nostre truppe. Il generale Koenig e il colonnello Amilakhvari ricevettero la Croce della Liberazione dalle mani di de Gaulle. Noi eravamo schierati dietro di loro, e potemmo vedere da vicino il leader della Francia Libera. Sentii un brivido corrermi per tutto il corpo.

De Gaulle visitò pure l'ospedale e concesse l'onorificenza della Croce al tenente Théodore Gérard, a cui un obice tedesco aveva strappato la gamba la notte prima della fuga, mentre aiutava a far fuoco con un cannone. Non potei fare a meno di pensare che io ricoprivo la stessa mansione.

Nelle settimane seguenti ottenemmo l'equipaggiamento: degli enormi camion Bedford (non ci piacquero affatto!) e dei nuovi cannoni controcarro. L'addestramento si intensificò e le sezioni vennero riformate, comprendendo sia noi, che avevamo già conosciuto "le gioie" del fronte, sia i novellini. Noi spagnoli e sudamericani ci riunivamo con altri amici a chiacchierare e a cantare. Ad Alessandria eravamo riusciti a procurarci del mate. Anche se aveva un sapore orribile (paglia pura, che quasi subito si dissolveva!), ci faceva comunque sentire a casa. Gli spagnoli chiesero di provarlo, ma al primo sorso imprecarono per quanto era amaro.

Iniziarono i preparativi per la partenza. Dovevamo tornare in battaglia. Poco prima venne a trovarci re Giorgio VI d'Inghilterra, accompagnato dai generali britannici Montgomery e Alexander. Con mezzi più moderni e il morale alle stelle, una mattina ci mettemmo in cammino.

Volevamo la rivincita.

Jean-Baptiste Renard

Sin dal primo momento la situazione parve difficile. Il generale Montgomery era venuto a trovarci il 19 settembre nel nostro *bivouac* di Eliopoli, vicino al Cairo. Era stato il primo contatto di Monty con le Forze francesi libere dopo il nostro "appuntamento con la gloria" di Bir Hacheim.

Da luglio il fronte africano era a un punto di stallo lungo la linea che iniziava nella stazione ferroviaria costiera di El Alamein. Montgomery, appena nominato comandante dell'Ottava Armata, aveva intenzione di spezzare la linea prima della fine di ottobre. L'attacco principale sarebbe stato condotto a nord dalle truppe britanniche, australiane e neozelandesi. Contemporaneamente, un secondo attacco sarebbe stato sferrato all'estremità meridionale, allo scopo di espugnare il pericoloso altopiano di Qaret el Himeimat. E sarebbe stato sferrato dai francesi.

Non appena vennero a conoscenza dei piani di Montgomery, il generale Koenig e il suo Stato Maggiore caddero in preda all'agitazione. E non a torto. Con la sua altezza imponente e le scarpate, Qaret el Himeimat emerge dal deserto come un'immensa torre di controllo. È una postazione difensiva impressionante. E il terreno attorno è instabile, difficile da percorrere. Non c'è nessun posto simile a quello! E poi i campi minati che lo difendevano non erano nemmeno stati localizzati dai britannici. Come se non bastasse, le cartine che segnavano le difese dell'Asse erano obsolete. Sapevamo tutti che il nemico le aveva rafforzate!

A completare quel quadro sconfortante, va detto che il generale Montgomery aveva imposto un clima di segretezza necessario, ma eccessivo. Nemmeno il generale Koenig sapeva fino a che punto il nostro assalto sarebbe stato parte essenziale dell'offensiva, o se fosse una semplice manovra per distrarre l'attenzione dei nemici. Gli ordini che aveva ricevuto erano insufficienti e contraddittori. Sembrava quasi che l'Alto Comando britannico mostrasse disprezzo nei confronti dei francesi. Noi soldati non dovevamo sapere niente, ma intuivamo che gli ufficiali vivevano in un clima di incertezza. Di sicuro quelle non erano le condizioni migliori per affrontare una battaglia decisiva.

Capitolo 4
La truffa

Massiccio del Giura, Stato francese libero di Vichy (ultimi giorni dell'ottobre 1942)

Charlotte

Riaprii gli occhi. Non si vedeva niente! Le urla erano terrificanti, e tutti si spingevano tra di loro per scappare. Papà Léon mi reggeva in braccio, ma non scorgevo né mamma né Raymond. Non provavo alcuna emozione, solo un'incredibile debolezza: ero come sotto anestesia.

Proprio in quel momento mi resi conto che il camion era fermo. Avevano sentito le nostre urla! E ora gli autisti spostavano i mobili con foga e aprivano un passaggio.

Ci riuscirono! Un refolo di aria spazzò via il fumo, iniziammo a distinguere alcune sagome, e vedemmo comparire a destra la debole luce della lanterna degli autisti, i quali indicavano la via per la salvezza. Avanzammo come potemmo in quella direzione. Notammo con terrore che l'aria fresca ravvivava il fuoco, e grandi fiammate si avvicinavano ai nostri corpi. Alcuni riuscirono a scendere, usando il paraurti e le ruote a mo' di gradini, mentre altri si lanciarono direttamente dal camion, cadendo rovinosamente al suolo. Le fiamme raggiunsero il bambino down e la madre, i cui vestiti andarono a fuoco. Due uomini si scagliarono contro di loro e cercarono di spegnerlo con ciò che avevano a disposizione, anche con le mani nude. La testa mi girava, però capii che Léon stava arrancando verso l'uscita.

Saltammo giù dal camion. Rotolammo sul terreno sassoso, stretti l'uno all'altra. Quando alla fine ci fermammo, avevamo gli abiti laceri e sanguinavamo dai gomiti e dalle ginocchia. Ma riuscivamo a respirare! Inspirammo l'aria pura della montagna, indifferenti al freddo che penetrava nella gola e nei polmoni. Nelle ombre della notte riconoscemmo mamma e Raymond, che si avvicinavano barcollando. Stavano bene. Papà si unì agli altri uomini per spegnere l'incendio sul camion, che nel frattempo si era esteso. Tutti i nostri compagni di sventura erano riusciti a scendere, alcuni sembravano molto sofferenti, e i loro lamenti stringevano il cuore.

Gli autisti non avevano estintori. L'incendio aumentava di intensità. Mio padre e gli uomini correvano da un lato all'altro per prendere terra e terriccio da quel suolo roccioso, il che era praticamente impossibile. Altri scagliavano sul fuoco i rami che avevano appena strappato agli arbusti, ma invano. Saremmo rimasti a piedi, in mezzo a quella montagna gelata, senza acqua né cibo, né tantomeno un posto dove ripararci, alla mercé dei nostri persecutori!

Avvenne il miracolo!

All'improvviso Dio aprì i rubinetti del cielo, e una pioggia torrenziale si abbatté sul camion e su di noi.

Pochi istanti dopo, l'incendio era estinto. Eravamo zuppi fino al midollo e morti di freddo, ma felicissimi. Una volta che ci fummo rasserenati, cominciammo a occuparci dei feriti con le poche medicine che avevamo a disposizione. Papà Léon era in prima fila, come sempre.

Non so che ore fossero, ma non si vedevano ancora le prime luci del giorno. Trascorse quelle ore di sofferenza ed emozione, iniziammo ad avvertire un freddo terribile. Con le vesti bagnate incollate al corpo, tremavamo come ramoscelli al vento. Abbracciata a mia madre, cercai insieme a lei di ripararmi in mezzo alle rocce. Pure Raymond ci raggiunse. Papà continuò ad aiutare chi stava peggio, soprattutto la madre con il bambino. Nonostante il freddo atroce, la fame e il dolore per le ferite e i colpi ricevuti, il sonno ebbe la meglio.

Fu un'alba surreale, come uscita da un sogno. O forse da un incubo. Non volevo aprire gli occhi, non volevo svegliarmi! Mi sentivo senza forze, senza il coraggio di affrontare quello che stava succedendo. Mancava ancora tanto! E quale sarebbe stata la nostra fine? Non riuscivo più nemmeno a sopportare la fame e il freddo.

Spalancai gli occhi e mi guardai attorno. Una densa nebbia – attraverso la quale si intravedeva un timido sole – copriva ogni cosa. I compagni di viaggio che erano in piedi sembravano fantasmi grigi, che si spostavano al rallentatore. Qui e là spuntavano gruppi di rocce, tra le quali cresceva qualche arbusto di montagna. Ci trovavamo ad alta quota, forse in un posto che d'inverno rimaneva coperto di neve. Mamma era al mio fianco, disorientata quanto me. Papà, Raymond e gli altri uomini provavano a rimettere in sesto il camion che era andato distrutto con le fiamme. I camionisti erano scomparsi.

«Sono andati al paese più vicino a prendere i pezzi di ricambio per riparare il camion», disse qualcuno.

D'improvviso, in mezzo alla nebbia, comparve Raymond, sorridente, con le due nostre valigette. Erano bagnate, sporche e con qualche graffio, ma tutto quello che avevamo era lì, intero! Ci abbracciammo e lui si sedette al mio fianco.

E allora osservammo una scena che ci lasciò a bocca aperta.

Mio padre vagava tra le rocce, senza meta e con lo sguardo perso nel vuoto. Nella mano destra, ben stretta, come se fosse più importante pure della sua vita, teneva la maniglia della valigia, ma non si era accorto che la valigia non c'era più.

Io e Raymond ci scambiammo uno sguardo pieno di tenerezza, ma anche di dispiacere e dolore. Mio fratello gli andò vicino. Lo seguii.

«Papà, hai perso la valigia», gli disse con affetto, e sorrise, per alleggerire la tensione del momento.

Mio padre riemerse bruscamente dai suoi pensieri, lanciò un'occhiata alla mano che stringeva la maniglia e ci rivolse uno sguardo disperato: sembrava non capire. Un istante dopo tornò alla realtà.

Sorrise imbarazzato, mentre faceva dei movimenti goffi, cercando di scusarsi per quanto era successo. Noi quattro ci mettemmo a ridere, mentre gli altri viaggiatori ci guardavano, incuriositi.

Quell'episodio mi colpì nel più profondo del cuore. Fino ad allora mio padre Léon mi era parso un essere speciale, capace di ergersi al di sopra delle sventure che da più di due anni stavamo subendo. Di colpo capii che anche lui era un fragile essere umano. Ammantato del mio affetto e della mia ammirazione, senz'altro, ma sottomesso a sua volta alle feroci leggi della giungla che il nazismo ci aveva imposto, e che riuscivano a privare di senno persino l'anima più nobile.

Trascorremmo giorni interminabili in quel posto freddo e roccioso, e pensammo soltanto a leccarci le ferite. Approfittammo di un pomeriggio di sole per asciugare i nostri vestiti, che stendemmo sulle pietre. Papà recuperò i resti della valigia, distrutta, e qualche oggetto di sua proprietà, sparso tra le rocce. Oltre ai pezzi di ricambio, i camionisti portarono cibo, alcool e bende, tutto in quantità minime: avevamo già capito che eravamo dei miserabili. Con molta abilità, Blima e altre donne della comitiva cucinarono delle buone zuppe per combattere il freddo e si presero cura dei feriti, anche se la loro guarigione sarebbe stata comunque lenta.

Non sapemmo mai quale fosse stata l'origine dell'incendio. I *passeurs* dissero che era stato uno di noi, mentre provava ad accendere un fuoco all'interno del camion. Una sciocchezza immane, una delle loro più assurde bugie! Noi eravamo convinti, invece, che si fosse trattato di un problema meccanico. A metà pomeriggio del secondo giorno tentarono di avviare il motore. Tra una spinta e l'altra il camion partì, ma non c'era molto da aspettarsi, trattandosi di un mezzo tanto vecchio. Per fortuna, poco dopo riuscirono a sistemarlo un po'. Mentre l'autista corpulento dai capelli crespi continuava ad armeggiare, il rasato riunì gli uomini perché lo aiutassero a rimettere in sesto il cassone. A quel punto tutti lo detestavano già, ma non avevano altra scelta: eravamo sulla stessa barca.

Aggiustarono i mobili. Qualche pezzo si era bruciato, ma per lo più, anche se rovinati, quei mobili riuscivano ancora a coprirci. Un paio di ore più tardi il corpulento rasato cominciò a battere le mani: «Su! Veloci! Tutti sul camion!», urlò. «E non dimenticate le vostre cose», ci disse, come se a quei mascalzoni importasse qualcosa di noi. Io li odiavo per come ci avevano maltrattato e ricattato.

Al tramonto riprendemmo il cammino. Qualche giorno prima eravamo saliti sul camion già abbastanza debilitati, a causa di mesi di privazioni. E ora, dopo due giorni in quel luogo gelido, senza cibo, eravamo sfibrati. Era un miracolo se non prendevamo una polmonite.

Ma sa una cosa? L'animo umano, lo spirito, che so io!, sono invincibili.

Bastò rimettersi in marcia, ascoltare lo sferragliare del motore del vecchio camion, l'aria fresca tra i mobili che ci accarezzava il volto… e in breve la speranza tornò. Eravamo sempre più vicini alla frontiera. Avremmo tratto in salvo le nostre vite e ritrovato la libertà! Avremmo resistito per tutto il tempo che fosse stato necessario!

Trascorsero altri due giorni. I *passeurs* si fermavano sempre più spesso e cercavano i sentieri meno frequentati. Eravamo ancora in alta montagna, sul Giura pieno di gole, passi e burroni, che bisogna conoscere molto bene per non perdere l'orientamento. A un certo punto mi parve che il camion stesse cominciando a scendere. Lo sussurrai a Raymond, e lui confermò la mia sensazione. Poco dopo avevamo tutti la stessa impressione. Ci guardavamo in attesa, mentre la lenta discesa proseguiva.

Finché il camion si fermò. Gli autisti spostarono dei mobili e ci invitarono a scendere, con modi così gentili che ci sorpresero. Calava la notte. Eravamo ancora in alto, nella radura di un bosco. Più in basso, in pianura, si vedevano delle luci accendersi. Chiamarono i capofamiglia.

«Lì, dove vedete le luci», li informò il massiccio rasato, «c'è la Svizzera. È tutto organizzato perché vi lascino passare. Sanno che siete di questo gruppo».

«Ma non è quanto avevamo pattuito!», protestarono in diversi.

«Avevate detto che ci avreste portato alla frontiera, e lì avreste gestito voi la cosa con le guardie», si intromise un altro.

«Vi abbiamo lasciato a un passo di frontiera! Vi abbiamo detto che è già tutto sistemato!».

La conversazione si accese. Un uomo, abbastanza anziano, si scagliò contro l'omone dai capelli crespi e provò a scuoterlo.

«Sfacciati! Ci avete ingannato! Ora ci uccideranno!».

Era vecchio, e molto debole. Il tipo corpulento se lo scostò di dosso con una manata, e il poveretto rotolò a terra.

Vedendo che la situazione sfuggiva loro di mano, l'altro bestione iniziò a gridare: «Noi ce ne andiamo! Se non vi sbrigate a riprendervi le vostre cose, ce le portiamo via con noi!».

«E se qualcuno di voi ci dà fastidio, lo portiamo alla Gestapo!», finì il rasato. E poi sussurrò, evidentemente per farsi sentire: «Ebrei di merda!».

Non potevamo tornare indietro. Gli insulti e le minacce proseguirono, ma alla fine fummo costretti a riprenderci i nostri averi e a osservare quei due bastardi ripartire. Alcuni, tra cui Raymond, li salutarono a pietrate, ma solo per sfogarsi: eravamo rimasti a piedi, di notte, e in un posto che non conoscevamo per niente.

Subito emersero le opinioni più diverse. Alcuni, disperati, volevano scendere subito: «Ormai la nostra sorte è segnata, accadrà quel che dovrà accadere», dicevano. Altri, senza più speranza, proponevano di tornare a Lione. Alla fine prevalse l'opinione più assennata, che pure mio padre sosteneva. Saremmo scesi in paese la mattina seguente, per richiamare l'attenzione il meno possibile. Bisognava capire dove ci trovassimo, e poi decidere se da lì fosse possibile attraversare la frontiera. Un uomo anziano, che dall'aspetto e dal modo di parlare sembrava molto devoto, ci mise in guardia: «Dobbiamo essere cauti. Chissà dove ci hanno lasciato! Non è prudente che ci presentiamo tutti insieme in paese. Meglio se va avanti un gruppetto, magari dei giovani, che non destano troppi sospetti...».

Risultò che l'unico giovane era Raymond! E io lo seguivo a ruota...

«Se mio padre mi dà l'autorizzazione, non ho alcun problema a scendere», affermò Raymond, sicuro di sé.

«Nemmeno io», aggiunsi senza pensare, per non lasciare da solo mio fratello, anche se sentivo che il terrore mi attanagliava.

Era tardi. Dopo qualche esitazione, i miei genitori accettarono. Il giorno dopo, all'alba, saremmo scesi lungo il piccolo sentiero verso quello strano paese, che ora ci attendeva sonnolento.

Capitolo 5
Migliaia di avvoltoi in silenzio dispiegano le loro ali

Końskie, Polonia, negli stessi giorni, fine ottobre 1942

Christoff Podnazky

Un vento gelido, più invernale che di metà autunno, sferzava le strade di Końskie.

Era mattina presto e io camminavo in fretta per non fare tardi alla calzoleria di don Kazimierz. Non ero l'unico. Le strade erano troppo frequentate a quell'ora del giorno. All'improvviso, girato l'angolo, una mano mi prese per il braccio con forza e mi scostò. Feci per reagire, ma mi ritrovai contro il muro di una casa, all'inizio di un vicolo. Era Alter, grazie a Dio! Con i tempi che correvano, qualsiasi sorpresa mi terrorizzava!

«Che succede, amico mio?», gli domandai in tono di rimprovero, sorpreso dal suo gesto.

«Senti, Christoff, dammi la tua parola che non dirai a nessun altro quello che sto per raccontarti», mi disse, andando dritto al punto. «A nessuno, davvero!».

Capii che la situazione era grave. Il tanto temuto momento della verità era giunto.

«Sì, certo. Puoi contare su di me, te lo giuro!».

Alter respirò a fondo, si prese una lunga pausa e mi riferì che la settimana seguente i nazisti sarebbero venuti a prelevare tutti gli ebrei, senza eccezioni. Rimasi a fissarlo: non capivo cosa questo potesse significare, e glielo dissi. Alter tacque. Alla fine mi guardò negli occhi e mi confessò: «Significa... il peggio. Non appena Swit verrà ad avvisarti, dovrai nasconderti. Se sei al lavoro, don Kazimierz ti aiuterà. E quando il momento critico sarà passato, dovrai scappare».

Rimasi turbato. Non capivo. Ci avevano già sottratto tutti i nostri averi e avevano già distrutto le nostre famiglie... Ci avevano umiliato in pubblico sino allo sfinimento. E poi ci avevano chiuso nei ghetti come degli animali, dove saremmo morti di fame, permettendoci di uscire soltanto per andare a lavorare. Che altro volevano da noi? Ormai ci rimanevano solo la pelle e le ossa! Perché ci avrebbero dovuto eliminare? Cosa ci guadagnavano?

Non riuscii a dire altro. Il mio volto e la mia mente erano sconvolti. Rimasi in silenzio, mentre Alter mi scuoteva con un veloce abbraccio, che restituii per quanto potei, come se ancora non avessi capito l'inferno che si stava abbattendo su di noi.

Poi il mio amico si allontanò di corsa, e solo allora cominciai a reagire.

«Alter! E tu che farai?».

Si fermò un attimo, voltò la testa e mi guardò con una tristezza infinita. L'istante mi parve eterno. Si girò di nuovo e riprese il cammino, fino a perdersi nel ghetto.

Swit Mariah Czerny

Erano le cinque del pomeriggio. Ero arrivata presto al nostro querceto per incontrare il mio amore. Aspettavo quel momento da settimane e ora non potevo smettere di guardare nervosa il sentiero, con la speranza di vederlo comparire da un momento all'altro. Ero un fascio di nervi. "Devo stare tranquilla", pensai, "solo così potrò aiutarlo".

Di colpo il mio cuore sobbalzò: eccolo! Tutti i dispiaceri e le sofferenze degli ultimi tempi lo avevano sciupato, è vero, però non erano riusciti a fargli perdere la postura, la dignità. Lo ammiravo. E lo amavo sempre di più.

Ci abbracciammo con foga.

Mi invitò a sedermi su uno dei tronchi e si mise al mio fianco. Si capiva che non voleva perdersi in troppi giri di parole.

«Ti dirò una cosa che non ho detto a nessuno, nemmeno a Christoff», disse misurando le parole. «Ricordi che qualche giorno fa mi hai chiesto cosa avessi, perché fossi così preoccupato?»

«Certamente. E ricordo bene pure la tua risposta: "Ho saputo una cosa terribile", che forse sarei stata la prima a saperlo...».

«Qualche mese fa sono arrivate delle notizie secondo cui i nazisti stavano costruendo nuovi campi. Ma non più di lavoro, non più...». Alter fece una pausa, deglutì. «...Bensì di sterminio... per gli ebrei. Ci dissero che, non appena i prigionieri arrivano, li fanno spogliare e li infilano tutti, indipendentemente dall'età e dalla condizione, in una grande sala delle docce, con il pretesto di disinfettarli per prevenire le malattie. In realtà non si tratta di docce... ma di camere a gas. Una volta chiusi tutti gli ingressi, dalle docce non esce l'acqua, bensì il gas zyklon B, un pesticida a base di cianuro, che uccide in pochi minuti. Come potrai immaginare, all'inizio non credemmo alla notizia, pensavamo che fosse solo frutto di macabre fantasie...».

«Sì, non può essere vero! È una follia!», lo interruppi, con orrore, sperando che non corrispondesse al vero.

Alter mi guardò con tenerezza infinita. Mi parve di intravedervi anche l'ombra di un sorriso triste. Continuò: «Abbiamo le conferme, e dettagli più precisi. È vero. Sappiamo pure dove si trovano alcuni di questi posti», affermò, con tremenda sicurezza, che non lasciava spazio all'illusione. «Sobibor, vicino all'Ucraina; Treblinka, non troppo lontano da qui, a nordest di Varsavia; Auschwitz, a sud, vicino alla frontiera con la Slovacchia...».

«Però, perché? Perché lo stanno facendo?».

Alter si strinse nelle spalle. Non aveva una spiegazione per un simile orrore. Tuttavia intuii che non mi aveva detto ancora tutto.

Il giorno prima un gruppo di ufficiali della Gestapo si era presentato nel suo ufficio dello *Judenrat* e gli aveva chiesto di preparare una lista con i nomi degli ebrei che vivevano nel ghetto. Gli avevano concesso tre giorni di tempo.

«Fino a dopodomani?», dissi, turbata da quanto avevo appena sentito. «Ma è... è domenica. Ed è Ognissanti, il giorno prima dei Morti!».

Non appena lo ebbi detto, me ne pentii. Alter era troppo afflitto per fare caso alle mie parole, per quanto fossero desolanti.

Non l'avevano trattato male, però gli avevano imposto la segretezza al riguardo. E l'avevano avvertito che avrebbe dovuto portare a termine il suo compito: «Altrimenti... lo sai bene». Rimasi senza parole. La disperazione si impossessò di me e immaginai i peggiori incubi diventare realtà. Dovetti fare uno sforzo immenso per trattenere le lacrime, per il bene del mio amore.

«Per questo ti ho mandato il biglietto. E ora ti chiedo di aiutare Christoff, in caso ce ne sia bisogno».

Sconvolta com'ero, non capii bene. Accettai comunque di aiutarlo, l'avrei fatto senz'altro.

«Ma tu... Tu? E tu che farai?».

Mi svelò che stava allertando alcune persone, con molta discrezione e senza fornire troppi particolari. Era fatto così, nobile e leale. Eppure l'istante finale, quello delle decisioni, delle terribili decisioni di vita o di morte, si avvicinava implacabile.

Era già prossimo, e a quella domanda non volle rispondermi.

«Alter, ti prego, dimmi che farai della lista».

«Amore mio», sussurrò mentre alzava gli occhi per incrociare il mio sguardo, «se facessi quella lista, vi dovrebbero comparire i miei genitori, i miei zii e cugini, Christoff, i miei compagni di scuola, i miei amici di sempre… Mi capisci?»

«Ma… allora?», domandai, disperata.

«Sì…», annuì diverse volte con la testa, prostrato. «Proprio quello che stai pensando. E pure così non ho molte speranze: l'hanno chiesta anche ad altri membri del Consiglio, ed è probabile che qualcuno non riesca a…».

«Perché non scappi?», quasi urlai, cercando di trovare un briciolo di speranza al quale aggrapparmi.

Alter rimase in silenzio. Guardò oltre il querceto, sulle montagne lontane.

In realtà era immerso nei meandri della sua anima, delle sue radici e dei suoi affetti.

«Non posso abbandonare il mio popolo».

Capii cosa significava. Lo abbracciai con tutte le mie forze, folle di dolore.

L'emozione mi sopraffece, e le lacrime affiorarono, incontenibili.

«Domani sera cenerò con i miei genitori, così abbiamo stabilito. Sanno molto poco di tutta questa storia, non avrebbero molta scelta», mi disse a bassa voce, mentre scrollava la testa, triste. «Ti chiedo solo una cosa: dopo cena vorrei venire a trovarti e passare la notte assieme a te…», sussurrò nel mio orecchio, mentre rimanevamo abbracciati. «Riuscirai a farlo?»

«Sì, sì, amore mio», risposi, asciugandomi le lacrime. «Parlerò con i miei genitori. Lo capiranno. Andrà tutto bene».

Capitolo 6
Il sacrificio a Qaret el Himeimat

Qaret el Himeimat, Egitto, negli stessi giorni (fine ottobre 1942)

Jean-Baptiste Renard

I legionari partirono alla volta del fronte verso le 19.15 del 23 ottobre.

Ben presto incontrarono le prime difficoltà: il terreno cedevole e sabbioso impediva il transito dei veicoli, che sprofondavano fin troppo facilmente. Nel tentativo di avanzare le vetture si surriscaldavano, e un camion andò perfino a fuoco. I carri armati dovettero liberare le macchine, sepolte fino al telaio. Un disastro! Giungemmo alla posizione stabilita con un ritardo mostruoso.

La notte era serena. Sotto il bagliore della luna piena, il massiccio di Qaret el Himeimat brillava di una luce ancora più impressionante. Il vento soffiava da settentrione.

Domingo López Delgado

Davanti a noi si ergevano montagne molto ripide, che fungevano da ottimo punto di osservazione per le forze dell'Asse. Quelle alture, chiamate Qaret el Himeimat, erano il nostro obiettivo.

Al crepuscolo iniziammo la marcia di avvicinamento. In quel momento stavo parlando con due spagnoli, Raúl Gómez e Díaz Otero, della fanteria, che sarebbero partiti prima di noi. Augurammo loro buona fortuna e facemmo gli auguri a Díaz, che compiva ventinove anni.

Non tornarono mai più.

Dopo che la fanteria se ne fu andata, partimmo anche noi con l'artiglieria controcarro. La sabbia era sottile e ci spostavamo a fatica, ma alla fine arrivammo. E lì fece la sua comparsa il capitano Simon.

«È giunto il momento di vendicarsi!», ci disse con un sorriso, sfregandosi le mani. «Li prenderemo alla sprovvista, perché non attaccheremo di fronte, bensì di fianco. Vedrete che sarà un trionfo! Fate attenzione e buona fortuna!».

Jean-Baptiste Renard

D'improvviso, verso le dieci di sera, i milleduecento cannoni appostati lungo la linea britannica ruggirono con furia, tutti allo stesso tempo. Era un cataclisma! Sembrava che la terra si spalancasse, il frastuono era assordante!

La battaglia di El Alamein era appena cominciata.

Il primo battaglione legionario era appostato davanti al campo minato, in attesa che gli zappatori aprissero un varco perché potessimo avvicinarci a Qaret el Himeimat. In quel momento le radio del posto di comando della Legione smisero di funzionare. Le comunicazioni con le truppe vennero interrotte. Era un fatto di enorme gravità, che avrebbe avuto serie ripercussioni.

A ogni modo, il primo battaglione, al comando di Pâris de Bollardière, cominciò a salire il pendio dell'altopiano. Poco dopo si ritrovò su un campo minato che non era indicato nelle mappe, e il nemico sferrò un violento attacco con i mortai, le armi automatiche e i cannoni Breda. Tra le due e le tre del mattino, la situazione peggiorò: ogni manovra per avanzare fallì. I tedeschi e gli italiani ebbero così modo di lanciare un feroce contrattacco. Le circostanze avverse, sommate alla confusione che si era creata in seguito al cattivo funzionamento delle radio, obbligarono de Bollardière a far ritirare il battaglione a circa milleduecento metri dall'altopiano.

Domingo López Delgado

Addossati alle buche che avevamo scavato nella sabbia, aspettavamo nervosi il nostro turno. Non appena l'artiglieria avesse cessato il fuoco, sarebbe stato il momento della fanteria. E dopo, il nostro.

Di colpo, come apparso dal nulla, vedemmo passare sulla sua jeep il colonnello Amilakhvari, con il *képi* bianco e il mantello verde perlato. «Se corri il rischio di comparire al cospetto di Dio, vestiti in modo opportuno», era solito ripetere. Percorreva la linea di fuoco sprezzante del pericolo, sempre attento ai suoi legionari, che amava sinceramente.

Per noi era come un padre.

Per entrare in azione, il nostro battaglione attendeva il segnale che gli altri avessero raggiunto l'obiettivo, ovvero un bengala del colore concordato. Ignorando l'accaduto, e di fronte al fatto che il segnale non giungeva, prima dell'alba il colonnello Dimitri diede ordine di assaltare il promontorio di Naqb Rala, situato vicino a Qaret el Himeimat. Gli italiani si sentivano talmente sicuri di sé che spararono la prima raffica di mitragliatrice quando ormai avevano addosso i legionari. Grave errore. Nonostante gli spari continui, i legionari si avventarono su di loro come tigri, pronti a lottare corpo a corpo. L'assalto fu feroce, e il nemico perse terreno. Alle sei di mattina, dopo una carica eroica, con i capitani Messmer, Morel e Lalande al comando, riuscirono a conquistare l'obiettivo.

Era il nostro turno. Dovevamo utilizzare i cannoni per poter – in caso di contrattacco di carri armati – "restituire gli onori dovuti". Era tardi ormai: stava albeggiando… E le forze dell'Asse preparavano il contraccolpo.

Jean-Baptiste Renard

Il contrattacco fu fulmineo.

Pochi minuti dopo che i nostri uomini, con un'azione eroica, avevano raggiunto la cima, il battaglione di paracadutisti italiani della Folgore si scagliò addosso a loro. I due corpi scelti si scontrarono, e l'impatto fu violentissimo.

I nostri uomini resistettero. All'improvviso, però, videro apparire sull'altopiano il gruppo blindato tedesco Kiel, una dozzina di vetture superdotate di artiglieria. Nel frattempo, la Settima divisione blindata inglese, che avrebbe dovuto trovarsi al suo posto, non compariva da nessuna parte. E nemmeno la nostra artiglieria era in posizione! La fanteria non poté fare niente, e il triste ordine di ritirata non tardò ad arrivare. Erano le sette di mattina.

In pieno giorno e su un terreno pianeggiante, il ritiro fu un grande rischio. Nonostante il fuoco, i nostri riuscirono a ritirarsi in tutta calma, senza abbandonare i feriti e portando con sé dei prigionieri.

Jean-Baptiste Renard

I blindati tedeschi cercarono di impedire la ritirata dei nostri uomini, ma i cannoni del Secondo battaglione stavolta si fecero sentire. Tre vetture furono colpite, e i nazisti esitarono qualche istante prima di continuare l'attacco.

Fu tempo prezioso per noi. Il Secondo battaglione, sotto il fitto fuoco nemico, riuscì a ritirarsi in ordine, anche se le perdite furono numerose. Diversi ufficiali risultarono morti o feriti: il tenente Suberbielle, i capitani Wagner, Morel e Lalande, il comandante Pâris de Bollardière. E molti altri ancora...

Alle nove, il generale Koenig, molto preoccupato per l'andamento della battaglia e la sorte dei suoi uomini, pretese che le truppe si riunissero: se non era più immaginabile riportare una vittoria, almeno diventava fondamentale evitare una sconfitta catastrofica.

Fu allora che l'artiglieria del capitano Simon scatenò una battaglia decisiva, e disperata, pur di rallentare l'avanzata delle forze dell'Asse e concedere tempo prezioso alla Legione.

Domingo López Delgado

Quello fu il nostro momento più critico.

Avevamo il nemico alle calcagna. Ed eravamo alla sua mercé, privi di qualsiasi protezione. I tedeschi si rassegnarono al fatto che la fanteria fosse ormai troppo lontana e concentrarono tutta l'attenzione su di noi. In mezzo all'esplosione delle bombe, che scoppiavano di continuo e dappertutto, cercammo di attaccare i cannoni ai camion, ma i cannoni erano molto pesanti e rimanevano incagliati nella sabbia. Ero tutto assorto in quella fatica immane di spostare il cannone, isolato dall'inferno che ci circondava, quando un compagno urlò per dare l'allarme: un cospicuo contingente di italiani, ben armati, ci stava venendo incontro.

Mi inginocchiai dietro la scudatura del cannone per ripararmi, estrassi la pistola e cominciai a fare fuoco. Gli italiani erano a meno di cinquanta metri da noi. Sparavamo senza tregua, i proiettili ci fischiavano vicino, non sapevamo come sarebbe andata a finire... All'improvviso vedemmo i nemici gettarsi a terra e lanciare delle granate a mano. Nonostante tutto, sembrava che li stessimo tenendo a bada. Mentre alcuni spingevano il cannone, altri di noi, sempre nascosti dietro la scudatura, continuavano a fare fuoco. Avanzammo a passo di lumaca. La situazione si fece disperata.

Finalmente raggiungemmo il veicolo con il cannone e lo attaccammo. Uno dei ragazzi saltò dentro il camion, prese la mitragliatrice e la scaricò addosso agli italiani, che furono costretti a mettersi al riparo. Non eravamo ancora saliti che il camion si mise in moto. Alcuni dei nostri compagni dovettero montare in corsa. L'autista sembrava avere una certa fretta, chissà perché... Eravamo quasi salvi. Qualcuno esclamò: «Ma tu sei ferito!».

«Chi? Io?», domandai, sorpreso e spaventato.

«Certo, tu!», ribatté uno degli spagnoli.

Un sudore freddo mi bagnò il volto, e una debolezza improvvisa mi affiosciò le gambe.

«Ma io non sento niente!», protestai, sperando in cuor mio che si stesse sbagliando.

«Sdraiati in fondo al camion e vediamo di che si tratta», mi ordinarono.

Invernón, che pareva il più esperto di primo soccorso, tagliò il pantalone con un coltello.

Solo in quel momento presi coscienza della situazione: il

pantalone era zuppo di sangue, che zampillava da una profonda ferita nella coscia destra.

«La scheggia di una granata», disse il basco Artola. «Uno inizia a sentire le ferite solo dopo un po'», mi spiegò.

Fui colto da uno strano capogiro. Stavo per svenire. Uno dei miei compagni mi diede da bere una bibita forte, che mi fece riprendere leggermente. Mi bendarono con quel poco che avevano a portata di mano in quel momento.

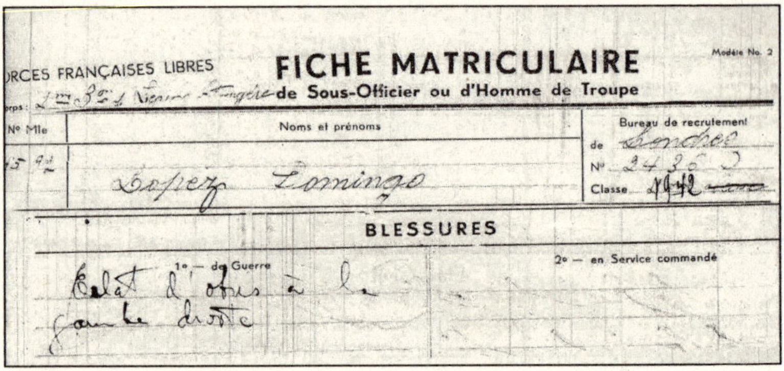

)RCES FRANÇAISES LIBRES

FICHE MATRICULAIRE

de Sous-Officier ou d'Homme de Troupe

Modèle No. 2

Corps:

Nº Mle	Noms et prénoms	Bureau de recrutement
	Lopez Domingo	de Londres Nº Classe 1942

BLESSURES

1º — de Guerre	2º — en Service commandé
Eclat d'obus à la jambe droite	

Nel frattempo, il camion continuò la sua corsa nel deserto sotto il fitto bombardamento nemico, e verso le tre del pomeriggio raggiungemmo le nostre posizioni. Venni portato in infermeria, dove mi trattarono molto bene e cominciai a sentirmi meglio. Pensai di chiedere un permesso per rimanere altro tempo, però non me lo concessero. «Se un soldato coloniale viene trasferito in infermeria, verrà rimpatriato; se lo fa un soldato francese, viene curato; se un legionario si rivolge all'infermeria, è perché sta per morire», sentenziò l'ufficiale al comando dell'ospedale da campo.

Uscii all'esterno. Avanzando con grande sforzo e sopportando il dolore acuto, mi avviai verso le ambulanze per fare ritorno al mio battaglione.

«No, in quella no!», mi bloccò uno degli infermieri con un'espressione angosciata e una voce spenta.

Capii che era successo qualcosa di molto grave. E che una notizia terribile correva nel nostro accampamento, come un ciclone nella calma del deserto.

Susan Travers, la Miss

Non appena entrò nel nostro campo visivo, ci accorgemmo che la vettura che si avvicinava era un'ambulanza, un enorme Dodge americano, che sfrecciò davanti a noi alla massima velocità concessale dalla sabbia del deserto. Era diretta alla tenda che fungeva da ospedale. Non c'era niente di strano, molto probabilmente a bordo c'erano dei feriti. Qualcosa, però, nell'espressione degli autisti, e il fatto che fosse accompagnata da due jeep di ufficiali, mi mise in allarme.

Non osai muovermi, rimasi con gli occhi sbarrati davanti al sole, cercando di indovinare l'identità dell'uomo che con premura estraevano dall'ambulanza, adagiavano sulla lettiga e portavano in gran fretta dentro l'ospedale...

...Van der Wachler, l'autista di Amilakhvari, non ce la fece più. Gettò a terra la sigaretta, la affondò nella sabbia ed entrò nell'ospedale da campo.

Ne uscì pochi minuti dopo. Portava brutte notizie, evidentemente. Teneva le spalle basse e, mentre veniva verso la nostra fila di macchine, mi accorsi che aveva le guance bagnate.

Non riuscii a muovermi. Sentii mancarmi il respiro, soffocato dal caldo e dai cattivi presagi. Ricordo che temetti di svenire.

«È il tenente colonnello Amilakhvari», disse Van der Wachler, con il suo duro accento fiammingo. «È morto».

Sembrava impossibile che Amilakhvari fosse morto. Ci era sempre parso immortale.

...Van der Wachler crollò. Tenendosi la testa tra le mani, scoppiò a piangere sconsolato.

Jean-Baptiste Renard

Erano le dieci di mattina. Il colonnello Amilakhvari si trovava in mezzo ai suoi uomini e li stava incoraggiando nella difficile ritirata. Un ufficiale britannico si propose di accompagnarlo all'accampamento a bordo di un veicolo blindato.

«Il mio posto è al fianco dei miei uomini», rispose. «Non mi ritirerò finché non l'avrà fatto l'ultimo dei miei legionari».

Si racconta, anche se forse è solo leggenda, che un secondo prima, nel momento più duro dell'attacco, avesse perduto la sua mitica mantella. E che questo gli fosse stato fatale.

Alcuni minuti più tardi, a pochi passi era esplosa una granata. Una scheggia si era conficcata nel capo di Amilakhvari, un'altra aveva ferito alla schiena il medico Lepoivre, che si trovava vicino a lui. Il capitano Saint-Hillier aveva trascinato i feriti dietro un monticello, fatto in modo che un carro armato li prendesse a bordo e che un'ambulanza li trasportasse in gran fretta all'ospedale. Nel frastuono di quella battaglia cruenta, noi legionari non ci rendemmo conto dell'accaduto.

Poco dopo, quando la nefasta notizia della morte del principe cominciò a passare di bocca in bocca, fui uno dei primi a saperlo. Non riuscivo a crederci. Dovevano essersi sbagliati. Non era possibile! Non appena capii che dovevo accettarlo, per forza, mi misi in disparte e scoppiai a piangere in silenzio.

A mezzogiorno il generale Koenig venne informato della morte del suo caro amico. Alle tre del pomeriggio, gli ultimi cannoni della compagnia del capitano Simon furono posti al riparo nelle linee francesi. Purché non cadessero in mano nemica, per chilometri e chilometri alcuni soldati avevano trascinato a mano i cannoni nella sabbia.

Una volta giunti sul posto, vennero subito informati della morte del loro comandante, e rimasero senza parole. Lo stupore cedette allo sconforto e alla più profonda tristezza.

All'imbrunire del 24 ottobre, quattro legionari trasportarono le spoglie mortali del principe Amilakhvari sino alla tenda da campo del generale Koenig. Una scorta d'onore accompagnò la marcia con torce che illuminavano il cammino. Non potrò mai dimenticare quella processione di luci nella notte del deserto.

Il generale decise che il corpo sarebbe rimasto nella sua tenda, su un tavolo, affinché i soldati potessero rendergli omaggio. Fu una scena impressionante vedere quegli uomini esausti, reduci dalla battaglia, feriti, che giungevano in massa per inginocchiarsi davanti al loro comandante. Osservare quei legionari cotti dal sole del deserto e dalle nevi polari, vederli piangere come bambini mi commosse nel profondo.

Era morto così com'era vissuto: con ammirevole dignità, e una passione illimitata per quello in cui credeva. Come disse il generale Monclar: «Amilakhvari è la Legione». La settimana dopo avrebbe compiuto trentasei anni.

Mentre mangiavamo la polvere della sconfitta di Qaret el Himeimat e piangevamo i nostri morti, il generale Montgomery si spingeva a nord della linea di El Alamein. Una settimana più tardi le forze dell'Asse battevano in ritirata, con l'esercito alleato alle calcagna. Nell'aprile del 1942 li rincorsero per diverse migliaia di chilometri, sino a Tunisi, dove venne definitivamente sancita la sconfitta del generale Rommel e del suo leggendario Afrika Korps. El Alamein fu la prima vittoria importante sui nazisti e i suoi alleati, su qualsiasi fronte della seconda guerra mondiale. Churchill affermò: «Prima di Alamein non ci fu alcuna vittoria, dopo Alamein non ci fu più alcuna disfatta».

Tuttavia, sui Francesi liberi si abbatté il biasimo per non aver trionfato nella battaglia di Qaret el Himeimat, senza tener conto delle perdite che avevamo subìto, perfino quella del nostro amato comandante. Il generale de Larminat si vide costretto a ratificare per iscritto che "l'esame della documentazione, così come del terreno, stabilisce in modo evidente che la missione assegnata alla Legione era impossibile da portare a termine", e protestò energicamente contro il segreto mantenuto dall'Alto Comando britannico con gli alleati francesi, che erano stati considerati e trattati come una forza di secondo ordine.

Eppure noi, francesi liberi che appena due anni prima avevamo risposto all'*Appel* del generale de Gaulle, sapevamo che la resistenza a Bir Hacheim, la cui importanza il mondo intero ci riconosceva, e il sacrificio a Qaret el Himeimat, che in pochi apprezzavano, avevano contribuito alla svolta decisiva nella guerra. «Senza Bir Hacheim, El Alamein non sarebbe stata possibile», sentenziò Churchill.

E ci spingemmo ad affermare, parafrasando sir Winston: «Prima di Bir Hacheim non ci fu alcuna vittoria, dopo Bir Hacheim non ci fu più alcuna disfatta».

Avevamo fatto quello che dovevamo fare.

Capitolo 7
Le aberrazioni umane

Un posto imprecisato nelle vicinanze della frontiera tra Francia e Svizzera, forse il 30 ottobre 1942

Charlotte

«Fa' attenzione! Quelle pietre sono scivolose!», mi avvertì Raymond.

Era l'alba di un giorno di cui ignoravamo la data, in un posto che non conoscevamo. Avevamo davanti a noi diverse ore di discesa prima di raggiungere il paesino che si vedeva sull'altopiano, e quindi partimmo all'alba. Il sentiero era ripido, e la visibilità scarsa, appena un chiarore in mezzo alla nebbia. Non avevamo nemmeno una torcia. Con noi portavamo soltanto una borraccia con dell'acqua e l'abbraccio interminabile di nostra madre, che non si era rassegnata al fatto che i suoi due figli fossero stati prescelti per quella pericolosa missione.

Raymond avanzava con decisione. Anche se nel suo sguardo riuscivo a cogliere la tensione che lo attanagliava (lo conoscevo fin troppo bene). Io, invece, ero sopraffatta da una paura terribile, attenuata unicamente dalla stanchezza e dalla fame, una paura che mi impediva di pensare ad altro. Raymond era sempre stato molto protettivo nei miei confronti. Ero la sua sorellina, e credo che provasse per me un affetto particolare. Però quella mattina era la prima volta che si sentiva direttamente responsabile per quello che mi sarebbe potuto accadere.

Scendevamo e scendevamo. Ci facevano male le ginocchia, ed eravamo sfiniti. L'acqua della borraccia finì presto e dovemmo abbeverarci ai ruscelli della montagna. Come sempre succede ad alta quota, le distanze risultarono persino maggiori rispetto a come ci erano apparse. Il sentiero terminava in una stradina laterale, e così nessuno si accorse di noi. A me tremavano le gambe, non so se di paura o di stanchezza.

Per le strade si vedeva poca gente, a causa del freddo invernale. Gli abitanti erano la classica rappresentazione dell'uomo rurale francese, che conoscevamo fin troppo bene. Nulla lasciava intuire che fossimo in Svizzera, o almeno vicino alla frontiera. Certo, sapevamo pure che i paesini di lingua francese della Svizzera, e del Belgio, assomigliavano molto a quelli francesi.

Dopo aver vagato per una mezz'ora, ci imbattemmo in un picchetto di soldati: portavano l'inconfondibile uniforme francese. Che sfortuna! Ciò nonostante, ci aggrappammo alla speranza che fossimo sì ancora in Francia, ma alla frontiera con la Svizzera. Quanto speravamo che fosse così!

Non avevamo il coraggio di parlare con nessuno, perché temevamo di cadere nelle grinfie di un francese collaborazionista dei nazisti, e così continuammo a girare per il paesino. Trovammo una fontana e ci sedemmo lì vicino.

Bevemmo dell'acqua, ci rinfrescammo, provammo a riprendere fiato. Soprattutto io, che ero sfinita e molto triste. Raymond mi disse: «Senti, Charlotte, in quella direzione c'è una chiesa, la vedi?».

Annuii.

«Sarà a circa tre strade da qui. Andiamoci e domandiamo al prete», mi propose; e poiché continuavo a non rispondere, insistette: «Non mi viene in mente nient'altro. Dovremo pur far qualcosa!».

«Però dobbiamo dirgli chi siamo?»

«Sì, non abbiamo alternative».

Annuii di nuovo, intimorita. E ci alzammo.

Furono i tre isolati più lunghi della mia vita. Separavano forse la speranza, nata in tutte quelle ore di solitudine e timore, dal più crudele disincanto? Non lo sapevo, però lo stesso desideravo di non arrivare mai a quella chiesa.

La porta era accostata, ma non entrammo. Preferimmo bussare. Passarono alcuni minuti. Insistemmo. La massiccia porta in legno, appesantita da guarnizioni metalliche, si socchiuse, e un sacerdote con indosso la sottana ci salutò gentilmente. Era un uomo giovane, magro, di media statura.

«*Bonjour*, mia sorella e io vorremmo parlare con lei, padre».

Il prete ci guardò dall'alto in basso per qualche istante.

«Sì, certamente. Venite», rispose mentre ci faceva segno di entrare.

Lo seguimmo fino a una stanzetta, dove ci sedemmo sui banchi di legno.

«Ditemi», fece, e per la prima volta sorrise, trasmettendoci fiducia. Pensai: "Siamo all'ora della verità".

E così fu. Raymond gli raccontò ogni cosa: chi eravamo, da dove venivamo e perché ci trovavamo lì, quello che era successo con i *passeurs* e la loro falsa promessa che tutto fosse stato organizzato per permetterci di entrare in Svizzera.

Il sacerdote respirò a fondo. Aggrottò la fronte in segno di contrarietà. Rimase qualche altro istante in silenzio, pensieroso.

«Sentite, mi dispiace molto comunicarvi che vi hanno lasciato in un altro posto», ci rispose, disgustato. «Qui siamo nella "zona rossa". È una zona proibita, sotto il rigido controllo tedesco. Se andate poco più avanti, troverete dei soldati in uniforme. Non francesi, nazisti».

Fu una delusione terribile. Fino a quando si sarebbe trascinato il nostro supplizio? Non avevo né la voglia né la forza di continuare. In un solo istante sprofondai nella più cupa disperazione! Io e Raymond ci guardammo, sconfortati. Tuttavia, il prete continuò, misurando le parole: «Non posso fare molto per voi. Però posso nascondervi per tre o quattro giorni in un granaio. Non potrete uscire da lì, ma almeno non soffrirete la fame. Chiederò aiuto a tutto il paese».

Le lacrime caddero da sole. Il mio odio verso i falsi *passeurs* che ci avevano preso in giro si mescolava alla frustrazione per tutto quello che avevamo dovuto subire. Un grido mi lacerava da dentro: "Perché?".

Ciò nonostante, malgrado l'amarezza, il prete mi fece sentire meglio. In un momento in cui tanti ci davano le spalle, come se fossimo degli appestati, c'era ancora qualcuno che si preoccupava per noi. Sapeva delle rappresaglie dei nazisti nei confronti di chi nascondeva ebrei, rappresaglie che molto spesso culminavano nella morte del "colpevole" di un siffatto crimine. Quel sacerdote era coraggioso.

Padre Antoine – così si chiamava – preparò a entrambi un tazzone di latte caldo con l'avena. Lo trangugiammo disperati. Antoine ci raccomandò di aspettare un paio di ore prima di tornare indietro, in modo che la comunità fosse più tranquilla. E così avremmo pure potuto riposare.

Tornammo indietro con il corpo più rinfrancato, rifocillato, ma l'anima e i sogni a pezzi. Salimmo lentamente. Era ormai notte fonda quando finalmente avvistammo il posto in cui si trovavano i nostri compagni, ignari del terribile inganno.

Fino a quella notte eravamo stati soltanto due ragazzi: Raymond in piena adolescenza e io prossima a iniziarla. In quella notte in cui portammo la terribile notizia Raymond e io diventammo adulti.

Père Antoine
Parroco del dipartimento di Ain, regione del Rodano-Alpi

No, no... Non sono stato io.

Forse c'è stata un po' di confusione con i nomi... C'era un père Antoine nel dipartimento del Giura, non lontano da qui. Père Antoine Passy, se la memoria non mi inganna. Forse è lui che state cercando. Eravamo a poca distanza, ma in due universi completamente differenti! Da un momento all'altro la sua parrocchia si era ritrovata nella zona dei tedeschi, e in più vicino alla frontiera svizzera. Provi a immaginare! Viveva in continuo trambusto. Nella mia parrocchia la situazione era dura, ma non così tanto, anche se pure io ho vissuto storie come questa, *malheureseument*.

Esistevano organizzazioni serie di aiuti umanitari: l'OSE, il MJS e il Comitato de la Rue Amelot. Riunivano i perseguitati, in genere tra i dieci e i venti, e li mettevano su un treno, dando priorità ai bambini.

Purtroppo, però, c'erano pure i *passeurs*... Tra di loro capitava di tutto, *mon Dieu*! Alcuni erano delinquenti comuni. Saranno caduti in pessime mani. Li hanno presi in giro, gli hanno teso una trappola, un *guet-apens*. Li avranno lasciati in un posto qualsiasi, come facevano spesso. Tanto a loro che importava, i soldi li avevano già intascati!

Noi aiutavamo per quel che potevamo. Garantivamo un rifugio sicuro e pasti caldi sia a chi era diretto alla frontiera sia agli sventurati che venivano rimandati indietro dalle autorità svizzere. E sia a chi andava incontro a una sorte ben peggiore: dopo aver attraversato la frontiera, veniva catturato dalla polizia svizzera ed espulso. Il funesto *refoulement*. Non ci interessava, però, l'attraversamento della frontiera. Quella era una questione complessa, tra Paesi, nella quale preferivamo non immischiarci. Sapevamo di fedeli che per amicizia o parentela aiutavano qualche famiglia a scappare, ma lo facevano per proprio conto.

Era un'epoca terribile, *mon Dieu*! Come lei saprà, anche la Chiesa viveva momenti difficili, di parecchie minacce.

Non le dirò niente che già non sappia. La verità è che noi parroci rispondevamo ogni giorno alla nostra capacità di comprendere e sentire, guidati dal Signore e dalla nostra coscienza. In genere non avevamo direttive chiare. Ci sentivamo molto soli. E, in fin dei conti, siamo pur sempre esseri umani, con i nostri dubbi e i nostri timori.

È vero che conoscevamo il comportamento coraggioso della Chiesa di alcuni Paesi. In Olanda, dalla metà degli anni Trenta, ai cattolici era stato proibito di partecipare al movimento nazista. All'inizio delle razzie e delle deportazioni ebraiche, i vescovi avevano protestato pubblicamente e proibito ai poliziotti cattolici di prendervi parte, anche a costo di perdere il lavoro. Pure in Bulgaria la Chiesa ortodossa si oppose tenacemente alla persecuzione degli ebrei. L'episcopato tedesco si scontrò con il governo sul programma di eutanasia, e riuscì a ottenere che venisse sospeso. Nelle altre nazioni ci furono persone esemplari come, nella nostra Francia, l'arcivescovo di Tolosa Jules-Géraud Saliège, che nell'anno 1942 emise la lettera pastorale *Et clamor Jerusalem ascendit*, di cui ordinò la lettura in tutte le parrocchie della diocesi. Scrisse: «Gli ebrei sono uomini. Le ebree sono donne. Sono nostri fratelli, come tutti gli altri. Un cristiano non può dimenticarlo». E invitò a concedere loro asilo nelle chiese.

Da un altro lato, però, ci furono anche sacerdoti, come il vescovo Alois Hudal e il cardinale Adolf Bertram, che manifestarono apertamente le loro simpatie per il nazionalsocialismo. Alcuni, in Germania, pretesero perfino di riscrivere il Vangelo, per eliminarne la presenza ebraica. Una cosa difficile, giacché il nostro Signore Gesù Cristo era egli stesso un ebreo...

Ci fu persino chi pensò che era giunto il momento di scristianizzare il Reich, altrimenti sarebbe stato impossibile eliminare le radici ebraiche della Germania. Fondarono il Deutsche Glaubensbewegung, il Movimento per la fede tedesca, una sorta di culto pagano del nazismo, che arrivò a ottenere centinaia di migliaia di adepti, e grande ascolto presso le Waffen-SS di Himmler.

E sapevamo pure delle pressioni esercitate dal nazismo e dal fascismo sul Vaticano. C'erano di continuo trattative, per questioni religiose, politiche e di diritti umani. E più di una volta, non posso negarlo, le decisioni del Vaticano ci ispirarono una seria preoccupazione. Nel 1937, finalmente, il Santo Padre Pio XI pubblicò l'enciclica *Mit Brennender Sorge*... "Con vibrante preoccupazione"... che ordinò di leggere il 21 marzo nelle undicimila chiese cattoliche di tutta la Germania. Che commozione! La sorpresa fu totale... e l'appoggio della gente unanime. Per la prima volta venivano dette al nazismo, in modo diretto, cose come (e cito testualmente): "Se la razza o il popolo, se lo Stato o una sua determinata forma, se i rappresentanti del potere statale o altri elementi fondamentali della società umana hanno nell'ordine naturale un posto essenziale e degno di rispetto; chi peraltro li distacca da questa scala di valori terreni, elevandoli a suprema norma di tutto, anche dei valori religiosi e, divinizzandoli con culto idolatrico, perverte e falsifica l'ordine da Dio creato e imposto...". Formidabile! *Malheureusement*, due anni dopo, quando era pronto per divulgare la nuova enciclica

Humani generis unitas, in cui condannava l'antisemitismo, si ammalò e il Signore lo chiamò al suo fianco.

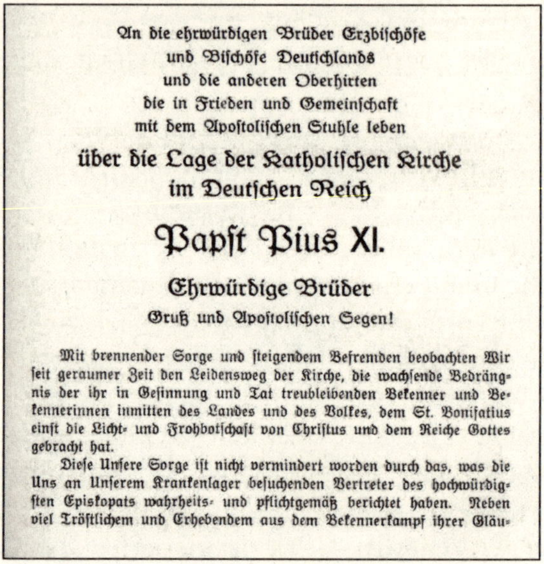

An die ehrwürdigen Brüder Erzbischöfe
und Bischöfe Deutschlands
und die anderen Oberhirten
die in Frieden und Gemeinschaft
mit dem Apostolischen Stuhle leben

**über die Lage der Katholischen Kirche
im Deutschen Reich**

Papst Pius XI.

Ehrwürdige Brüder

Gruß und Apostolischen Segen!

Mit brennender Sorge und steigendem Befremden beobachten Wir seit geraumer Zeit den Leidensweg der Kirche, die wachsende Bedrängnis der ihr in Gesinnung und Tat treubleibenden Bekenner und Bekennerinnen inmitten des Landes und des Volkes, dem St. Bonifatius einst die Licht- und Frohbotschaft von Christus und dem Reiche Gottes gebracht hat.

Diese Unsere Sorge ist nicht vermindert worden durch das, was die Uns an Unserem Krankenlager besuchenden Vertreter des hochwürdigsten Episkopats wahrheits- und pflichtgemäß berichtet haben. Neben viel Tröstlichem und Erhebendem aus dem Bekennerkampf ihrer Gläu-

Con il successore, papa Pio XII, tornarono i dubbi. Il Vaticano si adoperò in molte negoziazioni segrete per aiutare gli ebrei, questo è sicuro, però la posizione ufficiale fu di neutralità. E, sebbene il messaggio di Natale del 1942 fosse stato ben chiaro, le proteste pubbliche furono ben scarse. E così ci sentimmo di nuovo molto soli, in un momento oltremodo critico. Comunque sia, il lavoro di chierici, laici e fedeli non si fermò. In molti furono arrestati e torturati dalla Gestapo o dai *collabos*. In diversi vennero assassinati. Ma non cedettero. *Dieu Merci!*

Mathias Landauer-Degas
Ispettore capo di frontiera, Ginevra, Svizzera

A quanto mi raccontate, quel camion non raggiunse mai la frontiera, e quindi la vicenda non passò mai per le mie mani. Diversamente, avrei potuto darvi qualche informazione. Perché noi registravamo e misuravamo ogni cosa. Ciò che viene annotato in modo impreciso non esiste, più semplice di così...

Dai dati che mi fornite, posso affermare quanto segue: tecnicamente, il gruppo aveva possibilità minime, per non dire nulle, di varcare la frontiera. Per due ragioni. In primo luogo, per una ragione meramente geografica. Il dipartimento del Giura e il nord del dipartimento di Ain appartenevano alla zona occupata dalla Germania. Oltre alla Wehrmacht e alle milizie francesi, erano pattugliati da Gestapo e Waffen-SS, il che non è poco. Inoltre il territorio vicino alla frontiera era stato dichiarato "zona rossa", di massima sicurezza. Invece il dipartimento dall'Alta Savoia e il sud dell'Ain erano sotto la giurisdizione di Vichy, appartenevano alla Francia Libera, diciamo così. Le loro forze di polizia potevano essere miserevoli, e anche insufficienti e molto inefficaci. Raggiungere la frontiera era più semplice.

E, in secondo luogo, per una ragione storica. Il momento non poteva essere più sbagliato! In quel periodo il regolamento svizzero diventò sempre più rigido. Fino all'agosto del 1942 il rispetto delle direttive federali era dipeso in larga misura dai cantoni: alcuni erano più rigidi, altri meno. L'applicazione era variabile e altalenante. Nell'estate del 1942, però, cominciarono a giungere in Svizzera notizie delle massicce deportazioni di ebrei dalla Francia, compresi vecchi e bambini. Si parlava di "massacri" e dell'"eliminazione sistematica nei campi di sterminio" degli ebrei, "deportati verso Est". Era troppo presto per sapere se quelle notizie corrispondevano al vero, ma troppo tardi per smentirle come una "semplice diceria". Un'ondata crescente di rifugiati iniziò ad arrivare alle frontiere della Confederazione. Con l'avallo del Consiglio federale, Heinrich Rothmund, direttore di polizia del Dipartimento federale di giustizia, ordinò che, a partire dal 13 agosto, la frontiera venisse chiusa ai civili in cerca di asilo, a eccezione del personale militare e dei rifugiati politici. La direttiva stabilì, infatti, perché non vi fossero incomprensioni nella sua interpretazione: "Chi fugge a causa della razza non deve considerarsi rifugiato politico". Mostruoso! Le proteste delle persone non si fecero certo attendere, e giunsero numerose. Meno di due settimane dopo, la direttiva venne modificata per autorizzare l'ingresso dei cosiddetti "casi di estrema necessità": i bambini da soli con meno di sedici anni, i genitori con i figli al di sotto dei sei anni, i malati, le donne incinte, le persone più anziane di sessantacinque anni e chi aveva parenti diretti che già vivevano in Svizzera. A ottobre le autorità federali adottarono delle misure eccezionali per rendere sicure le frontiere, e un esercito ispezionava il cantone vallese e quello di Ginevra, limitrofi alla Francia e all'Italia, in rinforzo agli ufficiali della dogana e della polizia locale. Nei valichi più trafficati vennero collocate delle serie addizionali di filo spinato.

Sì, la fine dell'ottobre del 1942 fu un momento infausto, anche se probabilmente loro nemmeno lo sapevano. La loro operazione sembra sia stata organizzata da neofiti. O da truffatori. Sono caduti in un *guet-apens*.

Consideri che le organizzazioni affidabili, come l'OSE, cercavano di attraversare la frontiera via treno. Non abbandonavano le persone alla loro sorte, tranne che nei casi estremi. E cercavano di fare in modo che, nei limiti del possibile, l'integrazione del gruppo si accordasse alle leggi svizzere, che cambiavano in continuazione, come le ho già spiegato, per evitare il *refoulement*. In generale provavano a raggiungere i dintorni di Ginevra attraversando la frontiera dall'Alta Savoia (si passava da Hermance, Jussy, Veyrier, Ceroux...). Quando si cercava di varcare la frontiera al di fuori delle rotte consentite, attraverso le valli e le pianure, era obbligatorio attraversare le molteplici serie di filo spinato, *les barbelés*, il che comportava di poter contare su un altro aiuto, offerto dall'organizzazione stessa o dalla Resistenza. In altre occasioni, quando il clima lo consentiva, utilizzavano sentieri nascosti che passavano per le montagne, molto numerosi nell'Alta Savoia. Però non era semplice: richiedeva una certa esperienza e una discreta condizione fisica, poco frequente tra i rifugiati. In generale preferivano passare nell'orario compreso tra il tramonto e la mezzanotte. Altre volte prediligevano l'alba. Esistevano dei codici che ci mettevano in allerta.

Quando un gruppo veniva par Simon, sapevamo che era del Movimento della gioventù sionista, in allusione al leader Simon Lévitte. Se un gruppo veniva par Amelot, i suoi organizzatori provenivano dal Comitato de la Rue Amelot. Anche se può sembrare strano, questo ci faceva sentire più tranquilli. Le spedizioni organizzate dai *passeurs* erano più complesse e portavano sempre grane.

Quando scoprivamo la presenza di un gruppo all'interno del nostro territorio, applicavamo le leggi della Confederazione Elvetica. Facevamo tutto il possibile per ignorare il dramma umano e agire con oggettività. Era il nostro dovere. Se devo parlare con franchezza, con il cuore in mano, mi tocca però confessare che era impossibile. Pure io avevo dei figli piccoli e dei genitori anziani, e fratelli e sorelle, e amici cari. Quale legge ci può dire come separare gli uni dagli altri, sapendo che il rifiuto equivale a una condanna a morte? Era molto duro per tutti, per loro e per noi.

Al ritorno a casa, a notte fonda, mia moglie e i miei due figli già dormivano. Davo sempre tre baci a ognuno, anche se loro non se ne accorgevano. Dopo aver compiuto quel rituale, mangiavo un boccone e me ne andavo a letto. Sapete che tutte le notti, quando mi chinavo a baciarli, mi tornavano in mente, come un turbine di immagini insopportabili, i volti di chi avevo mandato al *refoulement* quel giorno? Era durissimo!

Perché, in fin dei conti, non ero io il colpevole delle guerre né delle persecuzioni. Io non scrivevo le leggi né i regolamenti.

Colmo dei colmi, vivevamo nel Paese delle contraddizioni. La Svizzera era neutrale, e la maggioranza dei suoi abitanti parlava tedesco, come nel mio caso (nonostante certe influenze francesi dalla parte di madre, che risalgono al pittore Edgar Degas). Tuttavia l'opinione pubblica era schierata per concedere rifugio ai perseguitati, che per la maggior parte erano ebrei. E chi non era ebreo, era tedesco o austriaco ostile al regime nazista. O francese della Resistenza. Come si spiega?

Inoltre, c'era una grande controversia su quanti rifugiati la Confederazione potesse accettare. Eduard von Steiger, membro del Consiglio federale, difendeva la teoria della "piccola scialuppa di salvataggio affollata, con limitate capacità di trasporto". La Svizzera era una piccola scialuppa di salvataggio in mezzo a un grande naufragio. Se avesse continuato a far salire persone a bordo, presto sarebbe sprofondata.

Albert Oeri accettava l'immagine di von Steiger, però affermava che la scialuppa aveva ancora parecchio spazio, ed era quindi immorale impedire ad altri di salirvi a bordo. Felix Moeschlin sosteneva che la Svizzera non era una piccola scialuppa, un gheriglio di noce, bensì un transatlantico di prima classe. E che, per questo, nessuno aveva il coraggio di aggiungere le vittime di un naufragio alla lista regolare dei passeggeri. Non so cosa dirle. Avevano tutti una parte di ragione!

La cosa terribile è che c'eravamo noi in mezzo alle grida disperate dei naufraghi sul punto di affogare, a decidere della salvezza, ovvero della possibilità di salire su una barca, grande o piccola che fosse! C'eravamo noi! E dovevamo prendere delle decisioni tutti i santi giorni!

Per questo le direttive andavano e venivano, e molte volte erano imprecise e confuse, il che ci lasciava un margine di libertà per procedere secondo la nostra coscienza. E i nostri sentimenti. Malgrado i sentimenti non vengano registrati e siano molto difficili da misurare. Perché prima di essere dei funzionari, eravamo pur sempre degli esseri umani.

Questo non si può dimenticare. Sarebbe tragico farlo.

Charlotte

Il racconto di Raymond ai nostri compagni di sventure ebbe un effetto devastante.

La rabbia nei confronti dei falsi *passeurs* molto presto lasciò il passo allo sconcerto più totale. Le donne e non pochi uomini piangevano sconsolati. Diversi, tra cui la madre con il bambino down, non avevano più soldi, avevano consegnato fino all'ultimo centesimo a quei lestofanti. Come sarebbero tornati a Lione? Di che potevano vivere? I loro giorni sembravano contati…

Il giorno successivo, dalla mattina, cominciammo a scendere in piccoli gruppi di tre o quattro, come avevamo stabilito con padre Antoine. Non ci furono problemi. Al tramonto eravamo già tutti riuniti in un granaio nei dintorni del paese. Quello che padre Antoine ci aveva promesso avvenne: non patimmo la fame, che non era cosa da poco a quei tempi. Il quarto giorno ci rimettemmo in viaggio per tornare a Lione, anche stavolta in gruppetti.

Il giorno seguente toccò a noi quattro. Fummo accompagnati alla più vicina stazione dei treni da un giovane di circa diciotto anni (immaginammo che appartenesse alla Resistenza). Due ore più tardi partimmo per Lione. Durante il viaggio quasi non parlammo tra di noi. L'avvilimento era totale. Per ironia della sorte, notammo che sui treni che coprivano il percorso tra la frontiera svizzera e Lione i controlli militari erano ridotti al minimo. Certo, stavamo tornando nella tana del lupo. Chi avrebbe mai avuto interesse a fermarci!

Un paio di settimane dopo la nostra partenza, dopo il momento in cui, scorgendo il camion, ci eravamo illusi che ci avrebbe portato verso la libertà, tornammo al vicolo degli armeni. Pochi minuti più tardi Raymond e io ci lasciavamo cadere nel nostro guardaroba. Non potevamo crederci.

Piansi e piansi ancora, ignoro per quanto tempo. E quando le lacrime terminarono, fu il cuore a continuare a piangere. Eravamo stati vittime della peggiore delle infamità. Non potevo smettere di riflettere sul fatto che l'essere umano è un vaso di sorprese. E che molte volte, scoperchiandolo, si scoprono delle sorprese terribili. Avevo imparato a mie spese, e per sempre, che non c'è limite alle aberrazioni che si possono commettere in nome di una presunta ideologia o per denaro.

Capitolo 8
Non voglio che all'alba mi abbandoni, amore mio

Końskie, Polonia, alba di Ognissanti, primo novembre 1942

Swit Mariah Czerny

Alter arrivò alla nostra fattoria poco dopo la mezzanotte, come avevamo deciso. Parlai ai miei genitori con molta franchezza. Be', per quanto potesse parlare con franchezza una ragazzina di vent'anni come me, e su argomenti talmente delicati... All'inizio fraintesero. Pensarono che volessimo altro, e si irritarono. E quindi fui costretta a raccontare parte della verità, occultando però i terribili fatti di cui eravamo a conoscenza. Dissi loro che non ci saremmo visti per molto tempo, perché la situazione nel ghetto era sempre più difficile, e che per questo avevamo bisogno di qualche ora per chiacchierare tranquilli, per salutarci. Solo questo, niente di più, insistetti. E diedi loro la mia parola.

Alla fine cedettero e dissero che potevamo sistemarci in un piccolo deposito di ferri vecchi e attrezzi della fattoria, che mio padre a volte usava per le riunioni familiari, e in cui era disposto qualche mobile. Gliene fui davvero grata. Ero molto felice di avere genitori simili.

Mia madre e io preparammo qualcosa da bere e da mangiare. Tutto molto semplice, perché erano tempi di penurie. E io aprii le finestre e spazzai nel deposito, perché fosse il più presentabile possibile. Le pareti e il tetto erano in lamiera, e il pavimento di terra, e così non potei fare molto di più.

Poi aspettai l'arrivo del mio amore. Avevo nel cuore una tale confusione di sentimenti e sensazioni! Era il primo appuntamento a casa mia. E con un uomo così galante come Alter! Mi sentivo orgogliosa. In che circostanze, però! Non avevo ancora assimilato tutto ciò che Alter mi aveva raccontato la sera prima. Ci doveva essere una parte di verità, ma di sicuro avevano esagerato. Era troppo orribile! "Non è possibile, non è possibile", mi ripetevo in continuazione. E nel fondo del mio cuore confidavo che Alter, così intelligente e rispettato da tutti, avrebbe trovato il modo per uscirne.

Alter salutò i miei genitori e ci spostammo nel deposito degli attrezzi vicino a casa. All'inizio chiacchierammo come sempre, mentre ci godevamo alcuni dei manicaretti che la mamma aveva cucinato.

«Tua mamma è molto brava! Spero che tu sarai come lei...», scherzò Alter, e io arrossii.

Rimanemmo così per un paio di ore, in apparenza abbastanza rilassati. L'incertezza, però, era palpabile. L'orologio scorreva. L'ora fatidica si avvicinava.

«Qualche novità?», gli chiesi, spezzando il silenzio sull'argomento.

«No, no...», mi rispose con voce calma, deludendo le mie speranze che nel frattempo qualcosa fosse cambiato. «Dopo che me ne sarò andato da qui, durante il giorno, o domani mattina, mi farebbe piacere che parlassi con Christoff, in modo tale che rimaniate in contatto. Avviserò io gli altri».

Annuii con la testa, non riuscivo a parlare. Il futuro mi sembrava incredibilmente sinistro, proprio come la sera prima. In fondo in fondo, però, speravo ancora nel miracolo!

Saranno state le tre o le quattro del mattino quando mi avvicinai alla poltrona dove si trovava Alter, mi feci spazio accanto a lui e lo abbracciai, appoggiando la testa sul suo petto.

Lui mi strinse forte e cominciò ad accarezzarmi i capelli con una tenerezza infinita. Era tutto così strano! In così poco tempo eravamo stati capaci di costruire un mondo in cui avremmo potuto vivere felici e sognare di invecchiare insieme, circondati dai nostri figli... eppure, per colpa di forze maledette, forze che ignoravamo, nell'arco di poche ore quel mondo sarebbe andato in frantumi.

Perché, mio Dio? Perché?

Per qualche istante ci addormentammo, forse per un'ora o poco più. Quando riaprimmo gli occhi, dalla finestra apparve il primo chiarore del giorno. Saranno state le cinque della mattina. Il freddo invernale si faceva sentire, e la tensione nervosa ci aveva sfinito. Mi svegliai in preda al panico. E mi resi conto che, nonostante il suo solito portamento, anche Alter era consumato dalla paura. Riscaldai un po' di acqua e ci preparammo un caffè, che prendemmo assieme a un pezzo di pane.

Verso le sei i primi raggi di sole entrarono nel nostro rifugio.

«È ora di andare», disse, in modo quasi inudibile.

Non riuscii a trattenermi. Mi gettai tra le sue braccia e lo coprii di baci, mentre le lacrime scivolavano lungo le mie guance. Il mio amore mi abbracciò a lungo, con una dolcezza meravigliosa, poi mi batté leggermente le spalle e capii che il tempo era finito, il nostro tempo insieme era finito.

Attraversò il deposito e aprì la porta. Prima di uscire, si voltò verso di me un'altra volta: «A presto, amore mio!».

Non potrò mai dimenticare quel suo ultimo sguardo.

Poi se ne andò, e la sua figura si stagliò contro il sole nascente.

Era l'alba del primo novembre. E all'orizzonte si intuiva una danza silenziosa.

Parte quinta
Al filo di falce

Pare la falce un raggio
interminabile in una buia mano.
MIGUEL HERNÁNDEZ, primo maggio 1937

Capitolo 1
Voglio essere io a dirglielo

Lione, Stato francese libero di Vichy, fine novembre 1942

Jean-Claude Rapalian

La guerra ci rendeva sempre più insensibili.

La sorte dei miei vicini, perfino quella degli inquilini, mi importava sempre di meno. Oggi non mi sembra affatto giusto; anzi, mi pare una cosa orribile! Però non potevo farne a meno. Pendevamo dalle voci che riuscivamo a captare: dal fruttivendolo all'angolo, dal fornaio della strada maestra, dalla servetta di casa. Tutti avevano la loro "versione" dei fatti, una peggiore dell'altra! All'inizio non ci credemmo. «Sono solo voci», dicevamo. Più tardi, quando venimmo a sapere, la realtà si mostrò ancor più terribile delle voci. «Non è possibile!», protestavamo. Eppure a poco a poco ci abituammo.

Malgrado ciò, quando in una fredda sera di novembre aprii il portone e vidi entrare quegli spettri desolati, provai un'immensa pietà. Soprattutto quando, alla fine di quella penosa processione, riconobbi la bambina. In due settimane erano invecchiati di dieci anni! Gli abiti sporchi e laceri, i pochi oggetti ammassati in logore buste per le verdure, la puzza dei loro corpi e, soprattutto, gli sguardi... L'umiliazione e la vergogna trasudavano da ogni poro. Sì, la vergogna, anche se non ci crede. Come se fossero stati davvero colpevoli di qualcosa! Si erano solo fidati di chi non dovevano. Non erano riusciti a sfuggire alla macchina infernale che li condannava. E ciò nonostante, provavano vergogna. Sin da bambino avevo sognato di diventare scrittore. Da quella notte ho sempre pensato che, se un giorno lo fossi diventato, avrei descritto quella scena.

Charlotte

I primi giorni dopo il ritorno dai Rapalian furono molto duri. Per la prima volta vidi mio padre sopraffatto dalle circostanze. In nostra presenza si sforzava di apparire sereno, però si capiva benissimo che non sapeva cosa fare. Qualcuno gli dovette suggerire che, almeno per un certo periodo, andassimo noi a procurarci il cibo. Fece comunque fatica a proporcelo. Che avremmo pensato? Che aveva paura? Che, in seguito a quanto era successo con i *passeurs*, voleva sottrarsi alle proprie responsabilità?

Quando alla fine ce lo disse, accettammo molto volentieri. Con grande incoscienza, ci dava una gioia immensa evadere per un po' dalla nostra prigionia. Non che ignorassimo, comunque, le voci che giravano, e io stessa avevo visto con i miei occhi i vagoni merci diretti verso est. Da alcuni mormorii che avevo captato nel corridoio, pure gli spagnoli erano terrorizzati, a tal punto che la coppia senza figli lasciò la casa: le persecuzioni sembravano destinate a non avere fine. Né logica. Erano sempre più violente e assurde. Perché portavano via bambini, anziani, invalidi e donne incinte? Che utilità potevano rivestire agli occhi dei nazisti, che andavano in cerca di braccia forti per produrre armi e cibo? Qual era la ragione di tutto ciò?

Io e Raymond pianificammo nei dettagli le nostre uscite. Non ero più la timida bambinetta che aveva lasciato Liegi più di un anno prima. Avevo circa dieci anni, però sembrava che ne avessi quindici, anche se continuavo a provare nostalgia per Katjuška!

Andare dal fruttivendolo all'angolo del vicolo, scegliere tra il poco che esponeva, trattare sul prezzo e pagare ci richiedeva in tutto quindici minuti. Andare dal fornaio sulla via principale – che non aveva mai niente (il pane era un prodotto di lusso!) – ne comportava più di venti. Per raggiungere la crèmerie, ancora più sguarnita del forno, ci mettevamo all'incirca mezz'ora. A volte Raymond mi prendeva sottobraccio, come se fossimo fidanzati. Ridevamo per qualsiasi cosa: nessuno poteva sospettare il dramma che ci consumava da dentro. E tuttavia non riuscii mai a superare il panico che mi attanagliava, né a controllare il tremolio delle gambe.

I ritrovi nei bar e nei café rimasero un ricordo lontano. Mio padre aveva sempre meno soldi, ed eravamo costretti ad affrontare ogni sorta di ristrettezze. Era semplicemente impossibile sognare di nuovo quelle uscite. Quando però passavamo in prossimità di quei locali, Raymond e io stavamo ben attenti ad ascoltare notizie e voci.

E fu così che un giorno sentimmo che le truppe italiane avevano occupato una parte più consistente del territorio francese, e che la zona controllata dalle forze di Mussolini era giunta nei dintorni di Lione, a breve distanza da noi. Si diceva pure che la Gestapo avesse rafforzato la propria presenza nella Francia di Vichy, e che il temuto *Klaus* Barbie si fosse stabilito a Lione. Riferimmo tutto a papà.

«Non è per forza una brutta notizia», ci disse Léon mentre respirava a fondo, pensieroso. «Gli italiani ci hanno sempre trattato meglio dei tedeschi... Anche se questa storia di Barbie mi preoccupa».

Non so quanto incisero le nostre informazioni; fatto sta che, invece di rimanersene chiuso in casa per tre settimane, un giorno mio padre ci chiamò a raccolta: «Io non resisto più», ci disse, sforzandosi oltremisura di nascondere la disperazione. «Ti sei accorta, Blima, che dipendiamo dai nostri figli? Sono loro che stanno aiutando noi».

E poi ci annunciò: «Oggi andrò io a comprare da mangiare».

Consuelo Hernández Randall

Mio padre, Tito Hernández, fu il primo a venirlo a sapere. In una taverna, vicino alla stazione, dove era andato a bersi qualche birra e a mettere qualcosa sotto i denti, perché diceva sempre che lì si mangiava da dio. Gliel'aveva raccontato un amico andaluso, compare degli italiani. Quando tornò nella baracca degli armeni, chiamò subito mia madre: «Senti, Sidney, quello che è successo!».

Non appena mia madre ascoltò la storia, rimase di sasso, immobile.

«E ora che facciamo, Tito? È una notizia terribile!».

«Be', allora che devo raccontare alla signora belga? Devo dirle una bugia?»

«No, certo che no, ma sei sicuro che sia vero?», insistette mia madre.

«Come no!», affermò mio padre, convinto.

«Allora non hai scelta, amore».

Charlotte

Papà era uscito a mezzogiorno e ancora non tornava. Erano passate ormai diverse ore. Però quel dettaglio non ci preoccupava, perché dopo la delusione della Svizzera e le tre settimane in cui era rimasto chiuso dentro la grande casa, ci sembrava logico che non si sarebbe limitato a cercare da mangiare.

Di sicuro avrebbe provato a ristabilire qualche contatto con i suoi amici.

Tuttavia, quando mi accorsi che *monsieur* Krikor Rapalian si avvicinava a mia madre in compagnia di Tito, il poeta andaluso, capii subito che qualcosa non andava per il verso giusto. Era troppo strano.

«Ci permette di parlarle qualche minuto da soli, signora Blima?», le chiese l'armeno, discreto come al solito.

La sua faccia, però, lo tradiva: era bianco come un lenzuolo.

I tre si allontanarono lungo il corridoio, diretti verso la sala da pranzo. Raymond e io rimanemmo appoggiati alle ante del guardaroba, sorpresi e preoccupati.

«Che cosa curiosa!», commentai a Raymond. «Perché *monsieur* Krikor e Tito vogliono parlare con mamma?».

Raymond si strinse nelle spalle. Era il fratello maggiore: come sempre, cercò di mostrarsi sereno, anche se potevo ben capire che pure lui era inquieto.

I minuti che *monsieur* Krikor aveva chiesto a mamma si prolungavano. La nostra ansietà cresceva e cresceva. Doveva essere trascorsa un'ora, o perfino di più. A un certo punto sentimmo dei passi nel corridoio e li vedemmo comparire, tutti e tre. Mamma trascinava i piedi, ed era sostenuta dalle braccia di Krikor e Tito, uno per lato. Che era successo, mio Dio?

La fecero sedere con delicatezza sulla sedia davanti al nostro guardaroba.

Andammo subito ad abbracciarla, ma *monsieur* Krikor allungò la mano per fermarci, senza dire una parola. Nel frattempo Tito era andato a prendere un bicchiere di acqua per la mamma. Restammo al suo fianco, in attesa. *Mon-*

sieur Krikor iniziò a parlare, però mia madre lo anticipò: «Voglio essere io a dirglielo».

Quindi fece un bel respiro, ci afferrò energicamente per il braccio e ci guardò negli occhi, con aria sconfortata.

«Hanno arrestato papà».

Capitolo 2
L'inferno in terra

Końskie, Polonia, dal novembre 1942 all'aprile 1943

Swit Mariah Czerny

Quando Alter lasciò la fattoria, all'alba, ancora credevo, o volevo credere, che sarebbe potuto accadere un miracolo.

Non seppi più nulla. Era domenica, giorno di festività religiosa, e quindi le famiglie rimasero ciascuna a casa propria, tranne per qualche visita al cimitero per depositare i fiori e i lumini sulle tombe dei propri cari. Il servizio di mensa dello *Judenrat* era stato spostato al lunedì seguente.

Il giorno fu soleggiato, ma al crepuscolo ci avvolse il freddo dell'inverno ormai vicino, e un silenzio sepolcrale scese sulla città.

Il lunedì, in mattinata, incontrai Christoff, che era diretto alla calzoleria. Lo misi in guardia sull'imminenza dell'intervento nazista e gli raccomandai di adottare delle precauzioni.

«Sì, un'*Aktion*, così la chiamano», commentò con espressione tesa e cupa, anche se sembrava preparato a quello che sarebbe potuto accadere. «Lo stanno facendo in tutti i paesi. Mi risulta che siano appena passati per Szydłowiec…».

Neppure lui sapeva niente di Alter. Il silenzio sul suo conto accresceva la mia inquietudine, ma al contempo mi faceva sperare. Era riuscito a mettersi in salvo? Era nascosto? Vivevo nel terrore.

Poco dopo mezzogiorno, un rimbombo sordo invase la città.

Lungo la strada che attraversa la cittadina, e che passa non troppo lontano dalla fattoria, avanzava un'interminabile colonna di camion tedeschi, che si sparpagliarono per le vie. Ufficiali delle Waffen-SS apparvero d'improvviso in tutti gli angoli. I cittadini polacchi ebrei e non ebrei assistevano alla scena, sconcertati.

Al tramonto, verso le cinque del pomeriggio, i camion effettuarono una rapida serie di manovre, le truppe si schierarono e in pochi minuti le due parti del ghetto vennero completamente circondate.

Si scatenò l'inferno in terra.

Gli ufficiali delle SS, accompagnati da picchetti di soldati armati e da pastori tedeschi, si lanciarono all'interno del ghetto urlando e gesticolando davanti a qualsiasi ebreo, che fosse uomo, donna, bambino o anziano.

«Tutti nella piazza del mercato!», strillavano, mentre i soldati spingevano con il calcio dei fucili chi si attardava e colpivano con violenza alla schiena chi camminava lentamente.

Pareva che gli importasse unicamente che tutti gli ebrei, nessuno escluso, raggiungessero la piazza centrale. I pochi polacchi non ebrei rimasti, chissà per quale ragione, nel ghetto non ebbero modo di uscirvi: quello fu il loro giorno sfortunato, e caddero nella retata. Via via che nel ghetto si sparse la voce che gli abitanti sarebbero stati trasferiti, le persone cominciarono a raccogliere quei pochi oggetti di cui ancora erano in possesso. Una volta nella piazza, però, gli ufficiali li costrinsero ad abbandonare ogni cosa. Era un brutto segno: dove erano diretti non avrebbero avuto bisogno di valigie…

Dalla piazza furono obbligati a montare sui vagoni merci e bestiame, fermi nella stazione di Końskie. Quando non c'entrava più nemmeno uno spillo, chiusero le porte. In quella prima *Aktion*, iniziata il 2 novembre, giorno dei Morti, seimila ebrei del ghetto furono condotti in uno dei campi di cui mi aveva parlato Alter: Treblinka. Coloro che non erano saliti rimasero rinchiusi nella piazza, senza cibo, nel freddo invernale. Tre giorni dopo, i nazisti tornarono a prenderli: in una seconda *Aktion*, altri tremila ebrei vennero catturati e portati nello stesso campo maledetto.

Nel corso dei mesi di novembre e dicembre, e sino alla prima settimana di gennaio, le persecuzioni furono all'ordine del giorno. Le ultime centinaia di ebrei ancora in città vennero uccise sul posto. Solo in pochi sopravvissero, nascosti grazie all'aiuto di amici polacchi.

Alla fine la "grande" opera era stata compiuta: all'incirca diecimila ebrei sporchi, cenciosi, malati e morti di fame erano stati mandati verso la liquidazione totale. Le orgogliose Waffen-SS e il loro Führer potevano proclamare in tono trionfale che Końskie era una città *judenrein*, libera dagli ebrei.

SS-*Scharführer* Matthias[9]
Caporale nel campo di sterminio di Treblinka

Erano delle giornate logoranti, lo ricordo bene! Nel novembre del 1942 avemmo un sacco di lavoro da sbrigare. Da metà dicembre i trasporti cominciarono a diradarsi, e quindi mi potei prendere qualche giorno di meritato riposo per le feste e andare a trovare la mia famiglia.

Era impossibile sapere da dove venisse un convoglio, erano davvero troppi! Per quella data, agli inizi di novembre, immagino che dovesse provenire dal sud della Polonia. Końskie? Probabile, ma non glielo posso assicurare.

Quel lavoro estenuante ci costringeva a un immane sforzo di organizzazione. Per esempio, se il treno arrivava dopo le sei del pomeriggio, veniva fermato in stazione, e solo la mattina dopo era portato al campo. Dovevamo poter disporre di luce naturale, e per questo arrivammo a liquidare diecimila persone in un solo giorno. Non appena il carico arrivava, ci mettevamo subito all'opera. L'"aspettativa di vita" – così la chiamavano i tecnici del Reich – era di un'ora e quarantacinque minuti. Sì, anche se può sembrare difficile da crederci! Eravamo incredibilmente efficienti!

Ciò nonostante, quando una di queste regole era infranta, ci si ponevano davanti non poche difficoltà. Una volta, al crepuscolo, giunse un carico proveniente da Ostrowiec. Tuttavia, poiché ci informarono subito che la mattina dopo sarebbe arrivato un nuovo carico, non avevamo altra scelta che svolgere il lavoro quella stessa notte. Probabilmente

[9] Testo elaborato dall'autore sulla base del libro di memorie del sopravvissuto di Treblinka Chil Rajchman, Treblinka 1942-1943. *Io sono l'ultimo ebreo*, traduzione di A. Wievorka, Milano, Bompiani 2014.

i prigionieri intuirono qualcosa... Di certo c'è che, quando fu il momento di entrare nelle cabine, già nudi, opposero resistenza. Fummo obbligati a usare le armi, per quanto non avremmo certo voluto. Fu una resistenza inspiegabile, e inutile! Il sangue sporcò le pareti e i corridoi. Ci impiegammo un'infinità a pulire!

Ma avevamo pure i nostri momenti di distrazione: visto che ci piaceva molto la musica, e piaceva pure agli ucraini che ci davano una mano al campo, allestimmo un'orchestra ebrea.

Ci rallegrava alla fine della giornata, perché le serate non fossero troppo malinconiche. A volte aiutava anche a coprire le grida che provenivano dalle cabine, quando il lavoro non veniva svolto in modo adeguato.

Tutte le notti compilavamo un inventario. Il denaro recuperato, l'oro estratto dai denti, gli oggetti di valore (è incredibile le cose che sono capaci di nascondere le ebree nelle vagine!), i vestiti in buono stato. E la quantità di corpi bruciati, ovviamente, che era la cosa che più interessava al comandante Franz Stagl. Contavamo i corpi interi, quelli con la testa. Se mancava la testa, il corpo non veniva registrato. Le teste erano contate a parte.

Il 1942 fu l'anno migliore del nostro campo di Treblinka: toccammo la cifra di 713.555. Tutti elogiarono la nostra efficienza.

Swit Mariah Czerny

Qualche giorno dopo venni a sapere che al tramonto di domenica primo novembre diversi membri dello *Judenrat* e altri ebrei che si erano rifiutati di collaborare – una dozzina in totale – erano stati arrestati dalla Gestapo. E che all'alba del giorno dopo erano stati portati in una radura fuori città e lì fucilati.

Venni pure a sapere che tra loro si trovava un ragazzo giovane, alto, con un vestito blu, che chiamavano l'Ingegnere.

E io che credevo di non avere più lacrime per piangere, dopo tutto quello che avevo sofferto! Sì che ne avevo ancora! Non riuscivo a pensare nemmeno per un istante a quel ragazzone tenero e leale che subito mi affioravano le lacrime. I miei genitori, molto preoccupati, cercarono in ogni modo di rasserenarmi e calmarmi. Inutilmente.

Solo una debole luce mi restituiva un po' di speranza in quei giorni cupi. Dov'era finito Christoff? Che ne era stato di lui? Perché l'unica maniera per prendermi la mia rivincita sarebbe stata realizzare il desiderio di Alter e aiutarlo a salvarsi.

Una notte, più di una settimana dopo i terribili fatti, stavo studiando nella mia stanza alla fattoria. All'improvviso sentii qualcosa colpire la mia finestra. Mi spaventai, e non poco! Erano tempi in cui poteva succedere di tutto, in qualsiasi momento. Mi voltai e, attraverso i vetri appannati, riconobbi il volto smagrito e barbuto di Christoff. Era vivo! Il mio cuore sobbalzò! Avevo già parlato con i miei genitori, che erano dei santi, ed eravamo rimasti d'accordo che, se mai Christoff fosse apparso, l'avremmo nascosto da noi. «Ma solo per pochi giorni», mi avevano replicato.

Christoff mi raccontò che il pomeriggio in cui era incominciata l'*Aktion* si era trattenuto alla calzoleria, assieme a tre colleghi ebrei. Altri due se n'erano andati poco prima, per loro sfortuna. Non appena l'assalto al ghetto era cominciato, don Kazimierz li aveva nascosti in un pozzo che aveva fatto costruire in fondo alla bottega, e li aveva coperti con delle assi, sulle quali aveva ammonticchiato resti di pelli e bacinelle con prodotti chimici. Lì erano rimasti per dieci giorni, uno sopra l'altro, perché in quattro a stento riuscivano a entrare nel pozzo. Una volta al giorno don Kazimierz portava loro dell'acqua e un po' di cibo. Quando i nazisti ebbero concluso la loro sinistra missione e si furono ritirati dalla città, i quattro avevano compreso che era giunto il momento di fuggire.

Christoff rimase da noi per tre giorni, nascosto nello stesso deposito nel quale avevo salutato Alter per l'ultima volta. Tutte le volte che andavo da lui con i pasti, il cuore mi si stringeva al ricordo del mio amore. Eppure provavo anche una strana allegria, perché sapevo che stavo realizzando il suo desiderio, anche a rischio delle nostre vite.

Una notte Christoff scomparve. E per diversi mesi non seppi più nulla di lui, finché un giorno ricevetti una breve nota. Veniva da Malmö, Svezia.

Cara Swit,

sto bene. Grazie ai tuoi genitori e a te per tutto. Doveva esserci lui al mio posto.

Con affetto,

Ch.

Capitolo 3
Nel cuore delle tenebre

Lione, Stato francese libero di Vichy, dal dicembre 1942 all'aprile 1942

Charlotte

Il mondo ci crollò addosso.

Papà arrestato? Léon era il nostro protettore, il nostro unico sostegno! Colui che ci aveva guidato da Liegi in un mondo ostile che ci stava continuamente alle calcagna, che ci braccava senza pietà, che non ci considerava nemmeno esseri umani. Quante volte avevamo cercato di nascondere le nostre sofferenze proprio per papà, perché credesse che il suo sacrificio leniva il nostro dolore! Non era vero. E ora non lo avevamo nemmeno vicino!

Non sapevamo cosa fare. Mamma cercò di mostrarsi forte, però le lacrime le scendevano lungo le guance senza tregua. *Monsieur* Krikor ci disse di non preoccuparci per il pagamento dell'affitto. Come se fosse quello il nostro pensiero più importante! Gliene fummo comunque grati. Tito e Sidney vennero a parlarci. Sembrava irreale: in un anno passato insieme, nessuno si era mai interessato all'altro, e ora... Tito ci diede la sua parola che avrebbe parlato con gli amici e provato a saperne di più.

Alla fine ci lasciarono soli. Soli. Soli in quel mondo rabbioso, che pareva pronto a inghiottirci da un momento all'altro.

Con un unico pensiero che ci assillava. Papà, dove sei?

Jean-Claude Rapalian

Dopo che mio padre ebbe lasciato da soli i belgi, decisi di affacciarmi a salutarli. L'avrei fatto in ogni caso, però Krikor venne a raccomandarmi di farlo.

«Jean-Claude, figlio mio, perché non vai a vedere come sta quel ragazzo, Raymond, che ha la tua stessa età?», mi fece, molto abbattuto. «Sarà la prima notte che trascorrono da soli...».

Andai da loro. Bussai alle ante del guardaroba. Mi aprì Raymond, che si rannicchiava sempre sul lato esterno. Ci guardammo. Non seppi che dirgli. Lui nemmeno. Mi sembrò, però, che si fosse rallegrato della mia presenza. Poi sua sorella alzò la testa e mi guardò. E le sorrisi. So che può sembrare sciocco, visto il momento terribile che stavano vivendo, ma non potei farne a meno. Quella bambina dolce, con i capelli biondi e il nastrino colorato, mi faceva una tale tenerezza!

Lei mi restituì il sorriso, un sorriso spento, molto triste. Augurai loro la buonanotte, pur intuendo che davanti a loro si affacciavano ore di incubi.

Dentro di me, sapevo che ero andato per lei.

Più tardi, prima di mettermi a letto, parlai con mio padre e gli riferii ciò che mi inquietava. Tutta la città sapeva che dal novembre del 1942 Nikolaus *Klaus* Barbie aveva stabilito il suo quartier generale a Lione, da dove controllava la Gestapo insediata nella Francia meridionale. Era un uomo spaventoso. E le truppe italiane, che avevano raggiunto le porte di Lione, erano meno crudeli con i prigionieri.

Nelle mani di chi era caduto *monsieur* Léon?

La fonte di informazioni di Tito ("un andaluso amico degli italiani") ci concedeva qualche speranza. Sì, *monsieur* Léon era prigioniero dell'esercito italiano, la sua situazione era comunque precaria, ma potevamo nutrire un briciolo di speranza.

Se, invece, si trovava nelle mani della Gestapo e del suo nuovo *ss-Hauptsturmführer*, tutto era perduto.

Chi l'aveva fatto prigioniero? Dove? Qualche centinaio di metri separava la vita e la morte di *monsieur* Léon.

Giusto Pacella

Ah! Che inverno, quello del 1942! Andavamo di male in peggio. Alle calamità della guerra – si trascinava ormai da tre anni – si aggiunse il freddo dell'inverno, che quell'anno arrivò prima del solito. Al locale c'era sempre meno gente. Michelle e Charlie si esibivano solo il venerdì e il sabato, per fortuna! Perché a volte dovevamo sospendere lo spettacolo per mancanza di pubblico. Provi a immaginare lo stato d'animo di Michelle, che già di suo tendeva alla depressione! Il proprietario diminuì il numero dei camerieri, anche se io non ebbi difficoltà, perché gli piaceva come lavoravo. Qualche volta accennò al fatto che mi avrebbe abbassato lo stipendio, ma per fortuna il pericolo non si concretizzò mai.

Mancavano i clienti, è vero, ma di certo non le dicerie e le voci! Si parlava di continuo delle azioni del generale Delestraint, che cercava di coordinare i gruppi di partigiani nel sud della Francia. E soprattutto di Jean Moulin, l'ex prefetto di Eure-et-Loir, ora braccio destro del generale Charles de Gaulle per tutta la Francia. I clienti mi si accostavano e sussurravano, con aria misteriosa: «Don Giusto, un amico di fiducia mi ha detto che un paio di giorni fa ha visto Jean Moulin in quel café... Che ne dice? Ne sa qualcosa?».

E io stavo al gioco. Non confermavo né smentivo. Portavo e ritiravo. Pensi, io a malapena sapevo chi fosse quel Moulin! Tutti, però, parlavano di lui con ammirazione, e uno me ne mostrò perfino una fotografia: con un borsalino inclinato su un lato della testa, in stile Gardel, e un sorriso appena accennato. Che presenza, quell'uomo!

Michelle, invece, conosceva fin troppo bene Jean Moulin. Aveva cantato per lui vicino a Parigi. Pensi, chi l'avrebbe mai detto? Immaginavo, però, che se pure avesse saputo qualcosa su di lui, di sicuro non sarebbe venuta a raccontarlo a me. O forse sì. In fin dei conti, io ero il suo unico amico, o no?

L'altra persona di cui si chiacchierava molto era un tedesco delle SS, *Klaus* Barbie. Ne parlavano con paura, a voce bassa. I nazisti l'avevano mandato a meridione a mettere ordine, e l'affare pareva serio. Poco tempo dopo le retate per cacciare gli ebrei si erano intensificate, diventando sempre più violente. I tedeschi passavano sopra tutti, perfino alle istitu-

zioni che gli stessi nazisti avevano rispettato fino a poco prima, come l'UGIF, un'associazione di israeliti francesi. Mi ricordavo dei miei amici belgi e francesi, che erano scappati al sud... Povera gente! Che fine avevano fatto?

Di una cosa ero felice: la vicinanza delle truppe italiane, del mio Paese, che erano arrivate fino ai dintorni di Lione. Venni a sapere perfino che diversi amici si trovavano in uno di quei battaglioni. Presto li avrei rivisti.

Nikolaus *Klaus* Barbie (ventinove anni)
SS-*Hauptsturmführer* e capo della Gestapo di Lione

Gli ordini che ricevetti erano chiari: smantellare la Resistenza e ripulire Lione dagli ebrei.

L'architettura medievale della città facilitava le cose ai nostri nemici. Vi si trovavano numerosi vicoli e *cul-de-sac*, così come vecchie cantine e catacombe, dimenticate da secoli, dove i *résistants* e gli ebrei potevano nascondersi. Gli ebrei erano particolarmente a loro agio in quei posti putridi e sotterranei.

Per questo molti colleghi di Berlino e di Parigi avevano detto che la mia missione era impossibile. C'era pure chi pensava che fossi troppo giovane, perché avevo appena compiuto ventinove anni. Si dovettero ricredere!

Non perderò tempo a parlare degli ebrei, senz'ombra di dubbio una razza inferiore. Però non potevamo mai immaginare che pure la maggioranza dei francesi fosse debole e servile. Me l'aveva insegnato mio padre, un alcolizzato violento. Ma quanta ragione aveva! Bastava applicare qualche "metodo" dei suoi, e quelli cantavano subito. Molte volte non era neppure necessario: bastava che esibissimo certi "strumenti"...

D'altra parte, gli informatori facevano la fila nei nostri uffici. Avevamo solo venticinque ufficiali, e addirittura non ce la facevamo a portare avanti tutte le indagini. Alcuni tradivano per avidità o per ottenere in cambio qualche favore. In molti lo facevano per avvicinarsi al potere, per rimanere dalla parte di chi comanda. Ed eravamo noi a comandare! Facevano di tutto per soddisfarci, quei leccaculo! Qualcuno credeva perfino che fosse un dovere, per il bene *de la France*. Poveri idioti!

Presto disponemmo di informazioni sufficienti per intensificare le razzie degli ebrei. Non dovevamo più procedere a caso, perché avevamo a nostra disposizione gli indirizzi precisi che ci avevano fornito i nostri delatori. In questo modo potevamo agire con efficacia maggiore. E poi così seminavamo anche il terrore in quegli ebrei acquattati nelle loro tane: ora sapevano che stavamo andando a prenderli uno per uno. Ecco una delle mie grandi innovazioni, dopo che ebbi assunto il controllo della polizia di Lione. Mi valse un certo prestigio. Non solo: cominciammo a ricevere informazioni piuttosto interessanti sulle reti della Resistenza. Ma c'era ancora molta strada da fare…

Una cosa mi preoccupava, ed erano gli italiani, quegli smidollati!, che stavano guadagnando autorità e territorio. Non controllavano più solo la frontiera con la Francia e le regioni limitrofe, come l'Alta Savoia, ma avevano esteso i "loro domini" su tutta la Val d'Isère, fino alle porte di Lione. Non credo proprio che fosse un'idea del Führer! Più probabilmente dipendeva dall'influenza di qualche generale della Wehrmacht…

E così i due più importanti campi di concentramento della regione, quello di Vénissieux, nei dintorni di Lione, e quello di Vienne, distante una ventina di chilometri, erano stati sottratti al governo di Vichy nel novembre del 1942 ed erano finiti uno sotto la nostra autorità e l'altro sotto quella degli italiani. Il caos più totale! Il prigioniero riceveva un trattamento diverso a seconda del campo in cui si ritrovava. Una confusione pazzesca! Ne informai l'Alto Comando e richiesi che il campo di Vienne passasse al più presto sotto il nostro controllo.

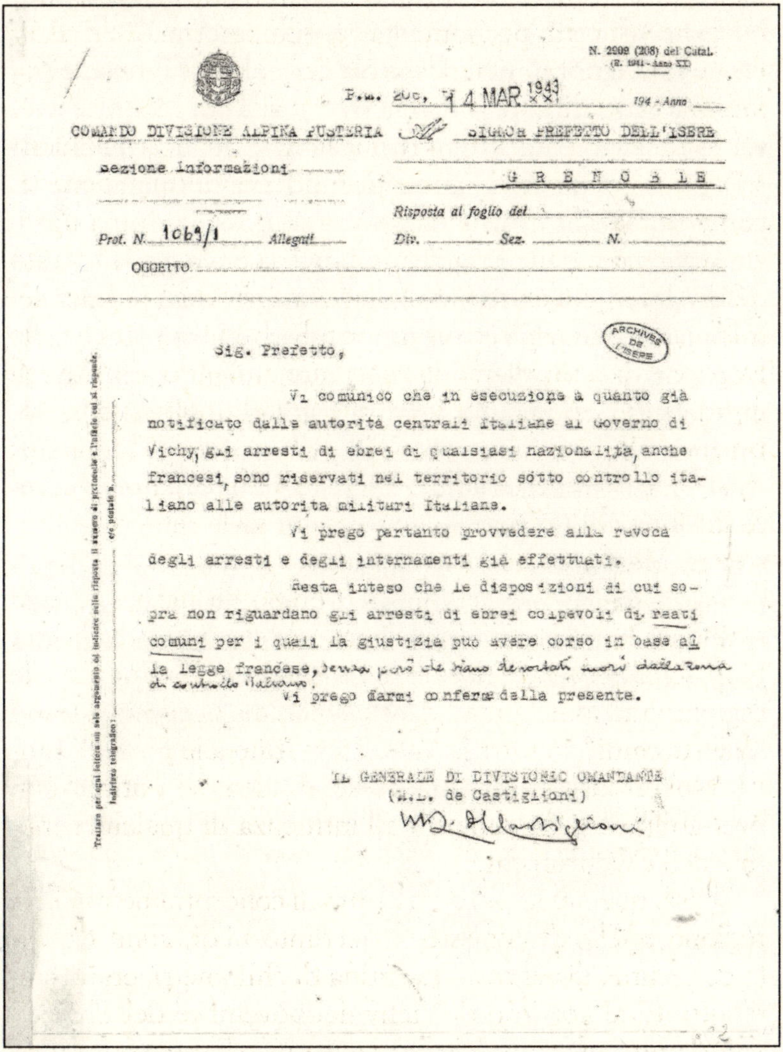

N. 2909 (208) del Catal.
(E. 1941 - Anno XX)

P.M. 200, 14 MAR 1943 XXI

COMANDO DIVISIONE ALPINA PUSTERIA

Sezione Informazioni

Prot. N. 1069/1 Allegati

Al SIGNOR PREFETTO DELL'ISERE

G R E N O B L E

Risposta al foglio del

Div. Sez. N.

OGGETTO.

ARCHIVES DE L'ISERE

Sig. Prefetto,

Vi comunico che in esecuzione a quanto già notificato dalle autorità centrali italiane al Governo di Vichy, gli arresti di ebrei di qualsiasi nazionalità, anche francesi, sono riservati nel territorio sotto controllo italiano alle autorità militari italiane.

Vi prego pertanto provvedere alla revoca degli arresti e degli internamenti già effettuati.

Resta inteso che le disposizioni di cui sopra non riguardano gli arresti di ebrei colpevoli di reati comuni per i quali la giustizia può avere corso in base alla legge francese, senza però che siano deportati fuori dalla zona di controllo italiano.

Vi prego darmi conferma della presente.

IL GENERALE DI DIVISIONE COMANDANTE
(M.L. de Castiglioni)
M.L. de Castiglioni

Trattare per ogni lettera un solo argomento ed indicare nella risposta il numero di protocollo e l'ufficio cui si risponde.
Indirizzo telegrafico: ... c/c postale n. ...

Generale De Castiglioni[10]
Comandante della Divisione alpina Pusteria

Sin dall'inizio emersero le differenze tra noi e i tedeschi. Per non parlare dell'aria di superiorità che mostravano i loro ufficiali, decisamente fuori luogo tra alleati. Eravamo stati ignorati nella capitolazione della Francia, e poi umiliati durante la resa della Grecia, alla cui sconfitta avevamo peraltro contribuito con il sangue dei nostri soldati!

Per questo, quando l'autorità dell'Italia fu finalmente riconosciuta, e al nostro Paese venne assegnata una parte considerevole della Francia – l'Isère, la Savoia e la totalità delle Alpi –, non avremmo mai permesso che i tedeschi ci mangiassero in testa e si comportassero a loro piacimento. L'origine del dissidio fu la detenzione degli ebrei. Anche in quel caso ci eravamo sempre regolati in modo diverso. I princìpi di base erano gli stessi. La politica del Duce verso gli ebrei si mostrava più cauta, anche se poi molto spesso il Führer finiva per far prevalere la propria decisione.

Si imponeva, inoltre, una questione di sovranità, di dignità nazionale italiana. Per questo, dopo diversi avvertimenti, all'inizio del marzo 1943 decisi di mandare la seguente lettera al prefetto di Isère.

Signor prefetto,

le comunico che, in seguito a quanto notificato dall'autorità centrale italiana al governo di Vichy, gli arresti di ebrei di qualsiasi nazionalità, compresi quelli di nazionalità francese, nel territorio sotto il controllo italiano sono di competenza dell'autorità militare italiana. Le chiedo pertanto di procedere alla revoca degli arresti e delle detenzioni già effettuati.

[10] Testo elaborato dall'autore sulla base di notizie raccolte da diverse fonti.

Ritengo che la nostra posizione fosse piuttosto chiara. Ovviamente la lettera generò non poco scompiglio nel governo di Vichy e tra le autorità naziste. A quanto mi riferirono, il capo della Gestapo di Lione, Nikolaus Barbie, ebbe un bell'attacco d'ira!

Non me ne importò niente. Per me contava solo la mia patria.

Charlotte

Finalmente ricevemmo delle notizie! Erano così incomplete, però...

Avevamo vissuto due settimane terrificanti. Non poter sapere, sospettare, immaginare o capire perché le cose non fossero andate in modo diverso: terribile! Il silenzio era peggio di tutto. Il silenzio preannuncia eventi nefasti. Non riuscivamo a pensare ad altro.

Finché nel corridoio vedemmo comparire Tito, il poeta andaluso. Avanzava con un grande sorriso. Ci chiamò, e poi a lui si unì anche Consuelo. Pendevamo dalle sue labbra.

«È vivo!», sussurrò con un'allegria traboccante, mentre scrollava le braccia.

«Grazie a Dio!», sospirò mamma.

Presi la mano di Raymond e la strinsi forte.

«E, pensate un po', è qui vicino, a Vienne!», affermò, con gli occhi sbarrati. «L'hanno catturato gli italiani, ma non l'hanno ancora deportato, il Léon».

Quando disse "ancora", mi sentii come se mi avessero dato un pugno in pieno volto! Mi tornarono subito in mente le immagini dei treni merci che partivano da Lione, con le mani e le gambe che sporgevano dalle fessure...

Volevamo saperne di più, ma purtroppo Tito non aveva molto altro da raccontarci.

«L'ho saputo dal mio amico, l'italiano. Mi faranno sapere se c'è modo di andarlo a trovare», assicurò, alimentando le nostre speranze.

Sapevamo che Vienne si trovava molto vicino a Lione. E sapevamo pure che era una terribile corsa contro il tempo.

Per più di un anno le tre famiglie – i Rapalian, gli Hernández e la nostra – avevano convissuto senza quasi parlarsi, ognuna sprofondata nelle proprie sventure. E ora, in pochi giorni, un tragico evento aveva risvegliato solidarietà e affetti insospettati. Malgrado il dolore che provavo, non potei fare a meno di pensarlo.

Anne Michelle Lafourcade, *Michelle*

Continuai le mie passeggiate solitarie, sempre più angosciata per le difficoltà economiche (con quello che guadagnavo al Grand Café des Commerçants ci facevo poco o niente) e per le pene che mi rodevano l'animo.

Da un mese non avevo più notizie del Mio Capitano. Era impossibile non pensare al peggio. Solo vagando per *les alentours* della città mi calmavo un poco, ritrovavo la pace. A volte i parchi e i campi circostanti si ammantavano di neve, altre volte si imponeva la nebbia, che avvolgeva ogni cosa, trasformando gli alberi senza foglie in spettri misteriosi. Mi piacevano quei posti. Per sconfiggere la noia mi abbandonavo sulla sedia di un café di periferia (di bassa lega, le finanze non mi permettevano di più) e gustavo un caffè doppio corretto con il rum. Quando non finivo troppo lontano, preferivo spingermi al Grand Café des Commerçants, perché lì non mi avrebbero fatto pagare...

Però tutto quel camminare in pieno inverno mi stava danneggiando la voce, e per questo fui felice quando quell'anno, già a metà febbraio, le prime avvisaglie della primavera si fecero sentire.

Fu proprio in uno di quei giorni soleggiati che la rividi. Nello stesso posto, e con lo stesso sguardo. Non potrei affermare che fossimo amiche, perché avevamo scambiato a malapena qualche parola. C'era, però, qualcosa che ci univa, al di là delle sofferenze e delle angosce: dietro la nostra figura fragile si nascondeva una grande determinazione. Mio padre – un uomo molto colto – era solito citare un poeta sudamericano, di cui non ricordo il nome: "Non darti per vinto, nemmeno se sei sconfitto". Intuivo che entrambe facevamo onore a quel modo di essere.

«Ciao», mi disse con naturalezza.

Non la incontravo da più di due mesi. A quell'epoca, quando qualcuno smetteva di vedere una persona nei luoghi in cui era solito frequentarla, intuiva che le era successo qualcosa di brutto. Perciò fui felice di ritrovarla. Mi sedetti al suo fianco.

Le raccontai alcune cose della mia vita, per rompere il ghiaccio: che ero una cantante, che ero fidanzata con un capitano della Resistenza.

Pure lei si aprì con me: in poche parole mi raccontò della fuga da Liegi, via Parigi. Dei suoi nascondigli. E della prigionia del padre nel campo di Vienne. Mi vennero i brividi.

«Forse Raymond potrà andare a visitare papà», mi confessò, con un luccichio negli occhi. «Tito, un andaluso che vive con noi, sta cercando di arrangiare la cosa».

«Buona fortuna», le dissi, commossa, e ci salutammo con un abbraccio.

"Bel posto per farsi un'amica", pensai ironicamente, mentre ritornavo verso la mia pensioncina, godendomi gli ultimi raggi di sole in un tempo tenacemente grigio.

Le ultime settimane non erano state uguali alle altre. Almeno per me.

Nei mormorii di bar e café, di negozi e magazzini, ai furtivi incroci nella stazione, poco alla volta si era diffusa una notizia: «Jean Moulin è qui».

Per gli altri era un personaggio mitico: "il braccio destro del Generale in Francia", "l'unificatore della Resistenza". Per me era, soprattutto, un buon amico, in tempi in cui i buoni amici mancavano. Non solo: era una persona sensibile che aveva apprezzato la mia arte. Avevo un debito con lui, un debito eterno.

Saperlo vicino mi faceva stare bene. Era come rivivere tanti sogni che la guerra aveva sepolto. Quando lui mi aveva aperto le porte della prefettura, mi era parso di toccare il cielo con un dito. Pochi mesi dopo, la macchina da guerra nazista avrebbe distrutto ogni cosa.

E nemmeno potevo fare a meno di riflettere su alcune voci. In soli tre mesi, il nuovo capo della Gestapo si era conquistato la fama di uomo crudele e spietato. Ed era noto che fosse ossessionato dalla Resistenza. Lo sapeva pure Jean?

Charlotte

Una settimana più tardi, Tito tornò con delle novità.

«È ancora a Vienne, in mano agli italiani», si affrettò a confermare.

Facemmo un bel respiro. Sapevamo che, qualora fosse passato sotto il controllo tedesco, la deportazione sarebbe stata una certezza. Con destinazione sconosciuta. A Lione già cominciavano a giungere versioni incredibili su quanto stava succedendo "a est".

Tito, però, aveva tenuto per ultima la parte migliore: «Giovedì prossimo uno di voi potrà andare a trovarlo. Faranno un'eccezione. È tutto sistemato!», concluse, molto orgoglioso della sua conquista.

Ci guardammo, increduli.

«Grazie mille!», gli disse mamma, commossa, prendendo la mano destra di Tito tra le proprie e scuotendola.

Chi sarebbe andato? La decisione non si prospettava facile: io ero molto piccola, e mia madre non ce l'avrebbe fatta a sopportare la vista di papà prigioniero.

Quel giovedì, di mattina presto, Raymond partì alla volta del campo di concentramento per stranieri di Vienne. Tito, che non la smetteva mai di sorprenderci, gli diede istruzioni precise su come arrivare e muoversi.

Il posto era quanto di più deprimente ci si potesse aspettare. Su una pianura, vicino alle montagne, si affastellava una serie di vecchie baracche di legno, circondate da filo spinato e assi. Ogni tanto vi svettava una torretta di controllo. A quello che sembrava l'ingresso principale era appostata una guardia, in un casottino malridotto. C'era una lunga fila di gente di tutti i tipi e di tutte le età. Raymond si mise a parlare con loro e venne a sapere che erano tutti parenti dei prigionieri. E così, esposto alle intemperie, in quella mattina ghiacciata dalle nevicate intermittenti, dovette aspettare che arrivasse il suo turno.

Tre ore più tardi, quando era sul punto di congelarsi, riuscì a raggiungere l'ufficiale del casottino.

«Buongiorno, sono venuto a visitare Léon Wins, da parte di Stefano Mondadori», gli disse, nel modo più corretto possibile.

Non appena sentì il nome di Stefano, la guardia annuì. Per alcuni istanti, che a Raymond parvero eterni, l'ufficiale frugò tra le carte. Raymond sentì che le gambe gli stavano cedendo, quando il soldato trovò il nome.

«Ecco qui! Wins: baracca trentuno», e gli indicò il percorso con un gesto vago.

Qualche istante dopo, Raymond si presentò alla baracca numero trentuno, in attesa che il "reo" fosse condotto alla sua presenza. Ovviamente non c'erano sedie. Del fil di ferro separava i prigionieri dai visitatori.

Di lì a mezz'ora comparve papà in compagnia di un carceriere. Che impressione dovette fargli! Vedere quell'uomo alto ed elegante, sempre ben vestito, che tanto ammirava, trasformato in un vecchio che trascinava i piedi, con addosso un'umiliante divisa a righe, sporco, fu un'emozione troppo forte per lui, però si trattenne e non disse nulla.

«Solo cinque minuti!», li avvertì il guardiano.

Si abbracciarono come poterono attraverso il filo spinato.

«Io sto bene, e voi?», chiese Léon, il cui tono di voce, fermo e deciso, smentiva il suo aspetto miserabile.

«Ti mandano tutti tanti baci e abbracci, papà!», ribatté Raymond, commosso.

«Raymond, stammi bene a sentire, quello che sto per dirti è molto importante», e lo guardò dritto negli occhi. «Questo è un posto orribile, tutti i giorni muore qualcuno, di stenti e malattia. Ma non raccontarlo alla mamma e a Charlotte. Lo dico solo a te, perché non voglio che ritorni. Se lo fai, rischi di rimanerci dentro. L'ho già visto succedere».

Léon dovette leggere il dolore negli occhi di Raymond, perché si affrettò ad affermare: «Non ti preoccupare, io scapperò».

Raymond accennò un sorriso triste. Era vero, o stava solo cercando di lenire la sua sofferenza?

Alcuni istanti dopo, le grida odiose delle guardie italiane li obbligarono a separarsi, e si strinsero le mani per un tempo interminabile.

«La visita è finita!».

Giusto Pacella

«Al male non c'è mai fine!», ripeteva sempre mio padre – un sant'uomo! – quando lo chiamavano di domenica pomeriggio per andare a sostituire qualcuno.

Adesso avrei voluto dire la stessa cosa!

Faccia bene attenzione: era un giovedì, verso mezzanotte. Il café stava per chiudere. Mi voltai e mi trovai davanti la mia amica Michelle, che entrava nel locale. Che strano! Non era giorno di spettacolo, e vederla arrivare così a notte fonda, con quel freddo fuori... "Sarà venuta a chiedere un anticipo al padrone", pensai. Eppure no: voleva parlare con me. Mi meravigliai, e al contempo ne fui felice. Perché no!

Ci sedemmo a un tavolo in fondo, dopo che il proprietario ci ebbe dato l'autorizzazione. Mi stupii nel vedere Michelle così animata. Non era abituale per lei, soprattutto negli ultimi tempi.

«Sei un mio amico, Giusto, non è vero?», mi domandò in tono seducente. «So che posso fidarmi di te...».

«Vero, puoi fidarti di me, Michelle. Perché questa domanda?»

«Perché ho bisogno che tu trovi un amico italiano tra le guardie del campo di Vienne...», Michelle si prese qualche secondo, «...e che lui aiuti un prigioniero a scappare».

Per poco non mi venne un infarto! Non credevo alle mie orecchie!

«So che non mi negherai questo piccolo favore», continuò Michelle, smancerosa. Sapeva come convincermi, proprio come tutte le donne!

«Ma io ne sono fuori! Non mi immischio nella politica!», protestai.

«Non è questione di politica, bensì di amicizia!», ribatté passando all'attacco. «E poi, è una persona che conosci...».

«Chi è il prigioniero?», le chiesi, pungolato dalla curiosità.

«Uno dei belgi. Si chiama Léon Wins ed è il padre della...».

«...della signorina del gelato alla fragola», completai la frase, pensieroso.

Mamma mia! Non avevo scelta!

«Conta pure su di me», le dissi mentre la guardavo dritto negli occhi, con la forza di un giuramento e senza cedere alla paura che mi attanagliava.

Anne Michelle Lafourcade, *Michelle*

Le devo confessare che il mio amico Giusto mi sorprese. Poche settimane dopo la notte in cui ero riuscita a strappargli il giuramento di aiutare il prigioniero, aveva già trovato un soldato disposto a collaborare!

«Lo faccio per le mie convinzioni», gli aveva risposto Armand-Ugon, un sergente piemontese di religione valdese, quando Giusto aveva cercato di capire se in cambio si aspettasse qualcosa.

Ancor più rimasi sbalordita quando una notte, di ritorno nella misera pensione in cui dormivo, trovai un bigliettino sotto la porta.

Michou,

ti aspetto domani alle 21 nel Café Trois Nations.

JM

Il mittente del biglietto, "JM", era a tutti gli effetti Jacques Martel. Ma io sapevo chi si nascondeva dietro quelle iniziali, perché era uno dei pochi a conoscere il mio soprannome, quello che riservavo agli amici più intimi: *Michou*.

Il Trois Nations era un piccolo, oscuro café di quart'ordine, situato a Saint-Genis-Laval.

Arrivai presto, un quarto d'ora prima, e mi sedetti a un tavolo in fondo, vicino ai bagni. Conoscevo le regole. Ordinai un caffè e aspettai.

Cinque minuti dopo l'ora stabilita, la porta d'ingresso si aprì lentamente, e una figura fece la sua comparsa nel locale. Mi scorse subito e si avvicinò al tavolo. Ci scambiammo due baci sulla guancia e ci sedemmo uno al fianco dell'altra, quasi come se ci vedessimo ogni giorno.

«Sei bella come sempre, Michou», mi disse con il suo mezzo sorriso.

E io mi sciolsi.

«Anche tu stai molto bene, Jean», mentii.

Le ristrettezze della guerra e le tensioni continue avevano scavato dei solchi su quel viso.

«Non mi sembra vero! Sono già passati più di due anni...», rifletté, pensieroso. Poi conficcò su di me i suoi profondi occhi neri. «Sei ancora in contatto con il Capitano?»

«Sì, ieri ho ricevuto un suo messaggio, anche se era da circa un mese che non sapevo più niente di lui».

«Ho bisogno che tu gli faccia arrivare una lettera. Sarebbe un problema?»

«Certo che no, Jean! Lo farò molto volentieri. Per lui e per te».

Mi consegnò una busta, come se fosse una cosa di scarso valore.

«È molto importante», sottolineò, e poi aggiunse in tono protettivo: «Ti suggerisco di non leggerla, per il tuo bene. Lo sai...».

La frase rimase sospesa. Sapevamo entrambi cosa sarebbe successo se fosse caduta nelle mani sbagliate. Meno elementi avessi conosciuto di quella storia, meglio sarebbe stato per me. Finì il caffè, pagò, uscimmo in strada e ci salutammo. Pochi istanti dopo si perse nella nebbia.

Rimanemmo insieme soltanto quindici minuti e il tempo di un caffè, eppure mi sentii sopraffare dalle emozioni più disparate.

Pierre Armand-Ugon
Sergente dell'esercito italiano,
distaccato al *Centre de Rassemblement des Étrangers* (CRE),
Vienne, dipartimento dell'Isère

Ah, sì, mi ricordo bene del prigioniero belga Léon Wins. Per diverse ragioni, in realtà.

Le racconterò certe cose, e capirà perché su altre preferisco mantenere il riserbo. Quando assumemmo il comando del campo di Vienne dalle mani del governo di Vichy, vi regnava la confusione più totale. I delinquenti comuni – ladri, assassini, stupratori – erano mescolati ai prigionieri politici e a quanti erano stati arrestati per aver violato le leggi razziali. Risse, tentativi di rapina, perfino violenze di tipo sessuale erano all'ordine del giorno!

Cercammo di separare i prigionieri per categorie, ma dovemmo affrontare un ulteriore problema: la mancanza di registri attendibili. Non sapevamo chi fosse chi! E potemmo fare ben poco.

Inoltre, il campo versava in condizioni deplorevoli. Le baracche erano vecchie, il legno mangiato dalle tarme, dai tetti pioveva l'acqua e le latrine non funzionavano. Come se non bastasse, le provviste di cibo e medicine per le quali dipendevamo dalla Wehrmacht, perché lo Stato italiano attraversava gravi difficoltà economiche, erano del tutto insufficienti. La fame, il freddo dell'inverno e le epidemie facevano stragi di continuo. Tutti i giorni, al calar della sera, prelevavamo i cadaveri e li seppellivamo, per fare in modo che le malattie non si propagassero. Ci sentivamo con le mani legate.

Fu in quelle circostanze che il prigioniero Wins venne fermato e arrestato. Da quanto ebbi modo di sapere allora, era stato bloccato alla stazione dei treni, dove faceva strane domande, che avevano finito per richiamare l'attenzione di alcuni ufficiali. Quando questi lo avevano interrogato, non aveva saputo fornire un domicilio preciso, né riferire a quale genere di attività si dedicasse. I suoi documenti indicavano che era belga. Avevamo forti sospetti che si trattasse di un ebreo. E non portava la stella gialla, tra le altre violazioni alla legge. Lo arrestammo. Accadde nel dicembre del 1942, se non ricordo male.

Con il passare dei giorni, al campo di Vienne la situazione divenne insostenibile.

Le retate dei nazisti a Lione e in altre città della zona allestite dal famigerato *Klaus* Barbie erano sempre più frequenti. Gli ebrei e i *résistants* cercavano di fuggire verso il dipartimento dell'Isère, che si trovava sotto l'autorità italiana, e in molti cadevano in mano nostra. Registravamo parecchi morti al giorno, ma purtroppo il numero dei prigionieri aumentava vertiginosamente. Non sapevamo più come gestire le carceri, e cominciammo perfino a temere per la nostra salute.

Nel frattempo il prigioniero Wins aveva stabilito un certo contatto con un capo di nome Giacomo (non le rivelerò il cognome).

«Senti, Giacomo, ho due figli piccoli, che rimarranno senza padre», era solito dirgli. «A che serve che io me ne rimanga qui?».

Giacomo dipendeva da una rigida gerarchia. E la rispettava. Tuttavia, era pure un essere umano, nonché un padre di famiglia. Più di una volta provò ad accennarmi quello che, secondo lui, avremmo dovuto fare. E io mantenni il silenzio.

Fu proprio allora, a metà marzo, che ricevetti la visita di un vecchio compagno di avventure, degli anni in cui era stato mandato in Sicilia. Ora lavorava come cameriere in un pittoresco café di Lione, che io frequentavo di tanto in tanto. Si chiamava Giusto. Non le fornirò i dettagli del nostro scambio. Le dirò solo che mi illustrò una situazione, e io la compresi al volo. La mia fede valdese non mi permetteva di rimanere lì a osservare impotente la tragedia che si consumava in quella prigione.

Per questo, quando Giacomo accennò ancora a quello che pensava dovessimo fare per quel pover'uomo, lo guardai dritto negli occhi e annuii.

Decidemmo di correre il rischio. Non ci scambiammo neppure una parola. E non le darò altri particolari. Eravamo due giovani ormai temprati da tutti quegli orrori. Non avemmo bisogno di dirci niente, in quel caso, e in altri che vennero dopo.

Perché avevamo scelto il cammino che il nostro dovere ci spingeva a percorrere.

Quello che ci imponevano la nostra coscienza e la nostra fede.

Jean-Claude Rapalian

La prigionia di *monsieur* Wins era come una nube che incombeva costantemente sulla nostra casa. Ormai era detenuto da più di tre mesi – eravamo giunti alla fine di marzo – e non riuscivamo a parlare di altro. Le informazioni che ci portava Tito alleviavano la nostra angoscia: *monsieur* Wins era ancora nelle mani degli italiani. E, da quello che aveva raccontato Raymond, coltivava la speranza di scappare. Si trattava forse di un'illusione? Perché sapevamo pure che stava male, e che le condizioni dell'internamento erano pessime.

Una notte, di quelle in cui l'aria annuncia l'arrivo della primavera e perciò provi un'allegria incredibile, che non sapresti neppure spiegarti, bussarono alla porta. Bizzarro! Dopo il tramonto e il coprifuoco, era molto strano che qualcuno venisse a trovarci. Non si sentivano rumori di stivali e di armi, quindi non poteva essere una razzia.

Consuelo corse verso la porta, tolse i chiavistelli e i catenacci e aprì con difficoltà.

«Ohhhh!», riuscì solo a esclamare, stupefatta, come se avesse visto un fantasma. E cominciò a correre per il corridoio mentre gridava: «Papà! Tito! Guarda chi è venuto!».

Una figura smunta, con i vestiti a brandelli, luridi, entrò strascicando le gambe.

«*Monsieur* Wins!», mormorai, sorpreso quanto Consuelo. E per la prima volta lo abbracciai stretto.

Charlotte

Tanto per cambiare, mi trovavo chiusa nella mia "stanza". Era notte, e stavo aspettando che mamma mi portasse un piattino di riso e un bicchiere di acqua per ingannare la fame.

All'improvviso sentii gridare.

"Una retata", ricordo che pensai sussultando, morta di paura. E non eravamo fuggiti nel vicolo! Ma no: le voci erano allegre, non agitate. Che strano! Per la prima volta da quando eravamo in casa degli armeni, la regola del silenzio – parlare a voce bassa, non urlare, non litigare – veniva infranta e si udivano esclamazioni di gioia. Io e Raymond esitammo qualche istante prima di aprire le ante del guardaroba e uscire.

Poi lo vedemmo avanzare lungo il corridoio. Sembrava un fantasma! Il volto aveva un colorito malaticcio, di un bianco giallastro, e le labbra esprimevano un'amarezza che sembrava aver cancellato per sempre il sorriso. Trascinava le gambe come un anziano. Aveva poco più di quarant'anni!

Fu allora che si accorse di noi. Il suo volto emaciato si illuminò, e un sorriso – il più bel sorriso che gli abbia mai visto! – si disegnò sul suo volto. Per un istante ritrovammo, dietro la maschera che la scelleratezza gli aveva imposto, quell'uomo eretto, elegante e orgoglioso.

Corremmo ad abbracciarlo. Lui si chinò leggermente. E noi quattro rimanemmo a lungo avvinghiati. I Rapalian e gli Hernández ci circondarono. Quella notte dal sapore di primavera diventò magica per qualche istante, e a più di uno scappò una lacrima.

Più tardi i nostri "vicini" si ritirarono. Papà iniziò a ritrovare il suo buonumore, dopo aver vissuto per un periodo nell'inferno. Bevemmo e mettemmo qualcosa sotto i denti. Già più sereno, papà ci parlò: «Dobbiamo andarcene da Lione», ci comunicò, deciso. «Non appena mi sarò ripreso e avrò sistemato alcune cose, ce ne andremo da qui».

Tremammo al pensiero che Léon potesse uscire di nuovo, con il rischio di essere arrestato. Ma assentimmo, in silenzio. Avevamo ritrovato la nostra guida. Papà era tornato in mezzo a noi.

Anne Michelle Lafourcade, *Michelle*

Portai a termine l'incarico di "Jacques Martel" come dovevo.

Fui fortunata. Appena un paio di giorni dopo il nostro incontro, venni a sapere di un "servizio di posta" che partiva per il massiccio della Chartreuse. E con quello partì pure la lettera per il mio adorato Capitano, che ovviamente non lessi, come mi aveva suggerito lo stimato "JM". La distanza, la lontananza, la sofferenza in comune non avevano fatto altro che accrescere i miei sentimenti per il Capitano. Mi stavo forse innamorando?

In quei giorni, però, altre preoccupazioni affollavano la mia mente. Le notizie che giungevano circa le malefatte del capo della Gestapo *Klaus* Barbie erano sconvolgenti. Il 9 febbraio aveva fatto irruzione nella sede dell'UGIF di Lione, l'organizzazione creata dal governo di Vichy e riconosciuta dal regime nazista, e aveva fatto arrestare ottantasei funzionari, mandati subito al sinistro campo di Drancy, e poi da lì deportati. La sua ferocia non conosceva limiti, e i suoi metodi di tortura si spingevano oltre ogni immaginazione. Si diceva che, in più di un'occasione, fosse lo stesso Barbie a metterli in pratica.

Era ormai nota anche la sua ossessione per un uomo della Resistenza, che perseguitava con ferocia e senza tregua, come se fosse la sua ombra oscura: Jean Moulin.

Novanta giorni dopo, a pochi metri da dove mi trovavo io, nella casa del dottor Dugoujon a Caluire-et-Cuire, si sarebbe consumata la tragedia.

Parte sesta
L'addio alle ombre

Ora il vento soffia ancora
tra le tombe come allora
e invoca «Libertà».
Ci invita a uscir fuori dall'ombra
se pace si vorrà.
LEONARD COHEN, *Il partigiano*

Capitolo 1
Fuga verso la luce

Lione, Stato francese libero di Vichy, dall'aprile al giugno del 1943

Charlotte

A Lione stavamo sempre peggio. Non riuscivo più a sopportare la reclusione nel guardaroba. Cominciai ad avere degli incubi terribili: correvo, correvo sempre, senza scampo; quando correvo per prendere un treno, non lo raggiungevo mai; quando gridavo il nome di qualche persona cara, questa non appariva mai; se alla fine trovavo un telefono, non c'era la linea… E così tutte le notti, nessuna esclusa.

Le continue retate, la fuga in Svizzera culminata in quel sordido inganno, la prigionia di mio padre… era troppo! E, ciliegina sulla torta, la presenza dei soldati nelle strade aumentò ancora di più. C'erano tedeschi a ogni angolo. Sapevo davvero poco di quello che stava succedendo fuori da Lione. Solo Raymond si teneva più informato, e mi diceva che i nazisti avevano perso delle battaglie, e che la situazione stava cambiando. Ne eravamo certi? Non volevo farmi illusioni. Sapevo che, se non fosse stato vero, poi avrei sofferto il doppio.

Papà aveva ragione: dovevamo lasciare Lione. Ma… per andare dove?

Anne Michelle Lafourcade, *Michelle*

I *pétainistes collabos* erano impazziti! Trottavano da un lato all'altro, cercando di ingraziarsi i crucchi. Ogni giorno venivi a sapere di una *rafle*, architettata dalla Gestapo ma portata a termine dai francesi della *Milice*, se possono essere considerati francesi quegli orribili traditori...

Se la facevano sotto! Per anni erano stati solo fanfaroni e sprezzanti – il tempo del disprezzo, *Le temps du mépris*, come André Malraux aveva descritto anni prima quella triste epoca che ci era toccato vivere –, capaci di umiliare senza problemi chiunque nutrisse un'opinione diversa dalla loro. Sì, umiliare, offendere, diffamare, svergognare: così facevano. L'arroganza e il finto coraggio svanivano al cospetto dei loro padroni tedeschi. E certo, era più che logico! Quei nazisti alti e atletici, con i loro cappotti di pelle fino alle ginocchia, che io tanto odiavo, loro sì che erano veri assassini. I "nostri" erano solo una caricatura grottesca, una buffa imitazione. Non sapevano fare nemmeno quello!

Le forze dell'Asse continuavano a controllare ogni cosa, anche se avevano patito rovesci considerevoli: Bir Hacheim ed El Alamein nell'Africa del Nord, Stalingrado sul fronte russo. Il vento stava cambiando, e si sentiva nell'aria. Per questo erano usciti come impazziti dalle loro tane, temevano di perdere i privilegi di cui avevano goduto per tutti quegli anni infami.

Tappezzarono la città di manifesti che proclamavano:

No, io non sono gollista... Perché?

E fornivano sette ragioni:

Perché il gollismo ha stretto un patto con gli ebrei e i massoni.

Il volantino era disgustoso, ovviamente. Mi affiorò alla mente il ricordo di quella bambina a cui piaceva guardare i treni in partenza. Non la incontravo da tempo… Sapevo che il padre era stato liberato dal campo di Vienne, ed ero contenta di aver potuto dare il mio contributo. Che fine aveva fatto?

Charlotte

Un giorno papà rientrò con delle belle notizie! Ci eravamo rassegnati all'idea che uscisse di casa, non avevamo altra scelta. Solo lui avrebbe potuto trovare una soluzione alla nostra vicenda, sempre più tragica. Le retate erano all'ordine del giorno. Non potevamo comprare da mangiare. Avevamo una fame pazzesca. Ci voleva davvero poco perché commettessimo un errore e ci scoprissero. L'angoscia ci consumava, soprattutto me e mamma. Raymond fingeva di essere forte, ma sapevo che pure lui si logorava.

Finché una notte papà ci riunì nel soggiorno. Capimmo subito che aveva delle novità da comunicarci.

«Stanotte prendete tutte le vostre cose e vestitevi nel miglior modo possibile», ci disse dolcemente, anche se nella sua voce sentimmo la lucida amarezza per i precedenti insuccessi. «In mattinata andiamo a Grenoble. Vi sveglierò io quando sarà ora. Grenoble si trova sotto il controllo degli italiani, e mi hanno detto che lì si vive meglio».

Noi sorridemmo, nervosi. Qualsiasi alternativa ci sembrava più appetibile rispetto a Lione. Non importava quali rischi avremmo dovuto correre.

«Chi ha i parenti lì ha ricevuto delle lettere in cui vengono invitati a trasferirsi», insistette mio padre vedendoci rincuorati. Poi si rivolse a me: «Charlotte, portami il cappotto con le spalline, hai capito a quale mi riferisco…».

Sapevo di quale cappotto parlava, e perché. Papà chiese a mamma un paio di forbici e cominciò a cercare i diamanti nascosti nelle spalline. L'aveva già fatto diverse volte in quei due lunghi anni, per poter pagare i conti. Poi ricuciva con estrema cura.

Di colpo impallidì. Frugò meglio, con gesti nervosi e bruschi, finché il cappotto gli sfuggì di mano e cadde a terra.

«Blima, i diamanti sono scomparsi! Ce li hanno rubati!», provò a gridare, ma la disperazione gli incrinò la voce.

Non avevo mai visto mio padre in quello stato. Sembrava che stesse per avere un infarto. Si sforzava di parlare, però quasi soffocava, non riusciva a respirare. Blima, Raymond e io ci avvicinammo. Con gli occhi sbarrati, papà indicò due taglietti, uno per ogni spallina, da cui avevano estratto i diamanti. Ma chi poteva essere stato? Quando? Forse in estate, un giorno di caldo, non avevo controllato bene il cappotto? In qualche café, quando me l'ero tolto per andare al bagno? Aveva patito diversi trambusti durante la fuga verso la Svizzera. Chi era stato, allora? I *passeurs*? Un altro ebreo? Era troppo tardi per rispondere a quelle domande.

«Non è possibile! E ora che facciamo?», ripeteva in continuazione.

Blima gli portò un bicchiere d'acqua e insieme cercammo di calmarlo. Poi controllammo che a mamma e a Raymond non avessero rubato niente. A mano a mano che si rasserenava, papà faceva i calcoli e – con quella determinazione che lo contraddistingueva – ci riferì che quanto avevamo sarebbe stato sufficiente solo per il viaggio a Grenoble e per qualche altro mese di sopravvivenza. Non avevamo, però, molto margine.

Il furto fu un'altra batosta, proprio nel momento peggiore! Quella notte non dormimmo. All'alba raccogliemmo le quattro cose che ci rimanevano, le infilammo in una borsa e ci mettemmo in viaggio. Com'eravamo diversi dai quattro viaggiatori con la valigetta che erano partiti una nebbiosa mattina da Liegi!

Uscimmo dalla casa degli armeni mentre all'orizzonte si profilava il primo chiarore del giorno. Percorremmo il vicolo con il cuore in gola. Girammo l'angolo e vedemmo un camion fermo, con il motore acceso e i fari spenti. Mi demoralizzai. Era tutto così simile alla scena che avevamo già vissuto con i *passeurs*! Avremmo fatto la stessa fine?

Nikolaus *Klaus* Barbie

La "vera Palestina"! Dove si divertivano "come ai bei vecchi tempi"!

Tutti i giorni i miei ufficiali intercettavano decine di lettere di ebrei, come questa:

> Mi trovo a Grenoble, perché a Lione ci sono i tedeschi e non si sa cosa possa succedere, mentre qui comandano gli italiani e sono davvero "très chic" con noi.

Très chic, molto gentili! Che rabbia provavo per quegli italiani imbecilli e leccaculo! E non finiva qui:

> Dovresti venire, perché questa è la vera Palestina, dove ci si può rilassare come ai bei vecchi tempi.

Avevo sempre saputo che, nella vera guerra, solo a noi stava a cuore salvare la nostra razza da quelle inferiori, al di là degli immensi territori che avevamo conquistato e degli alleati di passaggio. Certo, c'erano pure gli avidi mediocri che puntavano a ottenere vantaggi personali: i francesi della *Milice*, i trafficanti del mercato nero, gli opportunisti che approfittavano del processo di arianizzazione per comprarsi belle ville a un decimo del loro valore. Be', quelli non ci avevano capito un bel niente. Ed erano degli inetti! Come gli italiani, Mussolini in testa: gli importava solo accaparrarsi un pezzo del territorio francese. Cioè, ottenere, grazie a noi, quello che non erano riusciti a conquistarsi da soli. In tutto ciò gli "alleati" non avevano un pizzico di idealismo.

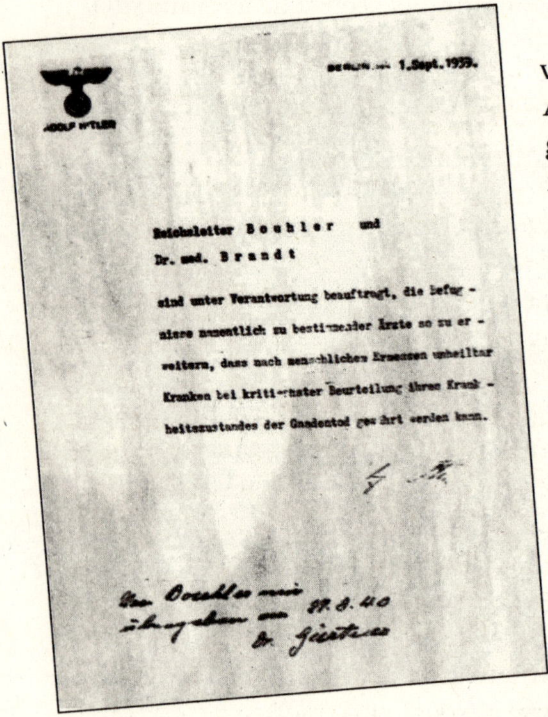

ADOLF HITLER

BERLIN, den 1. Sept. 1939.

Reichsleiter Bouhler und
Dr. med. Brandt

sind unter Verantwortung beauftragt, die Befugnisse namentlich zu bestimmender Ärzte so zu erweitern, dass nach menschlichem Ermessen unheilbar Kranken bei kritischster Beurteilung ihres Krankheitszustandes der Gnadentod gewährt werden kann.

Ecco perché ammiravo tanto il nostro Führer Adolf Hitler: perché non gli interessavano i beni materiali. Non era ricco. Lo motivavano solo la grandezza del Reich e la purezza della razza ariana. Com'erano limpide le sue idee! Si comportava allo stesso modo, su tutte le questioni. Quando aveva dovuto stabilire il destino degli invalidi, aveva seguito l'esempio della vecchia Sparta. I suoi ordini erano stati chiari e precisi: aumentare il potere decisionale di certi medici, in modo che a quei malati impossibili da curare venisse concessa la morte per grazia. E l'*Aktion T4* fu davvero efficace: quegli esseri piagati dalle deformità avevano finalmente smesso di soffrire e di arrecare sprechi inutili al Reich. In questo modo, poi, si rimuoveva alla radice la possibilità di una loro eventuale riproduzione.

E ora, proprio quando i miei cospicui sforzi cominciavano a dare i primi frutti nel sud della Francia, quelli riuscivano a scappare come topi a Grenoble e in tutto l'Isère, alla ricerca della "protezione" degli italiani! Era una situazione intollerabile, non poteva andare avanti così.

Ci avrebbe pensato *Mein Führer*, ne ero certo.

Léon Degrelle (trentasette anni)
Politico belga e SS-*Obersturmbannführer*

Nemmeno un giorno, no: da quando avevo conosciuto Hitler, nemmeno un giorno avevo smesso di pensare a lui. Ce l'avevo sempre davanti ai miei occhi.

Sono nato a Bouillon, al confine con la Francia, vicino a Liegi. Sebbene avessi ricevuto un'educazione cattolica, le discrepanze con il vile Partito cattolico belga – che aveva le mani legate dalla democrazia, e non prendeva posizione sulle questioni razziali – mi avevano spinto a fondare il Partito rexista, con il quale avevo ottenuto il venti per cento dei voti. All'indomani dell'invasione tedesca, proclamammo l'unità del rexismo con il nazionalsocialismo. Creammo la Legione Wallonie, e ci fondemmo con l'esercito del Reich nell'invasione dell'Unione Sovietica. Subimmo forti perdite, però ci coprimmo di gloria. Io venni decorato e, in diverse occasioni, mi ritrovai al cospetto del Führer, persino nella sua residenza estiva di Berchtesgaden, il Nido dell'Aquila.

Perché lo ammiravo tanto? La caratteristica che di lui balzava agli occhi era la semplicità. Qualsiasi problema, pure il più complicato, nella sua mente si risolveva in pochi princìpi e si formulava in frasi semplici, chiare, alla portata di tutti. L'operaio di Essen, il contadino solitario, l'industriale della Ruhr e il professore universitario, tutti potevano capirlo. Era un autodidatta, e non lo nascondeva; anzi, ne era orgoglioso. Quanto lo irritavano quegli accademici pieni di titoli e diplomi!

Conduceva una vita sobria, che non aveva modificato quando era divenuto il Führer della nazione tedesca. Si vestiva semplicemente e si nutriva con frugalità. Beveva solo acqua, era vegetariano, adorava i pomodori, gli spaghetti e le frittelle. Non fumava, e non tollerava che qualcuno fumasse in sua presenza. Non possedeva denaro né beni materiali.

In gioventù, per le strade di Vienna, era stato colpito dalla presenza di ebrei che sfoggiavano lunghe barbe e tuniche nere. "Come possono essere austriaci?", si era chiesto. Erano dappertutto: medici, avvocati, professionisti, e controllavano persino i giornali. I lavoratori, quindi, avevano reagito. Non erano stati gli unici, però: personalità di tutto rispetto dell'Austria e dell'Ungheria non avevano nascosto il loro risentimento per una simile invasione straniera del loro Paese. Hitler, l'uomo più potente che il mondo abbia mai conosciuto, si limitò a realizzare le aspirazioni di molti.

Quando mi onorò con la Croce di cavaliere con fronde di quercia, mi confessò: «Se mai avessi un figlio, vorrei che fosse come lei».

Jean-Claude Rapalian

Li sentii partire all'alba. Quando udii dei passi nel corridoio e delle voci soffocate, non ebbi dubbi. Sapevo che mi sarebbero mancati. Per un anno e mezzo avevamo condiviso non poche avventure. E poi quella ragazzina... Con i suoi occhietti vivaci e i capelli biondi, che legava in una codina con i nastrini colorati! Lo faceva sempre, pure in mezzo all'inferno. Aveva compiuto dieci anni, io ne avevo diciassette, la differenza non era certo poca. E avevamo scambiato solo qualche parola in tutto, però mi suscitava una tale tenerezza...!

Un attimo più tardi sentii chiudersi il pesante portone. Poi il silenzio.

E stavolta capii che non sarebbero più tornati.

Capitolo 2
Tra l'illusione e il disincanto

Grenoble, Isère, territorio sotto l'occupazione italiana, dal giugno al settembre 1943

Charlotte

Su Grenoble posso raccontare davvero poco. Dopo che l'occupazione tedesca ci ebbe costretto a fuggire da Liegi, persi interesse nel conoscere posti nuovi. Anche la mia adorata Parigi, che da piccola avrei tanto voluto visitare, era per me un ricordo oscuro avvolto in un manto di terrore. Per non parlare di Lione!

Nonostante i nostri timori, giungemmo senza contrattempi a Grenoble in una calda mattina di giugno, e la coppia francese che ci affittò una stanzetta senza finestre, con due materassi a terra – almeno non era un guardaroba! – ci proibì di mettere piede in strada. Soprattutto ai miei. E lo stesso faceva con gli altri inquilini, una famiglia di gitani.

«Deve capire, *madame* Duplessis», ripeteva più volte papà, in tono conciliante, «che devo per forza uscire, dovrò pur cercare qualcosa da far mangiare ai miei figli. È un mio dovere…».

La sua risposta era categorica: «Possono andare i ragazzi».

E alla fine ci andavamo noi. I nostri genitori soffrivano, ma non avevano altra scelta. A ogni modo, le nostre rare uscite venivano sorvegliate dalla rigida *madame* Duplessis:

«Potete andare a fare la spesa, ma poi tornate subito! Non vi azzardate a trotterellare per la strada!».

Devo ammettere, a malincuore, che *madame* Duplessis aveva ragione. Le strade di Grenoble erano pattugliate dall'esercito. E sebbene le truppe fossero italiane, qua e là spuntavano le temute uniformi della Gestapo, deputate alla "consulenza". A luglio, un mese dopo il nostro arrivo, la città venne sommersa dalle copie di un *Memento* della Legislazione sulle questioni ebraiche che i sindaci e i poliziotti avrebbero dovuto applicare con rigore. Il compendio cominciava con il capitolo: "Come riconoscere un ebreo". Quando lo lessi, mi si drizzarono i peli e un'immensa tristezza mi assalì.

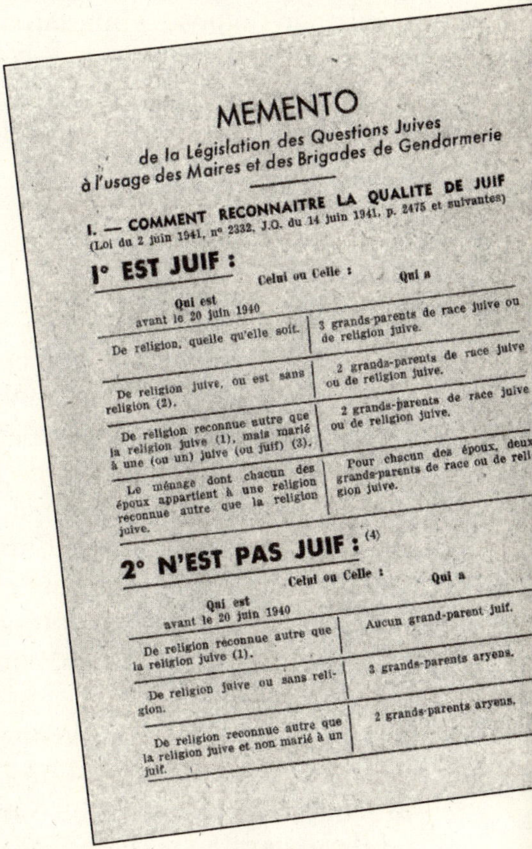

MEMENTO

de la Législation des Questions Juives
à l'usage des Maires et des Brigades de Gendarmerie

I. — COMMENT RECONNAITRE LA QUALITE DE JUIF
(Loi du 2 juin 1941, n° 2332, J.O. du 14 juin 1941, p. 2475 et suivantes)

1° EST JUIF :

Celui ou Celle : Qui est avant le 20 juin 1940	Qui a
De religion, quelle qu'elle soit.	3 grands-parents de race juive ou de religion juive.
De religion juive, ou est sans religion (2).	2 grands-parents de race juive ou de religion juive.
De religion reconnue autre que la religion juive (1), mais marié à une (ou un) juive (ou juif) (3).	2 grands-parents de race juive ou de religion juive.
Le ménage dont chacun des époux appartient à une religion reconnue autre que la religion juive.	Pour chacun des époux, deux grands-parents de race ou de reli gion juive.

2° N'EST PAS JUIF : (4)

Celui ou Celle : Qui est avant le 20 juin 1940	Qui a
De religion reconnue autre que la religion juive (1).	Aucun grand-parent juif.
De religion juive ou sans religion.	3 grands-parents aryens.
De religion reconnue autre que la religion juive et non marié à un juif.	2 grands-parents aryens.

Ciò nonostante, riuscimmo a tirare avanti: papà ci dava dei bigliettini che consegnavamo in un café vicino. All'uscita successiva ritiravamo la risposta. Una volta, al ritorno, Léon lesse davanti a noi il breve messaggio – una mezza dozzina di parole – e accennò a un sorriso. Fu la prima volta che sentimmo il nome di Saint-Pierre-de-Chartreuse. Mi sembrò gradevole, non so dire perché.

Correvamo anche dei pericoli. Avevo già contagiato Raymond con il mio entusiasmo di andare a vedere i treni partire, come facevo a Lione. Non aveva senso, né sapevo spiegarmelo, però alla fine iniziò a piacere pure a lui. E ci fermavano in un posto appartato per goderci, anche solo per qualche minuto, quelle scene che ci ricordavano la nostra libertà ormai perduta. Qualche minuto e poi… giù a correre, per evitare la ramanzina di *madame* Duplessis!

Anne Michelle Lafourcade, *Michelle*

Nel momento stesso in cui misi piede nel Grand Café des Commerçants capii che era successo qualcosa di grave. Si respirava nell'aria. Non so, forse per i mormorii tra i camerieri e gli avventori, più insistenti del solito. E quando vidi avvicinarsi Giusto Pacella così afflitto e lui mi fece segno di sedermi, il sangue mi si gelò nelle vene. Che era successo? "JM"? Il Mio Capitano?

«È accaduta una cosa terribile». L'italiano mi preparò alla notizia, però davanti all'espressione disperata del mio volto decise di andare dritto al punto: «I nazisti hanno imprigionato Jean Moulin».

Il mondo mi crollò addosso. Potevano arrestare chiunque, ma Jean Moulin no! Lui si elevava sopra a tutto quello schifo, alle cose sporche e spaventose che impregnavano di orrore il mondo della guerra. Lui appariva e scompariva, come per magia, senza perdere la sua eleganza, il suo fascino, con il cappello di feltro, il cappotto e la sciarpa. Non era possibile. Jean Moulin no!

«Sono stati catturati qua vicino, a Caluire-et-Cuire, un sobborgo di Lione», proseguì Giusto. «Era in riunione assieme ad altri capi della Resistenza a casa del dottor Dugoujon, quando la Gestapo ha accerchiato la casa. Hanno fermato tutti, tranne un certo René Hardy, che è riuscito a scappare...».

Qualcuno aveva parlato, su questo non c'erano dubbi! Lo ripetevano tutti.

«Moulin è stato consegnato ai nazisti!», sottolineò con foga don Giusto, indignato come non mai.

Reagii nel peggiore dei modi. Un vortice di domande si affollava nella mia mente. Jean e gli altri capi erano finiti nelle mani di *Klaus* Barbie? Che sarebbe successo alla Resistenza? Quante informazioni avrebbero strappato i nazisti a quei poveretti? E il Mio Capitano, che si trovava a soli settanta chilometri da Lione, nascosto nel massiccio della Chartreuse, correva forse qualche pericolo? Sarebbero riusciti a scoprire il suo nascondiglio? Avrebbero saputo della lettera che mi aveva consegnato "JM"? Troppe domande dolorose, tutte insieme.

Mi alzai con una fatica indescrivibile e andai al bagno dove, al riparo da occhi indiscreti, crollai e lasciai che le lacrime, così a lungo trattenute, scivolassero senza più freni sulle mie guance.

Con il passare dei giorni si vennero a sapere maggiori dettagli. Dettagli sconvolgenti, devo ammetterlo. Era stato rinchiuso nella prigione di Montluc. Non appena i nazisti avevano confermato la sua identità, l'avevano trasferito in una cantina dell'École de Santé, il posto preferito dalla Gestapo per le torture, dove *Klaus* Barbie si occupava di persona dei detenuti. Che figlio di puttana!

Dopo l'ultima "riunione" con Barbie, Jean, mezzo morto, era stato abbandonato nel cortile del carcere. Christian Pineau, un prigioniero che prestava servizio come barbiere, venne convocato dai tedeschi per fargli la barba, e fu l'ultimo a vederlo ancora in vita. «Moulin era ridotto in pessime condizioni. Era incosciente, e gli occhi sembravano incassati nel cranio, come se fossero stati conficcati nella testa. Una profonda ferita blu copriva tutta una tempia. Un rantolo uscì dalle sue labbra tumefatte». Si seppe pure che gli avevano strappato via le unghie e gli avevano spaccato i polsi. Riuscì a chiedere dell'acqua al barbiere, che gli diede qualche sorso. Non sapemmo altro di Jean. Una settimana dopo, l'8 luglio, mentre trasportavano il suo corpo martoriato verso la Germania, morì vicino a Metz.

Mi sentii molto sola. Fu una triste consolazione sapere che era morto da eroe: nonostante le brutali torture, non erano riusciti a estorcergli nemmeno una parola! La gente, perfino molti francesi "indifferenti", che si erano voltati dall'altra parte durante l'occupazione, cominciò a parlare di lui con stima. Io sorridevo, fuori, ma dentro provavo insieme orgoglio e rabbia. Non ammiravo Jean solo per come era morto. L'avevo sempre ammirato, per come aveva vissuto.

Sempre da Giusto venni a sapere che la signorina del gelato alla fragola e la famiglia avevano lasciato Lione. Bravi, non avevano altra scelta. Da come si mettevano le cose, presto Lione sarebbe diventata un'altra città *judenrein*, come piaceva affermare ai nazisti di merda!

In tutta quell'angoscia e quel dolore, sentivo che molte cose mi univano a lei. Ricordavo la sua figura sulla collinetta, la testa appoggiata alle ginocchia e lo sguardo perso nel vuoto, e mi chiedevo: "Continuerà a guardare i treni in partenza? Potrà ancora farlo?".

Charlotte

Che terribile notizia, mio Dio!

Io e Raymond andammo a fare delle compere al negozio, poche cose, lo stretto indispensabile per sopravvivere. Era il 9 settembre del 1943. Stavamo attraversando un boulevard quando all'improvviso vedemmo comparire a tutta velocità, con aria trionfale, quasi si trattasse di una sfilata militare, una colonna di carri armati tedeschi. Rimanemmo di sasso! Che stava accadendo? Lo chiedemmo a una signora al nostro fianco.

«La città è passata sotto il controllo dei nazisti. Gli italiani se ne vanno», ci rispose, senza dare troppa importanza alla vicenda.

Il nostro cuore si fermò. Eravamo arrivati a Grenoble due mesi prima proprio per sfuggire ai nazisti e a quell'essere abominevole di cui parlavano tutti, e ora cadevamo di nuovo nelle loro grinfie. Non credevamo ai nostri occhi!

Quando tornammo da *madame* Duplessis, tutti erano già stati informati. L'aria era divenuta pesante, anche *madame* appariva molto nervosa. I giorni successivi confermarono i nostri peggiori timori: per le strade i tedeschi andavano e venivano, e subito cominciarono le retate. Le spaventose uniformi della Gestapo e delle Waffen-SS, accompagnate da quelle dei soldati francesi, erano dappertutto. Presto un nome, a noi tristemente noto, iniziò a comparire sulle labbra degli abitanti di Grenoble: Nikolaus Barbie. I controlli alle stazioni dei treni tornarono a essere rigidi: venivano ispezionati i documenti e, al minimo sospetto, i soldati chiamavano il Comune per sincerarsi che non si trattasse di documenti falsi. Gli uomini erano obbligati a spogliarsi dalla cintola in giù. Se erano circoncisi, venivano subito deportati. A settembre, in due sole settimane, diverse dozzine di ebrei furono arrestate e mandate nei campi di concentramento. I *résistants* non andavano incontro a una sorte migliore: una ventina di ragazzi catturati in quei giorni furono costretti a sfilare per la via principale del paese con le braccia alzate. Anche Raymond e io li vedemmo. Il terrore scalfiva gli ultimi segni del loro orgoglio. Dopo si sparse la voce che erano stati fucilati.

Tra i perseguitati regnava un clima di terrore. Nessuno sapeva cosa fare, dove fuggire. Léon cercava di mantenere la calma abituale, e il buonumore, ma non ci riusciva. Mamma ci guardava con la solita tenerezza, però gli occhi erano vitrei per il pianto. Venimmo a sapere che i tedeschi si erano fatti strada nel territorio occupato dagli italiani, sia da Lione e da altre città della Francia sia dalla stessa frontiera con l'Italia. Non avevamo più nemmeno un cantuccio in cui nasconderci! Cominciammo a pensare che la nostra fine fosse davvero imminente.

Tuttavia, anche in quei giorni cupi spuntò un briciolo di speranza. Le notizie erano contraddittorie: l'occupazione tedesca del sud della Francia e la ritirata degli italiani dipendevano dal fatto che il re d'Italia Vittorio Emanuele II aveva stipulato la pace con gli Alleati, alle spalle di Hitler, e fatto arrestare Benito Mussolini. Apprendemmo pure che, dopo una vittoriosa campagna nel Nordafrica, gli Alleati erano sbarcati in Italia, in Sicilia, e avanzavano da sud. I tedeschi retrocedevano su tutti i fronti, su questo non c'erano dubbi. Il resto erano voci: alcune affidabili, altre senza né capo né coda.

Però la cosa più importante era che, per la prima volta, nei café, nelle panetterie, ai banchi di frutta e verdura, la gente aveva cominciato a chiedersi: quanto ci avrebbero impiegato?

La guerra e la nostra sofferenza potevano volgere al termine! Era solo un'illusione, ma ne avevamo così bisogno… Papà si decise a compiere un ultimo sforzo, quando ormai non avevamo quasi più soldi: fuggire in un paesino sulle montagne, dove non ci avrebbero potuti trovare, mentre il tempo scorreva e attendevamo la fine della guerra. E così il gradevole nome di Saint-Pierre-de-Chartreuse tornò nelle nostre conversazioni…

Capitolo 3
Una finestra nella notte

Saint-Pierre-de-Chartreuse, regione del Rodano-Alpi, Isère, territorio sotto l'occupazione tedesca, tra l'ottobre del 1943 e il marzo del 1944

Pierre Chenaudon (trentacinque anni)
Droghiere

Non appena li vidi entrare nell'*épicerie* non ebbi dubbi. Il nostro paesino è sempre stato molto piccolo: all'incirca settecento anime, una più una meno. Ci conoscevamo tutti. Quando compariva una nuova persona, la notavamo subito. Ciò nonostante, negli anni bui avevamo imparato a non indagare. Saint-Pierre si trova in montagna, e in un'epoca di strade dissestate e trasporti precari in tanti l'avevano scelta come rifugio per scampare ai nazisti. Inoltre, molti in paese avevano amici o parenti tra i *maquisards*. Un mio cugino e la moglie si erano esposti sin da subito contro il governo di Vichy. Un bel giorno erano spariti su in montagna, lasciando solamente un biglietto scritto su un pezzo di cartoncino, senza troppi dettagli. Io, però, sapevo che si erano uniti al *Combat*, e con mia moglie prendemmo in casa le loro due figlie, Natalie e Nicole. E così avevano fatto molti altri. Per questo in paese era calata una coltre di silenzio. Nessuno faceva domande inopportune. Non che mancassero tra di noi i servili collaborazionisti, ce n'erano, come dappertutto! Però erano pochi, e non avevano il coraggio di prendere iniziative, se non fosse per la delazione. La peggiore bassezza la commettevano consegnando ai padroni della Gestapo qualche povero ebreo o una famiglia che nascondeva un invalido.

Per questo, quando Martha e io vedemmo comparire quei due ragazzi sconosciuti, una femmina e un maschio, biondi come il grano e smunti, ci dicemmo: sembrano così ariani... non possono non esserlo.

Però ad attirare la nostra attenzione fu il fatto che fossero arrivati dopo il primo ottobre. Quel giorno era stato così spaventoso!

Charlotte

Vomitai per tutto il tempo. Il camion emanava un'insopportabile puzza di nafta. Tra i nervi tesi e gli scossoni causati dalla strada sconnessa, fu una vera tortura. Viaggiavamo nel cassone – tranne mio padre, seduto davanti assieme all'autista – coperti da una tenda e schiacciati in mezzo ai rifiuti dall'odore immondo, tra i quali avevamo nascosto i pochi cenci vecchi e scuciti che ci rimanevano. Non erano tempi in cui ci si poteva lamentare.

Alla fine il camion si fermò, mio padre bussò tre volte, il segnale stabilito. Potemmo togliere le tende e scendere.

Era notte fonda, e un vento freddo proveniente dalla montagna sferzava il paesino. Mi sentivo scombussolata, ed ero coperta di terra e fuliggine. Mentre mio padre ci spingeva a entrare, ebbi il tempo di lanciare una rapida occhiata alla casa e al paese che ci avrebbero ospitato. Era uno stabile antico, dalle pareti in pietra con delle spaccature e un tetto in tegole di legno. Mi colpì un'immagine della Vergine Maria con Gesù bambino tra le braccia, collocata proprio sopra la porta. Malgrado gli ultimi eventi, quella casetta circondata dalle montagne mi fece sorridere.

Entrammo. La casa, a tre piani, era vecchia e cadente, e la coppia che aveva affittato un piano ai miei genitori, vecchia quanto la casa stessa, era di ben poche parole. Salimmo le scale lentamente, tenendo strette le borse, dietro a *monsieur* Durand, il proprietario. Mi sentivo male, ma comunque ero speranzosa.

Alla fine arrivammo. Avremmo dormito al secondo piano. *Monsieur* Durand ci mostrò i "comfort" a nostra disposizione: due stanze, solo per noi, con i soliti materassi adagiati sul pavimento. Il bagno era a parte, al pianoterra, e dovevamo condividerlo con gli altri inquilini della casa: i proprietari, che dormivano di sotto, e una famiglia sistemata al primo piano, che pian piano imparammo a conoscere.

Monsieur Durand si ritirò e rimanemmo da soli. Fu allora che scoprii una cosa che non avevo ancora visto: in una delle stanze c'era un abbaino con una finestra. E non era coperta... Guardai mio padre, temendo la sua risposta, che già immaginavo.

"Lo sai, Charlotte, la finestra verrà sbarrata. Dopo verrà *monsieur* Durand a mettere delle assi. È per la nostra sicurezza", mi aspettavo che dicesse, affranto perché doveva deludermi...

E invece mi sbagliavo!

«Sì, Charlotte, potremo aprire le imposte e guardare fuori, ne ho già parlato con *monsieur* Durand. Anche se all'inizio dovremo essere cauti, e potremo affacciarci solo di notte, a luci spente...».

Corsi da papà, gli cinsi il collo con le braccia e mi avvinghiai a lui, mentre lo coprivo di baci. Léon tossicchiò e poi guardò Blima. Mi sembravano entrambi commossi. Papà spense la luce e insieme ci avvicinammo alla finestra, sotto lo sguardo attento di Raymond e di mamma. Socchiudemmo le imposte, come se fosse parte di un rito a lungo atteso. Trattenemmo il fiato. Era solo uno spiraglio nell'oscurità, però era sufficiente. Mi pareva di assistere alla vista più meravigliosa che potesse esserci: nella notte alpina si intravedevano i tetti delle case di Saint-Pierre-de-Chartreuse e, in fondo, una mezzaluna perfetta, che illuminava le montagne innevate. Non parlammo. Rimanemmo in silenzio, a lungo. Un miracolo!

Quella visione idilliaca non durò a lungo.

Saint-Pierre non era come Grenoble o Lione, su questo non avevamo dubbi. Non si osservava quell'incessante passaggio di soldati che ci costringeva a vivere in uno stato permanente di terrore. Tuttavia ci rendemmo presto conto che Saint-Pierre era stata rastrellata senza pietà, casa per casa, dalla *Milice* francese, guidata dalla Gestapo, nella notte del primo ottobre. Solo una settimana prima del nostro arrivo! Diciotto ebrei, tra i quali diversi bambini, erano stati strappati ai loro letti nel bel mezzo della notte e deportati "a est", senza una meta conosciuta. Non era stato, quello, un caso isolato: subito dopo era toccato ad Allevard e ad altre piccole località della regione. Si mormorava che avessero provato perfino a entrare nella Grande Chartreuse, vicino a Saint-Pierre, un monastero dove nel 1084 san Bruno aveva fondato l'ordine dei Certosini. I monaci, però, avevano opposto resistenza.

E quindi nei primi tre mesi rimanemmo chiusi. Ma almeno avevamo la finestra! Non avevo mai riflettuto sull'importanza di quel dettaglio. La benedetta finestra si apriva sulla valle, e potevamo vedere alberi e piante, con i loro colori autunnali: ocra, gialli, marroni. Si scorgevano pure le altre case, qua e là, non molte, perché ci trovavamo fuori dal paese. Sullo sfondo si stagliavano le imponenti cime innevate, e su tutte svettava un picco a forma di cresta che, mi disse mio padre, era il Chamechaude. Con il passare delle settimane la neve si avvicinò alle nostre case, finché poco prima della fine dell'anno anche il giardino si ammantò di bianco. Che emozione svegliarsi una mattina, dopo una forte tempesta, guardare da uno spiraglio nelle imposte e vedere tutto bianco! Faceva freddo, perché avevamo a disposizione solo un paio di stufe a legna per tutta la casa, ma eravamo contenti di recuperare via via sensazioni che credevamo perdute.

A quell'epoca conobbi Aline. Vivevamo a Saint-Pierre già da sei settimane, e ancora non sapevamo chi abitasse al primo piano, tanto era rigida la nostra reclusione! Un bel giorno ci incontrammo per le scale: una saliva e l'altra scendeva. Aline aveva dieci anni, proprio come me, e si era stabilita lì con la sua famiglia (i genitori e due fratelli maschi più grandi di lei). Entrambe rimanevamo chiuse in casa tutto il giorno. Ben presto diventammo buone amiche. Passavamo insieme tantissime ore, chiacchierando e inventandoci dei giochi con le poche cose che avevamo a portata di mano. Lei possedeva un domino, che meraviglia! A volte ci giocavamo nella sua parte della casa, altre nella mia. Ero così felice di avere un'amica dopo tanto tempo! Mi era dispiaciuto molto quando le leggi razziali mi avevano costretto a lasciare la scuola e a perdere di vista per sempre i miei amichetti. E non avevo niente da leggere, una punizione difficile da sopportare. Ma ora finalmente c'era Aline, la mia prima amica dell'adolescenza, una persona che mi raccontava le proprie fantasie e a cui potevo raccontare le mie...

Con il passare del tempo e a mano a mano che la presenza militare diminuiva, cominciammo a uscire di casa. Già all'inizio del 1944 Raymond e io spesso venivamo mandati a fare qualche commissione. I giri preferiti erano da Antoine l'*artisan boulanger* e da Pierre l'*épicier* del paese, anche se mi piaceva pure fermarmi a osservare il lavoro di *monsieur* Salguière, il *soffleur de verre*. Sarei rimasta ore a guardare le meraviglie che creava con il vetro, ma non potevo trattenermi troppo, perché avrei allarmato i miei genitori.

L'odore del pane sfornato di prima mattina era una sensazione indescrivibile. E adoravo anche annusare i prodotti della drogheria, provenienti dalle altre regioni della Francia e a volte da posti molto lontani.

Mi piaceva immaginare come fossero il Madagascar, la Martinica, Buenos Aires... Dove si trovavano? Pierre il droghiere e la moglie Martha erano molto gentili con me, e mi illustravano con grande pazienza tutto quello che chiedevo loro. Avevo un tale bisogno di ritrovare il gusto per quelle cose! Proprio come adoravo *monsieur* Ledouc, il fioraio della mia rimpianta Liegi... Chissà che ne era stato di lui!

Quando mi mandavano a fare la spesa, il mio gioco preferito consisteva nel contare i colori delle case durante il cammino, o studiare di che tipo fossero (a due piani o tre, con il tetto in legno o di ardesia, con o senza quei comignoli così strani con cui li adornavano). Mi piaceva anche immaginare cosa succedeva al loro interno. Raymond, invece, era più grande di me e aveva ben altre esigenze… Andava per i diciassette, e quando incontrava una ragazza che trovava carina, subito cercava di approfondire la conoscenza. Era logico: viveva rinchiuso tra quattro mura ed era ormai quasi un uomo. Un tale comportamento, però, rischiava di diventare pericoloso. Quanto poteva raccontare di sé alla ragazza? Non avrebbe commesso l'errore di essere troppo ingenuo e lasciarsi andare? I miei genitori vivevano questa situazione con angoscia. Capivano benissimo cosa stava passando mio fratello, ma dovevano ridurre al minimo le sue uscite, finché l'inferno non fosse finito. Era in gioco la vita di tutti. E soprattutto la sua.

A marzo, con i primi caldi della primavera, mio padre mi invitò a fare una passeggiata. Fu un grande evento. In tutti quegli anni avevamo fatto ben poche cose insieme, a parte fuggire. Quando mi disse di indossare il cappotto e di accompagnarlo, senza specificare dove, restai di sale. Era presto, il cielo era limpido e si respirava il profumo inconfondibile della primavera. Non appena uscimmo in strada, con mio grande stupore non imboccò la stradina che portava al centro del paese, in cui si trovava la maggior parte dei negozi, ma si avviò nella direzione opposta, verso i boschi ai piedi della montagna. Lo seguii in silenzio, intrigata. Poco dopo ci addentrammo in un fitto boschetto, lungo un sentiero di montagna che seguiva il corso di un ruscello. Forse fuori Couzon, non lo so. L'acqua era cristallina, e il mormorio del ruscello tra le pietre mi ammaliò. Papà si scostò di qualche metro dal sentiero e mi indicò degli arbusti, con un sorriso soddisfatto che non gli vedevo da anni.

«*Et voilà*!».

Qua e là crescevano delle piantine selvatiche di fragoline e di more, con i frutti ben maturi. Rimasi in estasi. Spalancai gli occhi e la bocca, però le parole non mi uscirono.

«Oh!».

«Prenderemo solo quelle mature», mi sussurrò papà, mentre tirava fuori un coltellino dalla tasca.

Assaggiammo diversi frutti, di vario tipo: erano pochi e piccolini, ma mi parvero la cosa più buona che avessi mangiato negli ultimi anni.

«E ora ne prendiamo un po' da portare a mamma e a Raymond».

Così facemmo, e dopo qualche minuto tornammo verso casa traboccanti di gioia. Durante il ritorno quasi non parlammo, ma ogni tanto ci guardavamo e sorridevamo complici. Nelle settimane seguenti ripetemmo la passeggiata un paio di volte.

Per la prima volta in quegli anni che mi erano sembrati eterni mi era parso di essere vicino alla felicità, così vicino che riuscivo a toccarla con un dito. Mancava solo un ultimo sforzo... O ci stavamo illudendo?

Pierre Chenaudon

Dopo la *rafle* del primo ottobre, Saint-Pierre-de-Chartreuse visse un periodo di relativa tranquillità. L'avevamo pagato a caro prezzo, molto caro! Venni a sapere da alcuni amici che la *Milice* aveva schedato il nostro paese come "tana degli ebrei". Era solo questione di tempo, presto sarebbero tornati.

Una o due volte a settimana, all'imbrunire, ci riunivamo

nella casa di un amico per scambiare le scarse notizie che ricevevamo. All'esterno ci fingevamo tranquilli, però eravamo tutti un fascio di nervi, e a malapena riuscivamo a trattenere la nostra impazienza. Soprattutto quando scoprivamo le ultime novità. E così venimmo a sapere che, nonostante le numerose perdite, gli Alleati stavano risalendo lo Stivale italiano, ostacolati ormai solo dall'esercito tedesco, e si stavano avvicinando a Roma. E che Hitler aveva fatto liberare Mussolini perché ricostituisse un nuovo governo, senza alcun potere. E che nemmeno sul fronte russo ai nazisti andava meglio, perché la Wehrmacht era costretta a indietreggiare e aveva perso la strategica Leningrado, ovvero San Pietroburgo, riconquistata dall'Armata Rossa dopo un terribile assedio.

Di tanto in tanto partecipava a quelle riunioni pure il giovane "ariano" che era arrivato mesi prima a Saint-Pierre con la famiglia. Si chiamava Raymond, ed era diventato molto "amico" di mia nipote Nicole. Quella relazione mi preoccupava, non per una questione religiosa, no, perché non mi importava. Lo conoscevamo appena, ed erano tempi duri, in cui bisognava stare con gli occhi ben aperti. Mi capisce, vero? Ma Nicole era una testarda e non mi obbediva mai.

Nel frattempo i *résistants* intensificarono le azioni nelle vicinanze di Saint-Pierre. Sull'argomento avevamo opinioni diverse: alcuni pensavano che fosse necessario, e altri, come me, temevano che tutto ciò avrebbe sollecitato la vendetta dei nazisti.

A ogni modo, fino alla primavera inoltrata a Saint-Pierre regnò la calma. Ma era una calma strana, che non mi faceva dormire sonni tranquilli.

Capitolo 4
Il parossismo del male

Diversi luoghi nel sud della Francia, tra il marzo e l'agosto del 1944

Anne Michelle Lafourcade, *Michelle*

Sembrava quasi che i nazisti non avessero capito che la loro fine era vicina! O forse stavano solo dando l'ultima prova di una crudeltà infinita? Che dire, allora, dei francesi collaborazionisti? Denunciavano i loro stessi vicini e compatrioti pur di ingraziarsi l'oppressore! Non comprendevano forse che il loro infame servilismo li stava seppellendo sempre di più? E che dopo non venissero a chiedere pietà, *salops de merde*...!

Pensi che, solo nei primi tre mesi dell'anno, a Grenoble vennero arrestati almeno trecento ebrei. Prima ci sfuggivano fin troppe cose, ma ora in molti cominciavano a parlare, e per i nazisti e i *collabos* era sempre più difficile tenere nascosti i loro crimini.

A fine dicembre, Julius Zerman, responsabile dell'Union de la Jeunesse Juive de Grenoble, l'Unione della gioventù ebraica, di soli diciannove anni, era morto durante la detenzione. Altri membri dell'associazione erano stati imprigionati, e di loro non si seppe più nulla. A febbraio si stabilì nell'Hôtel Suisse et Bordeaux, vicino alla stazione dei treni, una sezione della polizia addetta "alle questioni ebraiche".

Le retate crebbero subito di numero. Gli alberghi e le pensioni noti per alloggiare gli ebrei, come l'Hôtel Angleterre e la pensione Thérèse, vennero sottoposti a retate giornaliere. E pure i paesini della regione diventarono lo scenario di spietate persecuzioni: venticinque persone arrestate a Uriage all'inizio di febbraio; una ventina il 18 dello stesso mese a Vizille; una quindicina il 23 a Monestier-de-Clermont. A marzo fu il turno di La Terrasse, del convento La Providence de Corenc e, soprattutto, si verificò l'aberrante crimine della Martellière, vicino a Voiron.

Alle tre di notte del 23 marzo, la Gestapo fece irruzione in quella piccola magione ai piedi del massiccio dello Chartreuse con un copioso dispiegamento di armi e di soldati, per arrestare... diciassette bambini e adolescenti! Più la madre di uno di loro, che si prendeva cura del gruppo. Facevano parte del pensionato per bambini del rabbino Chneerson. Furono tutti deportati. La loro destinazione: un posto chiamato Auschwitz, il cui nome era sempre più conosciuto. Non sapevamo dove si trovasse, però sapevamo che da lì non si tornava indietro.

Nikolaus *Klaus* Barbie

Era la mia occasione per fare nell'Isère quello che avevo portato a termine a Lione. E pensare che chiamavano Lione la "capitale della Resistenza"! Benissimo: proprio lì, nel cuore della Resistenza, avevo avuto il piacere di arrestare e mandare in Germania il loro capo, quello che stava più in alto, Jean Moulin. Ne venni informato solo dopo che era morto durante il viaggio. Coloro che si autodefinivano *résistants* erano in realtà banditi, criminali da quattro soldi, o giovani imberbi, incapaci di prendere parte alla guerra vera. Devo ammettere, però, che questo Moulin era un tipo tosto. Si guadagnò il mio rispetto, che non è poco. E devo pure confessare che sarebbe stato più difficile per me catturarlo se uno dei suoi compagni non avesse parlato. A ogni modo, la morte di Moulin fu un duro colpo per i partigiani.

E a me concesse un enorme prestigio: fui presto convocato nella mia madrepatria, dove il Führer in persona mi consegnò la Croce di ferro di prima classe con le spade.

Poco dopo, agli inizi di settembre, la ritirata degli italiani – i servi degli ebrei! – mi parve una benedizione! Non servivano davvero a niente quei tipi sempre pronti solo a mangiare e a scopare! Con l'aiuto di una sezione della polizia addetta "alle questioni ebraiche", che si era da poco stabilita in un albergo di Grenoble, ben presto ci mettemmo all'opera. Il lavoro con gli ebrei procedeva a un buon ritmo. Erano molti, e abituati al trattamento *très chic* degli italiani, quindi non fu difficile scovarli. Dopo una prima battuta a Grenoble, ci spostammo nei paesini del dipartimento. Al contrario, la lotta alla Resistenza fu più difficile.

Il massiccio della Chartreuse, dove si rintanavano in parecchi, con le alte montagne e le grotte infinite, garantiva un rifugio naturale a quei delinquenti. Dovevamo aspettare la fine dell'inverno per sgominarli con violenza.

Giusto Pacella

Che peccato! Che brutta cosa!

Cinquanta bambini di una scuola catturati dalla Gestapo! Porca miseria!

Il café era sempre più un centro di informazioni. Via via che nell'aria si avvertiva la sconfitta dei nazisti e di Vichy, la gente trovava il coraggio di parlare. Si sparlava, certamente, e quindi non si poteva credere a tutti i pettegolezzi. Ma quel pomeriggio del 6 aprile 1944, quando apprendemmo che in mattinata tre camion con a bordo degli ufficiali della Gestapo avevano raggiunto un collegio di Izieu, un paesino con meno di cento abitanti, e avevano arrestato tutti gli alunni e i maestri, l'indignazione fu immensa. Per la prima volta in tanti anni le persone disapprovarono, alcune quasi ad alta voce, senza più paura di essere denunciate. La furia e l'impotenza erano terribili. I tempi stavano cambiando.

Pierre Chenaudon

Non dimenticherò mai quel martedì. Antoine, l'*artisan boulanger*, ci aveva anticipato che un suo nipote appena arrivato da Grenoble portava notizie sull'odiato *Klaus* Barbie. Al tramonto ci ritrovammo a casa sua con gli amici di sempre. Quando arrivai, un poco in ritardo – avevo avuto una delle solite discussioni con mia nipote Nicole – mi sentivo piuttosto giù.

«Quando avrò finito con gli ebrei di Grenoble, mi occuperò dei *résistants* dello Chartreuse», pare che avesse affermato Barbie ai suoi seguaci. «E ormai con gli ebrei mi rimane poco da fare!».

Restammo in silenzio, preoccupati. Non era una novità: sapevamo che un attacco nazista sarebbe arrivato da un momento all'altro. Malgrado la brutale razzia del primo ottobre, gli ebrei erano tornati a Saint-Pierre. E le azioni della Resistenza si erano intensificate. Sì, era probabile che l'attacco fosse imminente…

All'improvviso la porta si aprì e, in quella riunione di uomini, Nicole sporse la testa.

La fulminai con lo sguardo, ma lei non mi diede nemmeno il tempo di parlare.

«Gli Alleati sono sbarcati in Normandia!».

Ci guardammo l'un l'altro, meravigliati. Centinaia di domande riempirono la stanza, e non avevamo risposte per nessuna di loro. È vero? Come l'hai saputo? Chi te l'ha detto? Cosa dice la BBC? E de Gaulle?

Uscimmo in strada con discrezione. Era una notte meravigliosa, fredda e stellata, di fine primavera. Alcuni di noi andarono al café della piazza, davanti al Comune, altri si recarono al Biliardo, dove c'era ancora della gente. Ne parlavamo tutti. Un'ora più tardi ci riunimmo di nuovo, stavolta a casa mia, per non destare troppi sospetti. Non riuscivamo a crederci! E non avevamo il coraggio di festeggiare! Avevamo tanto sofferto negli ultimi anni! Dall'armadietto estrassi comunque una bottiglia, che avevo conservato con cura per tutto quel tempo.

«Solo un bicchierino, finché non avremo la conferma», li anticipai. «E, guardate un po', è un Calvados, dalla Normandia. Era una premonizione?».

In quella notte dolce e piena di stelle ci guardammo in silenzio, mentre il cuore ci balzava fuori dal petto per l'ansia di saperne di più. Sì, come potrei non ricordare quel martedì 6 giugno del 1944?

Una domanda ci assillava: e noi, al sud, quanto avremmo dovuto aspettare?

Domingo López Delgado

In mattinata, alle 7.30, scorgemmo la costa francese sul Mar Ligure, nel Mediterraneo. Finalmente eravamo arrivati dove tanto agognavamo! Attendemmo impazienti l'ordine di sbarco.

Tre lunghi anni erano già trascorsi da quando avevo lasciato il mio caro Uruguay. Erano successe molte cose in quell'arco di tempo, cose che mi avevano segnato per sempre. Non ero più lo stesso, su questo non avevo dubbi, però mantenevo intatti quegli ideali che mi avevano spinto a dare un pugno sul tavolo del vecchio Café Gardeazábal e a gridare ad alta voce: «Il mio posto è dove si lotta per la libertà!».

Il mio battesimo del fuoco nel Nordafrica era ormai lontano. L'assedio eroico di Bir Hacheim, l'incontro con il generale de Gaulle, la vittoria per noi tragica di El Alamein, dove l'amato Amilakhvari era caduto. La perdita del nostro compatriota Águedo Sequeira, saltato in aria il 30 agosto del 1943 assieme all'ambulanza che guidava. L'omaggio solenne della Legione e le vibranti parole del nostro capitano Jean Simon durante l'inumazione a Takrouna non erano riusciti a lenire il dolore: «Da un piccolo Paese del Sudamerica sei venuto a impugnare le armi in difesa della Francia e della democrazia. Hai lasciato tutto quello che amavi per combattere assieme a noi. Grazie a nome della mia patria. La tua tomba resterà come un segnale glorioso nel nostro cammino verso la vittoria finale». Poi, con voce spezzata, recitò una preghiera. E lì, nella tomba tredici della sezione M del cimitero nazionale di Tunisi, coperto dalla gloriosa bandiera tricolore con la Croce di Lorena, era rimasto il nostro amico.

Più tardi sbarcammo in Italia, e partecipammo alla campagna da Napoli a Roma. Mio malgrado, mi ritrovai coinvolto in alcuni spiacevoli episodi, per i quali, però, venni premiato al valore. Fu un onore immenso. Quando ricevetti la Croce di guerra, immaginai cosa avrebbe provato la mia famiglia se fosse stata presente.

Ero entrato in guerra per amore della democrazia e della Francia, quella nazione che ora dormiva a poche miglia da dove ci trovavamo noi. La battaglia decisiva era vicina.

Anna Michelle Lafourcade, *Michelle*

Era giunto il tempo della disperazione. All'inizio del periodo nazista Malraux parlò di "tempo del disprezzo". Cosa avrebbe potuto descrivere meglio la fine oscura di quell'epoca se non la disperazione causata dalla rabbia, dall'odio e dal risentimento?

Era ciò che li spingeva a compiere azioni sempre più brutali e insensate. Nel cimitero di Rillieux-la-Pape sette ebrei vennero fucilati dalla *Milice* francese guidata da Paul Touvier, come rappresaglia contro le attività della Resistenza. Per la stessa ragione sei ebrei furono assassinati a Voiron. Albert Troujann e la famiglia Cohen-Faraggi vennero sequestrati a Grenoble dalla banda del miliziano Guy Esclach: al primo sfondarono il cranio sul ponte della Bastiglia, gli altri vennero gettati nel fiume Isère con una granata attorno al collo. La persecuzione contro i *résistants* divenne sempre più feroce e si spostò nei paesini: La Frette, Bizone e Allevard furono solo alcuni dei villaggi accusati di proteggere i *maquisards*, e i nazisti passarono in rassegna tutte le case allo scopo di prendere ostaggi.

Via via conoscemmo maggiori dettagli sull'attacco alla pensione di Izieu. Era l'ora della colazione, e i bambini stavano bevendo la cioccolata calda. I nazisti circondarono l'istituto e portarono via tutti gli studenti, li trascinarono sui camion come se fossero sacchi di patate, mentre i piccoli gridavano terrorizzati! Nemmeno uno riuscì a mettersi in salvo. Poco dopo vennero mandati ad Auschwitz, nello stesso convoglio dei bambini di Voiron.

La pazzia non aveva più limiti. Qual era il senso di quelle uccisioni?

Vivevo nell'angoscia. Sapevamo tutti che il massiccio della Chartreuse era il rifugio preferito dei partigiani della regione. Mentre le rappresaglie della Gestapo si facevano più crudeli, i *maquisards* cominciarono ad addentrarsi nelle montagne. E così pure aveva fatto, tempo prima, il Mio Capitano. I nazisti non avrebbero certo tardato a scagliarsi su di loro, spinti dalla folle disperazione che li soggiogava. Che ne sarebbe stato di lui?

Domingo López Delgado

La fase iniziale dell'operazione Dragoon si rivelò un successo strepitoso. La mattina del 16 agosto iniziammo le manovre di sbarco vicino a Cavalaire, e trovammo scarsa resistenza. Non appena toccarono la terraferma, i compagni francesi si abbandonarono all'emozione: in ginocchio, raccoglievano manciate di sabbia che baciavano con fervore, senza riuscire a trattenere le lacrime.

Un paio di giorni dopo entrammo in contatto diretto con il nemico: prima nelle saline Hyères e poi nei dintorni di Tolone. Ci scontrammo con sacche di tenace resistenza tedesca, e subimmo il contrattacco da un fortino situato sopra un monte. Ma la Diciannovesima Armata tedesca aveva perso vigore, in preda alla confusione, e per questo il comandante della Settima Armata degli Stati Uniti, Alexander Patch, e il nostro comandante, Jean de Lattre de Tassigny, decisero di accelerare il ritmo.

Mentre la Prima Armata francese attaccava Tolone e Marsiglia, gli statunitensi avanzavano nella Valle del Rodano. L'opposizione fu debole, se paragonata a quella che avevamo subìto in Africa e in Italia. Ben presto i tedeschi cominciarono a battere in ritirata verso nord, e noi a inseguirli. In ogni paese nel quale entravamo venivamo accolti da una folla ebbra di gioia. Ci gettavano i fiori. E se i camion si fermavano, allora subito si avventavano su di noi e ci coprivano di baci e abbracci fino a soffocarci! Era l'apoteosi della libertà, che finalmente aveva spezzato le catene naziste. La vera Francia tornava a vivere.

E così fu per tutti i giorni successivi. Da un lato ricevevamo "l'onore e la riconoscenza eterna" in quanto liberatori, come scrivevano le cartoline che ci regalavano le ragazze, dall'altro ci scontravamo con le ultime sacche di resistenza da parte dei nazisti, che commettevano i peggiori crimini perché messi alle strette. Mentre l'esercito nordamericano pensava alle grandi città, noi liberavamo uno alla volta i villaggi delle montagne, per evitare che rimanessero alla mercé dei nazisti.

Nikolaus *Klaus* Barbie

Avrei compiuto il mio dovere sino alla fine, su questo non nutrivo il minimo dubbio.

Nella Grande Germania il compito era stato condotto a termine. Per quanto avverse potessero essere le circostanze, dovevo fare di tutto per portare i nostri ideali fuori dalle frontiere.

E quindi mi occupai dell'istituto di Izieu.

Alcuni mi chiesero se fosse proprio necessario. Era una questione di responsabilità. E così lo comunicai pure ai miei superiori: «Questa mattina la casa di bambini ebrei "Colonie Enfants" di Izieu-Ain è stata ripulita. Quarantuno bambini in totale, tra i tre e i tredici anni, sono stati catturati. Inoltre si è proceduto all'arresto del personale ebreo, dieci persone, delle quali cinque sono donne».

Pochi sapevano quanto fosse necessario il nostro lavoro. Io lo compivo con orgoglio, perché sapevo che era il mio dovere, ma non sempre con gioia. Qualche mese prima, nell'ottobre del 1943, il camerata Heinrich Himmler ci aveva parlato con il cuore. «La frase: "Gli ebrei devono essere sterminati" contiene poche parole. È facile, signori miei, dire con poche parole: "Bisogna estirpare gli ebrei", ma per chi deve eseguire, richiede quanto di più duro e più difficile esista. Vedete, naturalmente sono ebrei, chiaro, non sono che ebrei; ma pensate a quante persone, anche tra i compagni di Partito, hanno rivolto a qualche ufficio o a me stesso la celebre richiesta in cui si dice che, dato per inteso che tutti gli ebrei sono porci, il tal dei tali è un ebreo decente, e a lui soltanto non si deve torcere un capello». E più avanti ci aveva confessato in totale franchezza: «Vi prego di limitarvi ad ascoltare e di non parlare mai di ciò che sto per dirvi in questo consesso. Ci è stato domandato: e come la mettiamo con le donne e i bambini? Ho inteso trovare anche a questo proposito una soluzione assolutamente chiara. Infatti, non mi sentivo in diritto di sterminare gli uomini e permettere che i loro figli diventassero adulti e un giorno si vendicassero sui nostri figli e discendenti. È stato necessario prendere la difficile decisione di far scomparire questo popolo dalla faccia della Terra. Per l'organizzazione che ha dovuto eseguire questo incarico si è trattato del compito più difficile assolto finora. Esso è stato eseguito, credo di poterlo dire, senza che i nostri uomini e i nostri comandanti riportassero danni nell'anima e nello spirito. Rischio fin troppo ovvio. La strada che separava le due possibilità – indurirsi, perdere il cuore e smettere di rispettare la vita umana, oppure vacillare e perdere la testa sino ad avere crisi di nervi – la strada tra Scilla e Cariddi era terribilmente stretta».

Se più avanti, per volontà degli dèi della guerra, avessi dovuto ancora svolgere delle mansioni entro i confini della *Grossdeutschland* – che il Führer non avrebbe mai permesso fossero insudiciati – avrei continuato lì il mio lavoro.

Nel frattempo andavo avanti senza esitazioni nel mio compito. Nei giorni successivi avrei rastrellato le montagne e i paesini del massiccio della Chartreuse, infestati di ebrei e *résistants*. Avrei compiuto il mio dovere sino all'ultimo giorno.

Dintorni di Annonay, Francia

Jean-Baptiste Renard

Avanzavamo a buon ritmo. Troppo rapido, dicevano alcuni, visto che iniziavamo ad avere difficoltà nell'approvvigionamento, in particolar modo perché il nemico aveva distrutto porti di vitale importanza, come Marsiglia e Tolone.

Tuttavia il nostro problema più grande era un altro: in ogni paese in cui arrivavamo, gli abitanti ci raccontavano gli orrori commessi dai nazisti e dai loro compari della *Milice*.

«Si accaniscono sui paesini di montagna perché lì si sono rifugiati gli ebrei e quelli della Resistenza!».

«Non possiamo rimanere a braccia conserte davanti a tutte queste atrocità», disse il nostro comandante al capitano Simon e a me, dopo averci convocato nel suo ufficio improvvisato. «Domattina reclutate un gruppo di sottufficiali e di soldati, agguerriti e con esperienza. Creeremo un'unità speciale che anticiperà gli altri e libererà alcuni siti nelle montagne, prima che arrivi il grosso dell'esercito alleato. Così eviteremo le rappresaglie dei nazisti. Gli statunitensi faranno la stessa cosa».

Ci mettemmo all'opera con grande zelo. Ci sembrò un compito nobile e necessario; non avremmo certo cambiato il corso della storia, però avremmo salvato molte vite. Non mancammo di notare l'ironia del fatto che un'unità speciale, che richiedeva grande precisione e spostamenti rapidi, fosse guidata da un guercio e uno sciancato... Scegliemmo gli uomini migliori: non dovevano possedere solo coraggio, bensì anche una buona dose di buonsenso per gestire al meglio le situazioni.

E fissammo delle priorità: la regione del monte Pilat e del massiccio della Chartreuse.

Capitolo 5
Una pera per Charlotte

Saint-Pierre-de-Chartreuse, regione del Rodano-Alpi, territorio sotto l'occupazione tedesca, ultima settimana di agosto del 1944

Charlotte

Eravamo andati a fare la spesa nell'*épicerie* di Pierre. Raymond controllava con il droghiere che avessimo acquistato tutti i prodotti elencati nella nostra lista striminzita, mentre io curiosavo tra le scatole di cartone e i barattoli di latta. Quanto mi piaceva ficcare il naso nelle merci straniere!

In quel momento una porta si aprì e un vicino irruppe: «Pierre, ci sono dei movimenti strani in paese», commentò, in tono preoccupato. «Soprattutto nel bosco qui accanto».

L'*épicier* aggrottò la fronte, preoccupato. I due si misero a bisbigliare. Raymond prese la spesa e insieme uscimmo. Non appena fummo in strada, mio fratello fece il giro lungo. In teoria eravamo diretti a casa, ma era evidente che voleva passare per il bosco. Io lo seguii. All'improvviso, tra le ombre degli alberi, scorsi un paio di soldati tedeschi. Si nascondevano tra gli arbusti, ma l'uniforme era inconfondibile. Con disinvoltura feci un cenno a Raymond, che annuì: di sicuro li aveva già visti, e a sua volta mi fece un gesto come a dire: "Ce ne sono molti di più". Guardai meglio e rimasi di stucco: non erano solo in due, erano tantissimi, mimetizzati e nascosti nel fitto del bosco. Di sicuro stavano preparando un attacco importante.

Senza esitare, Raymond mi consegnò la busta con la spesa e si infilò su per un sentiero che, cento metri più avanti, entrava nel bosco.

Pierre Chenaudon

Dopo essermi confrontato con il mio vicino Lucien su quanto stava accadendo in paese, decidemmo di uscire dalla drogheria per farci un'idea della situazione. E fu allora che vidi il ragazzo, Raymond, dare alla sorellina la busta con le provviste che avevano comprato da me e addentrarsi nel bosco.

«Quel ragazzo è matto!», urlai mentre fissavo Lucien disperato. «Che sta facendo? Dove va?».

Era troppo tardi.

Uno degli ufficiali delle Waffen-SS che comandava l'operazione l'aveva già visto.

Charlotte

Capii subito cosa stava succedendo, e mi sentii morire dentro. I nazisti stavano preparando un attacco alla Resistenza che operava nelle vicinanze di Saint-Pierre. E sapevo che mio fratello era molto innamorato di una ragazzina, Nicole, nipote di Pierre il droghiere, i cui genitori erano dei *résistants*. Per questo stava imboccando il sentiero diretto in montagna: per avvisare i membri della Resistenza dell'attacco imminente! Ma come gli era potuta venire in mente una cosa del genere, per la miseria!

Non sapevo che fare. Osservai, stordita e terrorizzata,

Raymond scomparire nel bosco. Poi, con il cuore a pezzi, mi caricai in spalla la borsa della spesa e andai a casa. Ricordo i miei passi, sempre più lenti. Desideravo non arrivare mai. Che avrei detto ai nostri genitori?

Pierre

Un solo minuto, e l'ufficiale impartì l'ordine. Non conoscevo il tedesco, ma non mi piacque per niente quel tono di comando. Mezza dozzina di soldati partirono per il sentiero a passo svelto.

Non ci misero molto a tornare, preceduti dal ragazzo, che spintonavano per incitarlo a camminare. Non era ammanettato, ma, dallo stato dei suoi vestiti e dall'espressione del volto, si intuiva che aveva subìto percosse.

In quel momento il comandante delle truppe diede l'ordine di iniziare le operazioni. Mentre un gruppo di soldati avanzava nel bosco, gli altri salirono su alcuni camion e imboccarono una mulattiera che si addentrava tra le montagne. Portarono il ragazzo con sé.

Charlotte

Aprii la porta di casa e salii lentamente le scale. Non appena entrai nella stanza, i miei genitori mi guardarono, meravigliati.

«E Raymond?», chiese mamma.

Non seppi che rispondere. E scoppiai a piangere. Poco alla volta riuscii a raccontare quanto era successo. Alla fine Blima cominciò a singhiozzare assieme a me. Mio padre si alzò e iniziò a vestirsi, con il viso sconvolto dalla disperazione. Seppi che era andato a parlare con Pierre. Fu terribile! Da lui venne a sapere che Raymond era stato arrestato dai tedeschi.

Tornò a casa distrutto. Era come asfissiato. L'angoscia gli impediva di respirare, e tememmo che stesse per avere un infarto. Ciò nonostante, si coprì meglio – già calava la sera, e dalle montagne proveniva un vento freddo – e si preparò a uscire di nuovo. Era disposto a tutto pur di recuperare il figlio.

Pierre Chenaudon

Calava la notte. All'improvviso sentii i passi di qualcuno che correva per la strada e attraversava il paese. Pensai al peggio. Martha e io ci affacciammo alla finestra della nostra stanza, sopra la drogheria, e vedemmo il ragazzo correre come un disperato. Nessuno lo seguiva. Era riuscito a scappare? L'avevano lasciato andare?

Charlotte

Papà finì di vestirsi e scese le scale a grandi falcate. Non arrivò nemmeno ad aprire la porta: quando stava per farlo, sentì che qualcuno correva per il paese. I passi si avvicinavano sempre di più, e sembravano familiari. Aspettò un altro istante.

D'improvviso la porta si spalancò bruscamente, e un Raymond esausto si lanciò dentro casa! Mio padre corse ad abbracciarlo, con amore infinito. La coppia dei Durand si accostò, sollecita, in silenzio. Aline e la famiglia chiesero cosa fosse accaduto.

Quando si fu calmato, Raymond ci raccontò i fatti.

«Ho percorso il sentiero per andare dai *résistants*. Quando mi è sembrato di scorgerli, ho fatto loro dei segnali per avvertirli che i crucchi stavano arrivando. Poco dopo ho sentito i passi dei soldati e ho fatto dietrofront. Mi hanno chiesto cosa stessi facendo. Ho detto che cercavo dei frutti per la cena. Non mi hanno creduto e mi hanno colpito, poi mi hanno caricato su un camion, dove c'erano altri due tizi con il volto fracassato. Ho sentito degli ufficiali che litigavano: "Non vedi che è un ragazzino? Non ha senso", "Meglio se non vede quello che stiamo per fare"».

Raymond credette che l'avrebbero ucciso.

Il comandante l'aveva fissato dritto negli occhi con uno sguardo stanco e distante. Non aveva detto niente. Aveva scrollato la testa e i due soldati l'avevano buttato giù dal camion. Appena era riuscito a fermarsi, aveva cominciato a correre verso casa.

Pierre Chenaudon

Nell'istante stesso in cui vidi i primi movimenti dei nazisti nel bosco accanto a casa, sospettai che la questione non si sarebbe conclusa senza un retata in paese. La loro preoccupazione più grande era rappresentata dai gruppi della Resistenza, su questo non c'erano dubbi. Nonostante i massacri, come quello che si era consumato a Grenoble alla fine del 1943, quando una ventina di capi furono assassinati – massacro presto entrato nella leggenda come "il san Bartolomeo grenoblese", in ricordo della strage di san Bartolomeo del Cinquecento –, catturare i *résistants* non si era rivelata un'impresa tanto semplice. Gli ebrei, invece, erano stati stanati ovunque. Sopravvivevano solo poche famiglie, nascoste qua e là in paesini come Saint-Pierre.

La macchina assassina era di nuovo in moto. E non si sarebbe fermata! Per questo, quando all'imbrunire li vidi assemblarsi a un'estremità del paese e ricevere istruzioni, intuii quello che stava per succedere. Uscii subito dalla drogheria.

«Martha! Una razzia! Vado ad avvisare tutti!», riuscii a sussurrare a mia moglie prima di iniziare a correre come un forsennato.

Charlotte

«E ora che facciamo?», chiese la madre di Aline, angosciata.

Non avemmo nemmeno il tempo di rispondere. Qualcuno bussò alla porta. Mentre noi ci nascondevamo alla bell'e meglio, *monsieur* Durand andò ad aprire. Trattenemmo il fiato. Era Pierre l'*épicier*. Tirammo un sospiro di sollievo, ma solo per qualche attimo.

«Stanno per fare una razzia, *monsieur* Durand!», disse Pierre, con un grido soffocato. «La prego, avvisi i suoi inquilini!».

E se ne andò via di corsa. Uno alla volta uscimmo dai nostri nascondigli improvvisati, con i volti pallidi e scomposti.

«Dobbiamo andare via di qui, nasconderci da un'altra parte», disse il padre di Aline, disperato.

Sì, certo, dovevamo farlo. Ma dove? Per un istante mi mancò la vecchia catapecchia degli armeni, dove all'annuncio di una retata potevamo nasconderci in quel putrido *cul-de-sac* che tante volte ci aveva salvato la vita.

Non potemmo pensare a una risposta. Non ne avemmo il tempo. In strada si udivano già il rumore dei camion, le urla degli ufficiali nazisti e l'odioso ticchettio degli stivali sul selciato.

Ogni famiglia corse nella propria stanza a occultarsi come meglio poteva. Papà e io ci infilammo dietro uno stipetto traballante, mamma e Raymond dietro una vecchia poltroncina di vimini. Erano gli unici mobili che avessimo. Se fossero entrati, ci avrebbero scoperto all'istante!

Le grida erano sempre più forti, e ostili. Avevano già arrestato dei poveretti, e ora li spingevano sui camion a colpi di fucile. Mi strinsi a mio padre con tutta la forza che avevo. Papà mi poggiò la mano sulla nuca e mi carezzò. Rimasi ferma il più possibile – come se questo potesse aiutarci! –, chiusi gli occhi e cominciai a pregare: "Dio, fa' che non entrino! Che vadano oltre, Dio mio, te ne supplico su quello che più amo. Fa' che non entrino!".

Ma entrarono.

Con un calcio buttarono giù la porta. Si trovarono davanti i Durand, che erano rimasti al pianterreno, e cominciarono a gridargli in faccia. Non gli bastava entrare nelle case delle persone a un'ora qualunque della notte: dovevano spaventare, terrorizzare, umiliare… I due vecchietti non dissero niente, anche se *madame* Durand singhiozzava. Calò il silenzio, interrotto dal rumore di porte, di armadi e cassetti di mobili che si aprivano e chiudevano con violenza. Stavano controllando il pianoterra. Di tanto in tanto un ufficiale gridava: qualcosa aveva richiamato la sua attenzione. La tensione mi consumava, stavo tremando. Nella confusione era forse rimasto qualche nostro vestito in giro? E il domino l'avevamo portato su?

All'improvviso sentimmo un alterco. In diversi parlavano contemporaneamente. Non capivo il tedesco, solo qualche parola. Ma sì, avevano trovato qualcosa! Il comandante strillò un ordine, e gli stivali dei soldati salirono le scale, molto lentamente. Forse temevano un'imboscata da parte dei *résistants*. Al primo piano si fermarono e aspettarono il loro capo. Sentii di nuovo il terribile ticchettio degli stivali sulle scale di legno…

Il treno da Liegi a Parigi! Un'altra volta no, per favore! Che cosa orribile!

Di nuovo calò il silenzio, e a me parve interminabile. Di colpo l'ufficiale della Gestapo strillò un altro ordine: la truppa buttò giù le porte delle stanze e irruppe urlando all'impazzata. In pochi secondi i mobili volarono per aria. Si sentì un urlo: era la mamma di Aline! Li avevano scovati! Poi le voci concitate dei suoi due fratelli. Li stavano picchiando. Alla fine la voce rauca del padre: non poteva consentire che picchiassero i figli, ed era uscito dal nascondiglio. Sentimmo un colpo secco, un lamento. Poi dovette cadere a terra. Ma Aline? Sembrava che non l'avessero trovata! Trattenni il fiato. Trascorsero alcuni secondi, eterni. Che andassero via, mio Dio, che uscissero! Aline, ti prego, resisti un altro pochino! I nazisti continuavano a rovistare dappertutto, evidentemente insoddisfatti. Qualcosa non quadrava. Probabilmente avevano visto dei vestiti da bambina, o forse la denuncia di qualche *collabos* parlava di cinque persone. Seguitarono a frugare, urlando come bestie lanciate all'inseguimento della preda. Per qualche istante calò ancora il silenzio. Si sentì solo il pianto soffocato di Aline... Noooo! Non era possibile! Aline, la mia amica, Dio mio!

Li trascinarono giù per le scale e li fecero salire sul camion. Quelli che aspettavano fuori celebrarono l'evento con urla e acclamazioni.

Tornarono. L'ufficiale della Gestapo iniziò a salire le scale, piano, seguito da un drappello di soldati.

Si udiva, nitido, il rumore dei suoi stivali. Mi aggrappai forte a mio padre, tremando senza riuscire a contenermi. A ogni passo sussultavo. Arrivò al pianerottolo del primo piano. Si fermò un istante. Riprese a salire. Passo dopo passo. I denti mi sbattevano talmente forte che temevo si potessero sentire. Papà mi strinse la testa contro il petto. L'ufficiale della Gestapo arrivò al secondo piano. I suoi soldati lo seguirono. Pensai che tutto fosse finito.

Di nuovo un silenzio lungo e profondo. Dopo quelle urla

assordanti, ora regnava una calma assoluta. Capimmo che erano davanti alle nostre stanze. Di lì a poco l'ufficiale avrebbe gridato un nuovo ordine, i soldati si sarebbero lanciati all'interno, sbraitando come pazzi. E sarebbe stata la fine.

«Chi altro può esserci qui sopra!», udimmo, nitida e secca, la voce dell'ufficiale. «È tardi, perché continuare? Sarà per la prossima volta».

E in un istante scesero al pianoterra. L'ufficiale della Gestapo chiuse il gruppo. Sentimmo ancora il ticchettio degli stivali mentre usciva in strada e saliva sulla cabina del camion. Dopodiché si persero nella notte.

Anne Michelle Lafourcade, *Michelle*

Gli Alleati avanzarono rapidamente e circondarono la città di Lione. Alcuni giorni prima, Grenoble era stata liberata da nordamericani e francesi. La fine dell'occupazione era imminente.

A ogni modo, *the show must go on*. Come al solito, giunsi al Grand Café des Commerçants poco prima del mio spettacolo, per godermi tranquilla un buon caffè con un paio di croissant e parlare con don Giusto e qualche altro amico. Com'erano cambiati gli ultimi tempi! Ora nel café si vedevano volti che per tanto tempo erano scomparsi... E tutti erano sempre stati dalla parte di de Gaulle! Sembrava che nessuno avesse sostenuto il *Maréchal* Pétain...! Che gran cosa!

Don Giusto si avvicinò, sorridente. Lo imputai agli eventi di quei giorni, e mi parve giusto: non era un uomo infervorato dalla politica, eppure in quegli anni bui aveva aiutato tutti quelli che avevano bisogno. Come dimenticare, per esempio, la sua mediazione per liberare il papà della signorina del gelato alla fragola? Tuttavia non era quella la causa del suo buonumore, bensì un'altra. Si guardò attorno, cauto, poi si chinò e mi sussurrò all'orecchio: «Hanno lasciato questa lettera, per te».

Sentii una fitta al cuore. Non ero tipo da premonizioni, e nemmeno ero mai stata una persona sentimentale. Sapevo da chi veniva, quindi presi la busta, mi rifugiai in bagno e cominciai a leggere, mentre le lacrime bagnavano la carta.

Mia adorata Michelle,

ci incontreremo presto! Ieri i nazisti hanno cercato di portare a termine la loro ultima azione. Tuttavia, grazie a un giovane di Saint-Pierre che è riuscito a metterci in guardia, abbiamo potuto evitare una tragedia. Non ci aspettavamo l'attacco. Abbiamo comunque perso tre compagni, e mi hanno sparato a una gamba. Ma non ti preoccupare, mi sto riprendendo, andrà tutto bene. I legionari francesi e gli americani sono qui vicino. La Liberazione è alle porte. Fa' attenzione nelle prossime ore, sarebbe terribile se ti succedesse qualcosa proprio ora.

Vive la France!

Ti adoro,

il tuo Capitano

Dintorni di Lione, Francia

Jean-Baptiste Renard

Pensavamo che, nella confusione della guerra, nessuno si sarebbe accorto del lavoro dell'unità speciale richiesto a me e al capitano Simon. Mentre a nord, grazie all'operazione Overlord, Parigi era stata conquistata, e a sud l'operazione Dragoon aveva già consentito di liberare Marsiglia e Grenoble, e ora si avvicinava a Lione, noi ci occupavamo dei paesini sperduti tra le montagne, paesini la cui posizione nessuno conosceva. Ma non ci importava. Era un dovere della coscienza, dovevamo farlo.

A volte ci accoglievano bene, altre non troppo. Ma per lo più con gioia. In generale arrivavamo poco prima che i nazisti ricevessero l'ordine di ritirarsi, obbligandoli così a lasciare il posto senza poter effettuare saccheggi o rappresaglie. Nonostante ciò, a volte giungevamo troppo tardi: era molto doloroso ascoltare da familiari o amici i racconti di come i loro cari erano stati portati via o assassinati solo poche ore prima della Liberazione! Non riuscivano a rassegnarsi, i poveretti, e avevano ragione. Però questo ci offriva ancora più ragioni per continuare la nostra missione l'indomani.

Diversamente da quanto credevamo, in pochi giorni il nostro lavoro divenne famoso. In molti chiedevano come procedeva e se potevano aiutarci. La sorpresa più grande fu quando ricevemmo un telegramma da Parigi, pochi giorni dopo la liberazione della Ville Lumière.

"È un dovere onorare i nostri princìpi di Uguaglianza e Fratellanza, nell'ora gloriosa della Liberazione. Nessun cittadino in terra francese può essere abbandonato alla sua sorte", era scritto. "Per questo la vostra missione merita il più importante riconoscimento". Chi firmava concludeva: "Un giorno avrò l'onore di conoscervi e stringere la mano destra, uno per uno, a tutti voi".

Eravamo ancora giovani, ma già esperti. Sapevamo che la guerra non lesina orrori, e concede ben poche gioie. E nella notte più buia della Francia lasciammo tutto per difendere i nostri ideali, per seguire l'uomo che li incarnava. Una figura che era diventata la voce dell'anima della nazione.

E per questo, quando leggemmo il nome del firmatario, non potemmo impedirci di provare un'emozione indescrivibile.

Charlotte

Eravamo molto scossi. Il giorno dopo papà ci riunì e disse: «Manca pochissimo perché tutta questa sofferenza abbia fine. Ma stanotte abbiamo constatato quanto possano essere terribili le cose, fino all'ultimo giorno». Quindi continuò, rivolto a tutti, e guardando mio fratello: «Non usciremo più da questa casa. Resisteremo con quel poco che abbiamo, o con quello che ci può prestare *madame* Durand. Il comportamento di Raymond ieri è stato molto nobile, però troppo pericoloso. Charlotte, siamo molto vicini alla fine, sono fiducioso che Aline e la sua famiglia se la caveranno, non disperare», commentò con una premura che non nascondeva la profonda amarezza.

Lo guardai con affetto, ma non riuscii a sorridere. Provavo così tanta angoscia e dolore per la mia amichetta! La mia unica amica in tutti quegli anni orribili! Dov'era finita? Stava soffrendo? L'avrei mai rivista?

Era metà pomeriggio. Eravamo rimasti dentro casa per tutto il giorno, come ci aveva chiesto papà. Giocavo con il domino che mi aveva prestato Aline. Non potevo fare a meno di pensare a lei. Raymond si aggirava come un leone in gabbia. Andava da una stanza all'altra, scendeva in bagno, non riusciva a stare tranquillo. La meravigliosa finestra che tanti sogni aveva alimentato adesso era chiusa. Non avevo idea di quando l'avremmo aperta di nuovo.

All'improvviso la calma di quel pomeriggio assolato d'estate, tipico di un giorno feriale in un paesino di montagna, cessò. Il rombo sordo dei camion che avanzavano lungo la via principale e le urla delle truppe che si avvicinavano ci gelarono il sangue.

«Oh Dio!», supplicò mamma.

«Un'altra volta no, per favore!», implorai con gli occhi pieni di lacrime, rivolgendo uno sguardo costernato a mio padre, che era appena entrato nella stanza con espressione sconvolta.

Eravamo sconcertati. Chiusi tra quattro mura, senza la possibilità di guardare fuori, non sapevamo cosa stesse succedendo. Ci guardammo l'un l'altro, mentre, in preda al terrore, ascoltavamo i suoni provenienti dalla strada.

Non c'erano neppure i Durand, che avrebbero potuto darci qualche indizio. Attendevamo quello che la sorte stava tramando per noi.

D'un tratto qualcuno cercò di aprire il portone, ma non vi riuscì. Sapevamo che non era facile, perché l'infisso era stato deformato. Rimanemmo immobili, senza respirare. Quello insistette. Alla fine ebbe la meglio. I nostri cuori precipitarono nel petto! Dopo tre anni di fuga, la rassegnazione ebbe il sopravvento. E per la prima volta abbassammo le braccia e pensammo: sia quel che sia!

Sentimmo entrare diversi uomini, che parlavano una lingua strana.

«È spagnolo», sussurrò mio padre, che qualcosa capì. «Chiedono se in casa c'è qualcuno».

Papà prese una decisione audace. Senza pensarci due volte si alzò, aprì la stanza e parlò agli sconosciuti.

«*Oui, ici*!».

Gli uomini risposero gridando in un francese segnato da un forte accento straniero. Sembravano cordiali. Gli posero delle domande che non compresi.

«*Je ne suis pas seul. Je suis avec ma famille*», rispose, e ci chiamò perché uscissimo dalla camera.

Esitammo. Per anni avevamo fatto di tutto perché nessuno del "mondo esterno" venisse a sapere della nostra esistenza. Però adesso era nostro padre a chiedercelo! Che altro potevamo fare? Ci affacciammo e vedemmo tre soldati in un'uniforme sconosciuta. Le divise erano sporche e stracciate, così diverse da quelle dei nazisti. Papà abbozzò un sorriso.

«*Ils sont de la Légion étrangère, ils sont combattants de la France Libre*».

Scendemmo lentamente le scale. Non sapevamo come reagire. Uno dei soldati venne verso di me, ma io mi spaventai a tal punto che saltai all'indietro. Lui se ne rese conto e sorrise. Infilò la mano in una delle grandi tasche dei pantaloni e frugò finché trovò qualcosa che non riuscii a riconoscere subito. La sfregò contro la divisa, come per pulirla, poi stese il braccio, aprì la mano e me la offrì, quasi fosse il suo tesoro più prezioso. Rimasi immobile, con le braccia vicino al corpo. Papà esclamò: «*Une poire, Charlotte!*».

Allungai la mano fino a quella del rude soldato, e presi la pera.

«*Merci!*», gli dissi, vinta dalla timidezza. La misi nella tasca della gonna e cercai di rivolgere un sorriso a quel meraviglioso soldato, il nostro liberatore. Dovetti fare uno sforzo enorme: era tanto che non sorridevamo!

Mio padre chiese da dove venissero.

«*Je suis espagnol, du Pays Basque*», rispose il soldato a capo del gruppo.

«*Et je suis de l'Amérique du Sud, de l'Uruguay*», rispose con un marcato accento il ragazzo che mi aveva regalato la pera.

Poi i tre girarono sui tacchi, salutarono e uscirono, non senza prima averci informato, come se fosse una questione di routine, una mera formalità: «*La ville est libérée*».

Rimanemmo a lungo seduti sulle sedie del soggiorno dei Durand, al pianoterra, quasi senza proferire parola, guardandoci negli occhi. Non riuscivamo a crederci! Al punto tale che avevamo paura di uscire in strada e scoprire la crudele realtà di ogni giorno. Di lì a poco tornarono i Durand, che erano già a conoscenza delle novità. Sedettero in soggiorno accanto a noi, senza parlare, come sempre. Si intuiva, però, che erano commossi. Ci guardammo e sorridemmo, più e più volte, felici.

D'improvviso cominciammo a sentire del baccano in strada. Mio padre si avvicinò alla finestra con circospezione – venivamo da anni di clausura! – e vide gli abitanti di Saint-Pierre-de-Chartreuse uscire dalle loro case e dirigersi verso la piazza del Comune. Aprimmo lentamente il portone e ci mettemmo a osservare la scena. Decine di persone camminavano con le bandiere tricolori, al grido di "Vive la France!". Sentii un brivido.

Decidemmo di uscire e avvicinarci alla piazza.

Eravamo ancora a un centinaio di metri quando sentimmo cantare. Centinaia di persone intonavano *La Marsigliese*, accompagnate dalla banda locale.

Ci venne la pelle d'oca.

Eravamo ormai vicini alla piazza quando ci fermammo. E ci abbracciammo! Era la prima volta in quattro anni che non lo facevamo per consolarci o aiutarci a sopportare la paura, o per non sentirci così soli. Fu la prima volta che ci abbracciammo per la felicità. Che ci stringemmo per il piacere di coccolarci, di sentirci un unico corpo in quell'infinito e cruento scenario di guerra che volgeva al termine. E così rimanemmo a lungo, Raymond, mamma, papà e io, a osservare la folla allegra che cantava per la centesima volta *La Marsigliese*, in una notte indimenticabile, calda e dolce.

Con il braccio colpii un oggetto nascosto nella tasca della gonna. Infilai la mano: era la pera che mi aveva regalato il legionario! La estrassi con premura, la sfregai contro i vestiti per pulirla e le diedi un morso.

Era fresca, dolce, succosa. Non avevo mai provato niente

di così saporito in vita mia! Mi godetti ogni boccone, abbracciando sempre più forte la mia famiglia, stordita dai canti della gente.

Era la pera più buona che avessi mai mangiato!

Aveva il sapore della libertà!

Epilogo
Il ritorno a casa

Capitolo 1
Un cammino sinuoso

Rimanemmo a Saint-Pierre qualche altro giorno. Dal fronte giungevano notizie confuse, anche se per un aspetto ormai potevamo stare tranquilli: i nazisti se n'erano andati per non tornare mai più. Papà pensava ai passi successivi con la massima cautela, perché non ci rimaneva molto denaro.

Riprendemmo le nostre "escursioni" per raccogliere i frutti di bosco. Il fatto di poter camminare mano nella mano con mio padre, godermi di nuovo l'aria fresca di montagna e i tramonti caldi e silenziosi dell'estate mi rimise al mondo. Credo che fosse lo stesso per lui. Anche se, di tanto in tanto, mi sembrava di intravedere in mezzo agli alberi quei soldati tedeschi che giorni prima ci avevano tanto terrorizzato...

Anche Raymond riprese a incontrare Nicole, i cui genitori erano tornati dalle montagne. E mia madre, Blima, ritrovò il piacere della cucina, anche se sempre sotto lo sguardo attento e silenzioso di *madame* Durand, che l'aiutava con l'affitto del mese e le procurava alcuni ingredienti.

I miei genitori parlarono con il medico del paese, e mi comunicarono che potevo ricominciare a utilizzare la benda all'occhio destro, a cui avevo dovuto rinunciare alla partenza da Liegi. Ormai, però, era tardi: dopo tre anni di incuria la vista era peggiorata parecchio, e temetti la stessa sorte per l'occhio sinistro, così sarei rimasta completamente cieca.

Sebbene provassimo un infinito dolore nel cuore, cercammo di assaporare con gioia i primi giorni di libertà. Un poco alla volta, con estrema lentezza, le ferite si cicatrizzavano. E sorgevano domande crudeli, sempre più insistenti: che ne era stato di Yaakov e Raia, i genitori di Blima? E dei miei zii Alter, Paul, Rifka, e delle loro famiglie? E di Aline e dei suoi?

Era arrivato il momento di tornare a casa.

Qualche giorno dopo partimmo alla volta di Parigi, con l'intenzione di continuare verso Liegi. Attraversare la mia adorata Ville Lumière, liberata due settimane prima, il 25 agosto, non poté essere più diverso rispetto a tre anni prima. La città aveva ritrovato la sua anima.

Ricordo che la notte del nostro arrivo, un venerdì, andammo alla sinagoga. Mio padre non lo faceva da tempo, ma aveva molto di che ringraziare. Era gremita di fedeli, tra cui diversi soldati nordamericani ebrei. Tutti piangevano a fiumi: non ce n'era uno che non avesse perduto un proprio caro. Il sentimento di solidarietà, però, si imponeva su ogni cosa. Era impressionante il calore umano che emanava da quelle persone unite dal dolore, e anche dalla felicità.

Il giorno seguente andammo all'Hôtel Lutetia, che era caduto in mano della Gestapo durante l'occupazione e che ora fungeva da centro di informazioni sui deportati e gli scomparsi. I responsabili tentavano di svolgere quell'ingrato compito grazie alla documentazione sottratta ai tedeschi e alle testimonianze dei sopravvissuti. A volte i miracoli accadevano. Mia madre nutriva la speranza di ritrovare Zara, una sua cara amica d'infanzia, anch'ella polacca di nascita ma residente a Parigi. Le prime notizie non furono confortanti: era stata deportata con la famiglia, addirittura ad Auschwitz. Eppure, pochi giorni dopo, la vicenda prese una piega inaspettata: era sopravvissuta! E stava tornando nel suo appartamento di Parigi.

L'incontro tra Zeirele e Blimele, come si chiamavano con affetto le due amiche, fu un'emozione che non saprei nemmeno descrivere. Per diversi pomeriggi, in compagnia di un samovar fumante, si raccontarono quanto avevano sofferto. «In una casa ebrea polacca non può mai mancare il tè», ripeteva Zara ogni volta che lo preparava. In quel piccolo e fatiscente appartamento, il samovar era il simbolo dell'identità ebrea polacca, trapiantata nella sofisticata Parigi. Raymond e io restavamo insieme a loro, e scoprimmo molte cose che ignoravamo sul conto di mamma.

L'idea di papà era di tornare a Liegi direttamente da Parigi, attraverso le Ardenne. Non fu possibile: per quanto i tedeschi stessero perdendo terreno, in quella regione ancora piovevano i temibili missili v2, con la coda di fuoco e il rumore assordante. Non solo: verso la fine dell'anno i nazisti vi sferrarono una controffensiva – la cosiddetta "controffensiva di von Rundstedt" – con cui cercarono di riprendere in mano la situazione per un paio di settimane. La condizione del Belgio rimaneva incerta. Léon dovette cambiare i propri piani: prima saremmo andati a Bruxelles, e non appena la Vallonia fosse stata liberata del tutto, saremmo rientrati a Liegi.

Bruxelles, Belgio, fine del 1944

Charlotte

Quando finalmente arrivammo a Bruxelles, la città versava ancora nel caos. E poi le nostre riserve erano alla fine, e tutti i nostri beni entravano in una borsetta. Per alcune settimane dovemmo dormire in un campo per rifugiati. Le organizzazioni umanitarie, come la Croce rossa e le associazioni ebraiche che tornavano in attività – l'OSE, l'American Jewish Joint Distribution Committee, la ORT, Organization for Rehabilitation through Training, e altre – avevano montato delle tende per quella moltitudine in cui si fondevano le nazionalità più disparate, che vagava da un posto all'altro, con un unico sogno: tornare alla propria adorata casa, sempre se ne rimaneva qualcosa.

Per quello si erano attrezzati con capannoni, baracche e tende da campo. I materassi venivano buttati per terra, e i servizi erano ridotti all'essenziale. Ma tanto noi ci eravamo abituati.

Ci sentivamo confusi: da un lato avevamo recuperato la libertà, e ogni giorno eravamo più vicini alla nostra casetta tanto agognata, dall'altra non avevamo ancora notizie di familiari e amici. L'ansia ci divorava. Cercavamo di non pensare e di sperare che presto avremmo saputo qualcosa, e che quel qualcosa sarebbe stato positivo.

I giorni passavano, e l'incertezza ci logorava.

Capitolo 2
L'alba

Seraing-sur-Meuse, Liegi, Belgio, inizi del 1945

Charlotte

A gennaio papà prese la decisione: saremmo tornati a casa.

In Belgio ancora rimanevano delle sacche di resistenza nazista, e i temuti razzi V2 continuavano a cadere dal cielo e a seminare stragi, soprattutto ad Anversa e a Liegi. Tuttavia, malgrado la paura, ci rallegrammo per la scelta di mio padre.

Qualche giorno dopo prendemmo il treno con destinazione Liegi, e poche ore più tardi entrammo nella Gare des Guillemins. Quanti ricordi di quella partenza all'alba, che ora sembrava così lontana! Ancora temevo di vedere apparire da un momento all'altro, dietro i pilastri massicci o in qualche angolo della stazione, gli ufficiali delle Waffen-SS e della Gestapo, con le loro uniformi e il ticchettio ostentato degli stivali…

Giungemmo a Seraing-sur-Meuse, un sobborgo della provincia di Liegi, un'ora dopo. Scendemmo dal tram, ognuno con la propria borsetta, piccola e logora, camminammo per un paio di isolati, girammo l'angolo e ci infilammo in una strada, una stradina in salita che conoscevamo molto bene: Rue du Molinay. La nostra via.

Poiché il tram non vi passava e c'erano numerosi negozi – una panetteria, una pasticceria, un chiosco di patatine fritte, una gelateria, una pescheria e molto altro – sembrava una strada pedonale. Diversi aromi impregnavano l'aria. I proprietari degli esercizi erano in maggioranza ebrei.

Avanzammo per la "nostra strada" senza riconoscere nessuno. Mio padre era un commerciante, e un membro attivo della comunità di Seraing. È vero che tornavamo coperti di stracci e con quelle buste che facevano pena... Ma i belgi che mio padre riuscì a identificare voltarono il capo o finsero di non averci visto: non volevano confrontarsi con un passato che li faceva sentire in colpa. E non c'erano ebrei da nessuna parte, erano scomparsi.

Finché, passando davanti alla panetteria, uscì uno dei figli del calzolaio. A malapena ci salutò, e poi ci disse: «Voi siete vivi... Mia madre, mio padre e i miei quattro fratelli non ci sono più...».

Fu la prima volta che ci sentimmo rimproverare per il fatto di essere ancora in vita.

Salimmo la stradina. E alla fine la vedemmo! Eccola lì! Il cuore ci balzò dal petto. Ci avvicinammo in silenzio, come dei pellegrini. Notammo subito che erano scomparse porte e finestre, ne rimanevamo solo i segni. Sembrava che avessero strappato gli occhi alla nostra adorata casetta, e che ora ci guardasse arrivare dalle sue orbite vuote e nere.

Oltrepassammo la soglia, lentamente, osservando ogni particolare. Anche se, in effetti, non c'era molto da guardare. Era completamente vuota. Saccheggiata. Niente che potesse avere un valore qualunque, per quanto infimo, era rimasto. E io che avevo tanto sperato di ritrovare le mie cose, perfino i miei giochi! Con tutto quello che avevamo vissuto, eravamo cresciuti troppo in fretta, ci eravamo induriti. Tuttavia, mi dispiacque molto vedere la nostra casetta, su cui tanto avevamo fantasticato, ridotta in quello stato…

Me l'ero immaginato così diverso il nostro ritorno! Sognavo di ritrovare le mie amiche, abbracciare i vicini, festeggiare con un banchetto, cantare e ballare, perché no? Avevo un tale bisogno di vivere! E, invece, ci ritrovavamo soli: non conoscevamo quasi nessuno, e a nessuno sembrava importare che fossimo tornati. E non c'erano nemmeno gli zii Paul e Alter. Che desolazione la guerra! Quante assenze!

Eravamo così sprofondati nei nostri pensieri che non ci accorgemmo che qualcuno si stava avvicinando.

«Bonjour, *monsieur* Léon, *madame* Blima».

Ci voltammo, sorpresi. La luce che entrava dalla porta d'ingresso ci impediva di riconoscere con sicurezza quella persona. Ma il profilo non lasciava molti dubbi.

«*Monsieur* Ledouc!», esclamò mio padre, mentre il nostro amico fioraio si avvicinava ed entrambi si salutavano con affetto.

Poi fu il turno di Blima e di Raymond. Alla fine si fermò davanti a me, e mi salutò con un grande inchino.

«*Bienvenue, mademoiselle*!».

Era emozionato. Anch'io ero molto felice di vederlo. Finalmente compariva qualcuno dei nostri vecchi amici! E proprio *monsieur* Ledouc, che era sempre stato così gentile con me! Ci stringemmo calorosamente la mano. In quel momento mi accorsi che portava con sé un pacco, simile a una scatola di scarpe. Notando che mi aveva colpito, e che lo fissavo con curiosità, il mio amico mi disse: «Questo è per lei, *mademoiselle* Charlotte, una cosa che le porterà molti ricordi, sì, sì… ricordi precedenti a questi tempi così tristi, sì, sì… Quando ancora potevamo ridere e sognare», e *monsieur* Raphael sorrise con nostalgia, fece una pausa e allungò le braccia, offrendomi la scatola. «La prenda, sì, sì… è per lei».

Nel momento stesso in cui la ebbi tra le mani, capii cosa conteneva. Ancor prima di aprirla andai dal mio amico e gli diedi un bacio. Sentivo di doverlo fare. Poi, sotto lo sguardo allegro della mia famiglia, aprii lentamente la scatola… Ed eccola lì, la mia amica tanto adorata! *Monsieur* Ledouc l'aveva prelevata non appena era venuto a sapere che stavano saccheggiando la casa. E c'era un piccolo e meraviglioso particolare: sui capelli sfoggiava il nastrino rosa che – avendo io i nervi a fior di pelle, per timore di far tardi e perdere il treno – avevo perso quella mattina in cui eravamo partiti per Parigi. Ed eccoci di nuovo insieme: era l'amica che mia nonna aveva dato a mia madre perché le tenesse compagnia. E che lei poi aveva dato a me. Era sempre stata con noi, la mia adorata Katjuška.

Scese la notte. Era pieno inverno, e il freddo si faceva sentire. Non sapevamo nemmeno dove sederci. Alla fine scegliemmo il soggiorno, vuoto come il resto della casa. Un'ondata di malinconia ci assalì e restammo come paralizzati. Papà ruppe il silenzio: «Bene… siamo di nuovo a casa!».

E lo disse con tanta tenerezza, con tanto candore, seduto sul pavimento di quella casa depredata, nel freddo di gennaio, con la notte che incombeva senza che avessimo neppure uno straccio di coperta, che ci fece ridere e piangere allo stesso tempo. Sentimmo in quell'istante quanto fosse meraviglioso essere ancora uniti. Capimmo che il destino non aveva concesso a molti la stessa possibilità. E comprendemmo il privilegio di aver attraversato quell'interminabile calvario di orrori mantenendo fede a quello che papà ci aveva assicurato: "Voglio che sappiate che non divideranno mai la nostra famiglia".

Con gli ultimi soldi che ci rimanevano comprammo qualcosa da mangiare e un paio di coperte. E scendemmo in cantina a cercare la catasta di carbone. Non l'avevo mai saputo, ma in un piccolo pozzo scavato sotto la cantina papà e Raymond avevano sotterrato tre fiasche di vetro con delle sterline che Léon era riuscito a cambiare prima di partire.

Il carbone era stato saccheggiato per intero, come il resto della casa, ma sembrava che la terra sotto la pila non fosse stata spostata. Cercammo con ansia, devo confessarlo. Il nostro futuro immediato dipendeva da quel denaro, ma tutto quello che avevamo sofferto in quei lunghi, funesti anni ci aveva permesso di guardare la vita da un'altra prospettiva, anche ai più giovani, come Raymond e me. Sapevamo che, in realtà, l'importanza di quel denaro era decisamente relativa. E che potevamo contare su cose molto più importanti.

Alla fine, dopo aver cercato a lungo, i fiaschi comparvero! Due di questi si erano riempiti di acqua, e i biglietti si erano rovinati, mentre l'altro si era conservato per bene. Non era molto, però ci permetteva di comprare l'indispensabile per i giorni a venire, finché papà non avesse cominciato un nuovo lavoro.

Calò la notte. Non avevamo luce né riscaldamento. Scegliemmo l'angolo "più caldo", ovvero quello in cui il freddo ci sembrò meno terribile. Seduti per terra, ci appoggiammo alla parete e ci addossammo gli uni agli altri, poi ci coprimmo con le coperte meglio che potemmo e mangiammo quanto avevamo comprato.

Eravamo sconvolti da tutte quelle emozioni. L'angoscia per i nostri cari, la cui fine ancora ignoravamo, era enorme. Allo stesso tempo, però, sentivamo uno strano calore, perché rivivevamo le tanto attese sensazioni della vita quotidiana. Gli affetti semplici, gli odori di casa, le conversazioni banali di tutti i giorni.

Tutto quello che la paura ci aveva rubato per troppi anni.

Era una notte chiara e fredda. Dal vuoto delle finestre riuscimmo a scorgere chiazze di cielo stellato. Rimanemmo a guardarci a lungo, con una dolcezza infinita. Poi il sonno ebbe la meglio.

Poche ore dopo sarebbe tornata l'alba.

Dramatis Personae

ALINE E LA SUA FAMIGLIA

Deportati nel campo di sterminio di Auschwitz, morirono nelle camere a gas.

PAUL, FRATELLO DI BLIMA, E LA SUA FAMIGLIA

Nel 1942 decisero di nascondersi nelle Ardenne, tranne la figlia Edith, che si rifugiò in un convento cattolico, e così sopravvissero alla guerra. Tornarono a vivere ad Anversa.

ALTER

Venne fucilato a Końskie, probabilmente all'alba del 2 novembre 1942.

RIFKA, SORELLA DI BLIMA, E LA SUA FAMIGLIA

Deportati nel campo di sterminio di Treblinka, furono assassinati dai nazisti.

YAAKOV E RAIA, GENITORI DI BLIMA, NONNI DI CHARLOTTE

Deportati nel campo di sterminio di Treblinka, morirono nelle camere a gas.

LÉON DEGRELLE

Nel 1945 fuggì in Spagna, dove ottenne l'asilo politico, nonostante la richiesta di estradizione e di condanna a morte *in absentia* del Belgio. Si spense a Malaga di morte naturale, nel 1994.

NIKOLAUS *KLAUS* BARBIE

Dopo la caduta del regime nazista fuggì in America del Sud, dove fu scoperto agli inizi degli anni Settanta. Nel 1974 la Francia richiese alla Bolivia l'estradizione, che venne concessa nel 1983. Fu processato a Lione e condannato all'ergastolo. Morì nel 1991 nel carcere di Montluc, dove quasi mezzo secolo prima aveva torturato Jean Moulin.

SUSAN TRAVERS

L'unica donna nella storia della Legione straniera si ritirò a vita privata qualche anno dopo la guerra, si sposò e si stabilì a Parigi. Ricevette la Croce di guerra e la Legione d'onore. Nel 2000 pubblicò l'autobiografia *Tomorrow Be Brave. A Memoir of the Only Woman Ever to Serve in the French Foreign Legion* (Bantam Press 2000). Morì nel 2003.

TAMAR AMILAKHVARI

Figlia del cavaliere georgiano e colonnello della Legione straniera Dimitri Amilakhvari e della principessa Irina Dadiani, durante la guerra visse in Inghilterra. Nel 1944 la madre morì in un incidente automobilistico mentre andava a rendere omaggio al marito, nel secondo anniversario della scomparsa a El Alamein. Alla fine della guerra, Tamar e il fratello Othar vennero dichiarati "figli di Francia". Nel 2010, viale Stalin a Tskneti, vicino a Tbilisi, capitale della Georgia, fu ribattezzato con il nome di "viale Dimitri Amilakhvari". Tamar si è sposata, ha avuto dei figli e si è trasferita nella Repubblica Ceca.

DOMINGO LÓPEZ DELGADO

Dopo essersi fatto onore nel Nordafrica e nell'operazione Dragoon, prese parte alle sanguinose battaglie della "sacca di Colmar" e nella controffensiva di von Rundstedt, in seguito alla quale la Legione straniera venne sensibilmente decimata. Combatté sino alla resa definitiva del regime nazista. Ricevette cinque medaglie al merito dalla Repubblica Francese, tra cui la Croce di guerra con la stella di bronzo. Ritornò in Uruguay nel 1945 assieme a Pedro Milano, Fulvio Zerpa, Antón Salaverri e José Real de Azúa, tra gli altri, anch'essi decorati. Tempo dopo venne eletto presidente della Giunta regionale nel dipartimento di Rocha, nell'est dell'Uruguay. L'8 ottobre 1964 venne salutato e premiato dal presidente Charles de Gaulle. È morto a Rocha nel 2012.

LÉON E BLIMA

Ricostruirono la loro vita in Belgio. Tempo dopo, nel 1952, con la speranza di lasciarsi alle spalle gli orrori vissuti, emigrarono in Uruguay con i figli. Lì morirono molti anni dopo.

RAYMOND

In Uruguay divenne agente immobiliare, conosciuto per la sua reputazione e la sua capacità di stringere amicizie. Vive a Montevideo.

CHARLOTTE

Ha conseguito una notevole carriera in ambito educativo, raggiungendo la Direzione generale dell'Universidad ORT dell'Uruguay. Continua a svolgere tale mansione, nel quadro dell'Organizzazione educativa internazionale ORT, creata in Russia nel 1880. Si è sposata in Uruguay con un prestigioso nefrologo pediatrico, da cui ha avuto un figlio e diversi nipoti.

Indice dei personaggi (in ordine di apparizione)

GENEVIÈVE SAINT-JEAN: ragazza belga, studentessa di Legge a Liegi, amica di Alter

CHARLOTTE: bambina belga, nata a Liegi, figlia di Léon e Blima, e sorella di Raymond

CHRISTOFF PODNAZKY: giovane polacco, studente di Ingegneria a Liegi, amico di Alter

GOCHA GELASHVILI: esiliato georgiano a Parigi, conoscente di Dimitri Amilakhvari

ALEKSANDRE BARKALAIA: cadetto della Scuola militare della Repubblica della Georgia

TEONA: giovane georgiana, studentessa di Arte e infermiera volontaria, cugina di Dimitri

TAMAR AMILAKHVARI: figlia di Dimitri Amilakhvari e di Irina Dadiani, nata in Francia

DOMINGO LÓPEZ DELGADO: soldato uruguaiano, volontario della Legione straniera francese

PEDRO MILANO: volontario uruguaiano della Legione straniera, amico di Domingo

RAPHAEL LEDOUC: *bouquetier* a Seraing-sur-Meuse, Liegi, amico di Charlotte e della sua famiglia

MICHEL BALTHAZARD: responsabile belga del Café Saint-Hubert di Liegi

ABRAHAM KEMPINSKI: giovane argentino stabilitosi a Parigi, falsificatore durante la Resistenza

ZIO PAUL: polacco residente ad Anversa, intagliatore di diamanti e fratello maggiore di Blima

GUNTHER HESSEN: giovane ufficiale tedesco delle Waffen-SS

SWIT MARIAH CZERNY: ragazza polacca, funzionaria dell'ospedale di Końskie, amica di Alter

JEAN-MARCELLIN LAVOISIER: commerciante francese nel mercato nero, stabilitosi a Parigi

SARAH WILKINSON: maestra di ginnastica, di origine ebraica, sposata con un industriale inglese

JEAN-CLAUDE RAPALIAN: giovane francese, i cui genitori armeni hanno affittato casa a Léon e alla sua famiglia

CONSUELO HERNÁNDEZ RANDALL: giovane madrilena, di padre andaluso e madre statunitense

GIUSTO PACELLA: cameriere italiano del Gran Café des Commerçants

FACUNDO PELÁEZ: artigiano uruguaiano, volontario della Legione straniera

JEAN-BAPTISTE RENARD: ufficiale francese, ausiliare di campo del comandante Amilakhvari

SUSAN TRAVERS: *adjudant* britannica, unica donna membro della Legione straniera

JEREMIAH LERNER: volontario della Brigata ebraica di Palestina, nato a New York

KAZIMIERZ WROBLEVSKY: calzolaio polacco di Końskie, amico di Alter

ANNE MICHELLE LAFOURCADE: cantante parigina residente a Lione, amica di Jean Moulin

PÈRE ANTOINE: sacerdote francese, parroco del dipartimento di Ain, regione del Rodano-Alpi

MATHIAS LANDAUER-DEGAS: funzionario svizzero, ispettore capo alla frontiera

MATTHIAS: ufficiale tedesco delle SS, caporale nel campo di sterminio di Treblinka

NIKOLAUS *KLAUS* BARBIE: ufficiale delle SS e capo della Gestapo di Lione

GENERALE DE CASTIGLIONI: generale italiano, comandante della Divisione alpina Pusteria

PIERRE ARMAND-UGON: sergente italiano assegnato al campo di Vienne, di religione valdese

LÉON DEGRELLE: politico belga, fondatore del rexismo, molto prossimo a Hitler

PIERRE CHENAUDON: droghiere di Saint-Pierre-de-Chartreuse

Fotografie

Pagina 8
I presidenti di Francia e Uruguay, Charles de Gaulle e Luis Giannattasio, percorrono l'Avenida 18 de Julio a Montevideo, 8 ottobre 1964. Fonte: archivio fotografico di «El País», collezione Caruso.

Pagina 9
Charles de Gaulle rende omaggio a José Artigas, in Plaza Indipendencia. Fonte: archivio fotografico di «El País», collezione Caruso.

Pagina 10
Il generale de Gaulle saluta i volontari uruguaiani della Francia Libera (López Delgado è il secondo da destra). Fonte: famiglia López Delgado.

Pagina 18
Il secondo in piedi è Alter Sztark a ventun anni, 1938. Fonte: Charlotte de Grünberg.

Pagina 24
Dimitri Amilakhvari sfila per gli Champs Élysées alla testa della Legione straniera, 14 luglio 1939. Fonte: Istoriani, Tbilisi, Georgia.

Pagina 30
Dimitri Amilakhvari (l'ultimo sulla destra) con la famiglia: George Kalandia e Teona Bagdavadze, Tbilisi, Georgia.

Pagina 42
Passaporto di Domingo López Delgado, 18 ottobre 1941. Fonte: Museo regionale di Rocha.

Pagina 47
Léon, Blima, Raymond e Charlotte. Fonte: Charlotte de Grünberg.

Pagina 51

Manifesto che annuncia l'obbligo di iscriversi al Registro degli Ebrei di Liegi, 18 novembre 1940.

Pagina 55

Soldati tedeschi colpiscono un ebreo che hanno appena gettato a terra, Polonia. Fonte: archivio dello Yad Vashem, l'Ente nazionale per la memoria della Shoah. Numero: 80977.

Pagina 59

Manifesto affisso sul muro di un'azienda confiscata durante il processo di arianizzazione. Fonte: archivio del Museo della resistenza e della deportazione dell'Isère.

Pagina 72

Ufficiali delle SS, Baden-Baden. Fonte: archivio dello Yad Vashem. Numero: 80979.

Pagina 78

Ebrei deportati da Westerbork, Olanda. Fonte: archivi dello Yad Vashem- Numero: 43253.

Pagina 84

Adolf Hitler saluta dalla macchina. Fonte: archivi dello Yad Vashem. Numero: 66423.

Pagina 87

Adolf Hitler e Leni Riefenstahl. Fonte: dominio pubblico.

Pagina 90

Ebrei scavano una fossa sotto la supervisione dei soldati tedeschi. Końskie, Polonia, 12 settembre 1939. Fonte: archivio dello Yad Vashem. Numero: 13725.

Pagina 93

Assassinio di un uomo in una fossa comune, Vinnycja, Ucraina. Fonte: archivio dello Yad Vashem. Numero: 18900.

Pagina 110

Bambini in un parco giochi vietato agli ebrei, Parigi. Fonte: © LAPI/Roger-Viollet, codice 209-7.

Pagina 114

Manifesto della mostra “Le Juif et la France” (“L’Ebreo e la Francia”), realizzata al Palais Berlitz, Parigi.

Pagina 142

Retata della Gestapo in una casa. Fonte: archivio dello Yad Vashem. Numero: 37080.

Pagina 149

Donne deportate dalla Francia sui carri bestiame diretti ai campi di concentramento. Fonte: archivio dello Yad Vashem. Numero: 81828.

Pagina 155

Programma del campionato di boxe del Cairo, Egitto, nel 1942, con la partecipazione di Domingo López Delgado. Fonte: Museo regionale di Rocha.

Pagina 169

Lettera del soldato Naftalí Fenichel. Fonte: archivio dello Yad Vashem.

Pagina 175

La fila di attesa in una mensa del ghetto, Varsavia. Fonte: archivio dello Yad Vashem. Numero: 34024.

Pagina 176

Il mercato del ghetto, Varsavia. Fonte: archivio dello Yad Vashem. Numero: 69864.

Pagina 188

Un pezzo di artiglieria a Bir Hacheim, utilizzata da Domingo López Delgado. Fonte: libro *Los frentes de lucha* e Museo regionale di Rocha.

Pagina 189

Águedo Sequeira e Domingo López in Africa del Nord. Fonte: Museo regionale di Rocha.

Pagina 215

Un gruppo di soldati giunge sul luogo del ritrovo dopo l'uscita forzata di Bir Hacheim, 11 giugno 1942. Fonte: dominio pubblico.

Pagina 236

Bambini e donne con le braccia in alto, durante la repressione dei nazisti nel ghetto di Varsavia. Fonte: archivio dello Yad Vashem. Numero: 99081.

Pagina 251

Charlotte e Raymond. Fonte: Charlotte de Grünberg.

Pagina 264

Foglio di servizio del legionario Domingo López, dove risulta la ferita riportata a El Alamein. Fonte: famiglia López Delgado.

Pagina 276

Facsimile dell'enciclica di papa Pio XI, *Mit Brennender Sorge*, "Con vibrante preoccupazione". Fonte: dominio pubblico.

Pagina 296

Deportazione a Treblinka degli abitanti di Siedlce, Polonia. Fonte: archivio dello Yad Vashem. Numero: 73318.

Pagina 299

Vista parziale del campo di sterminio di Treblinka. In fondo, il deposito di munizioni del quartier generale. Fonte: archivio dello Yad Vashem. Numero: 43917.

Pagina 300

Fucilazione da parte degli *Einsatzgruppen* nazisti in Unione Sovietica. Fonte: archivio dello Yad Vashem.

Pagina 306

Jean Moulin. Fonte: archivio dello Yad Vashem. Numero: 61773.

Pagina 306

Klaus Barbie (rimangono dubbi sulla veridicità di questa fotografia). Fonte: archivio dello Yad Vashem. Numero: 26912.

Pagina 309

Il Decreto De Castiglioni.Fonte: archivio del Museo della resistenza e della deportazione dell'Isère.

Pagina 321

Prigionieri nel campo di Buchenwald. Fonte: archivio dello Yad Vashem. Numero: 5466167.

Pagina 334

Risoluzione firmata da Adolf Hitler per la messa in atto dell'*Aktion T4* ("Programma di eutanasia"), che si tradusse nell'eliminazione di persone invalide. Fonte: dominio pubblico.

Pagina 339

Memento della Legislazione nel quale si definiva cosa fosse un ebreo e come riconoscerlo. Vichy, luglio 1943. Fonte: archivio del Museo della resistenza e della deportazione dell'Isère.

Pagina 346

Dettaglio di una casa a Saint-Pierre-de-Chartreuse. Fonte: fotografia dell'autore.

Pagina 348

Soffitta di una casa a Saint-Pierre-de-Chartreuse. Fonte: fotografia dell'autore.

Pagina 349

Vista della cresta Chamechaude da Saint-Pierre-de-Chartreuse. Fonte: fotografia dell'autore.

Pagina 356

Partigiani ebrei della regione di Kaunas, Lituania. Fonte: archivio dello Yad Vashem. Numero: 28449.

Pagina 361

Fotografia di Domingo López. Fonte: famiglia López Delgado.

Ringraziamenti

Questa è un'opera di finzione. Ciò nonostante, trae ispirazione da alcune storie così particolari, intense ed emozionanti, che sarebbe stato impossibile conoscere senza l'aiuto dei loro protagonisti, che qui citiamo e ringraziamo.

In primo luogo, Charlotte e la sua meravigliosa famiglia. La sua franchezza, la sua sensibilità, la sua intelligenza, il suo coraggio e il suo rispetto per la verità sono incredibili. Nel suo *Les enfants cachés en France* ("I bambini nascosti in Francia"), Nathalie Zadje ha scritto queste parole che faccio mie: "Per me, ogni bambino nascosto è un eroe; ognuno è destinato a raccontare un'esperienza eccezionale, vissuta unicamente da lui, e che lo ha reso quello che è oggi". José Grünberg, indiscutibile metà di Charlotte, ricorre a una ricca filosofia (tramite Spinoza) e al buonumore, indispensabili per affrontare i chiaroscuri della vita. Jorge, il loro figlio, ha contribuito a questo lungo processo con giuste riflessioni e altrettanti suggerimenti. La mia infinita riconoscenza a tutti loro, così come a Raymond e alla sua famiglia.

Domingo López Delgado è stato un uomo leggendario, che ho avuto il privilegio di conoscere e con cui è nata una bella amicizia. Malgrado il coraggio, non ha mai smesso di sentire su di sé gli orrori della guerra, che deve rappresentare l'ultimo rimedio al quale ricorrere, e solo in circostanze straordinarie. La sua dolce consorte Tona, che ci ha coccolato con ottimi tè durante i nostri incontri, il figlio Gonzalo López Mesías e gli altri membri della sua famiglia hanno acconsentito a che la storia di Domingo fosse inclusa nel libro, per un giusto omaggio a colui che aveva ricoperto un ruolo importante nella loro esistenza. A tutti loro va un sentito grazie.

Ringrazio pure la contessa Tamar Amilakhvari-Kinsky, per i fertili dialoghi e per il saggio consiglio sulla maniera di avvicinarmi alla vita del padre, Dimitri Amilakhvari.

Ringrazio in particolare il prestigioso e riconosciuto scrittore argentino Marcos Aguinis, per aver letto il manoscritto dell'opera.

Numerose istituzioni e persone hanno fornito informazioni di valore inestimabile e documenti che hanno arricchito il libro. Tra questi, mi permetto di segnalare:

lo Yad Vashem, The World Holocaust Remembrance Center, l'Ente nazionale per la memoria della Shoah, a Gerusalemme, per la documentazione e l'autorizzazione alla riproduzione di fotografie del suo archivio. In particolare, vorrei qui ringraziare Timorah Perel, Fani Molad, Perla Hazan, Rachel Shapiro, Irena Steinfeldt, Reut Golani e Emanuel Saunders;

il Centro di documentazione storica della Legione straniera ad Aubagne, Francia, per avermi consentito di accedere alla documentazione unica sulla Legione nella seconda guerra mondiale, e il suo direttore, il capitano Jean Michon;

l'Ufficio dei vecchi combattenti per i dossier personali dei vecchi combattenti, per l'informazione concessa;

George Kalandia, direttore dell'Art Palace, e Teona Bagdavadze, fondatrice del Key Communications, cari amici di Tbilisi, Georgia, per le informazioni e le fotografie, e per l'aiuto che mi hanno fornito alla comprensione delle singolarità di questo meraviglioso Paese;

il Museo della resistenza e della deportazione dell'Isère, Grenoble, Francia, per il suo contributo documentario e l'autorizzazione all'uso delle fotografie dell'archivio;

il Memoriale della Shoah, Parigi, per aver contribuito con informazioni e documenti;

l'associazione Generazioni della Shoa in Argentina, e la presidentessa Diana Wang, che mi hanno accolto a braccia aperte e mi hanno fornito documenti e bibliografia;

il nostro Paese, ovvero:

l'Ambasciata di Francia in Uruguay, in particolare l'ambasciatore Sylvain Itté e il consigliere culturale Christophe Dessaux, per avermi messo in contatto con alcune istituzioni della Repubblica francese;

il Museo della Shoa e il Centro della Memoria dell'Olocausto in Uruguay, per l'appoggio costante, e la direttrice del Museo e segretaria generale del Centro, Rita Vinocur, grazie al cui inestimabile aiuto è stato possibile arricchire la presente opera con le fotografie dello Yad Vashem. E la biblioteconoma Melina Moreira;

il Museo regionale di Rocha, in Uruguay, per avermi permesso l'accesso a documenti, oggetti e fotografie appartenuti a Domingo López Delgado; e la sua direttrice Alda Pérez e le collaboratrici Rosana Ravera e Cristina Motta;

il giornale «El País» dell'Uruguay per avermi garantito l'accesso al materiale di archivio;

l'ambasciatrice Diana Espino, e il conte Hans Podstatzky Lokovitz e la moglie Anita, che mi hanno permesso di entrare in contatto con Tamar Amilakhvari-Kinsky.

Estendo il mio ringraziamento speciale al gruppo editoriale Penguin Random House, nelle persone del direttore Luis Sica e della formidabile squadra che ha lavorato alla preparazione di quest'opera, tutti cari amici e validissimi professionisti, guidati dal managing editor Julián Ubiría: Mercedes Clara (editor), Lucía Sánchez Miraballes (grafica) e Aída Altieri (redattrice). Il loro talento e il loro impegno sono stati fondamentali.

Ringrazio pure la dottoressa Laura Nahabetian Brunet e il dottor Pablo Arana Balestra, per la loro assistenza in materia legale.

La mia riconoscenza al direttore Gerardo Castelli e a tutta la squadra che ha partecipato all'elaborazione del book trailer.

A Magdalena Long per l'aiuto nella selezione e il conseguimento del materiale fotografico, così come nella preparazione del book trailer, a Gabriela Tuberosa, per le traduzioni in italiano, a Miriam Kemna, per le traduzioni in tedesco, e a Michel Strawczynski, per le traduzioni in ebraico.

Ultimo, ma non meno importante, il ringraziamento per i buoni consigli, il sostegno continuo, l'appoggio incondizionato nei diversi viaggi che questo libro ha comportato, a tutti coloro che mi hanno accompagnato ogni giorno, nessuno escluso: la mia famiglia.

Indice

EPILOGO

IL RITORNO A CASA